LIZ TRENOW

Das Haus der Seidenblüten

Buch

Anna Butterfield ist 18, als sie im Juli 1760 alleine nach London reist, um dort im Haus ihres Onkels Joseph Sadler, eines wohlhabenden Stoffhändlers, zu leben. Die junge Frau soll kurz nach dem Tod ihrer Mutter angemessen »unter die Haube gebracht« werden. Als ihre Kutsche bei ihrer Ankunft unerwartet in eine Demonstration von Arbeitern gerät und Anna, überwältigt vom Lärm, den Gerüchen der Stadt und der schieren Masse an Menschen, ohnmächtig wird, eilt ihr ein junger Mann zu Hilfe. Henri ist ein französischer Seidenweber, der als Kind mit seiner Familie vor der Hugenottenverfolgung nach England geflohen ist. Annas Londoner Verwandte stehen den Einwanderern ablehnend gegenüber, doch durch Zufall begegnen die beiden sich wieder. Henri arbeitet an seinem Meisterstück, während Anna sich danach sehnt, Künstlerin zu werden, anstatt einen reichen Anwalt zu heiraten, wie von ihrer Familie gewünscht. Ihre Blütenzeichnungen begeistern Henri und seinen Meister, und Henri erkennt, dass sie ihnen beiden die Chance auf Unabhängigkeit schenken könnten. Doch als ein Skandal die Familie Sadler erschüttert und Henri hineingezogen wird in die Protestbewegung der unzufriedenen Arbeiter, scheint sich das Schicksal gegen sie zu stellen ...

Autorin

Liz Trenow wuchs in der Nähe einer Seidenspinnerei auf, die auch heute noch in Betrieb ist und sie zu ihrem ersten Roman »Das Kastanienhaus« inspirierte. Obwohl ihre Familie seit über dreihundert Jahren im Seidengeschäft tätig ist, entschied Liz Trenow sich für einen anderen Beruf. Sie arbeitete viele Jahre als Journalistin für nationale und internationale Zeitungen sowie für den Hörfunk und das Fernsehen, bevor sie sich ganz dem Schreiben von Romanen widmete.

Von Liz Trenow bereits erschienen

Das Kastanienhaus · Die vergessenen Worte

Besuchen Sie uns auch auf www.facebook.com/blanvalet und www.twitter.com/BlanvaletVerlag

Liz Trenow

Das Haus der Seiden- blüten

Roman

Deutsch von Andrea Brandl

blanvalet

Die Originalausgabe erschien 2017 unter dem Titel
»The Silk Weaver« bei Pan Books, London.

Sollte diese Publikation Links auf Webseiten Dritter enthalten,
so übernehmen wir für deren Inhalte keine Haftung, da wir
uns diese nicht zu eigen machen, sondern lediglich auf deren
Stand zum Zeitpunkt der Erstveröffentlichung verweisen.

Verlagsgruppe Random House FSC® N001967

1. Auflage
Copyright der Originalausgabe © Liz Trenow 2017
Copyright der deutschsprachigen Ausgabe © 2018 by
Blanvalet in der Verlagsgruppe Random House GmbH,
Neumarkter Str. 28, 81673 München
Redaktion: Ulrike Nikel
Umschlaggestaltung: www.buerosued.de
Umschlagmotiv: Steve Peet/Arcangel Images;
www.buerosued.de
AF · Herstellung: sam
Satz: Buch-Werkstatt GmbH, Bad Aibling
Druck und Bindung: CPI books GmbH, Leck
Printed in Germany
ISBN 978-3-7341-0485-5

www.blanvalet.de

*Meinen beiden wunderbaren
Töchtern Becky und Polly*

Prolog

Anna lehnt den Kopf an das Kissen und fährt mit dem Zeigefinger über die Stängel der Maßliebchen und die sanft geneigten Köpfe der Glockenblumen. Wenngleich die Stickerei verschlissen ist und an einigen Stellen lose Fäden hervorschauen, hat das Seidengarn sich seinen Glanz bewahrt, und wenn es im Sonnenlicht schimmert, entfaltet das in verschiedenen Farben gehaltene Bild seine ganze Pracht.

»Maßliebchen und Glockenblumen«, singt das Mädchen eine Zeile aus einem Kinderlied. *»Maßliebchen und Glockenblumen wachsen in unserem Garten, wachsen in unserem Garten.«*

Zusammen mit ihrer Mama, die an einer neuen Stickerei arbeitet, sitzt Anna auf der alten Chaiselongue im Wohnzimmererker des Pfarrhauses und langweilt sich. Viel lieber wäre sie jetzt draußen, aber das geht nicht, weil ihre Mutter neuerdings so schnell Rückenschmerzen bekommt.

Das liegt an ihrem Bauch, sagt sie. Und wirklich ist der mittlerweile so groß und rund, dass sie den Stickrahmen ein ganzes Stück weiter von sich weghalten muss. Sie bekomme einen kleinen Bruder oder eine kleine Schwester, heißt es, doch Anna vermag sich beim besten Willen nicht vorzustellen, dass sich in dieser Kugel tatsächlich ein Baby befinden soll.

Und sie ist missmutig, weil sie deswegen nicht mehr gemeinsam wie sonst durch die Heide oder das Marschland streifen können, wo sie wilde Blumen gesammelt hat, um sie anschließend zu Hause zu pressen. Gleiches gilt für die Gartenarbeit, die Anna so liebt. Es macht ihr einen Riesenspaß, mit den Händen kleine Kuhlen in die dunkle Erde zu graben und dann winzige Samen hineinzustreuen, aus denen im kommenden Jahr Blumen entstehen sollen.

Was für sie genauso unvorstellbar ist wie die Sache mit dem Geschwisterchen, wenngleich ihre Mama hoch und heilig versichert, dass es stimmt.

»Wart's einfach ab, mein Schatz«, pflegt sie ihre Tochter zu vertrösten. »Hab ein wenig Geduld, du wirst schon sehen.«

Obwohl sie erst fünf Jahre alt ist, kennt Anna bereits zahlreiche Wildblumen und Gartenpflanzen beim Namen. Am leichtesten fällt es ihr, sich jene zu merken, die vor ihrem inneren Auge ein Bild erstehen lassen und ihr wie selbstverständlich über die Lippen gehen: Jungfer im Grünen, Löwenmäulchen, Fingerhut, Glockenblume, Vergissmeinnicht, Goldlack, Sonnenhut. Echte Zungenbrecher sind hingegen für ein kleines Mädchen wie sie Chrysantheme, Rhododendron, Gerbera, Affodill.

Erneut wendet sie ihre Aufmerksamkeit dem Kissen zu.

Wie verschieden die beiden Blumen sind, denkt sie. Das kecke kleine Maßliebchen hat ein offenes Gesicht, und ein Kranz aus winzigen weißen Blüten umrahmt das gelbe Näschen. Die hütchenförmigen Glockenblumen wiederum lassen ihre Köpfe hängen, als wäre der Stiel, der sie trägt, nicht stark genug für diese Last.

»Welche Blume würdest du lieber sein?«, fragt sie ihre Mutter. »Ein Maßliebchen oder eine Glockenblume?«

»Eine Glockenblume, weil sie so schön duftet.«

»Ich wäre lieber ein fröhliches Maßliebchen als eine traurige Glockenblume«, gibt Anna zurück. »Außerdem blühen Maßliebchen den ganzen Sommer lang, die Glockenblumen nur ein paar Wochen im Jahr.« Wieder summt sie ihr kleines Lied und wippt mit den Füßen, bevor sie hinzufügt: »Wann zeigst du mir, wie man solche Blumen stickt?«

»Setz dich aufrecht hin, dann zeige ich es dir«, schlägt die Mutter vor. »Beginnen wir mit dem Stiel, das ist ein einfacher Kettenstich.«

Sogleich rückt Anna näher, und ihre Mama steckt ihr die Nadel zwischen Daumen und Zeigefinger und führt sie mit ihrer rechten Hand, während sie gleichzeitig mit der linken dem Kind hilft, den Rahmen richtig zu halten. Als Erstes durchstößt die Nadel das Leinen und zieht den grünen Seidenfaden mit sich, um dann wie von Zauberhand von hinten genau neben dem vorherigen Einstich wieder an die Oberfläche zu kommen. Sie wiederholen das Ganze ein zweites und ein drittes Mal, und Anna sieht, wie der Stiel vor ihren Augen langsam zu wachsen beginnt.

Als sie aber darauf beharrt, es ohne die lenkende Hand der Mutter zu versuchen, geht alles schief. Die Nadel widersetzt sich den ungeübten kindlichen Fingern, der Faden gleitet aus dem Öhr, und verärgert wirft Anna den Rahmen auf den Boden.

»Ich hasse Nähen«, schimpft sie. »Können wir nicht lieber was malen?«

In diesem Augenblick erstarrt ihre Mutter, und ein heftiges Keuchen dringt aus ihrer Kehle.

»Lauf rüber zur Kirche und hol deinen Vater«, stößt sie mit zusammengebissenen Zähnen hervor. »Schnell. Ich glaube, das Baby kommt.«

Noch Jahre später wird Anna an diesen Tag und an die mehr oder minder belanglose Unterhaltung zurückdenken.

Vielleicht, weil es das letzte Mal war, dass sie ihre Mutter ganz für sich allein hatte, bevor Jane auf die Welt kam. Doch am deutlichsten – so, als wäre es gestern gewesen – sollte sie sich an das Kissen mit den gestickten Blumen erinnern, an die seidenen Fäden, die so prächtig in der Sonne schimmerten.

*L*ondon 1760

Kapitel 1

Es gibt mannigfaltige kleine Gefälligkeiten, die ein echter Gentleman einer allein reisenden Lady erweisen kann, welche sie durchaus mit der gebotenen Schicklichkeit annehmen darf. Bedanken Sie sich höflich, doch vermeiden Sie es tunlichst, sich auf jedwede Avancen einzulassen.

Über die Umgangsformen der feinen Dame

Die Kutsche hielt abrupt an, und einen Moment lang gab sich Anna der Vorstellung hin, dass sie an ihrem Reiseziel angekommen seien.

Aber irgendetwas stimmte nicht. Von Weitem drangen kehlige Männerstimmen an ihr Ohr, das Gekreische von Frauen. Durch das Fenster war nichts zu sehen, und niemand kam, um die Tür zu öffnen. Ihre vier Mitreisenden schwiegen, wichen den Blicken der anderen aus. Bloß die leisen Seufzer, die irritierten Reaktionen – ein ungeduldiges Scharren mit den Füßen, ein nervöses Trommeln mit den Fingern – verrieten Anna, dass es sich um einen außerplanmäßigen Halt handeln musste.

Ein paar Minuten verstrichen. Dann räusperte sich der Gentleman ihr gegenüber, ein eher unauffälliger Herr, und klopfte barsch mit seinem Stock an die Kutschendecke. Keine Antwort. Er lehnte sich aus dem Fenster und blickte nach oben.

»Kutscher! Weshalb halten wir hier?«

»Es geht gleich weiter, Sir.« Die Worte klangen nicht sehr überzeugt.

Sie warteten noch ein Weilchen, bis der Gentleman ein leises Schnauben von sich gab, seinen Sohn anwies, bei den Damen zu bleiben, und ausstieg. Anna hörte, wie er ein paar Worte mit dem Kutscher wechselte. Als er fünf Minuten später wieder einstieg, war er so rot im Gesicht, dass zu befürchten bestand, er würde in der nächsten Sekunde einen cholerischen Anfall bekommen.

»Kein Anlass zur Sorge, meine Damen«, sagte er mit vorgetäuschter Ruhe. »Ich würde vorschlagen, dass Sie einfach die Vorhänge zuziehen.«

In diesem Moment begann die Kutsche zu ruckeln, erst rückwärts, dann seitwärts, und zwar so abrupt, dass die Fahrgäste hin und her geschleudert wurden wie Butter in einem Fass. Offensichtlich versuchte der Kutscher zu wenden, ein fast unmögliches Unterfangen auf einer so schmalen Straße, selbst wenn sie gepflastert war und man keine Angst zu haben brauchte, in einem Schlammloch zu versinken.

Gleichzeitig wurden die Rufe draußen lauter – es klang, als würden die Leute irgendetwas skandieren, zornig und zudem bedrohlich. Zudem wurden Steine geworfen, von denen einige die Kutsche trafen und womöglich sogar die Pferde, denn eins gab wiehernd einen Schmerzenslaut von sich. Als der Tumult schließlich noch näher an sie heranrückte, hörte Anna ein einzelnes Wort heraus, das unablässig wiederholt wurde. Brot!

Es schockierte sie, wie Furcht einflößend ein ganz normaler, völlig alltäglicher Begriff sein konnte, wenn er drohend von Aberdutzenden wutentbrannter Menschen gebrüllt wurde.

Mittlerweile bemühte sich der Kutscher, seine verängstigten Gäule unter Kontrolle zu bringen, und rief ihnen lautstark Kommandos zu. In der Kutsche breitete sich angespanntes Schweigen aus. Die beiden Gentlemen blickten starr vor sich hin, die reservierte Lady senkte den Kopf, die Augen wie zum Gebet geschlossen.

Obwohl sie keine Miene verzog und gefasst zu wirken versuchte, schlug Anna das Herz bis zum Hals. Ihre Knöchel traten weiß hervor, während sie sich an den Haltegriff neben dem Kutschenfenster klammerte. Sie fragte sich, ob derartige Vorkommnisse in der Großstadt gang und gäbe waren. Nun ja, sie hatte von Demonstrationen und entfesselten Menschenmengen gehört, aber niemals damit gerechnet, selbst mit so etwas konfrontiert zu werden.

Jedenfalls war sie heilfroh, als sich die Kutsche wieder in Bewegung setzte und die Pferde über das Straßenpflaster davonjagten, als wäre der Leibhaftige hinter ihnen her.

»Was war das denn für ein Lärm, Sir?«, erkundigte sich die Lady schwer atmend. »War unsere Kutsche etwa der Anlass für den Tumult?«

»Keine Angst, Madam«, erwiderte der Gentleman. »Es bestand keinerlei Gefahr, die Straße war lediglich gesperrt, sodass unser Kutscher eine andere Route nach London hinein nehmen muss.«

Anna glaubte ihm kein Wort, wenngleich sich die hektische Röte in seinem Gesicht verflüchtigt hatte.

»Warum haben die Leute um Himmels willen ständig nach Brot gerufen?«, warf sie ein. »Und gegen wen richtete sich ihr Zorn überhaupt?«

»Es ist nicht an uns, darüber zu mutmaßen«, beschied sie der Gentleman von oben herab, bevor er sich erneut in Schweigen hüllte.

Auch sonst äußerte sich niemand, und so herrschte eine düstere Stille, während die Kutsche weiter über die Straße holperte.

Allmählich begann sich Anna wegen der Verzögerung Sorgen zu machen. Cousin William wollte sie am Red Lyon abholen, doch wie sollte sie ihn benachrichtigen, dass sie über eine Stunde später kommen würde? Hinzu kam, dass sie hungrig war. Seit dem Frühstück hatte sie nichts außer einer Scheibe Brot und einem kleinen Stück Käse gegessen, und ihr Magen knurrte bereits so laut, dass sie befürchtete, ihre Mitreisenden könnten es trotz des Geratters der Räder hören.

Endlich hielt das Gefährt an, und der Kutscher rief: »Spitalfields Red Lyon, Miss Butterfield.«

Mit steifen Gliedern kletterte Anna aus dem Wagen, schnell reichte der Kutscher ihr das Gepäck herunter, rief ihr ein fröhliches Lebewohl zu und trieb erneut die Pferde an. Und kurz darauf bog die Kutsche, in der sie sich wenigstens einigermaßen sicher und geborgen gefühlt hatte, um die nächste Ecke und entschwand ihrem Blick.

Mutterseelenallein stand Anna auf einer fremden Straße in einer fremden, riesigen Stadt und kam sich schrecklich verloren vor.

Ein schier endloser Strom von Menschen wogte um sie und ihre Taschen herum. Manche spazierten zu zweit oder dritt in Gespräche vertieft vorbei, während andere, die offensichtlich eilige Botengänge erledigen mussten, sich ungeduldig zwischen den einzelnen Gruppen hindurchzwängten. Besonders fasziniert war Anna von den Straßenhändlern, die sich im Wettstreit um die Kunden gewaltig ins Zeug legten.

»Rosmarin! Kauft meinen Rosmarin! Ein Bund Wohlgeruch für einen Viertelpenny«, lockte eine Frau, wedelte mit einem Bund duftender Kräuter und hielt ihn den Passanten unter die Nase, während ein anderer ganz normale Birnen anpries, als wären sie seltene Kostbarkeiten: »Birnen frisch vom Baum, Birnen wie gemalt! Birnen, reif und saftig, für Kuchen ideal!«

Natürlich gab es in Annas Heimatort gleichfalls Straßenhändler, die in regelmäßigen Abstanden vorbeikamen und ihre Waren feilboten, aber die ließen es gemütlich angehen, hielten gerne ein Schwätzchen mit den Dorfbewohnern und tauschten Neuigkeiten aus: Wer war wo gestorben, wer hatte geheiratet, wer Kinder bekommen, und wie stand es um die Ernte. In der Stadt hingegen hielt man offenbar nichts von einem kleinen Plausch – hier ging es ums Geschäftemachen und um klingende Münze.

Und was es nicht alles zu kaufen gab: Kisten und Körbe, Bürsten und Besen, Lederpantoffeln, Streichhölzer, Töpfe und Tiegel, Holzlöffel und Muskatreiben, Fußmatten, Vogelmiere und Kreuzkraut als Vogelfutter, Austern, Heringe, Zwiebeln, Erdbeeren, Rhabarber, alle erdenklichen Obst- und Gemüsesorten sowie ofenfrisches Brot, gebackene Kartoffeln und Fleischpasteten, deren verführerischer Duft ihren Magen noch mehr knurren ließ.

Abgesehen von den Händlern und ein paar Bettlern schenkte niemand Anna auch nur die geringste Beachtung. Auf dem Land wäre einer allein reisenden Frau im Nu Hilfe angeboten worden. Hier dagegen schien sie unsichtbar zu sein oder kein Mensch aus Fleisch und Blut, sondern eine Statue, die lästigerweise ständig im Weg war.

Ich könnte mich in Luft auflösen, schoss es ihr durch den Kopf, und niemand würde etwas bemerken.

Es war ein seltsames Gefühl, beängstigend und befreiend zugleich.

Und der Lärm! Schwer zu sagen, wer mehr Krach verursachte: die rumpelnden Pferdewagen oder die Menschen, die einander zu überschreien versuchten, und das noch in verschiedenen Dialekten und Sprachen. Unwillkürlich kam ihr die in der Bibel beschriebene Sprachverwirrung in den Sinn – und obwohl es sich dabei wie bei so vielem in der Heiligen Schrift sicher bloß um eine Allegorie handelte, vermochte sie sich lebhaft vorzustellen, wie es damals in Babel ausgesehen haben könnte, als plötzlich alle mit verschiedenen Zungen redeten.

Suchend schaute Anna sich um. Auf der anderen Seite des Platzes hatten sich Männer vor dem Red Lyon versammelt, Bierkrüge in den Händen, obwohl es nicht einmal dämmerte. Raues Lachen drang zu ihr herüber.

Rasch wandte sie sich ab und richtete den Blick stattdessen auf eine gewölbeartige Halle voller Tische und Stände. Eindeutig ein richtiger Markt, nicht so einer wie im heimischen Halesworth, der nur gelegentlich stattfand und zudem winzig war. Dort gab es gerade mal zwei Dutzend Stände, selbst an Michaeli, hier mussten es über hundert sein. Und wenngleich die Händler bereits zusammengepackt und die Stände verlassen hatten, wehte der Geruch von Gemüse und Kräutern, Fischabfällen und faulendem Fleisch bis auf die Straße heraus.

Anna starrte auf die große Uhr über dem Halleneingang und sah auf dem rissigen Zifferblatt Minute um

Minute verstreichen. Ihre Brust war wie zugeschnürt, und das lag nicht allein an dem engen Korsett. Hunger und Durst taten ein Übriges, und allmählich wurde ihr leicht schwummerig. Unbehaglich trat sie von einem Fuß auf den anderen und schickte ein Stoßgebet gen Himmel, dass William bald auftauchen möge.

Vergeblich, denn er kam nicht.

Irgendwann begann sich alles um sie herum zu drehen, und ihr wurde ganz schwarz vor Augen. Als sich der Nebel etwas lichtete, fand sie sich auf dem Pflaster liegend wieder. Undeutlich registrierte sie, dass jemand neben ihr kniete und ihren Kopf leicht anhob, während eine zweite Person ihr mit einem Hut Luft zufächelte. Sie brauchte ein paar Sekunden, bis sie die Situation voll erfasste.

»Du liebe Güte.« Verwirrt versuchte sie sich aufzurichten. »Es tut mir schrecklich leid, Ihnen Umstände zu machen …«

»Keine Sorge, machen wir doch gerne«, erwiderte der junge Mann, der ihren Kopf hielt, und sagte etwas zu seinem Begleiter.

Sie verfolgte, wie er sich entfernte und kurz darauf mit einem Becher Wasser zurückkam, den er ihr reichte. Dankbar trank sie einen Schluck.

»Wo wohnen Sie denn?«, erkundigte sich der andere jetzt. »Bei Ihrer Familie? Oder bei einer Bekannten?«

»Ich bin gerade angekommen und muss zu meinem Onkel am Spital Square.« Langsam kehrten ihre Lebensgeister zurück. »Joseph Sadler heißt er. Mein Cousin William sollte mich eigentlich hier abholen.«

Mittlerweile stand eine Traube von Menschen um sie herum, die sie neugierig angafften. Dennoch empfand

Anna keinerlei Angst – ihr Helfer, der nach wie vor ihren Kopf stützte, vermittelte ihr seltsamerweise das Gefühl, sicher und beschützt zu sein. Interessiert musterte sie ihn. Als Erstes fiel ihr auf, dass er sorgfältig rasiert war und seine dunkelbraunen Augen sie an frische, glänzende Kastanien denken ließen. Zwar trug er keine Perücke wie unter honorigen britischen Bürgern üblich, aber seine Haare waren ordentlich zusammengebunden, und seine Stimme klang sanft, seine Sprache war wohlmoduliert, indes etwas fremdartig. Ein merkwürdiger, jedoch nicht unangenehmer Geruch ging von ihm aus, den sie nicht einordnen konnte: süßlich und zugleich erdig.

Inzwischen ging es Anna deutlich besser, und sie versuchte aufzustehen – allein schon deshalb, weil sie nicht wollte, dass ihr Cousin sie lang hingestreckt auf dem Straßenpflaster vorfand. Kaum hatten die beiden jungen Männer ihr aufgeholfen, als William tatsächlich auf der Bildfläche erschien.

»Platz da! Lasst mich durch!«, rief er gebieterisch und bahnte sich ungehalten seinen Weg durch die Menge.

Dann stand er vor ihr: hochgewachsen und schmalgesichtig, eine gepuderte Perücke auf dem Kopf. Seine Miene verfinsterte sich, als er die beiden jungen Männer erblickte, die Anna noch stützten.

»Wie könnt ihr es wagen! Nehmt auf der Stelle eure ungewaschenen Finger von der jungen Dame«, blaffte er sie an, und sogleich landete seine geballte Faust im Gesicht des ersten Jungen, der einen Schmerzenslaut von sich gab und zurücktaumelte.

Nicht lange und er holte erneut aus, schickte den zweiten Burschen mit einem Kinnhaken zu Boden.

»Geht mir gefälligst aus den Augen, ihr Kohlköppe«,

fügte er drohend hinzu und trat, um seinen Worten Nachdruck zu verleihen, mit den Stiefeln nach ihnen. »Sollte ich euch noch mal dabei erwischen, wie ihr eine englische Lady anfasst, hänge ich euch an euren Schmutzfüßen auf, verstanden?«

»Sei bitte nicht so unfreundlich, Cousin«, flüsterte Anna schockiert. »Die beiden haben mir schließlich geholfen. Ich bin ohnmächtig geworden wegen der Hitze …«

»Dreckskerle«, knurrte er und wies einen Mann mit einem Handwagen barsch an, Annas Gepäck aufzuladen. »Das hättest du unter keinen Umständen zulassen dürfen«, ließ er daraufhin sie seine Missbilligung spüren. »Nun ja, du wirst hoffentlich noch lernen, wie man sich als junge Dame in der Großstadt zu verhalten hat.«

»Ja, bestimmt«, erwiderte Anna beschwichtigend, um kein Öl ins Feuer zu gießen.

Der Cousin indes war nicht zu besänftigen. »Komm schon, Anna Butterfield. Wir warten seit Stunden auf dich«, schimpfte er ungehalten und zerrte sie so grob hinter sich her, dass sie kaum mit ihm Schritt zu halten vermochte. »Außerdem verstehe ich gar nicht«, mäkelte er weiter, »warum du uns nicht Bescheid gegeben hast, dass sich deine Ankunft verzögert – dann wäre es nämlich gar nicht erst zu diesen Scherereien gekommen. Und das Abendessen hätte nicht kalt werden müssen.«

Glücklicherweise war es nicht weit vom Red Lyon zum Spital Square, und sie erreichten binnen Kurzem zu Fuß das Haus des Onkels, in dessen Parterre sich ein großer Laden befand, dessen prächtige Glastür von zwei Erkern flankiert und von einem Säulenportal überdacht wurde.

Auf einem Schild prangte in eleganter goldener Schrift der Firmenname: *Joseph Sadler & Sohn, Tuchhändler und Hoflieferant.*

Der Eingang zu den Wohnräumen hingegen befand sich auf der Seite, wo sie erst einen langen, dunklen Korridor entlanggingen und dann eine Treppe hinaufstiegen. Dort wartete bereits der Onkel auf sie.

Er begrüßte sie mit einem förmlichen Händedruck und einem Lächeln, das nahezu sofort wieder verflog, als wäre sie ein ebenso unerwarteter wie unerwünschter Gast.

Joseph Sadler war zweifellos eine Respekt einflößende Erscheinung, groß und beleibt, ein Mann, der selbst zu Hause Perücke, Stehkragen und Gehrock trug und über dessen mächtigem Bauch sich eine bestickte Seidenweste spannte. In jüngeren Jahren war er vermutlich ein gut aussehender Mann gewesen, aber das gute Leben hatte seinen Tribut gefordert. Seine bärtigen Wangen hingen schlaff herab und zitterten wie die Kehllappen eines Truthahns.

»Herzlich willkommen, liebe Nichte«, bequemte er sich zu sagen. »Ich hoffe, du wirst dich bei uns wohlfühlen.«

Mit einer weit ausholenden Geste bat er sie in das opulent möblierte Speisezimmer mit einem glänzend polierten Tisch in der Mitte, der fürs Abendessen gedeckt war und auf dem das Silberbesteck im Kerzenlicht schimmerte.

Anna machte einen kleinen Knicks. »Vielen Dank für die Gastfreundschaft, Onkel.«

Im Gegensatz zu ihrem Ehemann schien Tante Sarah ständig zu lächeln und küsste die Nichte überschwänglich auf die Wangen.

»Du siehst mitgenommen aus, Kind«, stellte sie fest

und trat einen Schritt zurück, um sie näher in Augenschein zu nehmen. »Und deine Kleider ...« Sie stieß einen leisen Seufzer aus und wandte das Gesicht ab, als könnte sie den Anblick nicht ertragen. »Nun denn. Jetzt iss erst einmal zu Abend, und dann ruhst du dich aus. Um deine Garderobe können wir uns später kümmern.«

Sie hatte die gleiche Stimme wie ihr Vater, dachte Anna, mit jenem leichten Lispeln, das offenbar in der Familie lag. Möglichst unauffällig musterte sie die jüngere Schwester des Pfarrers, versuchte Ähnlichkeiten festzustellen, was gar nicht so einfach war. Die Lippen vielleicht oder die Augenbrauen? Von der Statur her glichen sie sich jedenfalls nicht. Sarah war rundlich und viel kleiner als ihr Vater, von dem sie die langen Glieder und kantigen Züge geerbt hatte – Merkmale, die einer Frau nicht eben zum Vorteil gereichten, wie sie wusste.

Inzwischen war auch ihre Cousine Elizabeth hereingekommen und machte einen formvollendeten Knicks.

»Nenn mich einfach Lizzie. Ich hab mir schon immer eine ältere Schwester gewünscht«, lispelte sie, was bei ihr ganz bezaubernd klang. »Brüder sind nämlich zu gar nichts nütze«, schob sie mit einem giftigen Blick auf William nach, dessen Miene daraufhin noch misslauniger wurde, sofern das überhaupt möglich war.

Lizzie musste so um die vierzehn Jahre alt sein. Ein hübsches kleines Ding, sechs Jahre jünger als ihr Bruder, vier Jahre jünger als Anna. Sie ähnelte ihrer Mutter, war allerdings graziler. Ihr rundliches, weiches Gesicht wurde von kastanienbraunen Locken umrahmt, die bis auf den Rücken ihres cremefarbenen Spitzenkleids fielen.

Soweit Anna wusste, hatte es noch mehr Kinder gegeben, die alle früh gestorben waren.

Sie erinnerte sich, dass ihr Vater oftmals seufzend die Briefe seiner Schwester gelesen hatte: »Ein weiteres Kind, das vor der Zeit zu Gott gegangen ist. Arme Sarah – könnte sie bloß an einem Ort mit besserer Luft leben.«

In der Kirche bat er dann den Herrn, die toten Kinder in seine himmlische Obhut zu nehmen. Jedenfalls schloss Anna als kleines Mädchen aus seinen traurigen Gebeten, dass allein die Tatsache, Kinder zu bekommen, schrecklich sein musste, vielleicht das Schrecklichste auf der ganzen Welt, und sie begann irgendwann zu grübeln, wie und ob es überhaupt möglich war, diesem Schicksal zu entgehen.

Nach der allgemeinen Begrüßung nahm man am Tisch Platz, und der Hausherr füllte die Gläser mit einer Flüssigkeit, die die Farbe reifer Pflaumen hatte. Ein »Claret« sei das, sagte er und brachte einen Toast »auf die Ankunft unserer lieben Cousine« aus.

Vorsichtig nippte Anna daraufhin an dem unbekannten Getränk, das deutlich stärker war als der Messwein zu Hause und deutlich besser schmeckte. Köstlich, fand Anna, nahm noch einen Schluck und noch einen, bis sie sich irgendwann rundum entspannt fühlte.

Leider trübte Tante Sarah das wohlige Gefühl, indem sie ein trauriges Thema anschnitt.

»Ihr Armen habt ja in den letzten Monaten viel durchgemacht«, murmelte sie mit Grabesstimme, während sie gleichzeitig unbekümmert die Fleischplatte herumreichte. »Ich hoffe, die liebe Fanny musste während ihrer letzten Wochen nicht allzu sehr leiden.«

Sofort stand Anna wieder das Bild ihrer von Kissen gestützten Mutter vor Augen, wie sie geisterhaft blass und bis auf die Knochen abgemagert heftig nach Luft rang und verzweifelt versuchte, die krampfartigen Hustenanfälle zu unterdrücken, die ihren Körper immer wieder schüttelten. Wegen der Verschleimung der Atemwege hatte sie am Ende nicht einmal mehr richtig schlucken und folglich kaum Essen zu sich nehmen können.

Es war ein langer Leidensweg gewesen, wenngleich es zwischendurch immer wieder Hoffnung gab – nur verflüchtigte sie sich meist ebenso schnell, wie sie gekommen war. Nicht zuletzt für Anna eine schwere Zeit, da sie sich neben der Krankenpflege zusätzlich um den Haushalt und die jüngere Schwester Jane kümmern und dem Vater bei der Gemeindearbeit zur Hand gehen musste.

Das alles hatte ihr so viel abverlangt, dass ihr kaum Zeit geblieben war, sich Gedanken über die bevorstehende Tragödie zu machen. Als sie schließlich eintrat, hatte sich Jane ins Bett verzogen und geweint, tagelang, wochenlang. Nichts vermochte sie zu trösten außer den Süßigkeiten, mit denen sie sich tagsüber vollstopfte, und den Umarmungen der großen Schwester, wenn sie sich nachts aneinanderkuschelten.

Und was den Vater betraf: Zwar hatte Anna ihn ein- oder zweimal mitten in der Nacht heftig schluchzen gehört, doch er wollte keinen Beistand, wünschte mit seiner Trauer allein zu sein, fand und suchte, wie sie vermutete, Trost in seinem Glauben.

Anna selbst hielt erstaunlicherweise durch wie ein Fels in der Brandung.

Sie hatte damit gerechnet, dass die Verzweiflung sie übermannen werde, sobald ihr das Ausmaß des Verlusts richtig zu Bewusstsein käme, aber der Zusammenbruch blieb aus. Sie stand jeden Tag auf, erledigte ihre

Aufgaben, bereitete die Mahlzeiten zu und zwang sich zu einem Lächeln, wenn die Leute beteuerten, wie tapfer sie sei.

In ihrem tiefsten Innern hingegen fühlte sie sich leer und gleichgültig, als würde sie schlafwandelnd durch eine öde, tief verschneite Landschaft taumeln, jeder Schritt schmerzhaft und anstrengend. Die ganze Welt schien ausschließlich aus Grautönen zu bestehen, Geräusche hallten dumpf und hohl in ihren Ohren wider. Manchmal kam es ihr vor, als wäre sie zusammen mit ihrer Mutter gestorben.

Entschlossen verdrängte sie jetzt die schmerzhaften Erinnerungen, um ihrer Tante endlich zu antworten.

»Danke für deine Anteilnahme, sie ist friedlich eingeschlafen.«

Eine Lüge, weshalb sie die Finger heimlich kreuzte – eine Angewohnheit aus ihrer Kindheit, mit der sie sich vor Gottes Zorn zu schützen versuchte, wenn sie gegen eines seiner Gebote verstieß. Allerdings hatte die Mutter nach Eintritt des Todes erstaunlicherweise wirklich völlig friedlich ausgesehen, und insofern enthielt ihre Behauptung wenigstens ein Körnchen Wahrheit.

»Und mein lieber Bruder Theo? Wie wird er mit seinem Verlust fertig?«

»Sein Glaube spendet ihm großen Trost, liebe Tante«, antwortete Anna wiederum nicht ehrlich, denn inzwischen war ihr klar geworden, dass der Vater mehr und mehr an seinem Glauben zu zweifeln begann.

»Was muss das für ein grausamer Gott sein, der Trost verspricht, nachdem er einem das Liebste genommen hat?«, wandte Joseph ein.

»Jedem das Seine«, murmelte Sarah.

»Gott ist durchaus ein interessantes Konstrukt.« William Augen funkelten provozierend, und ein boshaftes Lächeln spielte um seine schmalen Lippen. »Bloß welchen Sinn hat dieser Gott noch, wenn alles aus und vorbei ist?«

»Schluss jetzt, William«, unterbrach ihn seine Mutter energisch. »Derartige Fragen kannst du mit deinen Freunden im Club erörtern.«

Schweigen senkte sich über den Tisch.

»Ich hoffe, ihr verzeiht mir die Verspätung«, ergriff Anna nach einer Weile das Wort und nahm einen großen Schluck Wein, als müsste sie sich Mut antrinken. »Die Kutsche wurde aufgehalten. Wir gerieten unterwegs in einen Aufruhr, und der Kutscher musste einen Umweg fahren.«

William reckte das Kinn. »Was für ein Aufruhr? Und wo?«

»Tut mir leid, das weiß ich nicht so genau, denn wir hatten die Vorhänge zugezogen. Ich habe lediglich gehört, dass die Menge dauernd nach Brot rief.«

»Klingt nach einem weiteren Hungeraufstand«, mutmaßte William. »Wahrscheinlich wieder die französischen Weber wie letzten Monat. Immer dasselbe. Hast du irgendetwas gehört, Pa?«

Joseph schüttelte den Kopf und musste erst einen riesigen Bissen Fleisch zerkauen und schlucken, bevor er antworten konnte.

»Würden sie nicht so viel Geld für Genever ausgeben, könnten sie sich pfundweise Brot kaufen«, knurrte er schließlich. »Diese Ausländer müssen dringend zur Räson gebracht werden.«

Damit war für ihn das Thema beendet und für seinen

27

Sohn ebenso, denn der warf jetzt einen Blick auf seine Taschenuhr, legte eilig Messer und Gabel beiseite und erhob sich.

»Entschuldigt, der Club ruft«, rief er in die Runde und deutete eine Verneigung in Annas Richtung an. »Wir sehen uns morgen wieder, liebes Cousinchen. Halt dich bis dahin lieber von Kohlköppen fern. Sie können höchst übel riechende Flatulenzen verursachen.«

Im ersten Moment verstand Anna kein Wort, bis ihr einfiel, dass William die beiden jungen Burschen vor dem Red Lyon so beschimpft hatte. Warum eigentlich empfand er einen solchen Hass auf zwei harmlose, überaus hilfsbereite junge Männer? Es war ihr ein Rätsel. Allerdings ging so vieles in der großen Stadt über ihr Begreifen.

Nach dem Abendessen zeigte Lizzie ihr die restlichen Wohnräume. Insgesamt hatte das Haus vier Stockwerke, die abgesehen von der Tuchhandlung im Erdgeschoss alle privat genutzt wurden. Prachtvoll waren sie, repräsentativ – behaglich oder gar heimelig wie das Pfarrhaus, in dem sie aufgewachsen war, hingegen ganz und gar nicht. So kostbar die seidenen Wandbehänge, die Deckenvertäfelungen und das Mobiliar sein mochten, wirkte dennoch alles irgendwie düster und streng.

Neben dem Speisezimmer, das sich in der Mitte des Stockwerks, genau über dem Eingangsportal des Geschäfts befand, lag ein großer, eleganter Salon mit einem marmorverkleideten Kamin. Aus dem Fenster blickte man hinaus auf die Straße, wo sich ein Haus an das andere reihte.

Die Grundstücke hier schienen teuer zu sein, dachte sie, wenn die Häuser nicht wenigstens ein paar Meter auseinanderstanden. Außerdem gab es lediglich ein kleines Fleckchen Erde mit ein paar Bäumen, damit man den Spital Square überhaupt als Platz bezeichnen konnte.

»Habt ihr einen Garten?«, erkundigte sie sich.

»Na ja, eine kleine Wiese und einen Baum«, erwiderte Lizzie. »Ich zeige sie dir morgen.«

»Weißt du, ich zeichne gerne in der Natur.«

»Hier gibt es kaum etwas, das einen Künstler inspirieren könnte«, meinte Lizzie abfällig. »Aber ich kann dir verraten, wo du Blumen und Früchte in Hülle und Fülle findest.«

»Ja? Wo denn?«

»Auf dem Markt. Alles, was das Herz begehrt, sogar aus anderen Ländern – ein wunderschöner Anblick.« Lizzie lachte hell auf. »Nur ist das vermutlich nicht das, was dir vorschwebt, stimmt's?«

»Ehrlich gesagt nicht«, gab Anna lachend zurück, denn sie war froh, nach all der steifen Konversation mit einem anderen Mädchen unbeschwert schwätzen zu können. »Trotzdem würde ich mich dort gern mal umsehen.«

»Das wird Mama nie im Leben erlauben. Das, sagt sie, schickt sich nicht für eine junge Dame«, äffte sie den snobistischen Tonfall ihrer Mutter nach. »Nichts als Pöbel treffe man dort«, fügte sie hinzu, bevor sie mit ihrer normalen Stimme weitersprach. »Ich finde das ausgesprochen töricht, du nicht?« Resigniert zuckte sie die Schultern. »Hilft nichts. Doch wenn du willst, kann ich sie fragen, ob wir uns morgen unsere Kirche ansehen dürfen.«

Anna beschloss, dass es wenig sinnvoll wäre, es gleich am zweiten Tag auf eine Auseinandersetzung mit ihrer Tante ankommen zu lassen, und nickte zustimmend.

Nachdem sie ihre Besichtigungsrunde durchs Haus

beendet hatten, war Anna rechtschaffen müde und bat ihre Tante, sich zurückziehen zu dürfen.

»Natürlich, das versteht sich von selbst«, beeilte sich die Hausherrin zu sagen. »Lizzie wird dich nach oben begleiten. Sie hat dir dein Zimmer sicher schon gezeigt. Es befindet sich unter dem Dach, da wir wegen der Geschäftsräume leider lediglich begrenzt Platz haben. Nun, ich hoffe, dass wir bald etwas Geräumigeres, Passenderes finden, nicht wahr, mein Lieber?«, schloss sie an ihren Mann gewandt, der indes keinerlei Regung zeigte.

Das Gepäck sei bereits oben, das Hausmädchen bringe noch einen Krug Wasser – mit diesen Worten waren die beiden Mädchen entlassen und stiegen eine schmale hölzerne Treppe ins oberste Stockwerk hinauf – in die »alte Webstube«, wie Lizzie es nannte. Das Dachgeschoss sei umgebaut worden, nachdem ihr Vater das Weberhandwerk aufgegeben und sich auf den Stoffhandel verlegt habe. Das Gästezimmer, neben der Kammer gelegen, die sich die Köchin und Betty, das Hausmädchen, teilten, war in der Tat recht spartanisch möbliert mit einer Kommode, einem Waschtisch, einem Stuhl und einem schmalen Bett.

Anna war es egal. Hauptsache, sie konnte ihre müden Glieder endlich ausstrecken. Bevor sie das allerdings tat, öffnete sie das Flügelfenster, ließ sich die laue Nachtluft ins Gesicht wehen und stieß einen erleichterten Seufzer aus. Es war überaus anstrengend gewesen, den ganzen Abend höflich zu lächeln.

Dann schlüpfte sie unter die Decke in der festen Überzeugung, auf der Stelle einzuschlafen, aber sie hatte sich bitter getäuscht.

Das Bett war arg klein, die Rosshaarmatratze durchgelegen, und die Decke war unangenehm schwer und um

Längen nicht so weich wie ihr Federbett zu Hause. Außerdem hatte sich die Hitze des Julitages unter dem Dach gestaut, und von unten drang Straßenlärm herauf, der für ein Mädchen vom Land mehr als gewöhnungsbedürftig war. Schliefen die Menschen in dieser Stadt denn nie, fragte sie sich, während sie sich ruhelos hin und her warf.

Der Geräuschpegel schien keinen Deut nachgelassen zu haben, seit sie am Nachmittag aus der Kutsche gestiegen war. Ausgelassenes Gelächter junger Männer mischte sich mit den schrillen Rufen von Frauen, dem Weinen von Kindern sowie dem Bellen von Hunden und dem Miauen von Katzen, untermalt von klappernden Pferdehufen und ratternden Rädern. Zu Hause war um diese Uhrzeit bestenfalls das Rauschen der Nordseewellen zu hören gewesen, zumindest wenn der Wind von Osten kam.

Auf was für ein Abenteuer hatte sie sich da eingelassen?

Dabei war sie trotz allen Abschiedsschmerzes durchaus positiv in den neuen Lebensabschnitt gestartet, hatte ihm aufgeregt und erwartungsvoll entgegengesehen.

»Das Leben hat einer talentierten jungen Frau wie dir eine Menge zu bieten«, hatte ihr Vater am letzten Abend zu Hause gesagt. »Es gibt so viel zu sehen und zu lernen auf dieser Welt, so vieles, wofür es sich zu leben lohnt. Hier in unserem abgeschiedenen Ort wirst du es nicht finden. Du musst dein Glück in der Stadt versuchen.«

»Wie Dick Whittington, der sogar Bürgermeister von London wurde, meinst du?«

»In der Tat.« Ihr Vater hatte gelacht. »Und falls du das ebenfalls schaffst, musst du uns in deine Residenz einladen. Doch vergiss nie, dass du jederzeit nach Hause zurückkommen kannst.«

Und so war sie mit weit geöffneten Sinnen in die große Welt gefahren – bereit, alles Schöne und Nützliche in sich aufzusaugen.

Allein schon die Reise mit der Kutsche war ein Erlebnis gewesen, schließlich war es das erste Mal, dass sie überhaupt irgendwohin fuhr. Entsprechend hatte der Vater ihr alles Mögliche eingeschärft: Die Ermahnung, sich nicht mit den anderen Reisenden zu unterhalten, gehörte etwa dazu, entpuppte sich indes als untauglich – wie sollte das in der Enge einer Kutsche denn gehen, ohne unhöflich zu wirken?

Neugierig, wenngleich verstohlen hatte sie also ihre Mitreisenden gemustert. Es handelte sich um Menschen aller Lebensalter und aus verschiedenen Schichten. Die einen stiegen ein, die anderen aus. Auf den ersten Etappen herrschte ein reger Wechsel. Ein blasierter Gentleman, der sehr wichtig tat, war ebenso darunter wie zwei korpulente Frauen, die man gut und gerne auf dem Markt antreffen könnte. Später stiegen an ihrer Stelle für ein paar Stationen Mütter mit quengelnden Kindern zu.

Um ihre Mitreisenden zumindest nicht allzu auffällig anzustarren, zog sie die Taschenbibel heraus, die ihr Vater ihr zum Abschied in die Hand gedrückt hatte. Wenngleich ihr Glaube während des langen Sterbens ihrer Mutter schwer ins Wanken gekommen war, hatten die vertrauten Episteln etwas Tröstliches. Und als sie den abgestoßenen Ledereinband aufschlug und zum ersten Mal die Widmung des Vaters las, musste sie schlucken.

Meiner geliebten Anna. Möge Gott auf all deinen Wegen seine schützende Hand über dich halten.

Tränen traten ihr in die Augen, und mit bangem Herzen

fragte sie sich, wann sie ihren Vater wohl wiedersehen würde. Auch war sie besorgt, wie er zurechtkommen würde – jetzt, da er mit Jane allein war.

Mit ihrer kleinen Schwester. Obwohl sie damals erst fünf gewesen war, wusste sie, dass es eine lange, schwere Geburt gewesen und das Baby als schwaches, blau angelaufenes Bündel zur Welt gekommen war. Erst später zeigte sich, dass die Kleine zudem bleibende Schäden davongetragen hatte, denn zum einem zog sie ihr rechtes Bein nach, und zum anderen war sie ein bisschen langsam im Kopf, tat sich mit Dingen schwer, die anderen kinderleicht fielen.

Lesen und Schreiben hatte sie nie gelernt, und Anna bezweifelte, dass Jane jemals in der Lage sein würde, dem Vater den Haushalt zu führen. Ihr schien es sogar fraglich, ob sie dafür gesund genug war. Grund jedenfalls, sich Sorgen zu machen.

Als sie schließlich das Gasthaus in Chelmsford erreichten, half ihr ein beleibter Gentleman aus der Kutsche.

»Darf ich Ihnen mit Ihrer Reisetasche behilflich sein?«, erkundigte er sich höflich.

Froh über das Angebot, nickte sie. »Vielen Dank. Es ist die da oben. Mein Handkoffer und die Hutschachtel verbleiben bis morgen in der Kutsche, nehme ich an.«

»Es sei denn, Sie haben den Kutscher anders instruiert«, erwiderte er und begleitete sie zum Eingang der Herberge – ihre abgetragene Leinentasche in der einen, seinen eleganten Lederkoffer in der anderen Hand. »Verzeihen Sie«, wandte er sich erneut an sie. »Ich will Ihnen keinesfalls zu nahe treten, aber darf ich Ihnen vielleicht einen kleinen Ratschlag geben?«

»Selbstverständlich, Sir«, erklärte sie. »Ihr Rat ist umso willkommener, als ich nicht mit den Gepflogenheiten des Reisens vertraut bin.«

»Dann würde ich Ihnen empfehlen, dass Sie das Abendessen auf Ihrem Zimmer zu sich nehmen. In der Schänke geht es bisweilen recht hoch her, wenn Sie verstehen, was ich meine.«

Wie zur Bestätigung schlug ihnen in der Tür lautes Reden und grölendes Lachen entgegen. Anna zögerte, wäre am liebsten umgekehrt, doch ihr Begleiter nahm ihren Arm und führte sie behutsam zwischen den vollbesetzten Tischen hindurch zu einer Durchreiche, wo er eine griesgrämig dreinblickende Frau, wahrscheinlich die Wirtin, heranwinkte und ihr erklärte, was Sache war. Kurz darauf erschien ein schmuddeliger Junge und geleitete beide zu ihren Zimmern im ersten Stock.

»Ich bin Ihnen außerordentlich verbunden für Ihre Mühen, Sir«, bedankte sie sich.

Er verbeugte sich leicht. »Schlafen Sie gut, mein Fräulein.«

Erleichtert, den ersten Reisetag heil überstanden zu haben, nahm Anna kaum wahr, wie eng und schäbig ihr Zimmer und wie grau die Laken waren. Und wenngleich das Essen – kaltes, fettiges Hammelfleisch und mit schwarzen Stellen gespickte Kartoffeln – eher unappetitlich war, schlang sie alles vor lauter Hunger bis auf den letzten Bissen in sich hinein. Dann lag sie im Dunkeln, versuchte die Bettwanzen zu ignorieren, die sich geradezu auf sie stürzten, und lauschte dem Lärm aus dem Schankraum, der mit jeder Minute mehr anzuschwellen schien.

Als sie endlich einschlief, träumte sie davon, wie sie

nach Hause zurückkehrte und alles so war wie früher. Fröhliches Lachen erklang im hell erleuchteten Pfarrhaus, und sie sank in die ausgebreiteten Arme ihrer Mutter, während ihr der vertraute Geruch von Wäscheseife und Gartenkräutern in die Nase stieg – ein Duft, der für sie Liebe und Sicherheit bedeutete.

Der Schock kam im Morgengrauen des neuen Tages. Sobald ihr bewusst wurde, wo sie sich befand, begann sie zu weinen. Heftige Schluchzer schüttelten ihren Körper, und heiße Tränen kullerten auf das Kissen. Wie konnte sie so dumm gewesen sein, ihr geliebtes Zuhause zu verlassen, haderte sie ein ums andere Mal mit sich.

Mit der aufgehenden Sonne besserte sich ihre Stimmung zum Glück allmählich, jedoch stellte sie zu ihrem Bedauern fest, dass der hilfsbereite Gentleman nicht mit ihnen weiterfuhr. Dennoch bestieg sie die Kutsche voller Optimismus, freute sich auf einen weiteren Reisetag und warf ihrer vorerst einzigen Mitreisenden, einer stilvoll gekleideten, kultivierten Dame, ein scheues Lächeln zu. Nachdem sie endlos lange kaum ein Wort mit einem anderen Menschen gewechselt hatte, stand ihr der Sinn durchaus nach ein wenig Konversation – umso enttäuschter war sie, als die Dame zu ihrer Brille griff und ein Buch aufschlug.

Also ließ Anna ihre Gedanken schweifen.

Bald würde sie die Großstadt, die sie bislang lediglich aus Erzählungen kannte, mit eigenen Augen sehen und ihre Verwandtschaft kennenlernen. Nach den langen Monaten, in denen sie ihre todkranke Mutter gepflegt und das Haus höchst selten verlassen hatte, sehnte sie sich danach, ihre Flügel auszubreiten – da war ihr die Einladung der Tante gerade recht gekommen.

Am frühen Nachmittag stiegen an einer weiteren Poststation zwei Herren zu, offensichtlich Vater und Sohn. Außerdem machte der Kutscher seinen weiblichen Fahrgästen den Vorschlag, kurz auszusteigen, da man von einer nahen Anhöhe einen wunderschönen Blick auf die Stadt habe.

Zuerst konnte Anna nur die Themse erkennen, die sich in der Sonne wie eine silberne Schlange durch das Tal wand. Schließlich erspähte sie in der Ferne ebenfalls die Silhouette einer großen Stadt – ein von Straßen durchzogenes Häusermeer, das sich bis zum Horizont erstreckte. Anna verschlug es die Sprache. Unvorstellbar, wie viele Menschen dort wohnen mussten. Was sie hingegen vermisste, waren Wälder, Felder und Wiesen. Kaum ein grüner Fleck unterbrach das Grau der Steinwüste.

Ihr wurde bang ums Herz.

Was sollte sie, die in einem Dorf aufgewachsen war, das gerade mal dreihundert Einwohner zählte und begrenzt wurde von Feldern und Wäldern, von Sanddünen und der endlosen See, es dort aushalten? Was sollte sie malen an einem Ort, wo es weder Bäume noch Blumen, weder Schmetterlinge noch Vögel gab?

All das ging ihr noch einmal durch den Kopf, während sie ruhelos in ihrem Bett in der Dachkammer auf den Schlaf wartete. Viel war nicht geblieben von ihrem anfänglichen Hochgefühl. Eher kam es ihr vor, als wäre ihr im Verlauf der langen Fahrt mit der Kutsche ein Teil ihrer Seele abhandengekommen. Ausgerechnet jetzt, wo das große Abenteuer, dem sie entgegengefiebert hatte, beginnen sollte, schien ihr alles so fremd und beängstigend, dass sie bloß noch nach Hause zurückwollte.

Kapitel 2

Eine feine Dame sollte sich gemessenen Schrittes fortbewegen; zu große Eile schadet der Anmut, die eine Lady auszeichnen sollte. Sie sollte den Kopf nicht nach links oder rechts drehen, insbesondere in Städten, wo diese schlechte Angewohnheit Zudringlichkeiten gleichsam herausfordert.

Über die Umgangsformen der feinen Dame

Anna erwachte, sobald die Sonne durch die Fenster der Dachkammer schien, und fragte sich im ersten Moment, wo sie war. Dann erinnerte sie sich. Aber da im Haus noch alles still war und selbst die laute Stadt vorübergehend zur Ruhe gekommen zu sein schien, drehte sie sich einfach auf die andere Seite.

Weiterzuschlafen, das gelang ihr allerdings nicht. Zu sehr wühlten sie die neuen Eindrücke auf. Ihr Einstand in London war so ganz anders als erwartet verlaufen, was nicht zuletzt am rüden Verhalten ihres Cousins den hilfsbereiten jungen Männern gegenüber lag. Was sie im Licht des neuen Morgens jedoch etwas mehr zu verstehen bereit war. Sicher hatte William sich einfach Sorgen um sie gemacht und im Eifer des Gefechts schlicht überreagiert, redete sie sich ein.

Während sie darüber nachdachte, kam ihr zugleich

etwas anderes zu Bewusstsein: dass es sie nicht im Geringsten beunruhigt hatte, sich unvermittelt in den Armen eines Fremden wiederzufinden, von dem sie absolut nichts wusste und den ihr dünkelhafter Cousin dem Pöbel zuordnete. Ein Lächeln spielte um ihre Lippen, als sie sich an seine sanfte Stimme erinnerte, an seine warmen Augen und den leicht erdigen Geruch, der von ihm ausgegangen war und sie an getrocknete Blätter in spätherbstlicher Sonne denken ließ.

Angenehme Gedanken, bei denen sie oberflächlich erneut ins Reich der Träume glitt.

Erst als das Dienstmädchen anklopfte, schrak sie hoch. Nahm den Wasserkrug entgegen, wusch sich, zog sich rasch an und ging nach unten, wo ihre Verwandtschaft bereits bei einem an Opulenz kaum zu überbietenden Frühstück saß: gleich drei Sorten Brot, Butter, Honig, Marmelade und Kirschgelee, Haferflocken mit süßer Sahne, geräucherte Heringe, kalte Kalbfleischpasteten, gegrillte Bohnen und Kaffee – ein neumodisches Getränk, das sich wachsender Beliebtheit erfreute, ihr allerdings zu bitter war. Eine Tasse Tee und eine Scheibe Brot mit Honig hätten ihr vollauf gereicht, andererseits verlockte es durchaus, von allem zu probieren. Bald hatte sie das Gefühl, aus ihrem altersschwachen Mieder zu platzen.

Die Tante hatte den Tag schon durchgeplant. »Nach dem Frühstück müssen wir uns zuerst einmal um deine Garderobe kümmern.«

»Das ist sehr freundlich, doch ich möchte euch wirklich keine Kosten verursachen«, wehrte Anna ab. »Ich habe noch zwei andere Kleider dabei, ein blaues und ein braunes, dazu mehrere Halstücher und Hauben.«

»Du bist jetzt in der Stadt und musst dich entsprechend

kleiden, mein liebes Kind«, beharrte die Schwester ihres Vaters. »Wir können es uns nicht leisten, dass man dich womöglich für ein Dienstmädchen hält. Für dich kommt einzig feinste Seide infrage – was sonst sollte die Nichte eines angesehenen Tuchhändlers tragen? Davon abgesehen, bist du im heiratsfähigen Alter, und ich brauche dir sicher nicht zu erklären, warum dein Erscheinungsbild von größter Bedeutung ist.«

Bei diesen Worten kicherte Lizzie hinter vorgehaltener Hand, und Anna wusste nicht so recht, was sie von den Ankündigungen der Tante halten sollte.

Sarah nahm sich noch ein großes Stück Pastete. »Meine Schneiderin wird Maß bei dir nehmen und uns Entwürfe vorlegen, und anschließend werden wir unten im Laden die Seide aussuchen. Fürs Erste dürften zwei Tages-, zwei Abendkleider und eine Jacke reichen, nicht wahr, Joseph? Und natürlich ein Cape für kühle Abende.«

Der Tuchhändler grunzte unbeteiligt hinter seiner Zeitung, wohingegen Lizzie hochinteressiert schien.

»Zu welcher Schneiderin geht ihr?«

»Zu Miss Charlotte«, antwortete ihre Mutter. »Für mich gibt es keine bessere Adresse.«

»Aber es muss die neueste Mode sein, Mama, klein geblümt oder mit schmalen Streifen. Und mit viel Spitze, das ist gerade der letzte Schrei.«

Woher kannte sich das Mädchen eigentlich so gut aus?, überlegte Anna verwundert.

»Keine Sorge, mein Schatz. Wenn wir deine Cousine ausstaffiert haben, wird sie Stadtgespräch sein.«

»Oh, wie aufregend«, jubelte Lizzie. »Ich wünschte, ich bekäme ebenfalls neue Kleider!«

Anna staunte bloß. In der Welt, in der sie bislang zu

Hause gewesen war, hatte Mode so gut wie keine Rolle gespielt. Im Dorf galt man nämlich schnell als gefallsüchtig, wenn man sich zu sehr herausputzte, und überdies gehörte sie nicht zu den Menschen, die großen Wert auf so etwas legten. Zum einen hatte das Geld gefehlt, zum anderen erforderte das nasse, windige Wetter an der Küste zweckmäßige Kleidungsstücke und Stoffe, die durchaus mal einen Regenguss vertrugen. Nichts also für Seidenroben und Hüte, die man nicht unter dem Kinn festbinden konnte.

Insofern fühlte sie sich wie eine Anziehpuppe, mit der andere machten, was ihnen gerade gefiel. Dennoch blieb ihr nichts anderes übrig, als gute Miene zu diesem Spiel zu machen, wenngleich Gehorsam nie ihre Stärke gewesen war. Außerdem war sie, so wenig ihr das passen mochte, auf Wohlwollen und Gastfreundschaft der Verwandten angewiesen.

Und da war noch etwas anderes.

Obwohl es nicht offen ausgesprochen wurde, wusste Anna sehr genau, was ihre Tante meinte. Es war ihre Pflicht, eine einigermaßen gute Partie zu machen. Jane würde aufgrund ihrer Behinderungen nie heiraten und ihr Leben lang auf Hilfe angewiesen sein. Ärzte kosteten Geld, und der Pfarrer hatte nahezu sämtliche Ersparnisse für seine kranke Frau aufgewendet – da blieb nicht einmal genug fürs Anmieten einer Bleibe, wenn er in den Ruhestand trat und samt Jane das Pfarrhaus räumen musste.

Mit anderen Worten: Ihre Familie war darauf angewiesen, dass sie sich so gut wie möglich verheiratete, um den Lebensabend von Vater und Schwester finanzieren zu können. Ihre Träume von einer Liebesheirat waren damit wohl hinfällig geworden. Vermutlich würde es ihr so ergehen wie einer ehemaligen Schulfreundin, auf deren Hochzeit sie eingeladen gewesen war. Bei dem Bräutigam handelte es sich um einen betuchten älteren Landbesitzer aus Suffolk mit schütterem Haar und beachtlichem Bauchansatz, der die junge Frau wie eine Jagdtrophäe betrachtete. Die Braut hatte zu alldem tapfer gelächelt, doch Anna hatte allein die Vorstellung, mit so einem Mann Zärtlichkeiten oder gar Intimitäten teilen zu müssen, einen kalten Schauer über den Rücken gejagt.

Wenig später stand sie in Unterwäsche im Schlafzimmer der Tante zum Ausmessen bereit. Miss Charlotte ließ keinen Zentimeter ihres Körpers aus, maß sogar den Kopfumfang sowie die Länge und Breite ihrer Füße. Anna ertrug es klaglos, schluckte ihre ernsthaften Zweifel am ganzen Sinn des Unternehmens tapfer hinunter.

Aus ihr würde niemals eine Dame der feinen Gesellschaft werden, egal welche Kleider sie trug. Zu diesem Urteil gelangte sie einmal mehr, als sie sich kritisch im Spiegel betrachtete. Ihre Arme und Beine waren zu lang, ihre Hände und Füße zu groß, ihre Fingernägel zu kurz und zu ungepflegt von der vielen Hausarbeit. Ihr Blick wiederum war zu herausfordernd für eine angepasste Lady, und ihre weit auseinanderstehenden Augen, die von einem seltsam undefinierbaren Blau waren, verrieten ihren unbeugsamen Charakter.

»So wechselhaft wie das Meer«, pflegte ihr Vater sie früher zu necken. »Ich sehe immer genau, wann Sturm aufzieht.«

Und als ob das nicht reichte, waren da zusätzlich die Sommersprossen im Gesicht, die trotz täglicher Behandlung mit Zitronensaft einfach nicht weniger werden wollten. Gut, ihre blonden Locken waren eigentlich ganz hübsch, wiewohl so ungebärdig, dass sie sich kaum unter eine Haube zwingen ließen. Diese Erkenntnisse und die daraus resultierenden Konsequenzen deprimierten sie.

O Gott, ich sehe wirklich wie ein Dienstmädchen aus. Oder bestenfalls wie die bienenfleißige Tochter eines Landpfarrers – und genau das bin ich ja.

Anders als ihre Nichte schien Sarah Sadler in keinster Weise besorgt, sondern vielmehr fest davon überzeugt, dass sich mit einer entsprechenden Garderobe alles regeln ließ.

»Zwei neue Mieder braucht sie auch«, beschied sie die Schneiderin nach einem missbilligenden Blick auf die abgetragene Unterwäsche, an deren Alter sich selbst Anna nicht mehr zu erinnern vermochte.

Wann begannen junge Mädchen, solche unbequemen Dinger zu tragen? Es war ihr entfallen. Überhaupt kam es ihr vor, als würde ihre Jugend bereits eine Ewigkeit hinter ihr liegen – und das, obwohl sie erst achtzehn Jahre alt war.

Miss Charlotte nahm weiter Maß, ohne Kommentare abzugeben. Sie war eine zierliche junge Frau mit intelligenten Knopfaugen, deren genaues Alter schwer zu erraten war. Sie trug keine Haube, was ungewöhnlich war, und hatte ihr dunkles Haar zu einem adretten Dutt geschlungen, aus dem sich ein paar Strähnen gelöst hatten und ihr eher unscheinbares Gesicht umschmeichelten. Nachdem Anna sich wieder angezogen hatte, durfte sie sich zu ihr und der Tante an den Tisch gesellen, wo eine Reihe farbiger Zeichnungen ausgebreitet lagen: Röcke, Mieder, Kleider, Mäntel, Hauben, Hüte und Schuhe in einer verwirrenden Anzahl von Stilen, Farben und Formen.

»Das sind die neuesten Modelle für junge Damen. Sticht Ihnen irgendetwas davon besonders ins Auge, Miss Butterfield?«

Anna erschrak. Plötzlich sah für sie alles gleich aus: zu viel Schnickschnack, zu viele Rüschen an den Miedern, die Röcke entweder unten zu weit oder in der Taille viel zu eng – wie sollte sie diese Kleider tragen, ohne dauernd über den Saum zu stolpern? Ohne die Hilfe einer Zofe würde sie sie nicht mal anziehen können.

Und erst die Hüte! Die waren ja dermaßen ausladend, dass sie es damit nur unter Schwierigkeiten durch normale Türen schaffen würde, und draußen waren sie außer an völlig windstillen Tagen sowieso nicht zu tragen. Ebenso wenig Gnade fanden die Schuhe bei ihr. Wer konnte auf solchen Absätzen laufen, ohne umzuknicken? Außerdem war sie ohnehin reichlich groß – mit diesen Dingern an den Füßen würde sie selbst den größten Mann überragen.

Während sie verständnislos den Gesprächen lauschte, in denen Worte wie *cornet, à l'anglaise, pelerine, stomacher, rabat* und *stole* fielen, die sie noch nie im Leben gehört hatte, dämmerte Anna, dass sie gut daran täte, sich mehr mit Mode zu beschäftigen, damit sie irgendwann hoffentlich zu einem eigenen Stil fand.

Vielleicht konnte Miss Charlotte sie ja beraten?

Nach langem Hin und Her entschieden sich die beiden Damen für vier Modelle, die Anna gottergeben abnickte, auch wenn sie sich beim besten Willen nicht vorstellen konnte, sie jemals zu tragen. Hauptsache, Tante Sarah war zufrieden – und das schien sie zu sein.

»Und jetzt gehen wir nach unten, um die Seide auszusuchen«, verkündete sie und marschierte voran.

Der erste Raum, den sie im Erdgeschoss betraten, war ein reichlich verstaubtes Zimmer mit Regalen, die sich unter der Last schwerer, ledergebundener Hauptbücher bogen. Am Fenster, das auf den Hof und den Garten hinausging, stand ein Tisch, auf dem sich Stoffmuster, Magazine und andere Unterlagen stapelten. In der Mitte des Zimmers befanden sich drei Schreibpulte, an denen William und zwei andere junge Männer über der Buchhaltung saßen. Als die Damen eintraten, legten sie ihre Federn beiseite und erhoben sich eilfertig.

»Gentlemen«, ergriff Sarah das Wort. »Ich darf Ihnen meine Nichte Anna Butterfield vorstellen, die fortan bei uns wohnen wird. Miss Charlotte kennen Sie ja bereits.«

»Pa«, rief William über seine Schulter hinweg, »Ma und die Mädels wollen dich sprechen.«

Fast umgehend trat daraufhin Joseph über die Türschwelle mit jenem rätselhaften, nichtssagenden Lächeln auf dem Gesicht.

»Herzlich willkommen im Herzen von Sadler & Sohn, Tuchhändler und Hoflieferanten am Spital Square«, dröhnte er mit stolzgeschwellter Brust und stolzierte herum wie ein eitler, übergewichtiger Pfau. »Hier verdienen wir das Geld, mit dem wir unseren Damen ein sorgenfreies Leben ermöglichen, stimmt's, Jungs? Und ihr widmet euch jetzt schleunigst wieder eurer Arbeit, während wir nebenan die Stoffe für die neuen Kleider meiner hübschen Nichte aussuchen.«

Als sie in den angrenzenden Raum traten, stieg Anna plötzlich ein vertrautes Aroma in die Nase: eine konzentrierte Essenz jenes süß-nussigen Geruchs, der ihr schon bei den beiden jungen Fremden vor der Markthalle aufgefallen war. Jetzt ging ihr ein Licht auf: Es war der Geruch

44

von Seide, von Wohlstand und Selbstbewusstsein. Dabei hatte keiner der beiden Kleidung aus Seide getragen, überlegte sie.

Ziemlich abgelenkt, hörte sie dem Vortrag des Tuchhändlers zu.

»Hier bewahren wir Muster der besten Meisterweber in der Gegend auf. Diese legen wir den Modeschneidern vor, die für die bedeutendsten Persönlichkeiten unseres Landes arbeiten. Letzten Monat hat der Kammerherr des Duke of Cumberland bei uns eine Bestellung in Auftrag gegeben, erinnerst du dich, meine Liebe?« Er richtete den Blick auf seine Frau. »Und mit jeder Woche verstärken sich die Gerüchte, dass es bald zu einer königlichen Verlobung kommt. Nun ja, eine königliche Hochzeit würde unseren Umsatz gewiss nicht unbeträchtlich steigern.«

Alles im Raum war darauf angelegt, die Kunden zu beeindrucken. Am großen Erkerfenster standen ein eleganter Eichentisch und mit Damast bezogene Stühle, deren Sitzflächen fraglos für die Hinterteile der bedeutenden Persönlichkeiten oder zumindest ihrer Repräsentanten bestimmt waren. Ein dunkelroter, prachtvoll gemusterter Perserteppich lag auf den dunklen, auf Hochglanz gewienerten Dielenböden. Und was die Regale beherbergten, das war das reinste Fest für die Augen: Ballen von Seide in allen Regenbogenfarben, golden und silbern glitzernd und in allen erdenklichen Mustern.

»Nun, liebe Nichte, was meinst du?«, fragte ihr Onkel gönnerhaft. »Wir sind stolz darauf, ausschließlich mit den allerbesten Stoffen zu handeln.«

»Sie sind wunderschön«, antwortete Anna. »Aber wo kommt die Seide eigentlich her? Ich meine, bevor sie gewebt wird?«

»Eine wichtige Frage!« Joseph Sadler deutete auf einen großen, rechteckigen Schaukasten über der Eingangstür. Auf einem Messingschild darunter stand: *Der Lebenszyklus der Seidenraupe.*

Der Glaskasten zeigte die zwölf verschiedenen Stadien des Insekts in kreisförmiger Anordnung. Der Zyklus begann ganz oben mit der Motte.

Die Motte lebt nur einen Tag, ohne je zu fliegen, war darunter zu lesen. Ihr kurzes Leben dient allein dem Zweck, sich zu paaren und Eier zu legen. Aus diesen schlüpfen kleine, fadendünne Raupen, die ausnahmslos Maulbeerbaumblätter fressen und um ein Vielfaches größer werden, ehe sie sich mit einem hauchfeinen Faden in einen Kokon einspinnen. Die meisten dieser Kokons – Annas Blick fiel auf ein winziges, von einem rosafarbenen Faden gehaltenes Knäuel Rohseide – werden zu Seide verarbeitet, während andere der Zucht der Seidenspinnermotte dienen, damit der Zyklus von vorn beginnen kann.

Anna kam aus dem Staunen nicht heraus. »Das ist ja unglaublich«, entfuhr es ihr. »Und wo sind all die Motten und Raupen?«

Der Onkel lachte dröhnend. »Liebe Anna, du musst noch viel, viel lernen. Hast du das gehört«, wandte er sich seiner Frau zu. »Unsere Nichte glaubt, wir hätten Seidenraupen in unserem Garten!«

Was sie natürlich keineswegs angenommen hatte – die Vorstellung war schlicht lächerlich –, doch höflich verbiss sie sich eine Retourkutsche.

»Nein, wir halten keine Raupen und kümmern uns ebenso wenig um die Verarbeitung der Rohseide, meine Liebe. Die Rohseide kommt per Schiff zu uns, aus

Konstantinopel oder China. Gesponnen und gewebt wird sie dann hier in London.«

Anna wusste alles über Wolle – die aus dem Fell von Schafen gesponnen wurde – und Leinen, das man aus Flachsfasern fertigte. Hingegen hatte sie keinen einzigen Gedanken je darauf verschwendet, woraus eigentlich Seide gemacht wurde, und war jetzt ehrlich verblüfft.

»Mein Großvater und mein Vater waren Meisterweber, und ich genauso, bevor ich Tuchhändler wurde«, fuhr Joseph fort. »Unserer Familie liegt die Seide im Blut.«

»Und wo sind eure Webstühle jetzt?«

»Die sind seit Langem ausrangiert, meine Liebe. Es dürfte Jahre her sein, dass ich ein Weberschiffchen in der Hand gehabt habe. Ich war es einfach müde, mich mit Lehrlingen und Gesellen herumzuschlagen – das Weberhandwerk wird mittlerweile fast komplett von den Franzosen dominiert, und unter denen gibt es reichlich Betrüger. Nein, als Händler kann man um einiges mehr verdienen, und als William in den Betrieb eingestiegen ist, haben wir die Webstühle verkauft und uns dem Tuchhandel zugewandt – und das hier sind jetzt unsere Geschäftsräume.«

Er ging zu einem Regal, in dem Dutzende ledergebundene Folianten aufgereiht waren. Er zog einen heraus und legte ihn vor Anna auf den Tisch.

»Schau dir das hier in Ruhe an. Das sind einige der Stoffmuster, mit denen wir die Spitzen der Gesellschaft ausgestattet haben.«

Anna blätterte durch die Seiten: Rechts befanden sich eingeklebte farbige Zeichnungen, links dazugehörige Informationen und Abkürzungen. Auf der nächsten Seite waren Stoffproben angeheftet: vermutlich die Seide, die nach der Zeichnung gewebt worden war.

Unterdessen hatten Sarah und Miss Charlotte verschiedene Stoffe ausgesucht und sie am anderen Ende des Tisches ausgebreitet.

»Sag uns, wie du sie findest, Kind«, forderte die Tante sie auf.

Was sollte sie antworten? Im Licht, das durch das Fenster fiel, schillerten die Seidenmuster wie tausend Schmetterlingsflügel. Eines schöner als das andere. Alles verschwamm ihr vor den Augen, sodass sie die verschiedenen Muster und Ornamente kaum noch auseinanderhalten konnte.

»Komm, irgendetwas muss dir schließlich besonders gefallen«, drängte ihre Tante. »Ansonsten müssen wir für dich entscheiden.«

Vage deutete Anna auf ein paar Farben, die sie bevorzugt bei ihren Landschaftsmalereien benutzte: Laubgrün, Meerblau, Umbra, spanisches Braunrot. Und wie es der Zufall wollte, fand ihre Auswahl tatsächlich die Billigung der gestrengen Damen.

»Perfekt für eine junge Lady«, lobte Miss Charlotte beifällig. »Und absolut *à la mode.*«

Am nächsten Morgen verkündete Lizzie beim Frühstück, dass sie Anna die Christ Church zeigen wolle.

»Willst du damit nicht lieber warten, bis deine Cousine eins ihrer neuen Kleider anziehen kann?«, gab ihre Mutter zu bedenken. »Übermorgen dürften sie fertig sein.«

»Nein, es ist so heiß hier drin«, jammerte Lizzie. »Gestern musste ich schon den ganzen Tag im Zimmer hocken und lernen, da möchte ich heute unbedingt an die frische Luft.«

»Dann geht in den Garten«, erwiderte ihre Mutter lakonisch. »Da ist es schattig.«

»Im Garten ist es langweilig, da gibt es absolut nichts Interessantes, das weißt du ganz genau.« Lizzie wandte sich ihrem Vater zu, legte den Kopf schief, sodass ihre Löckchen wippten, und lächelte ihn flehentlich an. »O bitte, Papa. Wir gehen bloß zur Kirche und kommen sofort wieder zurück, ohne woanders vorbeizugehen.«

»Hm, ein kleiner Spaziergang kann den beiden kaum schaden«, meinte Joseph großmütig.

Seine Frau lenkte daraufhin seufzend ein. »Na schön, aber nicht so lange – und seid pünktlich zum Mittagessen zurück.«

Anna war Lizzie dankbar. Seit zwei Tagen war sie so gut wie nicht mehr im Freien gewesen. Für sie kam das einer Strafe gleich, denn zu Hause war sie tagaus, tagein draußen unterwegs gewesen, hatte Eier und Gemüse besorgt, im Dorfladen Milch und Tee eingekauft und war dann über den Strand zurückgelaufen.

Außerdem hatte ihr die Auseinandersetzung gezeigt, dass Lizzie unter Umständen eine wichtige Verbündete war, da ihr der Vater offenbar keinen Wunsch abschlagen konnte und die Mutter ihrem Mann nicht widersprach. Zumindest nicht vor der Familie.

Darüber hinaus war sie echt froh, auf den noch unvertrauten Straßen Lizzie an ihrer Seite zu haben.

»Pass auf, dass du nicht in irgendwas trittst. Und sieh niemandem in die Augen, insbesondere den Bettlern nicht – das verstehen die sofort als Aufforderung.«

Die jüngere Cousine führte Anna beherzt durch die Menschenmengen, überquerte furchtlos die Straßen, bahnte ihnen den Weg zwischen Kutschen und

Pferdewagen hindurch, die aus beiden Richtungen herangeprescht kamen. An einer Kreuzung hob Lizzie schließlich den rechten Arm und streckte den Zeigefinger aus.

»Das ist sie. Die Christ Church, unsere Kirche. Sie ist vor ungefähr zehn Jahren fertiggestellt worden, vielleicht auch vor zwanzig, ich weiß es nicht so genau. Ist sie nicht schön?«

Das Gebäude war gleichermaßen imposant wie Respekt einflößend. Ihre Turmspitze, die wie eine dünne Nadel aussah, schien bis zu den Wolken aufzuragen, während die strahlend weißen Steinmauern einen dramatischen Kontrast zum Blau des Himmels und zum tristen Grau der Straßen bildeten. Als sie die breiten Stufen zu dem gewaltigen, von Säulen gestützten Portal hinaufstiegen, fühlte sie sich plötzlich nichtig und klein – so als wäre sie im Begriff, einen Palast zu betreten oder zumindest einen Ort, an dem sie nichts verloren hatte.

Ehrfürchtig öffneten sie die schweren Holztüren und traten ein. Drinnen war es angenehm kühl und still, und es roch wie in allen Kirchen ein bisschen staubig und muffig. Erneut konnte Anna nicht umhin, Vergleiche zu ziehen. In ihre kleine Dorfkirche aus grauem Stein, die von einem schlichten Holzdach überwölbt war, passten gerade mal etwa hundert Seelen. Hier hingegen fanden bestimmt tausend Gottesdienstbesucher Platz, wenn nicht mehr, für die es Bankreihen in allen drei Kirchenschiffen sowie auf den Emporen gab.

Außer ihnen war niemand zu sehen in dem riesigen, sonnendurchfluteten Raum, und die einzigen Geräusche waren diejenigen, die sie selbst verursachten. Laut warfen die Wände das Echo ihrer Schritte zurück, und Anna fragte sich unwillkürlich, wie mächtig hier wohl die Worte widerhallten, wenn so viele Menschen das Vaterunser oder die Psalmen sprachen. Lächelnd dachte sie daran, wie kläglich die Gemeinde ihres Vaters geklungen hatte.

Lizzie zog sie in eine Bank. »Na, was sagst du?«

»Wirklich beeindruckend«, flüsterte Anna. »Eigentlich ist das fast mehr eine Kathedrale als eine Kirche. Gehst du jeden Sonntag zum Gottesdienst?«

»Ach, nur ab und zu«, gestand Lizzie. »Mama geht eigentlich bloß zur Kirche, wenn sie dem lieben Gott irgendeinen Wunsch vortragen möchte, und Papa, weil es sich so gehört und weil er gesehen werden will. Und ich nutze den Gottesdienst, um mich hier mit meinen Freundinnen zu treffen.«

»Und William?«

»Der geht nie in die Kirche. Er sagt, sein Gott sei die Wissenschaft, was immer er sich darunter vorstellen mag.«

»Meinte er das, als er neulich sagte, Gott sei ein interessantes Konstrukt?«

»Keine Ahnung. William redet so viel Blödsinn, dass ich ihm gar nicht mehr zuhöre. Jedes Mal, wenn er in seinem Club war, kommt er mit irgendwelchen neuen Theorien angerannt. Lauter Kram, den er offensichtlich von seinen Freunden hat.«

»Was ist das für ein Club?«

»Also, so wie er immer riecht, glaube ich, dass sie dort überwiegend Portwein trinken und Zigarren rauchen. Er behauptet zwar, sie würden über Mathematik diskutieren, doch wenn du mich fragst, berechnen sie höchstens irgendwelche Wettchancen.« Lizzie erhob sich abrupt. »Lass uns schnell noch zum Markt gehen, ehe es zu spät ist. Einige Stände machen über Mittag zu.«

»Aber …«

»Ach was, auf Mama höre ich sowieso nie. Und du wolltest ohnehin die Blumen sehen, oder?«

Als sie sich der Markthalle näherten, wurde Anna ein wenig bange zumute.

»Was, wenn uns jemand sieht und uns bei deiner Mutter verpetzt?«

»Hast du nicht bemerkt, was ich heute anhabe, liebe Cousine?«, gab Lizzie zurück.

Anna schüttelte den Kopf. Tatsächlich fiel ihr erst jetzt auf, dass Lizzie vergleichsweis schlicht gekleidet war und ihr Haar unter einer einfachen Baumwollhaube verbarg.

»Wir sehen aus wie zwei Landpomeranzen«, fuhr Lizzie kichernd fort. »Du kannst also ganz sicher sein, dass niemand uns die geringste Beachtung schenkt – zumindest niemand aus den besseren Kreisen. Für die existieren wir gar nicht, so wie wir aussehen.«

Schon erreichten sie das große Gewölbe, wo sie ein durchdringender Geruch empfing. Lizzie hatte sie bereits vorgewarnt, sie solle die Luft anhalten, und gleichzeitig hinzugefügt, dass es freitags noch schlimmer sei wegen der vielen Fischhändler. Mit gemischten Gefühlen streifte sie durch die Gänge. An den Ständen, wo neben allerlei Innereien ganze tote Tiere oder abgetrennte Schweinsköpfe mit Äpfeln im Maul feilgeboten wurden, hielt sie den Blick gesenkt – das wollte und musste sie nicht so genau sehen.

Endlich wich der Übelkeit erregende Gestank einem süßen Duft, denn jetzt hatten sie die Obststände erreicht, auf denen sich Pyramiden von Früchten in allen erdenklichen Farben türmten: Äpfel von grün über blassgelb bis scharlachrot, schlanke grüne und runde rosige

Birnen, rötliche Pfirsiche, tiefblau schimmernde Pflaumen, goldgelbe Quitten, rosige Aprikosen, Reineclauden, Maulbeeren, Brombeeren und Feigen, Orangen und Zitronen, daneben reckten sich Rhabarberstangen wie stumme Wächter in die Höhe. Jeder einzelne Stand war ein Kunstwerk für sich, mit dem die Händler sich gegenseitig zu übertreffen versuchten.

Sie passierten eine Reihe von Gemüseständen, die den Obstständen in nichts nachstanden: Salat in Dutzenden von Grüntönen, Gurken, Lauch, Sellerie, Karotten, Blumenkohl, Grünkohl, prächtige rote Tomaten, wie man sie auf dem Markt in Halesworth nie zu sehen bekam, und hoch aufgetürmte Kohlköpfe in allen Formen, Größen und Farben.

Anna erinnerte sich bei diesem Anblick an die abschätzige Bezeichnung, mit der William die beiden jungen Männer bedacht hatte.

»Wie kommt jemand darauf, andere Leute als ›Kohlköppe‹ zu bezeichnen?«, fragte sie ihre Cousine.

»Nicht so laut, das ist ein Schimpfwort«, flüsterte Lizzie. »Wo hast du das denn gehört?«

»Irgendwo auf der Straße«, antwortete sie ausweichend.

»Manche Leute nennen die Franzosen so, weil sie viel Kohl essen – und manchmal sogar danach riechen.«

»Und was haben sie gegen die Franzosen?«

»Du musst wirklich noch viel lernen, liebste Cousine«, spielte die Jüngere die Überlegenheit des Stadtmädchens aus. »Halb Frankreich hält sich dieser Tage in London auf, wobei ich allerdings nicht weiß, warum sie alle ihr Land verlassen. Viele von ihnen sind Weber, sogar richtig gute Weber, sagt Papa, und das gefällt vielen Engländern nicht. Ich glaube, die Leute finden sie einfach komisch und mögen sie deshalb nicht.«

Sie erreichten einen Gang mit Blumenständen. Obwohl sie so gut wie alle Blumen kannte, die auf den Feldern und in den Moorlandschaften ihrer Heimat blühten, war das hier für Anna eine neue Welt. Zunächst kamen ihr sämtliche Blumen und Pflanzen exotisch und fremd vor, doch als sie genauer hinsah, erkannte sie zumindest einige: Lavendel, Katzenminze, Nelken, Maiglöckchen, Gedenkemein, Schlüsselblumen und Gartenwicken. Es war, als würde sie alten Freunden begegnen, und unwillkürlich fühlte sie sich an all die unbeschwerten Sommertage erinnert, die sie in ihrem Dorf verlebt hatte.

Auf dem Weg nach draußen dann fiel ihr eine Holzstiege ins Auge, die zu einer Galerie mit weiteren Ständen führte. Über den Geländern hingen irgendwelche Fetzen, die wie alte Kleidungsstücke aussahen.

»Wieso verkaufen sie hier Lumpen?«, fragte Anna ungläubig.

»Das sind keine Lumpen, was denkst du. Die werden verkauft.«

»Die Sachen sehen ja völlig abgetragen und dreckig aus.«

»Herrjeh, Anna. Du hast echt keine Ahnung vom Leben in der Stadt. Das ist gebrauchte Kleidung, die all die armen Leute kaufen, die sich nichts Neues leisten können.«

»Das ist ja schrecklich.«

Anna war sichtlich bestürzt. Gut, innerhalb der Familie oder der Verwandtschaft wurden Sachen vererbt, das kannte sie. Aber von Wildfremden!

»Manche Leute können sich das eben nicht aussuchen«, belehrte Lizzie sie altklug, obwohl sie bestimmt niemanden kannte, auf den das zutraf. »Sie haben kein Geld für neue Kleider. Und die Verkäufer der alten Kleider brauchen das bisschen Geld ebenfalls. Egal, komm jetzt weiter, wir müssen langsam zurück. Mama sieht garantiert auf die Uhr und zählt jede einzelne Sekunde.«

Als sie den Spital Square erreichten, machte Annas Herz einen kleinen Satz. Am Rand des Platzes saßen zwei junge Männer auf einer niedrigen Mauer im Schatten eines ausladenden Baumes, die ihr bekannt vorkamen.

Kurz darauf bemerkte sie, wie der eine ihr starr vor Staunen entgegensah. Ganz offensichtlich erinnerte er sich. Und als sie beim Näherkommen einen blauen Fleck unter dem einen Auge entdeckte, gab es keinen Zweifel mehr.

Sie hatte ihren freundlichen Helfer vor sich.

Im gleichen Moment erhob sich der junge Mann, zog seine Mütze vom Kopf und verbeugte sich, wobei ihm eine Strähne seines langen Haares in die Stirn fiel.

»Mam'selle«, sagte er mit seinem kuriosen Akzent. »Ich hoffe, Sie haben sich wieder vollständig erholt.«

»Komm jetzt. Gib dich ja nicht mit diesen Franzosen ab«, mischte sich Lizzie ein und versuchte die Cousine wegzuzerren, was indes erfolglos blieb.

»Mir geht es gut, danke der Nachfrage. Ich würde mich gerne bei Ihnen entschuldigen für …«

Sie deutete auf seine Wange, und sie lächelten einander in gegenseitigem Verständnis an. Einen flüchtigen Augenblick lang war es Anna, als würde sie diesen Fremden seit einer Ewigkeit kennen.

»*De rien,* keine Ursache«, erwiderte der junge Mann leise und senkte den Blick.

Lizzie zog abermals an ihrem Ärmel, und erneut ignorierte Anna es, überlegte stattdessen krampfhaft, was sie noch sagen konnte, damit die Unterhaltung nicht sogleich wieder vorbei war.

»Würden Sie mir Ihren Namen verraten?«, stieß sie schließlich hervor.

»Ich heiße Henri. Henri Vendôme. Seidenweber. *À votre service*«, stellte er sich vor und verneigte sich ein weiteres Mal.

»Und ich bin Anna«, sagte sie. »Anna Butterfield. Nochmals vielen Dank für Ihre Hilfe.«

»Es war mir ein Vergnügen, wirklich. *Au revoir,* Miss Butterfield.«

Ein letztes Lächeln, dann ließ sie sich von Lizzie wegziehen.

Aha, er war also Franzose und Seidenweber obendrein. Und sie fand ihn charmant – jedenfalls sah er ganz und gar nicht so aus, als würde er zu den gewalttätigen Unruhestiftern gehören. Absolut nicht.

»Was hast du dir dabei gedacht?«, schalt ihre Cousine sie. »So einfach mit einem Fremden reden – das tut man nicht!«

»Er hat mir geholfen, als ich bei meiner Ankunft ohnmächtig geworden bin. Es wäre unhöflich gewesen, mich nicht bei ihm zu bedanken.«

»Es wäre schlauer gewesen, es nicht zu tun.« Lizzie blickte sich verstohlen um. »Hoffentlich hat uns niemand gesehen. Die ganze Stadt würde sich das Maul darüber zerreißen.«

Kapitel 3

*Machen Sie Fleiß und Arbeitseifer zu Ihrer zweiten Natur.
Stehen Sie Ihrem Herrn jederzeit zu Diensten, lesen Sie
ihm jeden Wunsch von den Augen ab, und tun Sie eher
mehr, als von Ihnen verlangt wird.*

**Handbuch für Lehrjungen und Gesellen
oder Wie man zu Ansehen und Reichtum gelangt**

Sobald die Mädchen um die Ecke verschwunden waren,
sprang Guy, der zweite junge Mann, auf und begann um
seinen Freund herumzutänzeln, machte dabei Kussgeräu-
sche und imitierte einen aufreizenden Hüftschwung.

»*Tais-toi, crapaud.*« Henri erhob sich ebenfalls und
boxte ihn spielerisch in den Arm.

»*Pourquoi?*« Guy schüttelte den Kopf. »*Elle est belle,
non, la jeune Anglaise?* Aber stehen nicht genug junge
Damen bei dir Schlange?«

»*Ça n'a pas d'importance, idiot.* Ich hab ihr geholfen,
mehr nicht.«

Abrupt drehte Henri ihm den Rücken zu und ging die
Straße entlang, während er sich einzureden versuchte,
dass es sich genauso verhielt. In Wahrheit jedoch hatte
er ununterbrochen an sie denken müssen.

Anna hieß sie also und war die Nichte von Joseph Sadler, dem Seidenhändler, wie er seit seiner schmerzhaften

Begegnung mit ihrem Cousin William wusste. Ansonsten war sie ihm ein Rätsel: Sie kleidete sich wie ein Dienstmädchen, sprach hingegen wie eine Dame. Und anders als die meisten Engländerinnen ihres Standes hatte sie ihn zur Kenntnis genommen und sich bei ihm bedankt – ihm kam es sogar so vor, als hätte sie sich gerne länger mit ihm unterhalten.

Irgendetwas faszinierte ihn an ihr, auch wenn sie im landläufigen Sinn nicht als unbedingt hübsch gelten konnte: Zu groß, zu dünn, zu viele Sommersprossen. Und dann diese merkwürdigen Augen, die weder richtig blau noch richtig grün waren. Egal, er bekam sie einfach nicht mehr aus dem Kopf, und ihm gefiel überdies, dass sie mit ihren Verwandten nichts gemein zu haben schien. Die Sadlers galten als rücksichtslose Emporkömmlinge, denen nichts wichtiger war als der Erfolg und deren Dünkel noch größer war als ihr hemmungsloser Ehrgeiz.

Er hält sich für etwas ganz Besonderes, dieser Mr. Sadler, dabei ist er kein Stück besser als wir, hatte Monsieur Lavalle eines Morgens gegrummelt, als er nach einer Lieferung vom Spital Square zurückgekehrt war. *Nur weil ein paar Dukes und Earls samt ihren hochwohlgeborenen Gattinnen zu seinen Kunden zählen.*

Henri wusste nicht, warum sein Meister, eigentlich ein umgänglicher und friedfertiger Mann, sich so abfällig über den Tuchhändler geäußert hatte. Vielleicht hatte Sadler ja etwas an der Qualität der Stoffe auszusetzen gehabt, oder Lavalle argwöhnte, dass der Engländer wie andere auch Stoffe aus dem Ausland importierte. Sei es, wie es wollte: Als Geselle stand es ihm nicht zu, seinem Arbeitgeber Fragen zu stellen.

»Pas si vite, Henri. Warum so eilig?«, rief Guy ihm

hinterher. »Wir haben schließlich noch eine Viertelstunde Pause.«

»Trotzdem muss ich mich sputen«, gab Henri zurück. »Ich habe versprochen, schnell die Stoffe bei Shelleys abzuliefern und noch zwei Fuß Damast zu weben, bis es dunkel wird.«

»Na und, ich dachte, du bist bekannt dafür, deine Wunderwerke selbst im Dunkeln vollbringen zu können«, spottete Guy.

Henri verdrehte die Augen. Warum hatte er dem Freund bloß seinerzeit von dieser Äußerung Monsieur Lavalles erzählt? Das würde er jetzt bis zum Sankt-Nimmerleins-Tag bereuen müssen.

»Die Seide ist lila und so dunkel, dass ich es unmöglich sehe, wenn ich einen Faden verliere«, zwang er sich zu einer sachlichen Antwort, »und morgen früh muss ich fertig sein. Also, bis morgen.«

»À demain. Wollen wir wieder deine englische Herzallerliebste zu treffen versuchen? Oder lieber die Kleine, in die du letzte Woche so verschossen warst?«

»Vas au diable«, fluchte Henri ihm gut gelaunt hinterher, um sodann schnellen Schrittes Richtung Princes Street zu marschieren. Stets empfand er ein Glücksgefühl, wenn er durch die Straßen der Seidenweber, seine Straßen, lief, entlang der Häuser, über deren Türen Seidenhaspelrahmen hingen und aus deren Innern das Gezwitscher von Vögeln in ihren Käfigen ertönte und das Geklapper der Webstühle in den Dachstuben an seine Ohren drang.

Jean Lavalle war für Henri eine Vaterfigur. Außerdem war dem jungen Mann nur allzu bewusst, dass er seinem

Lehrherrn, einem wahren Meisterweber, alles verdankte. An seinen eigenen Vater konnte er sich kaum erinnern – er war gestorben, als er während der Flucht aus Frankreich vergeblich versucht hatte, seine Schwester aus dem Golf von Biskaya zu retten.

Lediglich durch eine List waren sie den barbarischen Dragonern entkommen, die in den Häusern protestantischer Familien einquartiert worden waren. Damit sollten die Calvinisten gezwungen werden, ihrem Glauben abzuschwören. Die Webstühle hatten sie bereits verkaufen müssen, und ohne Verdienst wussten sie nicht, wie sie die Soldaten mit Essen und Wein versorgen wollten. Trotzdem war es gefährlich, der Soldateska etwas abzuschlagen.

Schlimme Sachen waren passiert. Seine ältere Schwester war eines Tages verschwunden und nicht zurückgekehrt. Damals hatte er nicht verstanden, was die Leute hinter vorgehaltener Hand munkelten: dass sie die Avancen eines Soldaten nicht erwidert und für ihre Tugendhaftigkeit mit dem Leben bezahlt habe.

»Hier hält uns nichts mehr«, hatte sein Vater eines Abends geflüstert, als die Soldaten in ihren Betten schnarchten. »Wir müssen verschwinden, solange wir noch ein paar Livres besitzen.«

Im Schutz der Dunkelheit waren sie drei lange, kalte Nächte sechzig Meilen weit zur Küste marschiert – hatten sich tagsüber versteckt, um nicht gefasst zu werden. Und dann mussten sie, am Hafen angekommen, erfahren, dass das Schiff, für das sie Passagen gebucht hatten, havariert war. Mit ihrem letzten Ersparten bestachen sie daraufhin den Kapitän eines kleinen Seglers, sie nach Plymouth mitzunehmen. Vor dem Auslaufen waren sie angewiesen worden, sich mucksmäuschenstill zu verhalten und sich genau unter den Mittelbalken zu stellen, weil die Zollinspektoren die Angewohnheit hätten, mit ihren Degen zwischen die Planken zu stoßen, um blinde Passagiere aufzustöbern.

All das wusste Henri aus Erzählungen seiner Mutter.

Ihm selbst war von jener schrecklichen Reise lediglich wenig in Erinnerung geblieben: das Rauschen der nächtlichen Brandung, der barsche Kapitän mit seinen riesigen Händen, die enge Falltür, durch die sie in den pechschwarzen Kielraum hinuntergestiegen waren, der Gestank von verfaultem Fisch, das Brennen des Pökelsalzes an seinen Beinen, als er dort auf dem Boden gekauert hatte.

Manchmal verfolgten ihn die Schrecken dieser Überfahrt bis in seine Träume. Dann glaubte er wieder im stockdunklen Schiffsbauch zu hocken, die weit aufgerissenen Augen seiner Eltern zu sehen, wenn das Schiff von den aufgewühlten Wellen hin und her geworfen wurde, und das Würgen seiner Mutter sowie das verängstigte Wimmern seiner kleinen Schwester zu hören.

Bei stürmischem Wind und starkem Seegang war dann auch das Unglück geschehen. Als eine mächtige Woge das Schiff erfasste, waren sie in dem Laderaum wie Spielzeug durcheinandergewirbelt worden, doch dass sich urplötzlich die Falltür geöffnet und eine Flut eisigen Salzwassers in den Kiel des Seglers stürzte, das hatte niemand vorausgesehen … An dieser Stelle seines Traumes pflegte Henri immer zu erwachen – mit klopfendem Herzen nach Luft ringend und einen Schrei auf den Lippen. Während vieles aus seinem Gedächtnis gelöscht worden war – eines wusste er noch: dass er in jenem

Augenblick fest davon überzeugt gewesen war, jämmerlich ertrinken zu müssen.

Erst Jahre später hatte seine Mutter es über sich gebracht, ihm zu erzählen, was damals genau geschehen war. Sie hatten sich hinauf an Deck gekämpft trotz der Wassermassen, die über ihnen zusammenschlugen. Von der Besatzung war niemand zu entdecken, vermutlich waren sie von der ersten mörderischen Woge über Bord gespült worden. Daraufhin hatten die Eltern beschlossen, sich alle am Mast festzubinden in der Hoffnung, dass der Sturm irgendwann nachließ, doch bevor ihnen das gelang, erfasste eine haushohe Welle die zwölfjährige Marie und riss sie über die Reling in die Dunkelheit. Der Vater war sofort über Bord gesprungen, aber ebenso wie das Kind im Nu von den tosenden Wellen verschluckt worden – und die letzten Ersparnisse der Familie mit ihnen.

Was daraufhin geschehen war, vermochte selbst Mutter Clothilde nicht wirklich zu sagen. Irgendwann waren sie an der Küste von Kent ans Ufer gespült und von Wrackjägern entdeckt worden, die nach angeschwemmtem Strandgut Ausschau hielten. Eine der Familien hatte Mutter und Sohn sogar kurzfristig aufgenommen und notdürftig aufgepäppelt.

Die folgenden Monate waren kaum mehr als ein trüber Fleck in Henris Erinnerung. Sie waren ziellos herumgezogen, hatten irgendwann Zuflucht in einem verlassenen Schuppen am Rand eines kleinen Ortes gefunden, wobei seine Mutter, völlig paralysiert, sich nicht hinauswagte und Tag und Nacht weinte, sodass der Junge sich allein darum kümmern musste, Essen, Kleidung und Decken zu organisieren.

Eines Tages wurde er von einem Obst- und Gemüsehändler erwischt, der ihn des Diebstahls bezichtigte und an den Ohren zum Haus des Stadtschreibers zerrte. Obwohl Henri sich inzwischen ein paar Brocken Englisch angeeignet hatte, beherrschte er die Sprache bei Weitem nicht gut genug, um die Sache richtigzustellen – zu erklären, dass er darauf gehofft hatte, jemand würde angefaultes Obst und Gemüse wegwerfen, und dass er und seine Mutter bitteren Hunger litten.

Das alles hätte er so gerne vorgebracht und konnte es nicht.

Der Stadtschreiber, ein bulliger Mann mit blutunterlaufenen Augen, einer gepuderten Perücke, die schief auf seinem Kopf saß, und einem weißen, bis zur Brust reichenden Bart, herrschte ihn gleich unfreundlich an: »Los, du sagst jetzt erst mal, wie du heißt, Freundchen!«

Stammelnd brachte Henri seinen Namen hervor.

»Onry? Ist das nicht ein französischer Name?«

Henri nickte.

»Und was hat dich hierherverschlagen?«

Er verstand die Frage, versuchte aber vergeblich nach den richtigen Worten. Stattdessen ahmte er die Bewegungen eines Schiffes nach, das im Sturm zu kentern drohte. Als der Stadtschreiber verständnislos den Kopf schüttelte, verlor Henri den Mut und begann zu weinen.

Und dann geschah ein Wunder.

Die Tür öffnete sich, und eine junge Frau mit einem Tablett trat ein, auf dem sich eine Teekanne, Tassen, Untertassen, eine Zuckerdose, ein Milchkännchen, ein großer Teller mit Sandwiches und ein kleiner mit Keksen befanden. Beim Anblick dieser Köstlichkeiten versiegten Henris Tränen. Ihm lief das Wasser im Mund zusammen, und sein Magen knurrte. Er musste mit aller Macht an sich halten, um nicht sofort zuzugreifen.

»Oh«, stieß die junge Frau hervor. »Ich wusste nicht, dass du Besuch hast, Vater. Soll ich noch einen Teller bringen? Das Kerlchen sieht ja halb verhungert aus.«

Quälendes Schweigen machte sich breit, während beide den barfüßigen, in Lumpen gekleideten Jungen betrachteten, der so jämmerlich dünn war, dass seine Beine jeden Moment entzweizubrechen drohten.

Der Stadtschreiber gab ein leises Grunzen von sich. »Ja, tu das, meine Liebe. Und dann setz dich zu uns. Ich brauche dich zum Übersetzen.«

Henri stand artig daneben, als sie sich an den Kamin setzten, aß alles, was sie ihm reichten, und trank einen ganzen Krug Milch, während er die Fragen des Stadtschreibers zu beantworten versuchte, die nur so auf ihn niederprasselten. Das Mädchen sprach lediglich bruchstückhaft Französisch, und einiges, was sie ihrem Vater übersetzte, machte wenig Sinn, doch zumindest bemühte sie sich.

Und so gelang es ihm ungeachtet aller Hindernisse nach einer Weile, ihnen zu erklären, dass sie Hugenotten seien, die in Frankreich verfolgt würden, dass sein Vater zu Hause das Metier des Seidenwebers ausgeübt habe und seine Mutter das einer Zwirnerin, die die feinsten Seidenfäden zu Garn zusammendrehte. Und dann hatte er mit belegter Stimme von der Schiffshavarie und ihren Folgen erzählt. Auch dass er und seine Mutter obdachlos seien, buchstäblich keinen Sou mehr besäßen und von dem lebten, was er auf der Straße erbetteln konnte.

»Wir müssen etwas für ihn tun«, warf das Mädchen ein.

»Ich fürchte, da bleibt nichts als das Armenhaus.«

»Hast du nicht gehört, was er über seine Mutter berichtet hat? Sie versteht sich auf ein Handwerk und könnte für ihren Lebensunterhalt selbst aufkommen, sofern sie Arbeit finden würde.«

»Leider sind Zwirnerinnen in unserer Gegend nicht gerade gefragt, mein Kind.«

»In London hingegen umso mehr! Was ist mit unserem Onkel? Ist er nicht im Seidenhandel tätig?«

»Ja schon.« Der Stadtschreiber wiegte den Kopf hin und her. »Dennoch ist er sicher nicht erfreut, wenn plötzlich Vagabunden an seine Tür klopfen, Louisa. Nun ja, genug jetzt, mein Junge. Ich will dir die Landstreicherei noch einmal durchgehen lassen, wenn du tust, was ich dir sage. Bring deine Mutter hierher, und ihr kommt nach St. Dunstan's. Da kriegt ihr zumindest ein Bett und etwas zu essen.«

Als das Mädchen ihn zur Tür brachte, flüsterte sie: »Geht auf keinen Fall ins Armenhaus, es ist schrecklich dort. Außerdem werden sie dich und deine Mutter trennen. Geh die Seitentreppe hinunter und komm zur Küchentür. *Cinq minutes.*«

Sie wartete bereits auf der Schwelle und drückte ihm ein in braunes Papier eingeschlagenes Päckchen in die Hände.

»Viel Glück. Und jetzt lauf, bevor Vater mitkriegt, dass du noch hier bist.«

Auf dem Rückweg zum Schuppen verzog er sich hinter ein paar Bäumen und öffnete vorsichtig das Päckchen. Darin befand sich ein wahrer Schatz: ein Laib Brot, ein großer Kanten Käse und ein Mädchengeldbeutel, darin ein einzelner silberner Shilling und ein Stück Papier, auf dem geschrieben stand: *Geh zu meinem Onkel: Nathaniel Broadstone, 5 Marks Lane, Bethnal Green, London. Erwähn meinen Namen lieber nicht.*

Vier Tage waren sie unterwegs. Die Fahrt mit der Kutsche hätte mehr als den Shilling gekostet, daher marschierten sie über die Landstraßen und ließen sich, wann immer sich eine Gelegenheit bot, von einem Bauern oder Händler auf dessen Pferdewagen mitnehmen. Am Abend des vierten Tages kamen sie in Bethnal Green an und gingen – klatschnass, wie sie nach eintägigem Dauerregen waren – zu der angegebenen Adresse.

Ein Mann kam an die Tür und musterte die beiden mit mehr als argwöhnischen Blicken.

Henri spürte, wie ihm ein Kloß die Kehle zu verschließen drohte.

»Bitte, Sir«, stammelte er mit kippender Stimme. »Wir würden gern mit Mr. Broadstone sprechen.«

»Mit wem habe ich die Ehre, wenn ich fragen darf?«

»Mit Henri Vendôme, Sir. Und das ist meine Mutter, Madame Clothilde Vendôme.«

»Ah ja. Und wem verdanke ich den Umstand, dass Sie jetzt mit Ihrem Sohn auf meiner Schwelle stehen, Madame?«

Sie schüttelte den Kopf.

»Sprich, Frau.«

»Das können wir nicht sagen, Sir«, antwortete Henri an ihrer Stelle und hielt sich an das Versprechen, das er der hilfsbereiten Louisa gegeben hatte.

Der Mann schüttelte den Kopf. »Warum sollte ich euch helfen, wenn ihr nicht mit der Sprache rausrückt? Hört auf, mich zu behelligen, und verschwindet.«

Sie verbrachten eine schreckliche Nacht, hockten

zusammengekauert in einem Hauseingang und waren stets darauf bedacht, nicht die Aufmerksamkeit all der zwielichtigen Gestalten zu erregen, die die Straßen nach Einbruch der Dunkelheit unsicher machten.

Zudem froren sie jämmerlich in dem kalten Regen, und die seltsamen Geräusche der Stadt jagten ihnen einen Angstschauer nach dem anderen über den Rücken. Mehr als einmal wünschte Henri, sie wären in Kent geblieben und weder dem Stadtschreiber noch seiner Tochter begegnet, die ihm so viel Hoffnung auf einen Neuanfang gemacht hatte – ein Traum, der in den stinkenden Gassen dieses lärmenden Molochs endgültig zu platzen drohte.

Zum Glück kam am nächsten Morgen die Sonne heraus und trocknete nicht allein ihre Sachen, sondern ließ die Welt wenigstens ein bisschen freundlicher aussehen.

An einem Marktstand blieben sie stehen, um sich von ihren letzten Pennys zwei warme Pasteten zu kaufen. Als Henri radebrechend erklärte, was sie haben wollten, lächelte die Frau und antwortete ihm in fließendem Französisch. Eine Landsmännin! Es war das erste Mal, dass sie ihre eigene Sprache hörten, seit sie an die Küste Englands gespült worden waren.

»*C'est gratuit*«, sagte sie, als sie ihm die Pasteten reichte. »Behalt deine Pennys. Ihr braucht sie gewiss nötiger als ich.«

Clothilde brach in Tränen aus. »*Oh, merci madame, merci mille fois! Dieu vous bénisse.*«

Schluchzend erzählte sie, was ihnen widerfahren war. Die Worte strömten bloß so aus ihr heraus. Der Damm war gebrochen, endlich hatte sie die Sprache wiedergefunden und damit den Mut, sich einem mitleidigen Menschen anzuvertrauen.

»*Ah, les pauvres*«, meinte die Frau schließlich. »Fassen Sie sich ein Herz, Madame. Sie haben immer noch Ihren netten Jungen. Und nirgendwo kann man ein neues Leben besser beginnen als hier.«

Mon Dieu! Es war schier unglaublich, was sie ihnen berichtete. Im Lauf der Jahrzehnte hätten sich Tausende von französischen und flämischen Flüchtlingen in London niedergelassen, Verfolgte wie sie. Die Engländer hingen mehr oder weniger derselben Religion an und seien mit gewissen Einschränkungen durchaus gastfreundlich.

In diesem Viertel, gleich hinter den Stadtmauern, erklärte sie, lebten die meisten Franzosen. Hier befanden sich ihre Kirchen, hier gab es eigene gemeinnützige Organisationen, und hier arbeiteten buchstäblich Hunderte Seidenweber, Anzettler, Zwirner, Kaufleute und Händler – »*des centaines, à chaque coin de rue*«.

Sie breitete die Arme aus, um zu verdeutlichen, was sie meinte. »Hier gibt es Arbeit für alle«, schwärmte sie. »London ist verrückt nach Seide.«

Als Henri und seine Mutter sich schließlich zum Gehen wandten, riet ihnen die Frau, die französische Kirche in der Fournier Street aufzusuchen, einen Steinwurf von einem Stadtteil namens Spitalfields entfernt. Die Kirchenältesten würden ihnen bestimmt helfen, sagte sie.

Bereitwillig und dankbar folgten die beiden Gestrandeten der Wegbeschreibung und machten sich auf in Richtung eines hohen und spitzen Turmes, der in der Ferne aufragte.

Das Gebäude erinnerte Henri beim Näherkommen weniger an eine Kirche als an einen Palast: Breite Granitstufen führten zu einem eindrucksvollen, mächtigen Portal, flankiert von mächtigen Säulen, die nicht einmal die

Arme eines Riesen hätten umfassen können. Die Mauern waren weiß wie frisch gefallener Schnee und schimmerten in der Sonne – ein gleißendes Monument inmitten der Tristesse der schäbigen Großstadtstraßen.

Ehrfürchtig verharrten sie vor dem Eingang, doch plötzlich begann Clothilde abermals zu weinen.

»Wir sind dieser Kirche nicht würdig«, schluchzte sie. »Wie dürfen es zwei Obdachlose wie wir wagen, einen solchen Ort zu betreten?«

Henri zerrte sie hinter sich her die Stufen hinauf. »Was sollen wir denn sonst tun, *Maman?*«

Im selben Moment trat ein Mann aus der Kirche, ein hochgewachsener Priester im schwarzen Talar. »Kann ich Ihnen helfen?«

»Ist das hier die französische Kirche?«

»Da habt ihr euch geirrt, Kleiner. Das hier ist die Christ Church.« Der Mann deutete in die andere Richtung. »Die Église de l'Hôpital ist gleich da drüben.«

Kaum zu glauben, dass das alles inzwischen zehn Jahre zurücklag, dachte Henri, während er die Lambs Street und Browns Lane hinunterschlenderte und nach rechts in die Wood Street abbog. Anders als sonst mied er den Weg, der ihn an dem Stand mit den gezuckerten Mandeln vorbeiführte und dem äußerst hübschen Mädchen, das sie verkaufte. Anfangs hatte sie seinen Schmeicheleien widerstanden, aber nachdem er sie ein paar Wochen lang nach allen Regeln der Kunst umworben und bezirzt hatte, war es ihm gelungen, ihr einen ersten, nach Mandeln schmeckenden Kuss zu rauben. Mittlerweile hatte sie ihm sogar erlaubt, ihre Brust anzufassen, dabei gekichert und einen kleinen, spitzen Schrei ausgestoßen.

Inzwischen war er der Geschichte überdrüssig. So erging es ihm ständig, wenn er sein Ziel erreicht hatte. Warum das so war, vermochte er nicht zu sagen. Jedenfalls wurden ihm die Mädchen schnell ein wenig lästig – kaum hatte er eine Süße erobert, war er mit den Gedanken schon bei der nächsten.

Am anderen Ende der Wood Street schimmerte die Christ Church in der Sonne wie damals, als sie zum ersten Mal davorgestanden hatten. Und von der Fournier Street aus konnte er die Église de l'Hôpital sehen, ein stattliches Gebäude, das hoch über den Häusern der Weber aufragte.

Während seiner Lehrlingszeit war es Henri nicht gestattet gewesen, die Werkstatt untertags zu verlassen – jetzt hingegen, als Geselle, kam er öfter raus, übernahm Botengänge, um etwa Rohseide abzuholen oder zum Zwirner zu bringen. Henri wusste diese kleinen Freiheiten zu schätzen, ohne sie ungebührlich auszunutzen. Er wollte das Vertrauen seines Arbeitgebers unter keinen Umständen enttäuschen.

»*Bonsoir, Henri*«, rief Jean Lavalle ihm gleich aus seinem Büro entgegen.

Obwohl er bloß ein paar Minuten zu spät war, entschuldigte er sich vorsichtshalber, um irgendwelchem Ärger zuvorzukommen.

»Verzeihen Sie die Verspätung, Sir«, sagte er und steckte den Kopf zur Tür herein. »Bei Shelleys hat man mich zwanzig Minuten warten lassen – zum Glück ist es ja noch hell, und bis die Sonne untergeht, hab ich den Damast dreimal fertiggestellt. *Pas de problème.*«

Monsieur Lavalle sah von seinem Hauptbuch auf und musterte Henri über den Rand seiner Brille hinweg. Wie üblich, wenn er keine Kunden erwartete, trug er eine weite Hose, eine Weste, die bereits bessere Zeiten gesehen hatte, und auf dem Kopf seine dunkelrote Lieblingsmütze, unter der er seine Halbglatze zu verbergen pflegte. Er war kein sonderlich gut aussehender Mann – und sein feistes, von zahlreichen Falten zerfurchtes Gesicht zeugte von einem prallen Leben mit gutem Essen, reichlich Schnaps und den Wonnen der Fleischeslust. Dass er ebenfalls hart gearbeitet hatte, sah man ihm hingegen weniger an.

Wohlwollend lächelte er seinem Schützling zu. Der abgemagerte, verlauste Junge von damals war wie eine Seidenmotte aus ihrem Kokon geschlüpft, hatte sich zu einem intelligenten, lebhaften und arbeitsamen jungen Mann entwickelt, der seine siebenjährige Lehrzeit mit Bravour absolviert hatte und nun auf dem besten Weg war, es selbst zum Meister zu bringen.

Als alteingesessenes Mitglied der hugenottischen Gemeinde von Spitalfields gehörte Lavalle auch dem Kirchenvorstand an und hatte vor Jahren maßgeblich dazu beigetragen, ein Hilfsprogramm für die große Schar der mittellosen Landsleute, die jährlich nach London strömten, auf die Beine zu stellen. Jede Familie wurde erst einmal mit gebrauchter Kleidung versorgt und so lange im Haus eines Gemeindemitglieds untergebracht, bis die Bedürftigen Arbeit gefunden hatten und selbst für ihren Lebensunterhalt aufkommen konnten.

Er erinnerte sich noch haargenau an jene erste Begegnung mit Henri, an den jämmerlichen Zustand von Mutter und Kind. Die dürren Gestalten, ihre zerlumpte Kleidung, ihr verzweifelter Blick, das alles hatte an sein Herz gerührt, und er zögerte nicht eine Sekunde, sie bei sich aufzunehmen.

Erst recht, als er erfuhr, dass die Familie aus derselben französischen Region stammte wie seine Vorfahren. Er selbst hatte dort nie gelebt: Die Eltern Lavalle waren vor seiner Geburt schon nach England geflohen – damals, als Ludwig XIV. die Religionsfreiheit für Protestanten widerrief und über vierhundert protestantische Dörfer dem Erdboden gleichmachen ließ.

In jenen Tagen, als Abertausende von Hugenotten aus ihrem Heimatland flohen, hatten sich die Engländer als überaus gastfreundlich erwiesen. Allerdings nahmen mit jeder weiteren Einwanderungswelle Mitleid sowie Bereitschaft zur Aufnahme der Verfolgten ein bisschen mehr ab und die Ressentiments den Fremden gegenüber ein bisschen mehr zu.

Inzwischen schien sogar ein Riss durch die Gesellschaft zu gehen.

Wenn die jungen englischen Kerle ein paar Stunden in den Schänken gebechert hatten, verwandelten sich die Straßen von Spitalfields zuweilen in ein ziemlich gefährliches Pflaster. Wenn man Glück hatte, kam man mit ein paar Beleidigungen davon. Doch selbst er, ein im Land Geborener und überdies Ehrenmitglied der Webergilde, hatte sich des Öfteren als *Kohlkopp, Froschfresser* oder *welscher Pisser* beschimpfen lassen müssen, und erst am Vortag war ihm ein Pamphlet mit dem Titel *Betrachtungen über das Unheil, welches aus zu viel Nachsicht gegen Fremde erwachsen kann* in die Hände geraten, das er nach kurzer, oberflächlicher Lektüre dem Kaminfeuer überantwortet hatte.

Umso mehr hatte Jean Lavalle sich für die verfolgten, in England gestrandeten Glaubensbrüder eingesetzt. Auch

Clothilde hatte durch seine Vermittlung Arbeit als Seidenzwirnerin gefunden, und dank ihrer Erfahrung, ihres Fleißes und ihrer Zuverlässigkeit war sie bald in der Lage gewesen, den Lebensunterhalt für sich und ihren Sohn zu bestreiten und eine eigene Bleibe anzumieten.

Zur Erleichterung von Henri war seine Mutter nach langen Monaten der Trauer endlich aufgelebt – hatte etwas gefunden, für das es sich zu leben lohnte, etwas, das den Schmerz linderte. Und nach einiger Zeit stahl sich sogar gelegentlich ein Lächeln auf ihr Gesicht.

Er selbst ging zunächst auf die zur Kirche gehörende Schule, wo er schnell die englische Sprache in Wort und Schrift erlernte. Zudem stellte sich heraus, dass er eine ausgeprägte Begabung für Zahlen und Rechenarten an den Tag legte. Und dann war da sein unbestreitbarer Charme. Alle, die den Jungen kennenlernten, mochten ihn, und er begriff rasch, dass er die Leute um den Finger wickeln konnte, wenn er sich geschickt anstellte und sein strahlendes Lächeln einsetzte. Auch der Webermeister fand Gefallen an ihm und bot ihm, als er zwölf Jahre alt war, eine Stelle als Simpeljunge an.

Von frühmorgens bis zur Dämmerung saß Henri künftig unter einem Webstuhl und zog, angewiesen vom Weber, an den Litzen, an denen die Kettfäden befestigt waren, durch die wiederum das jeweilige Muster gebildet wurde. Obwohl er damals noch blutjung war, wollte er genau wissen, wie alles funktionierte, wie das Muster aus der Zeichenvorlage entstand, wie die Harnischschnur den Kettfaden in Musterposition brachte oder warum immer wieder dieses oder jenes Denier verwendet wurde, das den Feinheitsgrad der Seide angab. Und genau diese Wissbegier war es – gekoppelt mit einem Ehrgeiz und einer Zielstrebigkeit, wie sie sonst kaum ein Junge seines Alters mitbrachte –, die Monsieur Lavalle veranlasste, Henri mit vierzehn als Lehrburschen anzunehmen, ohne auf dem üblichen Lehrgeld zu bestehen.

Diese Großzügigkeit wurde reich belohnt: Der Junge hatte sich immer – nun ja, fast immer – an die Lehrregel gehalten, »bescheiden, höflich und insbesondere seinem Meister gegenüber gehorsam zu sein«. Ein Grund, warum dieser ihn im Laufe der Jahre mit immer schwierigeren Webarbeiten betraute.

Mit neunzehn beendete Henri seine Lehrzeit und nahm dankbar das Angebot seines Meisters an, künftig als Geselle in seinem Betrieb zu arbeiten, und inzwischen war er so weit, in naher Zukunft sein »Meisterstück« zu weben und in die ehrwürdige Zunft der Weber aufgenommen zu werden. Womit er zugleich berechtigt sein würde, eine eigene Webstube zu eröffnen und selbst Lehrjungen und Gesellen auszubilden. Sofern er nicht als Nachfolger seines Lehrherrn dessen etablierte Werkstatt übernehmen konnte.

Monsieur Lavalle, der keine eigenen Söhne hatte, behandelte ihn nämlich zusehends wie einen Sohn, und er betrachtete ihn im Gegenzug inzwischen als eine Art Ersatzvater. Entsprechend war Lavalles Tochter für ihn wie eine kleine Schwester und er für sie der große Bruder, den sie nie gehabt hatte. Mittlerweile war Mariette fünfzehn, also kein Kind mehr, und ihr Verhalten begann sich zu verändern. Sie kokettierte, warf ihm auffordernde Blicke zu und gab Kommentare ab, wie gut er aussehe. Oder sie kicherte verschämt, wenn er ihr etwa ein kleines, beiläufiges Kompliment machte.

Henri maß dem keine Bedeutung bei, Backfischschwärmerei, dachte er amüsiert. Der Vater hingegen verfolgte eher hilflos die Wandlung seine Tochter und wünschte sich zum tausendsten Mal, seine Frau würde noch leben – andererseits wuchs in ihm langsam ein Gedanke heran, ob Mariettes wachsende Zuneigung zu Henri nicht ein Wink des Schicksals war, wie es in Zukunft weitergehen könnte mit seiner Weberei. Wäre das nicht eine ideale Lösung? Da wüsste er sein Geschäft in guten Händen und seine Tochter gut versorgt, sodass er sich beruhigt nach und nach aufs Altenteil zurückziehen durfte.

Nachdem Henri sich bei seinem Meister zurückgemeldet hatte, stieg er die steilen Treppen ins oberste Stockwerk hinauf, erklomm dann die Leiter und stieß die Falltür auf, die auf den Dachboden und damit in die Webstube führte.

Er kannte die Räumlichkeiten wie seine Westentasche; jeder Geruch, jedes Geräusch war ihm vertraut, und er wusste genau, wie das Licht um welche Uhrzeit durch die Fenster auf die Webstühle fiel, egal zu welcher Jahreszeit, egal bei welchem Wetter. Elf Jahre seines Lebens hatte er hier oben verbracht – auf dem Dachboden mit seinen grob behauenen Dielen, der fast zur Gänze ausgefüllt wurde von drei sperrigen Handwebstühlen, zwei Spinnrädern und einem Gestell mit Kettbäumen. Gerade mal zwei schmale Gänge führten zwischen den Gerätschaften hindurch.

Die Enge in dem Raum wurde dadurch verstärkt, dass sich an den Wänden Kisten mit Spindeln, Schiffchen und Schussspulen türmten, genau beschriftet nach Farbe, Verwindung und Denier. Zudem hingen von der Decke Kettbäume, die regelmäßig neu aufgewickelt werden mussten. Da sie zu unhandlich waren, um sie die schmalen

Stiegen hinunterzuschaffen, wurden sie durch das große Flügelfenster nach draußen bugsiert und mit Seilen von einem Eisenträger auf die Straße hinabgelassen. Auf die gleiche Weise, bloß umgekehrt, verfuhr man, um die aufgespulten Kettbäume zurück auf den Dachboden zu hieven.

Es war ein schwüler Julinachmittag, und die Fenster standen weit offen, da es direkt unter dem Ziegeldach im Sommer schrecklich heiß werden konnte. Im Winter dagegen litt man unter der bitteren Kälte. Dennoch schliefen der Simpeljunge und der Lehrbursche selbst dann unter den Webstühlen auf Strohlagern. Henri hatte sich zum Ende seiner Lehrzeit wenigstens das Privileg erworben, in einem Rollbett in einer kleinen Kammer im Souterrain schlafen zu dürfen, gleich neben der Küche, wo es nie zu warm oder zu kalt war und man sich obendrein, wenn man es nicht übertrieb, jederzeit mit Käse und Brot versorgen konnte, ohne den Argwohn der Köchin zu erregen.

»*Merde,* ist das heiß hier.« Henri ließ die Falltür hinter sich ins Schloss fallen.

Der Simpeljunge, der eigentlich die Kettfäden ziehen sollte, hatte Henris Abwesenheit ausgenutzt und machte gerade ein Nickerchen auf seinem Strohlager. Lehrling Benjamin hingegen, für dessen Arbeit er verantwortlich war, hockte mit dumpfer Miene untätig an seinem Webstuhl, obwohl Henri ihm aufgetragen hatte, ein einfaches graues Taftfutter für eine Herrenweste zu weben.

»Was hast du getrieben?«, erkundigte er sich und warf einen missbilligenden Blick auf den Webstuhl. »Ich war über eine Stunde weg, und du hast keine zwei Zentimeter zustande gebracht.«

»Ein Kettfaden ist gerissen«, murmelte der Junge. »Und ich hab ewig gebraucht, um den Fehler zu finden – bei dem Stoff und der Farbe sieht man ja überhaupt nichts.«

Henri nahm den Stoff genauer in Augenschein. »Bitte achte darauf, dass du die Fäden gleichmäßig anziehst. Die Spannung darf nicht zu hoch oder zu niedrig sein, sonst entstehen sichtbare Fehler. Du willst doch bestimmt nicht, dass Monsieur Lavalle dir schon wieder das Abendessen streicht.«

Eine Drohung, die als Einziges half, denn Benjamins Hunger war mindestens ebenso groß wie seine Faulheit. Der verwöhnte Sohn eines englischen Seemanns nahm sich nämlich allzu häufig allerlei Freiheiten heraus. Vielleicht absichtlich, argwöhnte Henri, denn dem Jungen stand der Sinn mehr nach der christlichen Seefahrt – die Seidenweberei war eine Idee des Vaters gewesen, der diesen Beruf für einträglicher und vor allem ungefährlicher hielt. Insofern gab es berechtigte Zweifel, ob Benjamin die sieben Jahre Lehrzeit überhaupt durchhalten würde. Trotzdem bemühte Henri sich, ihn bei der Stange zu halten.

»Weiter geht's«, befahl er jetzt und schreckte zugleich den Simpeljungen aus seinem Tiefschlaf.

Die nächsten Stunden war nichts zu hören außer dem Klappern des Schiffchens, dem Knarren der Pedale, die Henri bediente wie ein Organist die Kirchenorgel, und seinen knappen Anweisungen an den Simpeljungen, welche Schnüre des Harnischs er zu ziehen hatte: »*Cinq, cinq, un, sept, dix, dix.*«

Eile war geboten, denn sobald die Sonne hinter den Häusern auf der gegenüberliegenden Straßenseite unterging, würde es rasch dunkel, und sie mussten mit dem Weben aufhören. Nur wenn ein Termin sehr eng war und nicht verschoben werden konnte, arbeiteten sie bei Kerzenlicht – das Risiko, aufgrund unzureichender Beleuchtung einen Fehler zu machen, war einfach zu groß. Denn im flackernden Licht einer Kerze konnte man die feinen Seidenfäden kaum erkennen, und mehr als einmal war Henri am nächsten Tag gezwungen gewesen, einen Stoff neu zu weben, weil das Muster nicht stimmte. Der Meister bekam jedes Mal einen Wutanfall, wenn so etwas passierte.

Nach dem Abendessen – es gab gekochte Eier, Apfelkuchen und Ale – und einer kurzen Runde Backgammon mit Monsieur Lavalle und Benjamin zog sich Henri in seine Kammer zurück. Nebenan rumorte die Köchin noch, räumte auf, legte frisches Holz aufs Feuer und traf Vorbereitungen für den nächsten Tag. Ihn störte das Geklapper nicht, er fand es eher beruhigend, weil es ihn an Frankreich erinnerte – daran, wie er dort in seinem Bett gelegen und den gedämpften Stimmen seiner Eltern gelauscht hatte, lange bevor das Unheil über sie hereingebrochen war.

Henri schloss die Augen und fragte sich, wie seine Mutter wohl diesen brütend heißen Abend verbrachte. Seit er weg war, lebte sie allein. Zwar hatte ihr ein Weber aus Bethnal Green, der seine Frau verloren hatte und nun fünf Kinder alleine großziehen musste, vor einem Jahr den Hof gemacht, doch sein pockennarbiges Gesicht und sein Jähzorn hatten sie abgeschreckt. Außerdem schien es, als hätte sie auch so ihren Platz in der Gesellschaft gefunden. Sie machte sich in der Gemeinde nützlich, hatte dort Freunde gefunden und verfügte über ein gesichertes

Auskommen. Mittlerweile Ende vierzig, war sie stolz auf ihre Unabhängigkeit und verspürte wenig Lust, Verantwortung für eine neue Familie zu übernehmen.

Leider nahm der Witwer ihre Abfuhr persönlich und gab ihr keine Aufträge mehr. Was allein schlimm genug gewesen wäre, aber dass er andere Weber ebenfalls zu einem Boykott überredete, bedeutete für Clothilde eine dramatische Verschlechterung ihrer Situation. Wenngleich sie sich nie beklagte, war Henri nicht entgangen, dass sie ihr zweites Zimmer aufgegeben hatte und jetzt in einem einzigen Raum arbeiten, essen und schlafen musste.

Und seitdem er festgestellt hatte, dass es in ihrem Speiseschrank sehr armselig aussah, brachte er ihr, so oft er konnte, ein Brot oder ein paar Eier vorbei. Nicht zuletzt deshalb brannte Henri darauf, endlich seinen Meister zu machen – dann endlich konnte er hoffentlich seine Mutter besser unterstützen und ihr mehr Annehmlichkeiten und Sicherheit bieten.

Auch seine private Zukunft beschäftigte ihn zunehmend.

Hatte er in letzter Zeit vor dem Einschlafen häufig an eine feste Beziehung zu der hübschen Mandelverkäuferin gedacht, so schob sich mehr und mehr ein Mädchen mit blaugrünen Augen, das wie eine Dame sprach und wie ein Dienstmädchen gekleidet war, vor dieses Bild. In einem seiner Träume hatte sie ihn sogar in einen Raum geführt, dessen Wände die schönsten Seiden zierten, die er je gesehen hatte. Erlesene Stoffe mit prächtigen Mustern in den schillerndsten Farben, wie sie lediglich von Angehörigen des Könighauses, vom Hochadel oder von Kirchenfürsten in Auftrag gegeben wurden.

Und als er in der Dunkelheit erwachte, war er sich plötzlich sicher, dass dieser Traum seine Zukunft war.

Erst einmal allerdings musste er in die Weberzunft aufgenommen zu werden – und zu diesem Zweck einen solchen Stoff wie in seinem Traum entwerfen und untadelig weben. Eben ein makelloses Meisterstück.

Kapitel 4

Unterwerfen Sie sich nicht dem Diktat der Mode, und vermeiden Sie es, sich allzu auffällig oder exzentrisch zu kleiden. Manche Menschen folgen der Mode bis zum Exzess, dem gesunden Menschenverstand und jeglichem Geschmack zum Trotz – ein sicheres Zeichen für mangelnden Stil und ein gerüttelt Maß an Unschicklichkeit.

Über die Umgangsformen der feinen Dame

Anna hatte vor dem Tag gegraut, an dem ihre Kleider fertig sein würden – dem Tag, an dem sie auf ihre bequemen Leinenröcke und Jacken verzichten musste, desgleichen auf ihren weichen Batistunterrock und das Korsett, dessen Stäbe mit der Zeit biegsam geworden waren und sie kaum mehr einengten.

Und was noch viel schlimmer war: Ab jetzt würde sie das Dienstmädchen zweimal täglich bitten müssen, ihr beim Ankleiden zu helfen. Allein die Vorstellung, künftig neben einem Tageskleid häufig eine Abendrobe tragen zu müssen, war für sie der reinste Horror. Zwar war Betty ein freundliches, liebes Mädchen, dem sie sich in mancher Hinsicht näher fühlte als dem Rest der Familie, doch der Gedanke, überhaupt bei so einer lächerlichen Tätigkeit wie dem Ankleiden auf fremde Hilfe angewiesen zu sein, störte sie gewaltig.

Außerdem war sie nicht so erzogen worden. Im Pfarrhaus gab es eine Köchin und ein Mädchen, aber beide gingen nach getaner Arbeit nach Hause. Den Rest erledigte man selbst. Und so hatte der Gedanke, beim Ausziehen und Ankleiden nicht allein sein zu können, etwas Erschreckendes für sie.

Überhaupt fand sie das Leben einer Dame in der vornehmen Londoner Gesellschaft absolut nicht erstrebenswert, da es, soweit sie es beurteilen konnte, jeder Spannung, Inspiration oder geistigen Anregung entbehrte. Zumal sie nicht wie Lizzie oder andere Mädchen auf Freundinnen zurückgreifen konnte. Allerdings würde sie deren Interessen sowieso kaum teilen – selbst Lizzie, so nett sie war, interessierte sich lediglich für Gesellschaftsklatsch, Mode und Festlichkeiten. Ernsthafte Gespräche über Literatur und Kunst oder über die neuesten Nachrichten aus der *Times* waren mit ihr nicht möglich.

Kein Wunder, dass die Cousine mit ihr ebenfalls nicht viel anzufangen wusste.

Sie sei immer so ernst, hatte sie sich erst kürzlich beschwert und ihr vorgeworfen, die Nase ständig in irgendwelche Bücher zu stecken, um dann hinzuzufügen, dass sie persönlich »alberne Kriege, Politik oder was die Schotten wieder so im Schilde führen«, nicht ansatzweise interessiere. Höchstens wenn Gäste zum Abendessen erschienen, drehte sich die Unterhaltung um aktuelle Probleme, natürlich aus einer sehr parteiischen Perspektive. Da wurden etwa die angeblichen alkoholischen Exzesse der Armen beklagt oder die empörende Habgier und die gewalttätige Neigung der Webergesellen sowie die schädlichen Konsequenzen des Zuzugs so vieler Fremder, speziell der Franzosen.

Ein- oder zweimal hatte sie zaghaft zu fragen gewagt, warum die Weber eigentlich auf die Straße gingen – oder wie es sein könne, dass sich die Armen kein Brot, aber Schnaps leisten könnten. Jedes Mal hatte Onkel Joseph müde abgewinkt. Warum sollte sich eine junge Frau über derart unschöne Angelegenheiten den Kopf zerbrechen, pflegte er geringschätzig zu sagen. Sie solle sich lieber mit angenehmeren Dingen beschäftigen. Mit Mode, Musik, den Künsten – das würde ihr besser zu Gesicht stehen.

Trotz solcher Abfuhren wünschte sie sich nichts sehnlicher, als weiter zuhören zu dürfen und mehr über das Leben in der Stadt, über Handel und Politik zu erfahren. Leider wurde sie nach Beendigung der Mahlzeit stets mit den anderen Frauen in den Salon verbannt, um dort Karten zu spielen oder über die neueste französische Hutmode zu parlieren, während die Herren nebenan bei Port und Zigarren weiter politisierten.

Solchermaßen eingeengt, wurden die Zeitungen, die ihr Onkel mit nach Hause brachte, zu ihrer einzigen Informationsquelle.

Auf diese Weise erfuhr sie auch, dass sich die englische Seidenbranche in einer Krise befand, die nicht zuletzt durch die illegale Einfuhr billigerer französischer Stoffe verursacht worden war. Was zur Folge hatte, dass Tausende Weber ohne Arbeit und Hungeraufstände an der Tagesordnung waren. Die Situation werde zusätzlich verschärft, hieß es, weil speziell manche größeren Webereien für weniger Geld ungelernte Kräfte anheuerten, um auf dem Markt konkurrenzfähig zu bleiben.

Solche Maßnahmen zogen Gegenreaktionen nach sich. Breiten Raum widmeten die Zeitungen einem sogenannten »Eselsritt«: Ein Webermeister, der nicht die vereinbarten Löhne gezahlt hatte, war rücklings auf einem Grautier durch die Straßen getrieben worden, begleitet von johlenden Gesellen, die ihm auf Töpfen und Pfannen ein lärmendes Ständchen darbrachten.

Anna, zum ersten Mal mit der brutalen Wirklichkeit konfrontiert, fand das alles verabscheuungswürdig. Von beiden Seiten. Doch sosehr sie die Menschen bedauerte, die nicht genug Geld zum Leben hatten, hoffte sie zugleich inständig, dass der Seidenhandel ihres Onkels von solcher Unbill verschont bleiben möge.

Manchmal zweifelte sie, ob sie sich je an diese ihr fremde Welt gewöhnen werde, und so blieb es nicht aus, dass sie sich nicht selten nach ihrem beschaulichen Zuhause in ländlicher Idylle sehnte.

Nachts war das Heimweh am schlimmsten, und oft lag sie stundenlang wach und lauschte auf die verstörenden Geräusche der Großstadt: auf das Grölen betrunkener Randalierer und auf die Lockrufe jener Frauen, die William als »Damen der Nacht« bezeichnete. Dann schweiften ihre Gedanken zurück ins heimische Suffolk und vor allem zu ihrer Mutter, die ihr schmerzlich fehlte. So sehr, dass sie das Gefühl hatte, man habe ihr ein Stück aus dem Herzen gerissen.

Ja, bisweilen glaubte sie sogar, in der Dunkelheit ihres bescheidenen Mansardenzimmers ihr gütiges Gesicht zu sehen und ihre sanfte Stimme zu hören. Von ihr hatte sie Malen und Zeichnen, Nähen und Backen gelernt; sie war es, die ihr die Liebe zur Natur ins Herz gepflanzt, ihr Tiere und Wildblumen in Wald und Feld gezeigt und sie in der Pflege des eigenen Gartens unterwiesen hatte.

Anna war fest entschlossen, dieses Erbe ihrer Mutter in Ehren zu halten.

Außerdem kam ihr in London erst so richtig zu Bewusstsein, wie sehr sie mit der Landschaft East Anglias verwachsen war. Mit der rauen, unberechenbaren See und der Küste, die jeden Tag anders aussah, mit den Marschen und ihren seichten Bracktümpeln, wo man das Rascheln des Schilfrohrs und die Rufe der Stelzvögel hörte. Oder mit der Heidelandschaft, deren Farben mit den Jahreszeiten wechselten: das leuchtende Gelb des Ginsters im Frühling, das zarte Blassrosa der Heckenrosen und die rötlichen Tupfer der Weidenröschen im Sommer und nicht zuletzt das atemberaubende Violett des Heidekrauts, das sich im Herbst wie eine Decke über den kargen Sandböden ausbreitete.

Doch was wäre eine Landschaft ohne Orte!

Sie vermisste die Dorfgemeinschaft, die Menschen, die im Pfarrhaus ein und aus gingen, ihre Freundinnen, ihre Schwester, ihren Hund Bumbles, die Malstunden bei Miss Daniels und am allermeisten ihren Vater. In den letzten Jahren war sie für Theodore Butterfield zu einer Vertrauten geworden, mit der er über alles reden konnte, was ihn bei der Arbeit in der Gemeinde oder bei Differenzen mit der Diözese beschäftigte. Selbst juristische und finanzielle Probleme hatte er mit ihr besprochen.

Du bist die Einzige, der ich wirklich vertrauen kann, mein Schatz, pflegte er zu sagen. *Ich brauche dich – du musst Augen und Ohren für mich offen halten, damit ich keine falschen Entscheidungen treffe.*

Und so hatte sie regelmäßig den Besprechungen des Pfarrers beigewohnt, die Ohren gespitzt und auf diese Weise eine Menge über Buchhaltung und rechtliche

Belange sowie über Verhandlungstaktik mitbekommen, wobei sie sich insbesondere bei Letzterem als äußerst raffiniert erwies. Daneben diskutierten Vater und Tochter gerne bis spät in die Nacht über Literatur, Politik und Philosophie sowie über aufregende neue Erkenntnisse von Forschern und Wissenschaftlern. Und natürlich über Glaubensfragen und mancherlei Anfechtungen, die sie durch Krankheit und Tod der Mutter ja zur Genüge am eigenen Leib erfahren hatten.

Das alles fehlte ihr, aber am allermeisten fehlte Anna ihre Freiheit. Sie fühlte sich eingesperrt am Spital Square, zumal sie sich selbst im Haus nicht unbeobachtet bewegen konnte, es sei denn, sie zog sich in ihr ungemütliches Mansardenzimmer zurück.

Lieber wollte sie nach draußen gehen, ihre neue Umgebung erkunden – vielleicht stieß sie dabei ja auf Motive, die sie zeichnen konnte. In ihrer Verzweiflung hatte sie einmal mithilfe der Köchin ein Stillleben auf dem großen Esstisch arrangiert, um es zu malen. Da sie es indes immer wieder zu den Essenszeiten abräumen musste, sah es jedes Mal wieder anders aus, und sie gab den Plan auf.

Danach versuchte sie es mit dem Dächermeer, auf das sie vom Fenster ihres Mansardenzimmers blickte, hatte allerdings ihre liebe Mühe mit der Perspektive. Stattdessen nahm sie sich Lizzie beim Sticken in ihrem Lieblingskleid aus gelbem Damast vor, verlor auch hier die Lust, weil Personen ihr ohnehin nicht lagen. Wirklich inspiriert wurde ihre Fantasie lediglich von Dingen, die wuchsen und blühten, von Bäumen und Pflanzen, dem Spiel von Licht und Schatten im Geäst, den unendlichen Farben und Formen von Blättern und Blüten.

Zuletzt hatte sie zu Hause ein Aquarell gemalt: eine

Akelei, deren lange grüne Stängel sich um den Zaun des Pfarrhausgartens wanden. Sie war hochzufrieden mit ihrer Arbeit gewesen: Die strahlend weißen Blüten mit den feinen rosa Streifen wirkten natürlich und lebensecht. Selbst ihr Vater hatte nicht mit Lob gespart und sie gebeten, das Bild in seinem Arbeitszimmer aufhängen zu dürfen – *damit es mich an dich erinnert, wenn ich mich einsam fühle.* Damals hatte sie beschlossen, ihm ihr erstes Londoner Gemälde zum Geburtstag oder zu Weihnachten zu schicken.

Nur sah es nicht so aus, als ob überhaupt eines zustande käme.

Im Haus ihres Onkels und ihrer Tante gab es schließlich wenig Gelegenheit, natürliche Dinge zu beobachten. Und außer Haus zu gehen war ihr strengstens untersagt – von einigen wenigen Ausnahmen in Begleitung von Lizzie oder Betty mal abgesehen. Da kannte die Tante kein Pardon. Und so saß Anna gezwungenermaßen meist im Haus herum und wusste nicht, womit sie sich den lieben langen Tag beschäftigen sollte.

Sie fühlte sich, als würde ihr das Leben zwischen den Fingern zerrinnen.

Zwar hatte die Tante ihr versprochen, sie in die Gesellschaft einzuführen, sobald sie »standesgemäß eingekleidet« sei, doch vor derlei Förmlichkeiten graute Anna ebenfalls. So etwas war ihre Sache nicht. Andererseits würde sie dann wenigstens mal unter Leute kommen und musste nicht in diesem Gefängnis versauern. Insofern war sie am Ende fast froh, als es hieß, die Kleider seien fertig.

Und zu ihrer noch größeren Freude kam Miss Charlotte nicht ins Haus, sondern sie würde mit ihrer Tante das Atelier der Schneiderin aufsuchen.

Allerdings war es bloß ein kurzer Spaziergang bis zur Draper's Lane, und schnell erreichten sie ihr Ziel. Über der Tür stand: *Miss Charlotte Amesbury, Costumière,* und durch die Scheibe des Erkerfensters fiel Annas Blick auf eine Gruppe von Schneiderpuppen, die mit ihren Kleidern für Miss Charlottes Modelle warben. Alles wunderschön und edel, aber so üppig mit Rüschen und Spitze verziert, dass Anna sogleich ein Stoßgebet gen Himmel schickte, die für sie gefertigten Kleider mögen ein wenig schlichter ausfallen.

Sobald sie die Tür öffneten, trat Miss Charlotte aus dem Hinterzimmer und empfing sie mit einem offenen Lächeln.

»Guten Tag, Mrs. Sadler, Miss Butterfield«, grüßte sie. »Alles ist so weit vorbereitet – wenn Sie mir bitte folgen würden.«

In ihrer vertrauten Umgebung kam Miss Charlotte ihr viel selbstbewusster vor, und unwillkürlich fragte sich Anna, wie es einer alleinstehenden Frau gelungen war, erfolgreich ein Geschäft zu betreiben. Jedenfalls war sie beeindruckt und überlegte, ob sie in ihr trotz des Altersunterschieds von ein paar Jahren vielleicht eine Verbündete, womöglich gar eine Freundin finden könnte. Und mehr noch einen Fixpunkt, um sich in dieser sonderbaren, verwirrenden Welt zu orientieren.

Miss Charlotte führte sie in einen großen, luftigen Raum, eine Art Salon, in dem sich vier mit blassblauem Samt bezogene Sessel um einen Kamin gruppierten, in dem angesichts der Hitze natürlich kein Feuer brannte. Lange weiße Baumwollvorhänge teilten den hinteren Bereich ab.

»Nehmen Sie bitte Platz«, forderte die Schneiderin sie auf. »Kann ich Ihnen etwas zu trinken bringen?«

Während sie warteten, fiel Annas Blick auf eine Kinderkleiderpuppe, die in einem Mantel aus pflaumenfarbenem Seidendamast mit Samtkragen, Stulpen und Perlmuttknöpfen steckte.

»Was für ein hübsches Mäntelchen«, lobte sie. »Der kleine Kerl wird bestimmt ganz schön stolz sein, wenn er es tragen darf.«

Miss Charlotte, die gerade Holunderlikör in drei Gläser einschenkte, blickte auf. »Das will ich hoffen«, sagte sie leise. »Er bekommt den Mantel zu seinem siebten Geburtstag.«

Nachdem sie ein paar weitere Höflichkeiten ausgetauscht hatten, drängte Sarah zur Anprobe: »Lassen Sie uns zur Tat schreiten. Ich bin schon ganz gespannt, wie Sie unsere kleine Provinzpflanze in eine junge Dame von Welt verwandeln. Das dürfte nicht so einfach werden, denke ich.«

Anna errötete gleichermaßen angesichts dieser Peinlichkeit wie vor aufsteigendem Ärger. Warum musste die Tante ständig durch solch abwertende Bemerkungen ihr Selbstvertrauen untergraben?

Die junge Schneiderin, deutlich feinfühliger, nahm daraufhin sanft ihren Arm. »Es ist mir ein Vergnügen, eine so reizende junge Dame einzukleiden«, erklärte sie und lächelte Anna aufmunternd an. »Sind Sie so weit, Miss Butterfield?«

Gemeinsam verschwanden sie hinter dem Vorhang. Hier hingen Kleider in den schönsten Farben, die sie an eine Malerpalette erinnerten. Auf einem langen Tisch lagen die verschiedensten Unterkleider: weiße Batistwäsche, Reifröcke, mit Spitzen verzierte Handkrausen, Brusttücher und zwei bestickte steife Mieder.

»Ziehen Sie erst einmal die Unterwäsche an, ich helfe Ihnen dann mit dem Mieder und dem Reifrock«, flüsterte Miss Charlotte. »Keine Sorge. Es ist nicht so kompliziert, wie es aussieht.«

Obwohl die Schneiderin sich diskret abwandte, fühlte Anna sich unbehaglich. Mit einem Mal kam es ihr vor, als würde sie mit der Unterwäsche unwiderruflich ihr altes Ich abstreifen. Trotzdem tat sie wie geheißen. Der weiche weiße Stoff war so hauchzart, dass er ihre Haut federgleich umschmeichelte. Durch ein Räuspern gab sie Miss Charlotte zu verstehen, dass sie sich wieder umdrehen konnte.

Die lächelte, als Anna nach dem Mieder griff und es von vorne schnüren wollte, und nahm es ihr aus der Hand.

»Das können Sie machen, wenn Sie allein sind und keine Hilfe haben. Jetzt lassen Sie mich mal machen, damit es so geschnürt wird, wie es sich gehört.«

Sie zog die Schnüre so fest, dass sich die Fischbeinstangen schmerzhaft in Annas Seiten bohrten, und einen Augenblick lang blieb ihr komplett die Luft weg. Gleichzeitig bemerkte sie verwundert, wie ihre kleinen Brüste in eine erstaunlich üppige Form gepresst wurden.

Nach dem Mieder kam der Reifrock. Erst streifte ihr Miss Charlotte die Träger über die Schultern, dann rückte sie den Rock an der Taille zurecht, bis er sich perfekt über ihre Hüften wölbte.

»Ich bin fest davon überzeugt, dass die Röcke bald schmaler werden«, sagte Miss Charlotte. »Womöglich kommen Reifröcke sogar über kurz oder lang ganz aus der Mode, deshalb haben wir Ihnen fürs Erste nur zwei Modelle angefertigt. Und dazu passen diese Täschchen, die man mit Bändern an der Taille befestigt.«

Vorher aber musste Anna erst einen Unterrock aus cremefarbener Seide mit Rüschen am Saum und schließlich das Kleid anziehen, eine prachtvolle Volantrobe aus blassgelbem Damast.

»Es wird Ihnen ausgezeichnet stehen, denke ich«, meinte Miss Charlotte. »Das ist die *robe à la française,* von der ich ja bereits erzählt habe. Watteaufalten sind höchst elegant und *à la mode.*«

Anna schaute etwas skeptisch drein. Nie zuvor hatte sie Gelb getragen, weil es allgemein hieß, diese Farbe würde blass machen. Miss Charlotte hingegen versicherte ihr, der Farbton sei der letzte Schrei, und eine vornehme Blässe gelte derzeit sogar als Muss.

In der Tat passte das Kleid wie angegossen; die locker fallenden Rückenfalten umschmeichelten ihre Schultern, und die eng anliegenden Ärmel endeten knapp unter den Ellenbogen. Über die Unterarme wurden zwei gerüschte, spitzenbesetzte Handkrausen geschoben. Ein schmaler Streifen des Unterrocks lugte unter dem Kleidersaum hervor, ließ jedoch die Zehen frei.

»Heutzutage zeigt man seine Füße«, erklärte Miss Charlotte. »Sie tragen dazu bestickte Schuhe mit nicht zu hohen Absätzen, da Sie ja ohnehin recht groß sind.«

Nachdem sie ausgiebig an Schultern, Taille und Ärmeln herumgezupft, hier korrigiert und dort justiert hatte, verkündete die Schöpferin all dieser Kreationen schließlich, dass das Kleid nun mustergültig sitze.

»Gibt es denn kein Brusttuch? Oder wenigstens eine Stola?«

Schamhaft bedeckte Anna ihr Dekolleté – sie fand, dass durch das Mieder ihr Busen provozierend und höchst aufreizend, ja geradezu unanständig zur Schau gestellt wurde.

»Um Himmels willen!« Die Schneiderin verdrehte die Augen. »Brusttücher und Stolen sind etwas für reifere Damen – bei einer so jungen Frau würden sie prüde und altjüngferlich wirken.« Sie zog die Vorhänge zurück. »Und jetzt, Miss Anna, lassen Sie uns zu Ihrer Tante hinübergehen.«

»Mein Gott.« Beim Anblick der Nichte überzog ein verzücktes Lächeln ihre griesgrämige Matronenmiene. »Kind, du bist ja nicht wiederzuerkennen! Die jungen Männer werden Schlange stehen, um deine Bekanntschaft machen zu dürfen.« Sie hielt inne, weil ihr plötzlich etwas einfiel: »Und zu was für einem Hut würden Sie raten?«

Miss Charlotte verschwand erneut hinter den Vorhängen und kehrte mit einer runden Schachtel zurück.

»Meine Hutmacherin hat ein paar Modelle vorbeigebracht. Sie meint allerdings, eine charmante junge Dame in Miss Annas Alter sollte nichts allzu Auffälliges tragen.« Sie nahm einen Strohhut mit schmaler Krempe aus der Schachtel. »Strohschuten sind dieser Tage der letzte Schrei, wie Sie bestimmt selbst schon bemerkt haben.«

Mit diesen Worten setzte sie Anna den Hut auf, klappte die Krempe vorn und hinten keck nach oben und schlang das cremefarbene Bändchen zu einer losen Schleife unter dem Kinn.

Obwohl Anna nicht wusste, was sie von dieser Kombination halten sollte – ein luxuriöses Seidenkleid und dazu ein einfacher Hut, wie ihn sonst Schäferinnen und Milchmädchen trugen –, schwieg sie und drehte sich folgsam hin und her, um sich noch einmal genauestens von Kopf bis Fuß begutachten zu lassen.

Plötzlich kamen ihr die Papierpuppen in den Sinn, die

sie als Kind mit ausgeschnittenen Kleidern, Hüten und Schuhen ausstaffiert hatte. Für sie und Jane war es immer ein Spaß gewesen, die Kleidungsstücke so zu kombinieren – Nachthemden mit modischen Hüten, Ballkleider mit Galoschen –, dass sie kein bisschen zusammenpassten. Jetzt war sie selbst wie eine solche Papierpuppe, ein eindimensionales Spielzeug mit ausgebreiteten Armen und einem Dauerlächeln auf den Lippen.

Am liebsten hätte sie auf der Stelle ihre alten Sachen genommen und sich aus dem Staub gemacht, zurück nach Suffolk. Ja, das Leben dort bot ihr keine Perspektive, wäre jedoch wenigstens ihr eigenes, in dem sie nicht nach Belieben hin und her geschubst würde.

Statt dieser Regung nachzugeben, holte sie tief Luft. »Es ist wirklich ein wunderschönes Kleid, Miss Charlotte. Vielen, vielen Dank.« Dann wandte sie sich an die Schwester ihres Vaters. »Du bist ja so großzügig, liebe Tante. Ich schreibe noch heute Papa, dass ich dir zu großem Dank verpflichtet bin.«

Anschließend musste sie ein zweites, nicht ganz so extravagantes cremefarbenes Abendkleid mit Streifen und Brokatblumen anprobieren sowie zwei fließende Tageskleider in schimmerndem Blassblau und Meergrün inklusive einer hübschen weißen Schürze und zwei farblich passenden Halstüchern sowie ein paar Spitzenhäubchen. Erleichtert atmete sie auf, als die Anprobe vorbei war.

Am nächsten Morgen erfuhr Anna beim Frühstück, dass sie und die Tante zum Tee bei Mrs. Hinchliffe eingeladen seien, der Mutter von Williams bestem Freund Charlie.

»Darf ich mitkommen?«, bettelte Lizzie sogleich.

»Selbstverständlich nicht«, erwiderte ihre Mutter. »Du hast Unterricht wie üblich.«

»Das ist unfair«, protestierte das Mädchen.

»Deine Zeit wird kommen, wenn du achtzehn bist, Elizabeth, und damit Schluss«, wies Sarah ihre Tochter zurecht, um sich dann an die Nichte zu wenden. »Ich denke, heute solltest du das cremefarbene Brokatkleid und die hübsche kleine Strohschute mit dem cremefarbenen Bändchen anziehen. Miss Charlotte hat immer so raffinierte Ideen. Ein sehr modisches Ensemble, das noch dazu den Vorteil hat, dich nicht größer erscheinen zu lassen.«

»Charlie wird gewiss ebenfalls zugegen sein«, warf William mit wissendem Lächeln ein.

»Sofern er keine Vorlesung besuchen muss, hat Mrs. Hinchliffe gesagt.«

»Oh, keine Sorge. Obwohl er gerne den vielbeschäftigten Juristen spielt, lässt er sich lieber noch ablenken.« William biss in seine Pastete und sprach mit vollem Mund weiter. »Er wäre bestimmt keine schlechte Partie für dich, Cousinchen. Finanziell unabhängig, kann er tun und lassen, was er will. Überdies ist seine Mutter reich wie Krösus – Geldadel vom alten Schlag.«

»Schluss mit dem vulgären Gerede, Will«, schalt ihn seine Mutter. »Ein echter Gentleman spricht nicht über Geld, und erst recht nicht in Gesellschaft von Damen.«

»Aber um Geld geht es doch – immerhin suchst du einen betuchten Ehemann für unser Mäuschen vom Land. Oder etwa nicht? Kommt bloß nicht auf die Idee, bei den Hinchliffes Purple Velvet zu erwähnen.«

»Purple Velvet?«, fragte Lizzie.

»So heißt die Schindmähre, auf die Charlie am

Wochenende gewettet und einen Riesenbatzen Geld verloren hat«, klärte William sie auf. »Ein todsicherer Tipp, behauptete er, und andere ließen sich das einreden. Ich nicht, Gott sei Dank. Um ein Haar hätten ihn die Gelackmeierten gelyncht.«

Jetzt platzte dem Herrn des Hauses, der sich bislang lediglich ein paarmal missbilligend geräuspert hatte, der Kragen. »Es reicht, William«, donnerte er los. »Iss deine Pastete und scher dich an die Arbeit!«

»Sie sehen hinreißend aus, Miss Anna.« Betty trat einen Schritt zurück, nachdem sie die Schute mit Hutnadeln befestigt hatte. »Ganz die junge Dame von Welt, wenn ich das sagen darf.«

»Na ja, es ist arg heiß unter den vielen Röcken«, stöhnte Anna und fächelte sich Luft zu. »Ich weiß nicht, wie ich das überstehen soll.«

»Wenigstens müssen Sie nicht zu Fuß gehen. Madam hat mich gebeten, eine Kutsche zu rufen.«

»Ist es denn weit?«

»Nein, ein paar Meilen, soweit ich weiß. Tja, Mrs. Sadler will mal wieder Eindruck schinden«, fügte Betty mit einem Augenzwinkern hinzu.

»Ist mir heute egal, wenn ich dafür nicht laufen muss«, sagte Anna und wandte sich zum Gehen. »Bis später.«

Als sie an der Seite ihrer Tante das Haus verließ, blieben zwei Gentlemen abrupt auf dem Trottoir stehen und zogen ihre Hüte. Kleider machten scheinbar wirklich Leute, dachte Anna und stieg beschwingt in die wartende Kutsche.

Zum ersten Mal hatten völlig unbekannte Passanten sie wahrgenommen – welch erhebendes Gefühl.

Sie genoss die Fahrt, zumal ihr durch die geöffneten Fenster ein erfrischender Fahrtwind um die Nase wehte. Vorbei ging es an der Paternoster Row, wo der markante Turm der Christ Church sie daran erinnerte, dass seit ihrer Ankunft in London bereits zwei Sonntage vergangen waren, ohne dass sie einen Gottesdienst besucht hatte.

Alles hatte sich eben geändert.

Zu Hause war ihr der Kirchbesuch zur zweiten Natur geworden – was gar nicht anders sein konnte, wenn man einen Pfarrer zum Vater hatte. Außerdem war es ein willkommener Anlass gewesen, Verwandte, Bekannte und Freunde zu treffen. Hier in London pflegte man Geselligkeit auf anderen Ebenen. Trotzdem beschloss sie, ihre Tante zu fragen, ob sie nächsten Sonntag zur Predigt gehen dürfe – vielleicht lernte sie ja dabei sogar ein paar Leute kennen.

Ihre Gedanken wurden abgelenkt, als sie an einer Straßenecke eine Gruppe von etwa dreißig Männern erblickte – Arbeiter, ihrer Kleidung nach zu urteilen –, die sich um einen Redner scharten, der auf einer Kiste stand. Neben ihm hielt ein weiterer Mann ein Transparent in die Höhe, auf dem in großen Lettern geschrieben war:

BOLD DEFIANCE! GERECHTER LOHN FÜR ALLE!

Der Mann auf der Kiste, hochrot im Gesicht, versuchte lautstark gegen den Straßenlärm anzukämpfen – was er sagte, verstand Anna dennoch nicht. Sie bekam lediglich mit, dass seine Zuhörer irgendwelche Parolen schrien und die geballten Fäuste in die Luft reckten.

»Pöbel«, mokierte sich die Tante und rümpfte die Nase. »Zieh besser den Vorhang zu, meine Liebe. Nicht dass diese Kerle auf uns aufmerksam werden.«

Genau in dem Moment, als sie dieser Aufforderung

Folge leisten wollte, drehte sich einer der Männer um und sah ihr direkt in die Augen. Sein Gesicht war ihr vertraut – es war Guy, der sich mit Henri nach ihrer Ohnmacht am Spitalfields Market um sie gekümmert hatte. Am liebsten hätte sie ihm gewinkt, ihm aus dem Fenster zugerufen, wie es seinem Freund ging – mit ihrer Tante neben sich indes ein Ding der Unmöglichkeit.

Und so fuhr die Kutsche davon, ohne dass sie in Erfahrung gebracht hatte, ob Henri sich ebenfalls unter den Demonstranten befand. Sie wünschte sich sehnlichst, die beiden jungen Franzosen noch einmal zu treffen. Zum einen weil sie nett waren, zum anderen weil sie wissen wollte, um was es bei diesen Versammlungen auf der Straße ging. Wie sie das allerdings als Nichte des Hoflieferanten Sadler bewerkstelligen sollte, war ihr schleierhaft.

Seufzend richtete sie den Blick auf die Straße vor ihr und die Gedanken auf den Nachmittagstee, vor dem ihr graute.

Kapitel 5

*Ich möchte Ihnen zur Genügsamkeit raten, eine ausge-
sprochen nützliche Eigenschaft, insbesondere für Sie, die
Sie wie die Seidenraupe Ihre Reichtümer aus sich selbst
gewinnen. Vergeudung frisst Löcher in Ihre Beutel wie eine
Motte, und so bringen Sie sich selbst um den Ertrag Ihres
Fleißes.*

**Handbuch für Lehrjungen und Gesellen
oder Wie man zu Ansehen und Reichtum gelangt**

Ein durchdringender Pfiff – unverwechselbar Guy – drang
von unten herauf, übertönte das Geklapper der Webstühle, den Straßenlärm, die Rufe der Bierkutscher, das Bellen
der Hunde und den Gesang der Vögel in ihren Käfigen.
Henri legte das Weberschiffchen beiseite, trat ans Fenster und spähte hinaus.

Guy winkte aufgeregt. »Komm runter. Ich muss dir etwas erzählen.«

»Ich bin gerade mitten in der Arbeit«, rief Henri zurück. »Kann das nicht bis heute Abend warten?«

»Es geht um heute Abend. *C'est très important.* Komm
endlich. *Juste une minute.*«

»*Bon Dieu,* was ist denn jetzt schon wieder?«, murmelte Henri.

Er wies den Simpeljungen an, eine Pause zu machen

und sich einen Krug Wasser zu holen, zog die Schuhe aus und schlich auf Zehenspitzen die hölzerne Stiege hinunter, um nicht die Aufmerksamkeit von Monsieur Lavalle auf sich zu ziehen, der in seinem Büro im Parterre über den Büchern brütete. Sein Meister mochte grundsätzlich ein nachsichtiger Mensch sein, doch er wollte seine Langmut nicht über Gebühr strapazieren.

Sein Freund marschierte unruhig auf dem Gehsteig hin und her; er war unrasiert, und die langen Haare fielen ihm ins Gesicht. Guy war ständig mit seiner Miete im Rückstand, wie Henri wusste, und verdiente zuweilen kaum Geld genug, um sich etwas zum Essen kaufen zu können.

»Warum die Eile? Geht es dir nicht gut?«

»Mir ging's nie besser, *mon vieux*.« Guy senkte die Stimme zu einem heiseren Flüstern. »Es gibt gute Nachrichten. Wir haben eine Lohntabelle erstellt – ein Buch, in dem ganz genau steht, was künftig für welche Arbeit bezahlt werden soll. Es wird so bald wie möglich gedruckt, und jeder Meister hier kriegt ein Exemplar in die Hand, damit wir endlich anständige Löhne kriegen. Wir sind fest davon überzeugt, dass uns die Zunft diesmal unterstützen wird. Jedenfalls treffen wir uns heute Abend.« Er umklammerte seinen Filzhut. »Du musst kommen.«

Henri seufzte. »Ich hinke mit meiner Arbeit hinterher, Guy.«

»Es dauert bloß eine halbe Stunde. Jede Unterschrift ist wichtig, wenn wir die Zunft auf unsere Seite ziehen wollen. Also bitte, gib dir einen Ruck.«

»Und wo findet das Treffen statt?«

»Im Dolphin, drüben in Bethnal Green. Wir können einen Raum über dem Pub benutzen, im zweiten Stock.«

»Aber es sind nicht diese Kattunbanditen, oder? Ich

kann es mir nicht leisten, in Gesellschaft von Aufrührern gesehen zu werden.«

Die gestiegene Nachfrage nach bedrucktem Kattun bedrohte die Geschäfte der Seidenbranche, und im Vorjahr hatte sich Guy in letzter Sekunde aus dem Staub machen können, als eine Gruppe älterer Weber ein paar vornehme Damen in Baumwollkleidern mit *aqua fortis,* Salpetersäure, attackiert hatte. Zwei waren verhaftet worden, und einer von ihnen landete am Galgen.

»Keine Sorge. Wir sammeln bloß Unterschriften, das ist alles.« Guys Finger schlossen sich um Henris Arm. »*C'est légal. Fais-moi confiance.* Du nimmst die Seitentür und gehst die Treppe hoch. Ich warte auf dich. Versprich mir, dass du kommst.«

Henri versprach es gezwungenermaßen und stieg um sieben Uhr nervös die aus unbearbeitetem Holz gezimmerte Treppe hinauf, wo er in einen spärlich beleuchteten Raum gelangte, in dem sich Männer um einen Tisch mit einer einzelnen Kerze darauf scharten. Ihre hageren Gesichter und der ranzige Gestank der Armut erinnerten ihn daran, warum er hergekommen war. Seine Unterschrift war das Mindeste, was er beisteuern konnte, um den vom Elend Bedrohten zu helfen.

Meister Lavalle war durchaus aufgeschlossen gewesen, als er ihm von dem Treffen erzählt hatte.

»Von dem Buch hab ich bereits gehört«, hatte er gesagt. »Ich denke, es ist eine vernünftige Maßnahme, um den Frieden zu erhalten, sofern die Erwartungen nicht zu hoch sind. Der Markt ist unberechenbar, und die Schwankungen bekommen wir alle zu spüren.«

»Sie haben nichts dagegen, wenn ich die Petition mit unterschreibe?«

»Solange du nichts anderes tust, mein Junge.« Monsieur Lavalle hatte ihm einen scharfen Blick über seine Brille hinweg zugeworfen. »Von Protestmärschen und ähnlichen Dingen rate ich dir jedenfalls dringend ab. Das ist zu riskant, gerade jetzt, wo du bald deine Meisterprüfung ablegen willst.«

»*Ne vous inquiétez pas*«, hatte Henri erwidert. »Machen Sie sich keine Sorgen.«

Er erspähte Guy am Rand der Menge und drängte sich durch die Umstehenden.

»*Merveilleux*, da bist du ja!« Guy umarmte ihn stürmisch und rief: »He, Freunde, das ist *mon cher ami* Henri Vendôme, Geselle bei dem hochgeschätzten Monsieur Lavalle und bald selbst Meister! Er ist hergekommen, um unsere Petition zu unterstützen.«

Mehrere Dutzend Gesichter wandten sich ihm zu. Jean Lavalle war wohlbekannt und genoss einen ausgezeichneten Ruf sowohl bei seinen Kunden als auch unter den Webern.

Guy ergriff Henri am Ellbogen und bahnte sich seinen Weg zum Tisch. »Hier, lies das.« Er zog einen dicken, provisorisch gebundenen Stapel Manuskriptpapier und ein einzelnes Blatt zu sich heran. »Und hier musst du unterzeichnen.«

An den Obersten Zunftmeister und die Gemeinschaft der Amtsmeister, las Henri. *Im Bestreben, die bestehenden Zwistigkeiten auf friedlichem Wege beizulegen, bitten wir, die Unterzeichnenden, um Ihre tatkräftige Unterstützung bei der Publikation des beigefügten Book of Prices, in dem festgelegt ist, was fortan für die Arbeit in den mannigfaltigen Zweigen des Weberhandwerks bezahlt werden soll.*

Das Kernstück bildeten etwa vierzig Seiten eng linierten Papiers, auf dem spaltenweise die Preise aufgeführt waren, mit denen die verschiedensten Tätigkeiten in der Seidenweberei künftig vergolten werden sollten. Kein noch so winziges Detail war vergessen worden; allein die Niederschrift dürfte Tage in Anspruch genommen haben, und Henri konnte sich lebhaft vorstellen, wie viele hitzige Diskussionen dem vorausgegangen sein mussten. Er überflog kurz die geforderten Entlohnungen für die Webtechniken, mit denen er vertraut war, und fand, dass alles ziemlich vernünftig klang.

Woraufhin er die Schreibfeder in das Tintenfass tauchte und seinen Namen daruntersetzte.

Später am Abend, zurück in der Werkstatt, fragte Henri Monsieur Lavalle, ob er ein paar Minuten erübrigen könne, um einen Blick auf das Muster seines Meisterstücks zu werfen.

Er arbeitete mittlerweile seit mehreren Wochen daran, doch die Reaktion seines Meisters war bislang eher verhalten gewesen. Henri wusste, dass das von ihm erdachte Muster technisch gesehen gut war, wenngleich vielleicht ein bisschen zu kompliziert; aber er wollte einfach zeigen, wie viele komplexe Techniken er beherrschte. In ästhetischer Hinsicht allerdings zweifelte er selbst an seiner Arbeit, denn aus irgendeinem Grund wurde sie seinen Ansprüchen nicht wirklich gerecht.

Auf dem Tisch am Fenster breitete er seine Skizzen von Blumen, Blättern und Ornamenten aus, legte die karierten Zeichenpapierblätter zusammen, auf denen er das geplante Muster mit Wasserfarben und einem feinen Pinsel entworfen und zudem notiert hatte, wie

Ketthebungen und -senkungen in dem Musterstück verlaufen sollten.

Dann reichte er seinem Meister die Seiten.

Er versuchte nicht nervös zu werden, während dieser schweigend die Erläuterungen las und ab und zu seinen Blick auf den Entwurf richtete. Schließlich hob der erfahrene Weber den Kopf, straffte den Rücken, nahm seine Samtkappe ab und fuhr sich mit der Hand durch das schüttere Haar.

»Ganz ehrlich, ich bin beeindruckt, mein Junge. Grundsätzlich ist das erstklassige Handwerkskunst, die weit über das hinausgeht, was irgendjemand von einem Gesellen erwarten würde. Mir ist bewusst, wie talentiert du bist, nur …« Er hielt inne und sah seinen Schüler aufmerksam an. »Wäre es nicht dennoch zweckdienlicher, etwas Einfacheres zu weben – etwas, das schneller zu bewerkstelligen ist und weniger Risiken birgt, dass etwas schiefgeht?«

Hilflos zuckte Henri mit den Schultern. »Ich wollte etwas Ungewöhnliches kreieren, das unmittelbar den Blick auf sich zieht.«

»Nun ja, vor ein paar Jahren hätten sich die Händler um eine solche Arbeit geschlagen.«

»Vor ein paar Jahren?«

»Ja, damals waren Rokokomuster und schwere Brokatstoffe der letzte Schrei – je verspielter und prunkvoller, desto besser. Heutzutage hingegen lieben es die Damen etwas schlichter. Die neue Eleganz, verstehst du, einfacher, natürlicher, zarter.«

In diesem Moment sah Henri seine Felle im Eiltempo davonschwimmen. Seit Beginn seiner Lehrlingszeit hatte er die verschwenderischen, farbenprächtigen Muster der berühmten Meister wie Peter und James Leman bewundert. Nun fiel ihm wie Schuppen von den Augen, was für ein Narr er gewesen war: Die Mode hatte sich geändert, und ihm war es nicht einmal aufgefallen.

»Was glaubst du, warum ich schon lange Damast und Seidenatlas bevorzuge? Zugegeben, sie bringen nicht ganz so viel ein, dafür muss man nicht wie ein Schießhund darauf achten, was in der nächsten Saison aktuell ist«, fuhr Lavalle fort. »Sieh mal genauer hin, was die vornehmen Damen dieser Tage tragen, dann verstehst du, was ich meine.«

Henri hob abermals die Schultern – Mode war ihm schlichtweg ein Rätsel.

»Wie auch immer.« Monsieur Lavalle legte die Entwürfe sorgfältig zu einem kleinen Stapel zusammen. »Ich überlasse es ganz dir, wie du dein Meisterstück gestalten willst. Du bist hochtalentiert, und du hast meine volle Unterstützung. An deinen technischen Fähigkeiten ist absolut nichts auszusetzen – wenn du indes ein Meisterstück weben willst, das dir einen Ruf wie Donnerhall verschafft, würde ich an deiner Stelle noch mal in aller Ruhe in mich gehen.«

Nach diesem Gespräch begleitete Henri den Meister noch hinauf in die Wohnstube, wo Mariette bei einer Näharbeit saß – sie wusste, dass ihr Vater heute die Webprobe in Augenschein nehmen würde.

»Und, Papa, was meinst du? Wird Henris *pièce* Aufsehen erregen?«

»Das soll er dir selbst erklären«, gab ihr Vater zurück, setzte seinen Hut auf, nahm Pfeife und Tabakbeutel und ging zur Tür. »Ich schnappe kurz frische Luft, ehe wir für heute Schluss machen.«

Mit großen, erwartungsvollen Augen blickte das Mädchen zu Henri auf. Er wusste, wie sehr sie ihn bewunderte und dass er wie ein älterer Bruder für sie war. Zumindest war das früher so gewesen, inzwischen legte sie manchmal ein sonderbares Verhalten an den Tag, als wollte sie an ihm ihre sich entwickelnden weiblichen Reize ausprobieren. Was durchaus dazu angetan war, ihn ein wenig zu beunruhigen, zumal er sie nach wie vor als niedliche und bisweilen nervtötende kleine Schwester betrachtete.

»Und?«, sagte sie.

Er seufzte und überlegte, was er ihr erzählen konnte, ohne dass sie merkte, wie entmutigt er war.

»Komm, so schlimm war es bestimmt nicht«, fügte sie hinzu, als er schwieg.

»Nein, nein, überhaupt nicht«, erwiderte er jetzt rasch. »Dein Vater hat gesagt … Nun, er meint, dass meine Arbeit technisch gut ist, findet den Entwurf allerdings … ein wenig altmodisch.«

»Hm. Das wäre in der Tat nicht so gut.«

»Nein. Ich brauche einfach jemanden, der mir sagen kann, in welche Richtung sich die Mode in der nächsten Saison bewegt.«

Mariette lachte. »Da müsstest du eine Wahrsagerin bemühen. Niemand vermag die Launen der Mode vorherzusehen.«

»Trotzdem: Irgendwer entscheidet schließlich darüber, was angesagt ist, was man trägt, wenn man dazugehören will.« Er schüttelte den Kopf. »Aber wer denkt sich die Mode aus? Einer muss es ja tun. Was morgen *en vogue* ist oder gar *le dernier cri,* wird kaum so mir nichts, dir nichts aus dem Ärmel geschüttelt.«

»Wahrscheinlich gibt es einflussreiche Leute, die sich das ausdenken, und alle anderen machen es nach.«

»Und wer sind diese Leute?«

»Händler, Designer, Couturiers …« Sie hielt einen Moment inne. »Ha!«, platzte sie plötzlich heraus. »Ich weiß, wer dir weiterhelfen könnte!«

»Wer?«

»Miss Charlotte. Sie war eine gute Bekannte von Mama und hat mein Konfirmationskleid genäht. Sie wohnt in der Draper's Lane.«

»Leider habe ich kein Geld, um sie für eine Expertise zu bezahlen.«

»Ich rede mit ihr.« Das Mädchen legte die Hand auf seinen Arm und lächelte ihn ermutigend an. »Mir als guter Freundin tut sie bestimmt den kleinen Gefallen.«

Am folgenden Abend machte sich Henri auf in die Draper's Lane. Vor ihrem Laden blieb er stehen: *Miss Charlotte Amesbury, Costumière.* Nachdem er sich vergewissert hatte, dass ihn niemand beobachtete, spähte er durch die schmalen Fenster ins Innere des Ateliers.

Während er die prachtvollen creme- und pastellfarbenen Damaststoffe mit den nahezu lebensechten Blumen- und Blättermustern sowie die eleganten Schnitte und feinen Applikationen betrachtete, ging ihm mit wachsender Frustration auf, dass er das vergangene Jahrzehnt in einer Art Dornröschenschlaf verbracht hatte. Wieso hatte er den Entwicklungen der Mode nicht mehr Aufmerksamkeit geschenkt? Die ganze Zeit über war er so mit den technischen Aspekten der Webkunst beschäftigt gewesen, dass er darüber vergessen hatte, warum die Leute Seide so sehr liebten: weil sie nämlich ihren Trägern Schönheit verlieh.

In derartige Grübeleien versunken, merkte er kaum, dass im Laden eine schlanke dunkelhaarige Frau stand, die ihm bedeutete hereinzukommen und sich anschickte, die Tür zu öffnen.

»Kann ich Ihnen behilflich sein, Sir?«

»Ich wollte einfach mal schauen«, murmelte er.

»Suchen Sie irgendetwas Bestimmtes? Etwas für Sie selbst? Für eine besondere Gelegenheit? Ich hätte da ein paar wunderschöne Westen aus Brokatseide, die einem jungen Gentleman wie Ihnen hervorragend stehen würden.«

Ihm war sehr wohl bewusst, dass sie ihm etwas verkaufen wollte, und dennoch zögerte er, gefesselt vom selbstbewussten, zielstrebigen Auftreten der jungen Frau, sogleich abzulehnen. Zudem schmeichelte ihm, dass sie allen Ernstes zu glauben schien, er könne sich eine Seidenweste leisten.

Sie ließ nicht locker. »Kommen Sie doch einen Augenblick herein. Ich zeige Ihnen gern ein paar der neuesten Modelle, selbstverständlich ohne jede Kaufverpflichtung. Sie können also ganz unverbindlich einen Blick darauf werfen.«

Im Laden nahm sie mehrere farbenprächtige Westen aus den Regalen, legte sie auf einen Tisch und strich so zärtlich darüber, als wären es ihre Kinder. Dann führte sie ihn zu einem Spiegel und hielt ihm eine der Westen vor die Brust.

»Die Farben harmonieren vortrefflich mit Ihrem Teint und den dunklen Haaren, Sir.«

Miss Charlotte redete mit solcher Überzeugung auf ihn ein, als hätte sie nicht den geringsten Zweifel, dass er ein feiner Herr war und nicht etwa ein einfacher Geselle in abgetragenen Leinenhosen und einer Weste aus Kammgarnserge.

Er gab sich einen Ruck. »Madame, lassen Sie mich ehrlich sein – eine so elegante Weste könnte ich mir beim allerbesten Willen nicht leisten. Gestatten, Henri Vendôme, Webergeselle. Die Tochter meines Meisters, Mariette Lavalle, hat mir geraten, mich an Sie zu wenden – Sie könnten mir vielleicht helfen, meinte sie.«

Ihre professionelle Maske wich einem warmherzigen Lächeln.

»Ich hatte mich bereits gefragt, ob Sie es sind.« Sie zog einen Brief aus ihrer Tasche. »Sehr erfreut, Monsieur Vendôme. Mariette hat mir heute Morgen geschrieben. Wie geht es ihr und ihrem Vater? Leider habe ich sie nicht mehr gesehen, seit ihre liebe Mutter so früh von uns gegangen ist.«

»Danke der Nachfrage, es geht ihnen gut. Mariette wird allmählich erwachsen – sie wird demnächst sechzehn.«

»Wie die Zeit vergeht. Und wie kann ich Ihnen behilflich sein?«

Während er erklärte, dass er mit dem Entwurf für sein Meisterstück nicht zufrieden sei und überlege, wie er ein modischeres Muster herstellen könnte, röteten sich ihre Wangen. »Wie überaus schmeichelhaft, dass Sie mich für eine geeignete Stilberaterin halten. Ich bin im Grunde lediglich eine Schneiderin, doch ich werde mein Bestes geben.« Sie führte ihn zu den Schneiderpuppen, die er bereits durchs Fenster erspäht hatte. »Und? Was sehen Sie?«

»Feinsten Seidendamast in zartem Blassgelb und Pastellgrün.« Er prüfte die Qualität des Stoffes zwischen den Fingern. »Sind das die neuesten Farben?«

»Absolut.« Sie deutete auf das dritte Kleid. »Und was sehen Sie hier?«

»Eine florale Brokattextur auf cremefarbenem Seidendamast«, erwiderte er.

»Und das Muster?«

»Nun ja, wie gesagt …, der Brokat ist geblümt.«

»Und was sind das für Blumen?«

»Einfache Blumen, wie sie in Gärten und auf Feldern blühen.«

»Genau, Monsieur Vendôme. Die neuen Muster sind natürlich, nicht so stilisiert wie früher. Rokoko ist passé, der neue Stil verlangt das Natürliche.« Sie fuhr mit dem Finger über die fein gewebten Gänseblümchen und Glockenblumen. »Sehen Sie, wie klein die Blumen sind, entweder so groß wie in der Natur oder kleiner. Vor ein paar Jahren noch war alles völlig überladen, manieriert, pompös. Riesige Blumen, Rosen so groß wie Päonien, Päonien so groß wie Kohlköpfe. Einfach grässlich!«

Sie griff nach einem Hut, setzte ihn leicht schief auf und verknotete das Band so unter ihrem Kinn, dass die Krempe ihr Gesicht einrahmte. »Und was sehen Sie jetzt?«

»Eine Strohschute?«

»Und wer trägt solche Schuten?«

Ratlos hob er die Schultern.

»Junge Frauen auf dem Land, Milchmädchen vor allem. Inzwischen sind allerdings die jungen Damen der Gesellschaft ganz verrückt nach Strohschuten. Stellen Sie sich das vor – reiche Ladys, die so tun, als wären sie arme Melkerinnen. Wie albern, aber Mode ist eben von Natur aus kapriziös, gerade das macht ihren Reiz aus.«

Innerhalb weniger Minuten hatte Miss Charlotte ihm

die Augen geöffnet, ihm zu einem neuen Verständnis verholfen. Er bedankte sich herzlich, versprach, Mariette und ihrem Vater Grüße auszurichten, und machte sich aufgewühlt auf den Weg zurück zur Wood Street. Eines jedenfalls stand fest: Sein Meisterstück musste ganz anders aussehen als das Muster, an dem er bis jetzt gearbeitet hatte. Wie genau, das war ihm leider nach wie vor schleierhaft.

Vier Tage später kam Guy vorbei, als Henri, Mariette und ihr Vater nach dem Abendessen bei Kaffee und Haferflockenkuchen mit Honig in der Stube zusammensaßen. Sie boten ihm ein Stück Kuchen an, das er hungrig in zwei Bissen hinunterschlang. Monsieur Lavalle deutete auf einen Stuhl, doch Guy blieb stehen, trat unruhig von einem Fuß auf den anderen.

»Gibt es etwas Neues zu eurem Buch, mein Junge?«, erkundigte sich der Meister.

»Die Unterschriftensammlung war ein voller Erfolg, Sir. Die Amtsmeister der Zunft haben sich gestern Abend getroffen und alles abgesegnet. Jetzt geht das Buch erst mal in Druck. Es dürfte nicht lange dauern, bis Sie Ihr Exemplar in Händen halten.«

»Ich werde es hüten wie meinen Augapfel«, versprach Lavalle. »Es kriegt einen Ehrenplatz im Regal, direkt neben der Heiligen Schrift, und wir werden uns jeden Abend vor dem Nachtmahl gegenseitig daraus vorlesen.«

»Hör auf, dich über ihn lustig zu machen, Papa«, schalt Mariette ihn. »Das Buch ist schließlich wichtig, nicht wahr? Und jetzt setz dich zu uns, Guy, und iss noch ein Stück Kuchen. Dein Gehampel macht einen ja völlig verrückt.«

»Verzeihung.« Guy nahm Platz und bediente sich ohne langes Zögern und Zieren. »Für uns Gesellen geht es tatsächlich ums nackte Überleben«, richtete er das Wort wieder an Mariettes Vater. »Nicht alle Meister sind so anständig wie Sie, Sir.«

»Das ist mir durchaus bewusst, mein Junge«, erwiderte dieser. »Und Gleiches gilt im Übrigen genauso für den Stand der Tuchhändler.«

In seinen Worten schwang eine untypische Bitterkeit mit, und einen langen Augenblick herrschte betretenes Schweigen.

Guy war es, der nachhakte: »Haben Sie irgendwelche Neuigkeiten?«

»Mir ist zu Ohren gekommen, was heute Morgen beim Treffen der Amtsmeister so auf der Tagesordnung stand«, erwiderte Lavalle, griff nach seiner Tonpfeife und stopfte sie sorgfältig mit seinem Lieblingstabak.

»Was denn?«

»Offenbar werden immer mehr französische Seidenstoffe ins Land geschmuggelt. Der Zunft liegt ein entsprechender Bericht vor, und es sieht ganz danach aus, als würden mehr und mehr Händler die Einfuhrzölle umgehen, um einen schnellen Profit zu erzielen. Wenn das so weitergeht, gibt es bald nur noch wenig oder gar keine Arbeit mehr für hiesige Meister, von den Gesellen ganz zu schweigen.«

»Sind die Namen dieser Händler bekannt? Wir sollten auf die Straße gehen.«

»Du weißt genau, dass Demonstrationen bloß zu Ausschreitungen führen, Guy«, ermahnte ihn Lavalle. »Mit Gewalt erreicht man nichts. *Pas du tout.* Wir müssen uns an die Gesetze halten.«

»Warum besteht eigentlich so große Nachfrage nach französischer Ware, obwohl unsere Seiden genauso gut sind?«, erkundigte sich Mariette.

»Das fragst du dich weiß Gott nicht allein«, seufzte ihr Vater. »Eine Vermutung geht dahin, dass die französische Ware sich deshalb so großer Beliebtheit erfreut, weil sie nicht überall erhältlich ist.« Er schüttelte den Kopf. »Zugegeben, das ergibt keinen Sinn, so sind die Reichen eben. Alles, was rar oder schwer zu finden ist, hat seinen Preis, egal wie es mit der Qualität steht.«

»Und was will die Zunft dagegen unternehmen?«, warf Henri ein.

»Namen sind anscheinend nicht genannt worden, aber es dürfte Vermutungen geben, welche Händler es am schlimmsten treiben – und denen wird man, denke ich, Inspektoren auf den Hals hetzen. Keine sonderlich angenehme und zudem aufwendige, kostspielige Angelegenheit – wenn es jedoch auf diese Weise gelingt, ein paar Betrüger zu überführen, werden hoffentlich zumindest andere abgeschreckt.«

»Je früher, desto besser«, murmelte Guy. »Die wollen uns fertigmachen, *les salauds*.«

Kurz darauf verabschiedete sich Guy, und Henri geleitete ihn zur Tür.

»*La petite Mariette* – ist dir eigentlich mal aufgefallen, dass sie jeden Tag schöner wird?«, meinte der Freund augenzwinkernd.

Henri legte den Zeigefinger an die Lippen und zog die Haustür hinter ihnen zu.

»Sie himmelt dich an, mein Lieber«, bekräftigte Guy. »Und erzähl mir nicht, dass du es nicht mitkriegst. Die würde sofort mit dir ins Heu, verstehst du?«

Er bildete mit Daumen und Zeigefinger einen Kreis und schob den anderen Zeigefinger rhythmisch hindurch.

»*Silence, sac à vin.* Sie ist die unschuldige Tochter eines Mannes, der mir den Vater ersetzt hat. Rede also nicht so respektlos über sie.«

»Da habe ich wohl einen empfindlichen Nerv getroffen, hm?«, spottete der Freund. »Erinnere mich gelegentlich daran, *la belle Mariette,* die Nonne aus der Wood Street, nie wieder zu erwähnen.« Anzüglich grinsend ging Guy die Stufen hinunter, wandte sich dann noch einmal um. »Oh, eins hätte ich fast vergessen«, sagte er. »Apropos hübsche Mädchen – rate mal, wen ich gestern gesehen habe.«

»Woher soll ich das wissen? Du prahlst ja jeden Tag mit irgendwelchen tatsächlichen oder eingebildeten Eroberungen. Wenn man dir glaubt, verzehrt sich die gesamte Londoner Damenwelt nach dir.«

»Nein, keins von meinen Mädchen – eins von *deinen.*«

»Ach ja? Und welche meinst du?«

Henri argwöhnte, dass Guy ihn jetzt erneut mit der süßen Mandelverkäuferin nerven würde, der er seit fast zehn Tagen geflissentlich aus dem Weg ging.

»Wen wohl? Das englische Mädchen aus der Provinz, um das du dich vor zwei Wochen so ritterlich vor dem Red Lyon gekümmert hast. Wie hieß sie gleich?«

»Anna«, sagte Henri ein wenig zu rasch.

»Aha! Der Herr erinnert sich also ganz genau.« Guy lachte leise in sich hinein. »In der Tat, die schöne Anna. Sie saß in einer Kutsche, die fast direkt neben mir auf der Straße angehalten hat, und ich glaube, sie hat mich erkannt. Ich wollte ihr noch winken, doch in dem Moment ist der Kutscher weitergefahren.«

Henri vergaß, dass er eigentlich so tun wollte, als würde ihn das gar nicht interessieren.

»Eine Kutsche? Wie sah sie aus? Ging es ihr gut? War sie allein unterwegs?«, ratterte er hastig hinunter.

»Sie sah umwerfend aus, mein Lieber – *délicieuse,* piekfein gekleidet und auf dem Kopf eine dieser Milchmädchenschuten, mit denen derzeit Debütantinnen und Dienstmädchen gleichermaßen herumlaufen. Neben ihr saß die fette Tante, du weißt schon, die Alte vom Sadler, diesem hinterhältigen Dreckskerl. Jede Wette, dass sie ihre Nichte bei irgendeiner Teegesellschaft herumzeigen wollte. Die Kleine ist schneller mit irgendeinem reichen Sack verheiratet, als du ›Privateinkommen‹ sagen kannst.«

»Hinterhältiger Dreckskerl, wieso?«, hakte Henri nach.

»Ich setze einen halben Livre, dass er einer von den Händlern ist, von denen Monsieur Lavalle eben gesprochen hat. Der kriegt noch sein Fett weg, verlass dich drauf.«

Guy reckte das Kinn und stolzierte davon. Ein Anflug von Hochmut umgab ihn, und Henri hoffte, dass er, sobald das *Book of Prices* im Umlauf war und die Meister faire Löhne zahlten, wieder auf den Boden der Tatsachen zurückkam und sich um seine Arbeit kümmerte, statt fortwährend zu protestieren und mit notorischen Unruhestiftern herumzuhängen.

Die bissigen Bemerkungen seines Freundes über diese Anna hatten ihn schwer getroffen. Sie war ihm so ganz anders erschienen als die meisten Mädchen hier mit ihrem hochnäsigen Getue, wirkte offen, freimütig und unkompliziert. Egal, sie war ohnehin unerreichbar für ihn, weshalb er sie ebenso gut gleich vergessen konnte.

Was leichter gesagt als getan war.

Kapitel 6

Wenn Sie einen Besuch machen, blicken Sie nicht neugierig um sich, als würden Sie den Wert des Mobiliars schätzen. Dergleichen Gebaren geziemt sich einfach nicht.
Über die Umgangsformen der feinen Dame

Anna blickte hinauf zu der riesigen Kuppel, die sich über ihnen wölbte, den mächtigen Säulen, die das Tonnengewölbe stützten. Die weiße, mit Gold verzierte Stuckdecke der Kuppel befand sich in derart schwindelerregender Höhe, dass sie sich einen Moment lang fragte, wie es überhaupt möglich gewesen war, sie zu erbauen.

Das durch die Fenster einfallende Licht verlieh dem Innenraum der Kirche eine Atmosphäre, die man nur als – sie suchte nach dem richtigen Wort – ja, *numinos* bezeichnen konnte. Irgendwie heiligmäßig. Es war, als befände man sich in Gegenwart von etwas, das größer war als man selbst. Ihr Vater hatte das Wort oft benutzt, um die göttliche Präsenz zu beschreiben, die seine kleine Dorfkirche zu erfüllen schien, wenn die Strahlen der untergehenden Sonne zu bestimmten Jahreszeiten durch das nach Westen hinausgehende Fenster fielen und den Altar mit einer warm schimmernden Aureole umgaben.

In solchen Augenblicken braucht es keine Gebete und keine frommen Lieder, um den Geist Gottes zu beschwören, hatte er gesagt. *Solche Sonnenuntergänge machen mich arbeitslos.*

Sie verstand genau, was ihr Vater gemeint hatte, obwohl sie selbst nicht wirklich glaubte, dass es einen Gott gab. Sie fand Trost in der Natur – dem Auf- und Untergehen der Sonne, dem Licht des Mondes, der Form eines Blattes oder dem Gezwitscher der Vögel im Morgengrauen.

Solchermaßen abgelenkt, lauschte sie der Predigt lediglich mit einem Ohr. Die Liturgie war Anna vertraut und seltsam fremd zugleich; sie vermutete, dass der Gottesdienst hier in der Christ Church einfach auf einem höheren Niveau stattfand als die bescheidenen Andachten ihres Vaters. Und der Klang der Orgel war geradezu überwältigend. Mächtiger als jede andere, die sie je gehört hatte, erfüllte sie die riesige Kirche mit kraftvollen Akkorden, die jede Faser ihres Körpers zum Beben brachten. Der Organist schien ein Meister seines Faches zu sein, holte alles, wirklich alles aus den vergoldeten Orgelpfeifen heraus, die sich in dem mit Ornamentschnitzwerk verzierten Gehäuse hoch über dem Kirchenportal befanden.

Erfreut hatte sie festgestellt, dass sie die meisten Lieder kannte, und sang, ermuntert von den mitreißenden Orgelklängen, aus voller Brust mit. Anna besaß einen kräftigen Sopran, der durch häufiges Üben im heimischen Kirchenchor geschult worden war. Ihre Tante und Lizzie hingegen, die sie links und rechts flankierten, waren kaum zu hören. Gingen sie so selten zur Kirche, dass sie die Lieder nicht richtig kannten? Oder war es unschicklich, laut zu singen? Einen kurzen Moment lang wünschte sie sich, dem Chor oben auf der Empore anzugehören.

Am Abend zuvor, als sie den Wunsch geäußert hatte, zur Sonntagsmesse gehen zu dürfen, hatte Sarah sie mit kaum verhohlenem Erstaunen gemustert.

»Warum? Ist morgen ein besonderer Tag?«

»Nein, überhaupt nicht«, antwortete sie hastig, denn im Grunde ging es ihr einzig darum, endlich mal wieder unter die Leute zu kommen.

»Bei euch zu Hause musstest du bestimmt jeden Sonntag zur Kirche gehen, du Ärmste«, meinte die Tante. »Und in der zugigen alten Kapelle deines Vaters ist es sicher alles andere als behaglich. In seinen Briefen hat er des Öfteren erwähnt, wie sehr deine Mutter unter der Kälte litt. Nun ja, wir führen dich morgen in die Christ Church, nicht wahr, Lizzie? Unsere Kirche ist eine wahre Pracht, und …«, ihre Miene hellte sich auf, »man trifft dort viele einflussreiche Leute.«

Onkel Joseph und William, die zunächst widerstrebend bereit gewesen waren, »den Damen Gesellschaft zu leisten«, hatten unter Vorschieben angeblich wichtiger Gründe am Ende gekniffen. Und so saßen die drei Frauen alleine da in ihrem Sonntagsstaat. Anna hatte ihr einfachstes Kleid angezogen, das aus blauem Damast, und sich von Lizzie ein Halstuch geliehen, um das Dekolleté zu verhüllen. Dazu trug sie ihre nagelneue Schute. Und weil Sarah darauf bestand, war sie sogar gepudert und geschminkt worden, sodass Anna sich bereits vorgekommen war, als würde sie nicht zur Kirche, sondern ins Theater oder in den Tanzsaal gehen.

Na ja, für die Tante schien der Unterschied ohnehin nicht gewaltig. So oder so war es eine Gelegenheit, sich zu präsentieren, und entsprechend wichtig fand sie es, einen strategisch günstigen Platz zu finden. Und zwar in

117

einer der mittleren Reihen, damit sie die wichtigen Leute auf der Empore sehen konnten, wie sie ihr zugeflüstert hatte. Selbst wenn ihr das Verhalten der Tante gegen den Strich ging, konnte Anna es sich nicht verkneifen, verstohlen ihre Blicke schweifen zu lassen.

Und als der Pfarrer dann den berühmten Vers aus dem Evangelium des Matthäus zitierte, dass eher ein Kamel durch ein Nadelöhr gehe, als dass ein Reicher ins Himmelreich komme, überlegte sie mit einem heimlichen Grinsen, dass wohl sehr wenige der hier Versammelten im Paradies landen würden, sofern Matthäus recht hatte. Zumindest würde der liebe Gott den Kopf schütteln über diese Gesellschaft, die sich völlig übertrieben herausgeputzt hatte, gekleidet war in feinste Seide, Satin und Spitze mit Perücken und Hauben – und mit einem Mal begriff sie, warum es in London so viele Weber, Tuchhändler und Schneider gab. Es war ein einziger Jahrmarkt der Eitelkeiten, auf dem jeder den anderen auszustechen versuchte.

Ihre Gedanken schweiften zurück zu der Teegesellschaft bei den Hinchliffes zwei Tage zuvor. Es war alles andere als eine angenehme Erfahrung gewesen. Auf der Fahrt nach Ludgate Hill hatte die Tante sie vorsorglich instruiert, wie sie sich in diesem eleganten Haus zu verhalten habe, und den ganzen Weg unablässig bewundernd über die Hinchliffes schwadroniert, sodass Anna regelrecht bange geworden war.

Mr. Hinchliffe sei ein außerordentlich erfolgreicher Tuchhändler, so Sarah, der die ersten Kreise der Gesellschaft zu seinen Kunden zähle, die ganze Palette der Adelstitel war vertreten, Lords und Ladys, Bischöfe und Parlamentarier. Sogar eine königliche Mätresse, die Countess of Yarmouth, habe er eingekleidet.

Ferner erfuhr Anna, dass der Tuchhändler einen »guten Griff getan« habe, indem er eine begüterte Frau ehelichte, was nicht unwesentlich zum Florieren des Geschäfts beitrug – und dass der ältere Sohn Alfred, der inzwischen in das Familienunternehmen eingestiegen war, es mit seiner Frau nicht minder gut getroffen habe und der jüngere Sohn Charlie – »meinem William fast wie ein Bruder verbunden« – zu den höchsten Erwartungen berechtige. Dann gab es noch eine Tochter Susannah, die, wenngleich erst siebzehn, eine Meisterin auf dem Cembalo sei. Tante Sarah kriegte sich überhaupt nicht mehr ein. Die Leute würden von weither anreisen, um ihrem Spiel zu lauschen, und Mrs. Hinchliffe hege große Hoffnungen, dass Susannah im nächsten Jahr bei Hofe vorspielen dürfe.

»Sie ist einfach reizend. Und da ihr ungefähr gleich alt seid, werdet ihr euch fabelhaft verstehen, da bin ich mir ganz sicher«, fügte sie noch hinzu.

Zu diesem Zeitpunkt allerdings hörte Anna ihr gar nicht zu, da die Kutsche gerade ein riesiges Bauwerk passierte, das einen schier endlosen Schatten warf. Es war das größte Gebäude, das sie je gesehen hatte. Egal wie sehr sie sich den Kopf verrenkte – sie vermochte nicht zu sehen, wo die hoch in den Himmel aufragenden Türme endeten. Überdies schien es eine Ewigkeit zu dauern, bis sie die mächtigen Mauern passiert hatten.

»Du liebe Güte, was ist denn das?«

»St. Paul's«, gab ihre Tante kurz angebunden zurück. »Du solltest mir wirklich zuhören, liebe Nichte, damit du hinreichend vorbereitet bist, wenn ich dich den Hinchliffes vorstelle.«

Aus einem der Bücher ihres Vaters wusste Anna, dass

die St. Paul's Cathedral nach dem großen Brand von London von dem berühmten Architekten Sir Christopher Wren neu erbaut worden war, und in der Zeitung hatte sie gelesen, dass der gefeierte italienische Maler Canaletto vor einiger Zeit nach London gekommen war, um die Bischofskirche auf die Leinwand zu bannen, doch selbst in ihren kühnsten Träumen hätte sie nicht geglaubt, das ehrwürdige Gebäude je mit eigenen Augen zu sehen. Und nichts hätte sie auf diesen Anblick vorbereiten können. Die Christ Church war wirklich beeindruckend, aber das hier war eine völlig andere Dimension.

Sie zwang sich, den Blick loszureißen. »Es tut mir leid, Tante. Bitte sprich weiter, ich höre genau zu.«

Kurz darauf hielten sie vor einem imposanten Herrenhaus mit schmiedeeisernem Tor. In einem solchen Haus war sie in ihrem Leben noch nicht gewesen: Statt weiß getünchter oder vertäfelter Wände war die Eingangshalle mit rosafarbenem und weißem Marmor ausgekleidet, der Boden schwarz-weiß gefliest. Im sogenannten Morgenzimmer lagen unglaublich dicke Teppiche, und die Sessel waren mit grünem und blauem Seidendamast bezogen.

Mrs. Augusta Hinchliffe, eine große Frau mit Pferdegebiss und vorspringender Nase, kaschierte ihren Mangel an natürlicher Schönheit durch großzügig aufgetragene Schminke und eine kunstvoll aufgetürmte Frisur. Es grenzte an ein Wunder, dass ihre Tochter Susannah nichts von dem uncharmanten mütterlichen Aussehen geerbt hatte – sie war in der Tat ein süßes Ding, das leider im Schatten der dominanten Mutter wenig Möglichkeiten zur Entfaltung der eigenen Persönlichkeit zu haben schien.

Nachdem sie sich einander vorgestellt und die ihnen zugewiesenen Plätze eingenommen hatten, erschienen zwei Hausmädchen mit Tee und Safrankeksen, wobei das Teegeschirr aus so hauchfeinem Porzellan war, dass Anna befürchtete, der Henkel ihrer Tasse könnte abbrechen, sobald sie den Finger ein wenig fester darumlegte.

»Wie gefällt es Ihnen in unserer wunderbaren Stadt?«, fragte Mrs. Hinchliffe. »Es ist sicherlich sehr aufregend für Sie, nachdem Sie so lange auf dem Land gelebt haben.«

»Danke, Madam, es gefällt mir sehr gut hier.«

»Und inzwischen sind Sie bestimmt vielen bemerkenswerten Menschen vorgestellt worden, nicht wahr? Ihre Tante und Ihr Onkel sind hoch angesehen in ihrem Viertel.«

»O ja, wir haben sie schon überall herumgereicht«, behauptete Tante Sarah rasch, ehe Anna etwas sagen konnte. Tatsächlich hatte sie überhaupt niemanden außerhalb der Familie kennengelernt, abgesehen von Henri und Guy, die für Mrs. Hinchliffe indes gewiss nicht in die Kategorie »bemerkenswert« fielen.

»Charles wird sich in Kürze zu uns gesellen«, fuhr Mrs. Hinchliffe fort. »Wie Sie wissen, sind er und Ihr Cousin William dicke Freunde.«

Wenngleich sie die Aussicht auf dieses Zusammentreffen nervös machte, war Anna durchaus ein wenig neugierig auf diesen Lebemann, der auf Pferde wettete und allem Anschein nach tun und lassen konnte, was er wollte. Williams Beschreibung klang ganz nach einem flotten und unterhaltsamen, wiewohl ein wenig zu forschem Draufgänger.

Im Folgenden ließ sich die Gastgeberin ausführlich darüber aus, dass ihre Familie den gesamten August in Bath verbringen werde, um der geradezu unerträglichen, unzumutbaren Londoner Hitze zu entfliehen. Obwohl sie zustimmende Bewunderung heuchelte, erblasste Sarah bei dieser Ankündigung vor Neid. Und als Augusta zu allem Überfluss erwähnte, dass sie mit dem Gedanken spielten, bei Thomas Gainsborough, der zurzeit in Bath lebte, ein Porträt von Mr. Hinchliffe als Oberstem Zunftmeister der ehrwürdigen Tuchhändlergilde in Auftrag zu geben, verwandelte sich ihr Lächeln in eine beinahe missgünstig zu nennende Grimasse. Erst vor ein paar Tagen hatte sie ihren Joseph gefragt, ob sie nicht auch ein paar Tage in Bath verbringen könnten.

Mit Sicherheit nicht, meine Liebe, hatte sie daraufhin zur Antwort erhalten. *Oder glaubst du, wir haben einen Goldesel im Keller?*

Zum Glück wandte sich das Gespräch anschließend dem alljährlichen festlichen Dinner der Tuchhändler im September zu, bei dem Sarah gleichberechtigt mitreden konnte, ohne sich Augusta gegenüber minderwertig, eben nicht reich genug, vorkommen zu müssen. Jetzt war sie ganz in ihrem Element, denn nichts tat sie lieber, als zu organisieren und zu überlegen, wen man zu wem setzte, wer zueinanderpasste und wer nicht.

Derweil suchte Anna, die das alles herzlich wenig interessierte, Kontakt zu Susannah, die bislang kaum den Mund aufgemacht hatte.

»Ich freue mich sehr, dich kennenzulernen, Susannah. Meine Tante hat erzählt, du seist eine begabte Musikerin.«

»Ich spiele ein bisschen«, erwiderte das Mädchen bescheiden, den Blick auf den Boden gerichtet. »Meistens auf dem Cembalo.«

»Ich würde mich freuen, wenn du einmal für mich spielen könntest.«

Susannah nickte und schwieg.

»Sind Sie ebenfalls musikalisch, Anna?«, warf Mrs. Hinchliffe ein.

»Ich spiele Pianoforte und manchmal das Positiv in der Kirche, aber nicht besonders gut.« Sie schickte ein Stoßgebet gen Himmel, dass niemand sie bitten möge, eine Kostprobe abzuliefern. »Meine wahre Leidenschaft ist das Zeichnen.«

»Sie hat ein sehr hübsches Bild von Lizzie gemalt«, mischte sich die Tante ein.

Anna errötete. In Wirklichkeit nämlich war das Porträt einfach schauderhaft gewesen. Fand zumindest sie. Lizzie dagegen sah es anders und bestand darauf, es ihren Eltern zu zeigen.

»Am liebsten male ich Dinge aus der Natur, Bäume und Blumen«, erklärte Anna.

»Dann muss ich Ihnen unbedingt unseren Garten zeigen.« Mrs. Hinchliffe machte eine Handbewegung in Richtung der Verandatüren. »Unsere Rabatten sind eine wahre Pracht. Wir haben neulich die Bekanntschaft eines berühmten Botanikers gemacht – eines Deutschen namens Georg Ehret, der dieser Tage in London lebt. Mein Gemahl hat erst kürzlich dieses Bild von ihm erworben.« Sie deutete auf die Wand hinter Anna. »Wir hoffen, dass noch viele dazukommen werden.«

Es war eine eigenartige Komposition: eine prächtige Christrose, deren dunkel gezackte Blätter sich über einem bescheidenen Gelben Eisenhut wölbten. Darüber schwebte ein Tagpfauenauge – eine höchst unwahrscheinliche Zusammenstellung, wider die Natur sozusagen. Die Kunstfertigkeit des Zeichners allerdings fesselte sie. Die einzelnen Pflanzenteile waren so detailliert und realistisch aufs Papier gebracht worden, dass sie fast meinte, ihre Textur zwischen den Fingern zu spüren, die rauen Ränder der Blätter, die feinen gelben Staubgefäße, die Adern der Blüten. Endlich jemand, dachte sie, der genauso ein Faible für Pflanzen hatte wie sie selbst.

Im selben Augenblick betrat ein hoch aufgeschossener junger Mann den Raum. Er hatte ein auffallend schmales Gesicht mit einer Nase, die er unverkennbar von seiner Mutter geerbt hatte, und trug einen Rock aus königsblauem Seidendamast sowie eine gepuderte Perücke.

»Guten Morgen, die Damen.« Er verneigte sich förmlich. »Ich hoffe, meine Gegenwart ist Ihnen genehm.«

»Charles! Wie schön, Sie wiederzusehen.« Sarah streckte die Hand aus. »Darf ich Ihnen meine Nichte Anna Butterfield vorstellen? Sie ist erst kürzlich aus Suffolk zu uns gekommen.«

»Sehr erfreut, Miss Butterfield.« Er lächelte, was seine harten Züge ein wenig weicher erscheinen ließ. »William hat mir bereits von Ihnen erzählt. Ich hoffe, es gefällt Ihnen in unserer großartigen Stadt.«

»Setz dich bitte, Charlie«, drängte seine Mutter. »Es macht mich ganz nervös, wenn du so herumstehst.«

Augusta schenkte ihm eine Tasse Tee ein und nötigte ihn, von den Keksen zu nehmen, während er höflich Fragen nach seinem Studium beantwortete. Dann wandte er sich wieder Anna zu: Er bedaure sehr, dass die Familie bald zur Sommerfrische nach Bath aufbrechen werde, sei indes sicher, dass man sich im Herbst besser kennenlernen werde.

Anna lächelte höflich, vermied es allerdings, dem jungen Hinchcliffe direkt in die Augen zu sehen. Selbst wenn man Charles zugestehen musste, dass er eine recht

124

markante und eindrucksvolle Erscheinung war, gefiel ihr seine Erscheinung nicht wirklich. Vor allem störte sie der durchdringende, kalte Blick aus seinen eng stehenden Augen. Dann waren seine Wangen so hohl, dass er, wenn das Licht in einem bestimmten Winkel auf sein Gesicht fiel, wie ein Leichnam aussah. Und wenn er sprach, bewegte sich sein Adamsapfel auf und ab, als würde er ein Eigenleben führen.

Für ihn sprachen seine gute Manieren, sein umgängliches Wesen, sein selbstbewusstes Auftreten, das fraglos mit der exponierten Stellung seiner begüterten Familie zusammenhing. Vielleicht, überlegte Anna, machte das ja seine mangelnde körperliche Anziehungskraft in gewisser Weise wett.

»Und wie gefällt es Ihnen nun in London?«, hakte er nach. »Hier gibt es jede Menge zu entdecken, nicht wahr?«

»Bis jetzt habe ich leider nicht allzu viel gesehen«, gestand Anna. »Insofern bin ich natürlich sehr gespannt und freue mich darauf, Ihre wunderschöne Stadt näher kennenzulernen.«

»Gut gesagt, Miss Butterfield.« Charles' Lachen klang wie das Schnauben eines Pferdes. »Trotzdem muss ich eine Warnung aussprechen. Es gibt so einige Viertel, die Sie tunlichst meiden sollten. Nicht alle Menschen in dieser Stadt benehmen sich so gesittet wie die hier Anwesenden, und die Beschaulichkeit, die Sie vom Landleben gewohnt sind, werden Sie vielerorts schwerlich finden. London hat bedauerlicherweise ebenfalls seine Schattenseiten – Verbrechen und Elend, deren Bekanntschaft Sie hoffentlich nicht machen werden.«

Annas Neugier war geweckt, als sie Mitgefühl in Charles' Stimme zu hören meinte.

»Woher rührt denn dieses Elend?«, erkundigte sie sich mit einem Anflug von Empörung. »Und warum wird nichts dagegen unternommen?«

Erneut gab er ein Schnauben von sich, das diesmal eher wie das eines Esels klang.

»Ihr Mitgefühl ist rührend, bloß ist jeder irgendwie seines Glückes Schmied. Finden Sie nicht?«

»Bis zu einem gewissen Punkt mag das stimmen ...«

Weiter kam sie nicht, denn Charles schnitt ihr das Wort ab.

»Wenn Menschen schlicht träge und arbeitsscheu sind, haben sie es kaum besser verdient. Und wer gegen das Gesetz verstößt, muss nun einmal mit einer angemessenen Strafe rechnen. Sind wir etwa nicht selbst für uns verantwortlich? Wir leben in einer zivilisierten Gesellschaft, sind keine Wilden, die sich mir nichts, dir nichts in ihr Los ergeben, oder gottähnliche Wesen anbeten, in deren Hände sie ihr Schicksal legen. Dahingehend stimmen Sie mir sicherlich zu, Miss Butterfield, oder?«

»Eine zivilisierte Gesellschaft zeichnet sich meiner Überzeugung nach gerade dadurch aus, dass sie sich auch der Unterprivilegierten annimmt«, entgegnete Anna entschieden. »Schließlich vertraut jeder gläubige Christ letztlich darauf, dass Gott seine Seele erretten wird. Kommt das nicht auf dasselbe heraus?«

Anna hatte mit fester Stimme gesprochen, ihren Worten Nachdruck verliehen – sie schienen regelrecht nachzuhallen in der Stille, die sich urplötzlich im Raum ausgebreitet hatte. Anna spürte, wie sie errötete. Es war vermutlich nicht gerade höflich, sich mit nahezu Fremden anzulegen, doch es kümmerte sie nicht wirklich.

Charles schlug die langen Beine übereinander, seine

eben noch vor Erstaunen erstarrte Miene entspannte sich, und ein amüsiertes Lächeln spielte um seine Lippen.

»Wie ich sehe, sind Sie eine streitbare junge Dame, Miss Butterfield. Ich freue mich auf weitere anregende Diskussionen mit Ihnen, wenngleich …«, er beugte sich zu ihr vor und senkte die Stimme, »wir meine Mutter beim nächsten Mal vielleicht besser außen vor lassen sollten.«

Ein guter Vorschlag, wie Anna ihm mit einem Nicken und hochgezogener Augenbraue zu verstehen gab. So gefiel er ihr gleich um einiges besser.

Weitere kontroverse Diskussionen gab es nicht, zumal Sarah zum Aufbruch drängte, als die reich verzierte silberne Uhr auf dem Kaminsims zwölfmal schlug.

»Oh, es ist bereits Mittag«, rief sie. »Und wir wollen deine Gastfreundschaft nicht über Gebühr strapazieren, liebste Augusta.«

»Wollt ihr nicht noch etwas bleiben? Charles und Susannah könnten euch den Garten zeigen.«

Der Garten. Anna würde Gott weiß was darum geben, ihn zu sehen, nur stand es ihr nicht zu, Entscheidungen zu treffen. Nichts in der sogenannten feinen Londoner Gesellschaft geschah ungeplant; alles Spontane war unerwünscht, da es die feste Ordnung der Dinge ins Wanken bringen konnte.

»Vielen Dank, und ich würde mit Freude einwilligen, aber es ist so furchtbar heiß heute, und zu Hause wartet so einiges darauf, erledigt zu werden.« Sarah erhob sich demonstrativ und strich ihr Kleid glatt. »Vielleicht, wenn ihr aus Bath zurück seid …«

Charles stand ebenfalls auf, streckte Anna seine Hand hin. Als sie ihm ihre reichte, ergriff er sie und führte sie

127

kurz an seine Lippen. Was sollte das? Wie konnte er sich derartige Vertraulichkeiten herausnehmen? Gut, er war ein Mann mit Macht und Einfluss, selbstbewusst und daran gewöhnt, seinen Willen zu bekommen, sagte sie sich. Besser, es sich nicht mit ihm zu verscherzen. Vorsicht war die Mutter der Porzellankiste.

Als die Predigt zu Ende ging, kehrte Anna in die Gegenwart zurück. Noch ein weiteres Lied, der Pfarrer spendete den Segen, und die Besucher des Gottesdienstes strebten aus der Kirche. Kurz vor dem Ausgang erspähte Anna eine vertraute Gestalt mit dunklem, im Nacken zusammengebundenem Haar, die gerade die Treppe von der Orgelempore herabstieg. Kurz verlor sie ihn aus den Augen, dann kam er direkt auf sie zu. Zum Glück unterhielt ihre Tante sich abseits mit irgendwelchen Bekannten.

»Miss Butterfield.« Henri nahm seine Mütze ab und verneigte sich. »Es ist mir eine Freude, Sie wiederzusehen.« Im Gegensatz zu den meisten hier trug er eine schlichte braune Arbeitskluft und abgetragene Schuhe.

Lizzie neben ihr räusperte sich. »Anna, es wäre besser, wenn du nicht mit diesem Jungen reden würdest«, flüsterte sie.

»Monsieur Vendôme, war das nicht Ihr Name? Ich habe Sie soeben von der Empore herunterkommen sehen. Sind Sie etwa der Organist?«

»Schön wär's.« Er hatte ein ansteckendes Lachen, und sie spürte, wie sich ein Lächeln auf ihre Lippen schlich, wenngleich sie nicht genau wusste, warum. »Man hat mich lediglich gebeten, ein wenig auszuhelfen, weil der Kalkant krank geworden ist. *Indisposé.* Und ein paar Sou extra kann ich immer gebrauchen.«

»Kalkant?«

»Der Balgtreter. Damit die Orgelpfeifen Spielwind bekommen. In meiner Kirche mache ich das ebenfalls. Kostet ziemlich viel Kraft, die Riesenhebel zu bedienen.«

»Ich dachte, Sie seien Seidenweber von Beruf.«

»Ganz richtig. Und dafür braucht man ebenfalls starke Arme.«

Erneut lächelte er sie an, und einen Moment lang zog sie sein Blick so in den Bann, dass sie nichts mehr um sich herum wahrzunehmen schien.

»Aber das ist eine anglikanische Kirche …«

»Ich bin Protestant, genau wie Sie.« Obwohl kein Vorwurf in seiner Stimme lag, verspürte sie den Anflug eines schlechten Gewissens. »Der Herr macht da keinen Unterschied.«

»Ja, natürlich. Es tut mir leid.«

Lizzie zupfte an ihrem Ärmel. »Anna, wir müssen gehen. Mutter kommt.«

»Auf Wiedersehen, Monsieur Vendôme«, rief sie ihm über die Schulter zu.

»*Au revoir, ma belle Demoiselle*«, hörte sie ihn noch sagen, während Lizzie sie bereits mit sich zerrte. »*A bientôt.*«

Kapitel 7

Die Kunst des Zeichnens, in der man sich, ebenso wie im Musizieren, so früh wie möglich üben sollte, befähigt nicht nur zu Beharrlichkeit und Hingabe. Nicht zuletzt fördert sie den Genuss an kreativem Schaffen und die Liebe zur Natur.

Über die Umgangsformen der feinen Dame

Meine über alles geliebte Tochter,
das Herz will mir schier übergehen vor Freude, und ich fühle mich dreifach geehrt, nicht nur einen, son-dern gleich zwei Briefe von dir zu erhalten, ebenso wie deine bezaubernde Zeichnung eures Gartens, die ich mir bereits über den Schreibtisch gehängt habe. Du hast die Perspektive perfekt getroffen, besonders die Fenster auf der Rückseite des Hauses, und das Schattenspiel des Maulbeerbaums hervorragend ein-gefangen.
Und deine Beschreibung der Christ Church ist so ein-drücklich, dass ich sie mir genau vorstellen konnte. Ich hoffe, dass ich diesen »numinosen Ort« eines Tages gemeinsam mit dir besuchen kann. Vielleicht könnten wir uns bei dieser Gelegenheit auch die St. Paul's Cathedral ansehen, wenn sie nicht gar zu weit entfernt liegt.

Ich freue mich schon darauf, dich in deinen neuen
Seidenkleidern und dem Milchmädchenhut zu
sehen. Jane ist grün vor Neid geworden, als ich ihr
diese Passage aus deinem Brief vorgelesen habe, und
ich habe mich bei Sarah bereits ausdrücklich für ihre
Großzügigkeit bedankt.

Hier ist alles in bester Ordnung, wenngleich es ohne
dich sehr still im Haus geworden ist. Du fehlst uns
sehr. Es scheint eine Ewigkeit her zu sein, dass du
uns verlassen hast, dabei sind gerade einmal vier
Wochen vergangen. Deine Schwester kümmert sich
zusammen mit Mrs. M. um den Haushalt, und Joe
hat ein Auge darauf, dass der Garten nicht allzu sehr
verwildert – so gerade jetzt, während ich diese Zeilen
zu Papier bringe.

Sorge bereitet mir lediglich, meine liebe Anna, dass
ich eine gewisse Einsamkeit aus deinen Worten
herauszulesen glaube. Nenn es väterliche Intuition.
Du schreibst, dass du viel Zeit mit deiner Cousine
Lizzie verbringst und neulich bei den Hinchliffes zum
Tee eingeladen warst, doch deinen Worten fehlt das
rechte Feuer. Du weißt, dass du nicht bleiben musst,
wenn du unglücklich bist; es besteht keinerlei Zwang
oder Notwendigkeit, das habe ich dir immer gesagt.
Aber ich würde dich bitten, noch ein wenig Geduld
zu haben: Versuch dich erst einmal an die neue
Situation zu gewöhnen und lass weitere sechs Monate ins Land ziehen, nicht dass du eine Entscheidung
übers Knie brichst. Du bist eine neugierige Seele, und
ich bin fest davon überzeugt, dass es für dich in der
Stadt viel zu entdecken gibt, wenn du dich erst eingelebt hast.

*Wie schade, dass du deine zeichnerischen Aktivitä-
ten auf den Garten beschränken musst. Ich weiß, wie
viel es dir bedeutet, die Natur zu betrachten und zu
malen. Soll ich meine Schwester bitten, dass sie dir
vielleicht entgegenkommt?*
*Schreib mir bald wieder. Deine Briefe erfreuen mein
Herz! Gott segne dich.*
Dein dich liebender Vater

Nachdem sie den Brief gelesen hatte, fühlte Anna sich
noch einsamer als zuvor. Ihr lieber guter Vater! Zwar hatte
sie versucht, keinerlei Traurigkeit in ihren Zeilen durch-
klingen zu lassen, doch er kannte sie einfach zu gut. Was
würde sie darum gegeben, jetzt bei ihm und Jane sein zu
können.

*Ich weiß, wie viel es dir bedeutet, die Natur zu betrach-
ten und zu malen.*

Seine Worte hallten in ihrem Kopf wider. Ihr fehlte
das Grün der Pflanzen ebenso sehr wie der hohe Himmel, sodass sie sich selbst allmählich wie eine Blume
vorkam, der das Sonnenlicht fehlte. Ihre einzige vage
Hoffnung bestand darin, irgendwann den Garten der
Hinchliffes besichtigen zu dürfen, die allerdings erst
Anfang September aus Bath zurückkehren würden –
was bedeutete, dass sie mindestens einen ganzen Monat warten musste.

An einem besonders heißen Vormittag wie diesem
schienen die Wände sie förmlich zu erdrücken, ihr die
Luft zum Atmen zu nehmen. Also ging sie in den Garten,
um im Schatten eines Baumes ein wenig zu lesen, wobei
sie selbst dort kaum Abkühlung finden würde. Die Hitze
war überall unerträglich, draußen wie drinnen – und in

ihrer Dachkammer war es fast zum Ersticken. Da nützte es nicht einmal, die Fenster sperrangelweit aufzureißen. Trotzdem ging sie wieder nach oben, legte sich aufs Bett und schloss die Augen.

An heißen Tagen wie diesem war sie in Suffolk nach getaner Arbeit mit Bumbles am Strand entlanggestreift, hatte Stöckchen für ihn geworfen, gelegentlich sogar ein bisschen im Wasser geplantscht. Vor ihrem inneren Auge sah sie die Sonne, die auf der sanften Dünung des Meeres glitzerte wie Millionen Diamanten, sah die feine, von den Wellen zurückgelassene Gischt auf dem nassen Sand. Manchmal waren ihre Mutter und Jane mitgegangen, dann hatten sie sich mit einem Picknickkorb und einer großen Decke auf den Weg gemacht, den Nachmittag am Strand oder in den Dünen verbracht, gelacht, geredet oder einfach still dagesessen und die kühlende Meeresbrise genossen, bis die Glut der Sonne abgeklungen war.

Plötzlich verspürte sie einen Kloß in der Kehle – ihre Mutter war tot, und es würde nie, nie wieder so wie früher sein. Sie holte tief Luft, versuchte sich den Geruch von Salz und Seetang in Erinnerung zu rufen, doch in ihre Nase stieg nichts als der Gestank von Abwässern und Pferdedung, der die Straßen an Tagen wie diesem verpestete.

Sie ertrug es nicht länger, hier eingesperrt zu sein, dachte sie und war den Tränen nahe.

In ihrer Verzweiflung kam ihr eine verwegene Idee: Was, wenn sie sich wie ein Dienstmädchen kleidete, ihre alten Sachen anzog und sich heimlich aus dem Haus schlich, um in aller Ruhe durch die Straßen zu streifen. Sosehr sie den Gedanken zu verdrängen suchte, er wollte sie einfach nicht loslassen. Vor ihrem geistigen Auge sah sie sich bereits über den Markt schlendern, umgeben von lauter Ständen mit den schönsten Früchten und Blumen, die sich denken ließen.

Die Gelegenheit war günstig.

Beim Frühstück hatte die Tante verkündet, dass sie den ganzen Morgen unterwegs sein werde, Joseph und William weilten in den Geschäftsräumen im Erdgeschoss, und Lizzie hatte wie üblich Unterricht.

Um nicht durch zu langes Grübeln den Mut zu verlieren, zog sie kurz entschlossen ihr Kleid aus, schlüpfte in ihre ärmliche Garderobe aus Suffolk, band eine Schürze vor und setzte eine leicht verschlissene Haube aus Baumwolle auf. Dann nahm sie einen Korb, legte ihr Skizzenbuch sowie ein paar Stifte hinein und breitete vorsichtshalber ein Tuch darüber, damit es aussah, als hätte sie ein paar Besorgungen zu machen. Mit klopfendem Herzen huschte sie lautlos die Treppe hinunter und zur Tür hinaus, mitten hinein ins grelle Sonnenlicht.

Trotz der Hitze fühlte sie sich mit einem Mal befreit. Sie verließ den Spital Square, ging die Straße entlang, ohne dass jemand von ihr Notiz nahm. Das anonyme Gewimmel, das sie bei ihrer Ankunft als so einschüchternd empfunden hatte, bot ihr jetzt Schutz. Hier konnte sie eintauchen, ohne dass man ihr Beachtung schenkte. Zielgerichtet ging sie ihren Weg, wich lediglich den Straßenhändlern und Bettlern aus.

Bevor sie die Markthalle erreichte, nahm sie schon den Geruch nach fauligem Fisch und verdorbenem Fleisch wahr, der in der Luft waberte. Anna war froh, als sie den Bereich erreichte, wo dieser eklige Gestank dem betörenden Duft der Blumen und dem verlockenden Aroma der Früchte wich. Aufs Neue war sie überwältigt von der reichen Fülle des Angebots, von der Vielfalt der Formen und Farben und stellte sich vor, wie die teils unbekannten Früchte wohl schmeckten. Lächelnd lauschte sie dem ohrenbetäubenden Lärm ringsum, den Rufen der Händler und dem Schreien der Marktweiber, und der letzte Rest Angst, durch einen dummen Zufall entdeckt zu werden, verflog.

Ihr Blick fiel auf eine Frucht, die sie noch nie gesehen hatte – glänzende Äpfel mit roten Wangen und kleinen Kronen. Ein paar waren in der Mitte durchgeschnitten, und sie sah, dass sich im Innern unzählige saftig-pralle rubinrote Samen befanden, die von leuchtend gelbem Fruchtfleisch umgeben waren.

»Das sind Granatäpfel, Miss. Aus Persien. Probieren Sie mal.« Der Mann hinter dem Stand hielt ihr eine Handvoll rosafarbener Samen hin. »Nur ein Shilling pro Prachtexemplar, meine Liebe. Wie viele möchten Sie?«

Anna trat einen Schritt zurück und schüttelte den Kopf, aber er ließ nicht locker.

»Vielleicht lieber eine Guave? Ein trügerisches Früchtchen – sieht aus wie ein verschrumpelter grüner Apfel, schmeckt jedoch göttlich. Oder wie wäre es mit Trauben? Man muss nicht unbedingt Wein aus ihnen machen – sie sind auch so eine Köstlichkeit.«

Er nahm ein paar Trauben, warf sich eine in den Mund und hielt Anna ein kleines Büschel hin.

»Unsere Köchin sagt, Obst müsse immer eingekocht oder gebacken werden, um Krankheiten zu vermeiden.«

»Dann, mit Verlaub, ist Ihre Köchin anscheinend nicht auf dem neuesten Stand. Diese Früchte gehen beim Einkochen kaputt, wie Ihnen jeder Fachmann sagen wird.« Er präsentierte ihr ein stachelig aussehendes Ungetüm.

»Eine Ananas. Diesen Geschmack vergisst man nie wieder, meine Liebe.«

»Wie viel kostet denn eine?«, erkundigte sich Anna, die überlegte, ob sie ihrem Onkel und ihrer Tante vielleicht eine mitbringen sollte.

»Fünf Shilling, Miss, und das ist wirklich preiswert für eine derartige Delikatesse. Das gute Stück kommt geradewegs aus dem fernen Afrika.«

Was, dachte Anna voller Entsetzen. Eine einzige Frucht, die so viel kostete wie ein halbes Schwein. Und so viel, wie ein Dienstmädchen in der Woche verdiente.

Kurz darauf kam sie an einen kleinen Stand, der ihr beim letzten Mal nicht aufgefallen war. Hier wurden wilde Blumen und Kräuter angeboten, die sie zurückversetzten auf die Wiesen und Felder ihrer Heimat: Fencheldolden mit ihren gefiederten Laubblättern, leuchtend gelbe Goldruten, rosa Malven und lila Glockenblumen, die wie immer bescheiden die Köpfe senkten. Die stacheligen Stängel von Wilden Karden umrankten Frühlingsblumen, die ihre weißen Blüten elegant emporreckten.

Mehr noch als das schillernde Spektrum der Farben war es indes die geradezu schwindelerregende Formenvielfalt der Blätter, Blüten, Kelche und Köpfe, die ihre künstlerische Fantasie anregte: Sie konnte es kaum erwarten, all diese Herrlichkeit auf Zeichenpapier zu bannen.

Am Rand stand ein Strauß ihrer Lieblingsblumen, Salomonssiegel, die man im Spätsommer sehr selten sah. Aus den getrockneten Blättern hatte ihre Mutter immer Tee zubereitet, wenn jemand aus der Familie an Magenbeschwerden litt, oder sie bei Beulen und Schrammen als Wundpflaster verwendet.

Während sie die Pflanzen betrachtete – den unverwüstlichen Strandflieder, der das Heideland im Juli stets in ein bezauberndes Lila kleidete, die Baumlupinen mit ihren goldregenartigen Blüten und die stacheligen Stranddisteln mit ihren zart geäderten graublauen Blättern, die weißen Weidenröschen mit ihren geöffneten Kapselfrüchten –, kam es ihr einen Moment lang tatsächlich so vor, als würde sie über die heimischen Felder bis an die sandigen Gestade der Nordsee laufen.

Eine barsche Stimme riss Anna aus ihrer Träumerei. »Wollen Sie etwas kaufen, Schätzchen? Zwei Bündel Lavendel für einen Penny.«

Anna blickte in die Augen einer stämmigen, rotgesichtigen Frau. »Verzeihung, ich wollte einfach schauen.«

»Davon kann ich leider nicht leben, Miss. Mal ein kleiner Wink mit dem Zaunpfahl – wo kämen wir hin, wenn alle Kunden bloß Maulaffen feilhalten würden?«

Anna murmelte eine weitere Entschuldigung und wandte sich zum Gehen, stolperte aber und wäre beinahe gestürzt. In letzter Sekunde konnte sie sich an der Kante des Stands abstützen, stieß allerdings einen unterdrückten Schrei aus, als sich die Stacheln von ein paar Disteln schmerzhaft in ihren Unterarm bohrten.

»Hoppla«, rief die Blumenverkäuferin und packte sie am Arm. »Ist Ihnen schwindlig, Miss? Sie sind ein bisschen blass um die Nase – na ja, kein Wunder bei dieser Affenhitze.«

Sie führte Anna auf die Seite und zog einen aus rohem Holz gezimmerten Stuhl heran. »Atmen Sie erst mal tief durch. Ich hol Ihnen ein Glas Wasser.«

Anna setzte sich, nippte an dem schalen Wasser. Nach wie vor war ihr ein wenig schwummerig, doch gleichzeitig fühlte sie sich glücklich. Endlich hatte sie ihre Motive gefunden – und sofern die Standbesitzerin es erlaubte, würde sie hier und jetzt mit Zeichnen anfangen.

»Geht es Ihnen besser, Miss?« Die Frau klang ein wenig freundlicher, nicht mehr so ungehalten und abweisend wie zuvor.

»Ja, danke«, erwiderte Anna. »Ich habe mich gefragt, ob ...«

»Ja?«

»Ob ich vielleicht noch ein Weilchen hierbleiben könnte, um Ihre wunderschönen Blumen zu zeichnen.«

»Zeichnen?« Die Blumenhändlerin musterte sie mit misstrauischem Blick. »Sind Sie so was wie eine Künstlerin? Mich wollen Sie hoffentlich nicht malen, oder? Nicht dass ich hinterher aussehe wie die Leute auf den Bildern von diesem Hogarth.«

»Nein, nein, Personen male ich nicht. Mir haben es die Blumen angetan«, versicherte Anna eilig. »Es dauert bestimmt nicht allzu lange.«

»Von mir aus. Solange Sie mir nicht im Weg rumstehen, können Sie sich alle Zeit der Welt nehmen, Kindchen. Vielleicht locken Sie ja sogar ein paar Kunden an.«

Annas Finger bewegten sich fast wie von selbst. Und instinktiv brachten sie zu Papier, was sie mit den Augen erfasste. Rasch nahmen die Blumen auf dem Papier Gestalt an – der sanfte Schwung der Stängel, die Struktur der Blätter, das Licht, das durch die fragilen Blüten fiel – Anna vergaß Zeit und Raum und nahm ihre Umgebung wie durch einen Schleier wahr.

Sie hatte bereits ein Blatt mit verschiedenen Skizzen gefüllt und versuchte gerade einzufangen, wie sich die Ackerwinde um die stacheligen Stängel der Wilden

Karde rankte, als ihr eine außergewöhnliche Idee kam. Ja, das wollte sie zeichnen: ein Muster von ineinander verschlungenen Stängeln, Blättern und Blüten, wie sie es einmal in einem Heckendickicht unweit ihres Elternhauses gesehen hatte – ein Flechtwerk der Formen, das die ganze Schönheit und Harmonie der Natur abzubilden schien.

Zehn Minuten später schrak sie jäh zusammen, als sich eine schwere Hand auf ihre Schulter legte.

»Entschuldigung, Miss, ich muss mal kurz. Wenn Sie so nett wären, in der Zwischenzeit ein Auge auf den Stand zu haben«, sagte die Marktfrau und war weg.

Erschrocken blickte Anna sich um. Siedend heiß wurde ihr bewusst, dass sie keine Ahnung hatte, wie lange sie hier mittlerweile saß. Die Mittagsglocken, die ein Anhaltspunkt gewesen wären, hatte sie offenbar überhört. Dumm, wenn es sich so verhielt, dann saß die Familie jetzt bei Tisch und starrte vorwurfsvoll auf ihren leeren Platz.

Sie musste heim, nur kam und kam die Blumenverkäuferin nicht zurück. Wo um Himmels willen blieb sie so lange?

Verzagt legte Anna ihr Skizzenbuch beiseite, stellte den Stuhl hinter den Stand, setzte sich und senkte den Kopf. Hoffentlich kam niemand, der etwas kaufen wollte – was sollte sie dann tun? Nach einer gefühlten halben Stunde, bei der es sich in Wirklichkeit höchstens um ein paar Minuten handelte, begann sie unruhig auf und ab zu wandern und Ausschau nach der Frau zu halten.

Schließlich hielt sie es nicht mehr aus, riss die Seite mit dem Geflecht aus ihrem Skizzenbuch und schrieb auf die Rückseite: *Es tut mir leid, aber ich muss gehen. Nehmen Sie dieses Bild als Zeichen meiner Dankbarkeit.*

Dann eilte sie an den Stand nebenan. »Die Besitzerin hat mich gebeten, ein Weilchen aufzupassen, leider muss ich dringend weg. Könnten Sie das übernehmen?«

Kaum hatte sie die Zusage, rannte sie los und verringerte ihr Tempo erst kurz vor dem Spital Square, um nicht völlig außer Atem dort anzukommen.

Sie betrat das Haus durch den Vordereingang, tastete sich durch die dunkle Diele bis zur Treppe und stieg auf Zehenspitzen hinauf, sorgsam darauf bedacht, jedes Geräusch zu vermeiden. Leider stolperte sie über die oberste Stufe und wäre um ein Haar gestürzt. In letzter Minute krallte sie die Finger um das Geländer, hielt inne und atmete erleichtert auf: Niemand schien sie gehört zu haben. Erst als sie am Absatz der dritten Treppe angekommen war, hörte sie die Stimme ihrer Tante aus dem Salon.

»Bist du das, Anna? In einer Viertelstunde essen wir zu Mittag.«

»Ja, ich bin's.« Sie hielt den Atem an. »Ich komme gleich herunter, Tante.«

Rasch nahm sie die Haube ab, zog ihre Dienstmädchenkluft aus und wusch sich Gesicht und Hände. Dann streifte sie ihr bestes Tageskleid über, setzte eine frisch gestärkte Flügelhaube auf und ging nach unten.

Das Mittagessen zog sich quälend in die Länge. Alle wirkten fahrig, niemand schien so recht Appetit zu haben bei der Hitze, und eine Konversation wollte nicht in Gang kommen. William war noch verdrossener als sonst, und die Einzige, die unablässig plapperte, war Lizzie. Mal beschwerte sie sich über das Wetter, mal über die lateinischen Ableitungen, mit denen sie von ihrer Hauslehrerin gefoltert wurde.

»Was soll einem denn eine tote Sprache bringen?«, beklagte sie sich. »Das ist eine Qual.«

Sie wandte sich Anna zu. »Bestimmt hattest du einen schöneren Vormittag, Cousine. Du weißt gar nicht, wie neidisch ich auf dich bin. Was hast du gekauft?«

Einen Moment lang dachte Anna, das Herz bliebe ihr stehen. »Gekauft? Wie kommst du darauf? Ich war in meinem Zimmer und habe gelesen.«

»Habe ich dich nicht mit einem Korb am Arm gesehen? Ich dachte, du …« Irritiert hielt sie inne, als sie sah, wie Anna rot wurde und ihre Mutter die Stirn runzelte. »Oh, da habe ich mich wohl getäuscht – kein Wunder bei der Hitze, da wird einem ja ganz wirr im Kopf«, versuchte sie sich wenig überzeugend aus der Affäre zu ziehen.

Zu Annas Erleichterung schien die Tante zu träge und zur Abwechslung mal zu mundfaul, um der Sache nachzugehen. Lediglich Lizzie kam später, als sie im Garten ein bisschen frische Luft schnappten, auf die Sache zurück.

»Es tut mir leid … Ich dachte, Mama wüsste, dass du ausgegangen bist. Ich habe dich hoffentlich nicht in Schwierigkeiten gebracht«, wisperte sie.

»Keine Sorge.« Anna tat ganz souverän, doch es klang zuversichtlicher, als ihr zumute war. »Das lässt sich alles problemlos erklären.«

Nach dem Tee war es dann so weit. Ihre Tante war keinesfalls gewillt, sie ungeschoren davonkommen zu lassen. Sie zitierte die Nichte in den Salon, ohne dass sie sich setzen durfte.

»Habe ich das richtig mitbekommen? Du hast das Haus

am Morgen auf eigene Faust verlassen, ohne Begleitung und ohne Erlaubnis?«

Anna, die sich vorsorglich eine Verteidigungsrede zurechtgelegt hatte, wollte, so gut es ging, nahe an der Wahrheit bleiben.

»Es war so furchtbar heiß und stickig auf meinem Zimmer, dass ich kaum Luft bekam. Deshalb habe ich einen kleinen Spaziergang gemacht.«

»Darum geht es nicht. Ich habe dir ausdrücklich eingeschärft, dass es sich nicht schickt, ohne Begleitung auf die Straße zu gehen. Du kennst dich hier nicht aus und bist da draußen zudem allen möglichen Gefahren ausgesetzt. Dennoch hast du meine Warnungen vorsätzlich in den Wind geschlagen.«

Anna senkte den Kopf und biss sich auf die Unterlippe. Sich weiter zu verteidigen würde ihr nur noch mehr Ärger einbringen.

»Sonst hast du nichts vorzubringen?«, fragte Sarah sichtlich verärgert. »Du scheinst nicht die geringste Vorstellung zu haben, was du uns mit deinem eigenmächtigen Handeln antust. Was, wenn dich jemand auf der Straße gesehen hätte? Du spielst mit unserem guten Ruf.«

»Mich kennt hier ja so gut wie niemand«, platzte Anna, die die ewigen Vorhaltungen leid war, heraus. »Mit Verlaub, wer sollte mich auf der Straße schon erkennen?«

Sarahs Gesicht verfärbte sich puterrot. »Ich verbitte mir diese Impertinenz, junge Dame«, wies sie Anna scharf zurecht, tupfte sich die schweißfeuchte Stirn mit einem Spitzentaschentuch und stieß einen Seufzer aus. »Offenbar hat mein armer Bruder deine Erziehung sträflich vernachlässigt. Nun ja, das werden wir nachholen müssen. Sobald im September alle aus der Sommerfrische zurückgekehrt sind, werden wir ein paar Teegesellschaften geben und das eine oder andere Dinner arrangieren, damit du die richtigen Leute kennenlernst. Es wird Zeit, dass du begreifst, wie sich eine junge Dame in London zu verhalten hat. Bis dahin wirst du das Haus ausschließlich in Begleitung eines Familienmitglieds oder unseres Hausmädchens verlassen und ausschließlich mit meiner Erlaubnis. Habe ich mich klar ausgedrückt?«

Kapitel 8

Falls Sie sich jemals unwissentlich etwas haben zuschulden kommen lassen, versuchen Sie keinesfalls, Ihr Vergehen mit einer Lüge zu bemänteln, denn jeder neue Fehltritt wiegt schwerer als der vorherige und ist somit unentschuldbar.

Handbuch für Lehrjungen und Gesellen
oder Wie man zu Ansehen und Reichtum gelangt

Was machte das englische Mädchen da? Wieso ließ sie eins ihrer Zeichenblätter zwischen den wilden Blumen liegen?

Henri war in die Markthalle gekommen, um eine preiswerte Kniehose für den Simpeljungen zu kaufen, der sich seine einzige Hose an einem Nagel im Dielenboden der Werkstatt aufgerissen hatte und dem es zu peinlich war, selbst zum Markt zu gehen. Nach endloser Diskussion am Frühstückstisch war Monsieur Lavalle schließlich der Geduldsfaden gerissen.

»In drei Teufels Namen«, schimpfte er. »Warum machst du so ein Affentheater, Junge? Hast du einen so hinreißenden Hintern, dass du glaubst, deswegen würde eine junge Damen in Ohnmacht fallen?«

Der Junge begann zu weinen.

»Ich könnte ja gehen«, bot Henri an. »Es dauert bloß

eine Viertelstunde, und ich sitze wieder an meinem Webstuhl, ehe überhaupt jemand merkt, dass ich weg war.«

»Danke, dass du mich von diesem Wahnsinn erlöst«, seufzte sein Arbeitgeber und schob seinen Geldbeutel über den Tisch.

Als Henri in der Markthalle die Treppe zur Galerie erklomm, wo gebrauchte Kleidung feilgeboten wurde, erspähte er eine Gestalt an einem der Blumenstände, deren Gesicht er nicht sehen konnte, doch der elegante Schwung ihres Halses, die blasse Haut und die langen, schlanken Finger kamen ihm bekannt vor.

Er beobachtete sie ein Weilchen, dann ging er die Galerie entlang, bis er genau über ihr stand. Kein Zweifel, sie war es. Und jetzt sah er auch genau, was sie da tat: Sie hielt ein Skizzenbuch im Schoß und zeichnete die Blumen. Trotz der Entfernung erkannte er auf Anhieb, wie echt sie jede Einzelheit eingefangen hatte – das vermochte selbst ein Ignorant wie er zu beurteilen, der sich nie besonders mit der Natur beschäftigt hatte. Die Blumenmuster, die er webte, waren nichts gegen die frappierend realistischen Entwürfe, die sie zu Papier brachte.

Gebannt sah er zu, wie sie die Blumen mit kraftvollen Bögen, feinen Kurven, sanften Strichen und zarten Schraffuren in ihrer ganzen dreidimensionalen Pracht festhielt. Sie zeichnete schnell, fast fieberhaft, und im Nu war das Papier mit Vignetten verschiedenster Pflanzen gefüllt.

Wenn er so zeichnen könnte, wäre es ihm möglich, Seidenmuster zu entwerfen wie Leman oder Baudoin, dachte Henri. Urplötzlich kam ihm eine Idee: Und wenn diese junge Frau es ihm beibrächte? Aber im selben Augenblick schüttelte er den Kopf. Idiot, schalt er sich. Welch ein

145

absurder Gedanke, dass eine englische Lady einem armen Webergesellen einfach so etwas beibringen würde, einem Franzosen dazu! Trotzdem ging es ihm nicht aus dem Kopf, und er begann sich auszumalen, wie er neben ihr sitzen und sie ihre Finger über die seinen legen würde, um sie behutsam über das Zeichenpapier zu führen ...

Seine Aufmerksamkeit wuchs, als sie eine leere Seite in ihrem Block aufschlug und mit kräftigen Strichen eine Art Spalier skizzierte, in das sie sodann die gewundenen Ranken einer Kletterpflanze zeichnete. Er folgte ihrem Blick, als sie zur Vergewisserung ihr Motiv ins Auge fasste, eine Akelei, die sich um die Stängel einer Wilden Karde wand, und sogleich begannen die herzförmigen Blätter, die zarten glockenförmigen Kelche mit den fast durchsichtigen Blüten Gestalt anzunehmen, bis sie in ihrer ganzen Pracht aufs Papier gebannt waren.

Eine Pflanze nach der anderen bildete sie ab: kecke Margeriten und schüchterne Glockenblumen, die leicht gekräuselten Blätter einer Hundsrose und die farnartigen, hauchzarten Blätter einer Pflanze, die er nicht kannte. Es dauerte ein Weilchen, bis er begriff, was ihre Zeichnungen so lebensecht machte: Bei aller künstlerischen Perfektion scheute sie sich nicht, die Unvollkommenheiten der Natur ebenfalls einzufangen, einen geknickten Stängel, eine welke Blüte, ein zerfleddertes Blatt.

Henri war hingerissen. Er vergaß die Hitze, den Gestank in der Markthalle, die Hose für den Simpeljungen, Monsieur Lavalles üble Laune und die Geldbörse in seiner Tasche – und sogar den Brokatstoff, der heute noch fertig werden musste.

Eine ungekannte Erregung ergriff Besitz von ihm. Das Mädchen da unten zeichnete die idealsten Stoffmuster, die er sich vorstellen konnte. Genau von solchen Designs hatte Miss Charlotte gesprochen: leicht und unprätentiös mit ländlichem Flair, wie es dem derzeitigen Modetrend entsprach – die getreue Abbildung herrlich geschwungener Linien, wie sie die Natur vorgab und die gewissermaßen – jäh errötete er bei dem Gedanken – an die vollendeten Formen des weiblichen Körpers denken ließen.

Er spürte, wie sich sein Puls beschleunigte: Nach genau dieser naiven Schlichtheit hatte er gesucht und meinte das Muster bereits auf dem Patronenpapier zu sehen, auf dem man die Fadenverläufe mit farbigen Pünktchen in Kästchen eintrug.

Im selben Moment fiel es ihm wie Schuppen von den Augen, und um ein Haar hätte er einen Triumphschrei ausgestoßen. Es war die perfekte Vorlage für sein Meisterstück – als hätte sie das Muster einzig und allein für ihn gezeichnet. Und was jetzt? Sollte er sie einfach ansprechen und fragen, ob sie ihm die Zeichnung verkaufen würde? Was, wenn sie es ihm übel nahm oder ihm ins Gesicht lachte?

Kurz darauf sah er, wie die dicke Marktfrau wegging und diese Anna sich hinter den Stand setzte, wo er sie nicht sehen konnte, um ein paar Minuten später wieder aufzutauchen und unruhig auf und ab zu marschieren. Bevor sie endgültig verschwand, riss sie die Seite mit dem Spalier aus dem Skizzenbuch, kritzelte hastig ein paar Worte auf die Rückseite und legte das Blatt zwischen die Blumen.

Rasch eilte Henri zurück zur Treppe und nach unten. Bei dem Blumenstand angekommen, fluchte er unterdrückt, weil die vierschrötige Händlerin aus der anderen Richtung heranwatschelte. Ach was, es war eine

Kleinigkeit, sich die Skizze schnell zu schnappen, bevor sie es spitzkriegte.

»He! Leg das sofort zurück, Bürschchen«, ertönte die barsche Stimme des Standnachbarn. »Das hat jemand für Mags hinterlassen!«

Im selben Augenblick riss ihm die rotgesichtige Blumenfrau, die erstaunlich schnell heran war, die Zeichnung schon aus der Hand.

»Gib das sofort her, du diebische Ratte«, keifte sie und verpasste ihm einen so heftigen Schlag gegen den Kopf, dass er stolperte und in den Matsch aus faulenden Früchten und welken Blumen stürzte. Auf allen vieren brachte er sich vor den Tritten, mit denen sie ihn zu traktieren versuchte, unter dem nächsten Stand in Sicherheit.

»Was haben wir denn da?«, hörte er die Blumenhändlerin schnaufen, während sie die Skizze betrachtete und sie dem anderen Händler zeigte.

»Was würdest du dafür rausrücken?«

»Wie? Willst du das Bild nicht behalten?«

»Das Gekrakel? Was soll ich damit?«

»Dann gib her. Nix für nix, oder?«

»Hältst dich wohl für oberschlau, was? Wie wär's, wenn ich es einfach zerreiße?«

»Nein«, rief Henri laut, sprang aus seinem Versteck und kramte den Geldbeutel aus der Tasche. »Ich kaufe Ihnen das Blatt ab.«

Von einer Sekunde auf die andere war das bärbeißige Gebaren der Marktfrau wie weggewischt. Sie wusste, dass sie mit einem Lächeln ihren Käufern weitaus mehr Geld aus der Tasche zu ziehen vermochte. Sie konnte die Schweinekoteletts bereits förmlich riechen, die sie vom Geld des Burschen kaufen würde.

»Zwei Shilling«, verkündete sie. Der Mann neben ihr stieß einen leisen Pfiff aus.

»Wohl eher zwei Penny«, erwiderte Henri, dem mit einem Mal einfiel, weshalb er überhaupt in die Markthalle gekommen war. Da er nicht wusste, wie viele Münzen sich in der Geldbörse befanden, musste er vorsichtig sein, zumal er vor allem Geld für die Hose des Simpeljungen brauchte.

Die Frau pflanzte sich breitbeinig vor ihm auf. »Ein Shilling.«

»Drei Pence«, gab Henri zurück, straffte die Schultern und versuchte sich ebenfalls so breit wie möglich zu machen. »Ich muss noch andere Sachen einkaufen. Mehr kann ich mir nicht leisten.«

Sie sah ihm direkt in die Augen, hielt das Blatt Papier in die Höhe und tat so, als wollte sie es zerreißen.

»Na gut, Sixpence«, bot er panisch an, als ginge es um sein nacktes Leben.

Die Frau zögerte und warf einen letzten Blick auf die Zeichnung, als würde sie überlegen, ob das Blatt nicht am Ende mehr wert sei, bevor sie zu Henris großer Erleichterung einwilligte.

Der Simpeljunge stolzierte durch die Werkstatt, schwang die Hüften und sang ein altes französisches Lied, war entzückt über die grüne Kniehose, obwohl sie ihm ein paar Nummern zu groß war und er sich eine Kordel um die Taille binden musste, damit sie nicht herunterrutschte. Das Stück war ziemlich abgetragen, fadenscheinig an Knie und Hinterteil und würde wohl nicht lange genug halten, damit er hineinwachsen konnte, aber seine Freunde trübte das nicht im Geringsten.

Henri hingegen plagte sein schlechtes Gewissen, weil er von Monsieur Lavalles Geld die Zeichnung erstanden hatte. Neun Pence musste er für die Hose berappen, das war in Ordnung, doch wie sollte er die zusätzlichen Sixpence erklären. Erstatten konnte er sie im Moment nicht, da er keinerlei Rücklagen besaß – das Geld für seine Aushilfe an der Orgel hatte er gerade seiner Mutter für die Miete zugesteckt.

Noch hatte er es seinem Meister nicht gebeichtet.

Bei seiner Rückkehr war Lavalle gerade im Gespräch mit einem Kunden gewesen, und Henri hatte ihm die Geldbörse ohne weitere Erklärungen hingelegt. Kurz spielte er mit dem Gedanken, einfach zu behaupten, dass die Hose einen Shilling und drei Pence gekostet habe, was ihm indes schäbig vorgekommen wäre. Zudem hätte man ihn für einen Dummkopf gehalten, so viel für eine abgetragene Hose auszugeben.

Vor dem Mittagessen ging er nach unten in seine Kammer und zog vorsichtig die Zeichnung unter dem Hemd hervor – erneut verspürte er die große Faszination, die von der mit leichter Hand hingeworfenen Skizze ausging, und sein Herz begann heftig zu klopfen. Noch heute Abend würde er damit beginnen, das Muster auf Patronenpapier zu übertragen. Wenn er seinem Meister beides zeigte, würde er ihn bestimmt überzeugen können, dass die Sixpence gut angelegt waren.

Leider kam es dazu nicht.

Zum Mittagessen rief Monsieur Lavalle den Simpeljungen in die Küche, um seine neue Hose zu begutachten, und gab ihm einen anerkennenden Klaps auf den Hintern, bevor er sich an Henri wandte und beiläufig fragte, was die Hose gekostet habe.

»Neun Pence, Sir.« Urplötzlich hatte Henri keinen Appetit mehr. »Es war die billigste, die ich finden konnte.«

»Dann fehlen Sixpence in meiner Geldbörse, wenn ich mich nicht täusche.«

»Könnten wir das nach dem Mittagessen unter vier Augen besprechen?«, bat er.

Lavalle nickte, aber Henri spürte genau, dass die unbeantwortete Frage für den Rest des Mittagsmahls wie eine dunkle Wolke über dem Tisch hing. Selbst Mariette war ungewöhnlich schweigsam. Schließlich waren sie fertig, und der Meister scheuchte die anderen aus der Küche.

»Nun, Henri, raus mit der Sprache: Wo sind meine Sixpence geblieben?«

»Vergeben Sie mir, dass ich Ihr Geld ausgegeben habe, ohne Sie vorher um Erlaubnis zu fragen, Sir. Ich zahle es Ihnen zurück, sobald ich wieder als Kalkant gebraucht werde.«

»Ich habe deine Ehrenhaftigkeit nie infrage gestellt, das weißt du genau. Desungeachtet hätte ich gerne eine Erklärung.«

Henri holte tief Luft. »Wir haben neulich über das Muster für mein Meisterstück gesprochen, und unsere Diskussion ist mir nicht mehr aus dem Kopf gegangen. Mariette schlug mir vor, Miss Charlotte Amesbury zurate zu ziehen – und sie erzählte mir, dass realistische Muster gerade der letzte Schrei seien: Blumen, Blätter und dergleichen.«

»Das ist wohl wahr. Die Mode ändert sich heutzutage zwar wie das Wetter, doch augenblicklich weht der Wind tatsächlich aus dieser Richtung.«

»Jedenfalls habe ich überlegt, wie ich das Muster etwas moderner gestalten könnte. Bloß kenne ich niemanden, der mir beim Entwurf zur Seite stehen könnte.«

»Bei der Suche werden dir Sixpence sicher nicht groß weitergeholfen haben.«

»Nein, das nicht.« Henri zog Annas Skizze unter seinem Hemd hervor. »Allerdings habe ich etwas erstanden, das mich ganz bestimmt weiterbringt.«

Sein Meister entfaltete das Zeichenpapier, legte es auf den Tisch und strich es glatt. Zwei endlos lange Minuten vergingen, während er es in Augenschein nahm und die Standuhr in der Ecke mit jeder Sekunde lauter zu ticken schien.

Schließlich sah er auf. »Dafür hast du also meine Sixpence ausgegeben?«

Henri nickte.

»Und darf ich fragen, wer dir die Zeichnung verkauft hat?«

Sein Geselle stotterte herum, und Lavalle musste ihm jedes Wort einzeln aus der Nase ziehen: dass ihm ein Mädchen aufgefallen sei, das an einem Blumenstand gezeichnet und seine Skizze als Dank für die Händlerin zurückgelassen habe, und dass er das Bild der Frau schließlich für Sixpence abhandeln konnte. Seine Bekanntschaft mit der Zeichnerin unterschlug er erst mal. Und erst recht ersparte er es sich zu erwähnen, dass es sich um die Nichte des verhassten Tuchhändlers Sadler handelte. Noch mehr Probleme brauchte er weiß Gott nicht.

»Und ihren Namen hat sie dir nicht genannt?«

»Ich würde sie sofort wiedererkennen«, wich Henri aus, da er weder die Wahrheit sagen noch lügen wollte. »Spielt denn ihr Name irgendeine Rolle, Sir? Ich habe für das Bild bezahlt, also gehört es mir, oder nicht?«

»Und ob das eine Rolle spielt«, belehrte sein Meister ihn. »Du hast für die Zeichnung bezahlt, nicht hingegen dafür, das Motiv als Textilmuster vervielfältigen zu dürfen. Angenommen, dein Entwurf würde von einem Händler in Kommission genommen – glaubst du ernsthaft, sie würde es nicht irgendwo entdecken und wiedererkennen?«

»Ja, Sie haben völlig recht. Ich werde ihre Erlaubnis einholen müssen.«

»Du kannst froh sein, wenn sie dich nicht vor Gericht zerrt.«

Dass er daran nicht gedacht hatte! Henri schüttelte den Kopf über seine Dummheit. Er durfte sein Meisterstück nicht mit einem Betrug belasten. Was pflegte sein Brotherr ihm immer wieder einzuschärfen:

Reichtum ist nicht der einzige Pfad zum Glück – der wahre Schlüssel zu einem erfüllten Leben ist ein gutes Gewissen.

Kurz darauf tauchte unerwartet Guy auf. Er keuchte, als wäre er durch die halbe Stadt gerannt.

»Ich muss mit Monsieur Lavalle sprechen. Es ist dringend. Kann ich reinkommen?«

»So spät noch?« Henri zögerte. »Vielleicht hat er sich ja bereits zurückgezogen. Und was mich betrifft, ich sitze an einer eiligen Arbeit.«

Langsam verspürte er keine Lust mehr, sich ständig Guys Tiraden über die skandalös schlechte Bezahlung der Webergesellen anzuhören.

»Bitte«, bettelte Guy. »Es ist wichtig.«

Bevor er den Freund endgültig abwimmeln konnte, erschien Jean Lavalle auf dem oberen Treppenabsatz und schien gar nicht sonderlich verwundert über den späten Besuch.

»Ich wollte mir eine heiße *chocolat* vor dem

153

Schlafengehen machen. Wollt ihr beiden mir Gesellschaft leisten? Mariette, haben wir genug Milch da?«

Guy grinste. »*Alors.* Lässt du mich jetzt rein?«

Als sie es sich in der Stube gemütlich gemacht hatten, brachte Mariette ein Tablett mit vier Tassen heißer Milch, in die sie etwas von der kostbaren Schokolade geraspelt hatte, dem Weihnachtsgeschenk eines besonders dankbaren Kunden. Der dunkle Schatz wurde im kühlsten Winkel des Kellers aufbewahrt und nur zu besonderen Anlässen hervorgeholt.

Der Hausherr nahm einen Schluck und gab ein anerkennendes Murmeln von sich. »*C'est délicieux, ma petite.*« Dann wandte er sich an Guy. »Also, was gibt es so Wichtiges, mein Freund?«

Sein Besucher reichte ihm ein abgegriffenes Blatt Papier, und auch Henri warf von hinten einen neugierigen Blick darauf. *Soie de Lyon,* lautete die Überschrift, und darunter waren ein gutes Dutzend Namen aufgelistet, und genau in der Mitte entdeckte er *Joseph Sadler & Sohn.*

»Das sind alles Leute von Rang und Namen. Wieso stehen ihre Namen hier?«, erkundigte sich Lavalle und zog zischend Luft durch die Zähne.

»Sie haben französische Seide importiert, Sir, ohne dafür Zoll zu bezahlen. Das glauben wir jedenfalls.«

Unwillkürlich hielt Henri den Atem an. Der angesehene Joseph Sadler sollte etwas Illegales getan haben? Zwar waren ihm der Tuchhändler und sein Dreckskerl von Sohn egal, doch ein derartiger Skandal konnte für seine Nichte gleichfalls fatale Konsequenzen haben.

Der Seidenweber seufzte und kratzte sich am Kopf. »Wo hast du das her? Das sind brandgefährliche Informationen.«

»Letzte Woche habe ich ein paar Freunden im Wirtshaus von unserem *Book of Prices* erzählt. Einer von ihnen meinte, das sei bloße Zeitverschwendung, weil wir wegen der illegalen Seidenimporte über kurz oder lang sowieso im Armenhaus landen würden«, berichtete Guy. »Ein paar Burschen am Nebentisch bekamen es mit und wandten ein, sie könnten uns helfen – sie wüssten, welche Händler involviert seien.«

»Und woher, wenn ich fragen darf?«

»Es waren Dockarbeiter aus dem Londoner Hafen, Sir. Die kriegen genau mit, was reinkommt und rausgeht, und haben sich halt ein paar Frachtstücke genauer angesehen, die für hiesige Tuchhändler bestimmt und nicht als Importware deklariert waren. Und was haben sie in den Kisten gefunden? Ballen feinster französischer Seide! Offenbar haben sie erst überlegt, ob sie sich mit Erpressung ein kleines Zubrot verdienen sollten, dann aber kalte Füße bekommen. Jedenfalls beschlossen sie, sich lieber an die Weberzunft zu wenden.«

»Und haben sie das wirklich getan?«

Guy nickte.

»Komisch.« Lavalle wiegte bedächtig seinen Kopf hin und her. »Ich war vorgestern bei einem Treffen der Amtsmeister, und dort wurde nichts dergleichen erwähnt.«

»Genau darum geht es ja, Sir. Nichts ist passiert. Die Hafenarbeiter vermuten, dass die Zunft nichts unternimmt, weil sie sich nicht mit den Mächtigen anlegen will.«

Monsieur Lavalle mochte es nicht glauben. »Und *dir* haben sie die Liste verkauft, gleich dort im Wirtshaus?«

»*Uns*«, erwiderte Guy. »Dem Gesellenverein. Der Gruppe, die das *Book of Prices* zusammengestellt hat.«

»So, so. Und was wollt ihr jetzt damit anfangen?«

»Deshalb bin ich ja hier, Sir. Um Ihren Rat zu erbitten. Sie kennen die Zunftmeister. Wie gehen wir am besten vor?«

Geschmeichelt, dass man seine Meinung einholte, nahm Lavalle einen großen Schluck von seiner Schokolade und wischte sich den Schnurrbart mit seinem Taschentuch.

»Darüber muss ich in aller Ruhe nachdenken, Guy. Wenn wir nicht äußerste Vorsicht walten lassen, fliegt euch das ganze Ding um die Ohren wie ein Pulverfass. Ich muss erst mal mit jenen Amtsmännern reden, denen ich vertrauen kann. Komm nächsten Sonntag wieder vorbei, dann setzen wir uns erneut bei einer Tasse *chocolat* zusammen. Kann euer Verein so lange warten?«

»Ich frage die anderen. Ehrlich gesagt, befürchte ich, dass sie die Sache selbst in die Hand nehmen werden, wenn sonst niemand etwas unternimmt. Sie sagen, wegen der französischen Importe hungern ihre Kinder und die Obrigkeit müsse endlich einschreiten. All ihre Proteste sind auf taube Ohren gestoßen, und deshalb sind sie mit ihrer Geduld am Ende.« Guy verneigte sich kurz. »Danke für Ihre Zeit, Monsieur Lavalle. Die *chocolat* war köstlich, Mariette. Ich wünsche eine gute Nacht.«

Nachdem er weg war, wirkte der Hausherr besorgt. »Dein Freund hat sich offenbar mit ziemlichen Hitzköpfen eingelassen«, sagte er zu Henri. »Wenn er Pech hat, bringt er sich in Teufels Küche. Hast du die Zeitungsberichte über diese Gruppe gelesen, die sich *Bold Defiance*, kühner Widerstand, nennt? Die Wachtmeister haben allmählich die Nase voll von ihren Protestaktionen, und wenn sie erwischt werden, wird der Magistrat keine

Gnade walten lassen. Sag ihm, dass er vorsichtig sein soll.« Am Fuß der Treppe wandte er sich noch einmal um und fügte hinzu: »Ich weiß, dass ihr gut befreundet seid – falls Guy sich allerdings weiter mit diesen Typen herumtreibt, würde ich dir tunlichst raten, auf Abstand zu ihm zu gehen. Ich setze große Hoffnungen in dich, mein Junge. Es würde mir das Herz brechen, wenn du in Schwierigkeiten geraten würdest.«

Guys Liste wurde nicht wieder erwähnt, und zu Henris großer Erleichterung ließ sich sein Freund nicht mehr blicken. Dennoch fiel ihm auf, dass der Meister häufiger als sonst außer Haus war. Vielleicht schaffte der erfahrene Mann es ja, die Angelegenheit unter der Hand zu regeln, damit Guy sich nicht weiter in die Sache verbiss und Annas Familie nicht in einen Skandal verwickelt wurde.

In den folgenden Tagen ließ er sich ein ums andere Mal neue Ausreden einfallen, um den Markt zu besuchen, ohne Anna zu treffen, und deshalb beschloss er, ihr einen Brief zukommen zu lassen – schließlich musste er ja ihre Einwilligung einholen, dass er ihre Zeichnungen verwenden durfte. So gut er das Englische mündlich beherrschte, beim Schriftlichen haperte es noch, und es kostete ihn einen ganzen Abend, ein paar Zeilen so zu Papier zu bringen, dass er einigermaßen zufrieden war. Und weitere zwei Tage dauerte es, bis er den Mut aufbrachte, den Brief persönlich abzuliefern.

Mehrmals hatte ihn sein Weg schon in die Nähe des Spital Square geführt, und jedes Mal war ihm mulmig geworden. Was sollte er sagen, wenn er sie zufällig auf der Straße traf oder sie ihm – noch schlimmer – höchstpersönlich die Tür öffnete?

Ich habe hier einen Brief für Sie? Oder würde er gleich mit seinem Anliegen herausplatzen: *Ich habe der Blumenhändlerin in der Markthalle Ihre Zeichnung abgekauft. Würden Sie mir gestatten, sie als Vorlage für ein Webmuster zu verwenden?*

Nun ja, so schwer konnte es eigentlich nicht sein, schließlich stellte er sich auch sonst nicht so an. Was war bloß an diesem Mädchen, das ihn so verlegen, so nervös und so unsicher machte?

Kapitel 9

Darüber, ob sich die Damen in den Salon zurückziehen sollten, wenn sich die Herren nach dem Essen bei Portwein und Zigarren über Gott und die Welt unterhalten, gehen die Meinungen auseinander. Orientieren Sie sich nach Möglichkeit an den Gepflogenheiten von Gastgeber und Gastgeberin.

Über die Umgangsformen der feinen Dame

Anna las die letzte Seite ihres Buches, schlug es zu und seufzte leise. Noch über eine Stunde bis zum Abendessen.

Sie hatte den Roman bereits mehrere Male gelesen, doch mit jeder Lektüre fand sie es deprimierender. Die arme, verzweifelte Clarissa, die von ihrer Familie gedrängt wurde, die Ehe mit dem Scheusal Robert Lovelace einzugehen. War das wirklich alles, worum sich das Leben einer jungen Frau drehte – auf dem Heiratsmarkt verhökert zu werden? Und war das tatsächlich die einzige Alternative zu Armut, Schande und Tod?

Sie versuchte sich damit zu beruhigen, dass ihre eigene Situation mit Clarissas tragischem Schicksal nicht zu vergleichen sei. Schließlich war sie aus freien Stücken nach London gekommen zu großzügigen Verwandten, die sie uneigennützig aufgenommen hatten, und jederzeit konnte sie zurück zu ihrem Vater, der sie über alles liebte. Und bislang hatte niemand auch nur den geringsten Druck auf sie ausgeübt, eine Verbindung mit einem reichen Verehrer einzugehen, wenngleich das vermutlich insgeheim von der Tante erwartet oder erhofft wurde. Zum Glück hatte sie bislang einen Schurken wie Lovelace nicht einmal zu Gesicht bekommen.

Warum also wurde sie dennoch das Gefühl nicht los, dass sie kein eigenes Leben mehr hatte? Wo war das einst so offene, kontaktfreudige Mädchen geblieben, das durchaus nicht immer zu allem Ja und Amen gesagt und sich so manches Mal Ärger eingehandelt hatte?

Anna erkannte sich selbst nicht wieder.

Noch vor wenigen Wochen war sie mit sich und der Welt im Reinen gewesen, hatte keine Sekunde an der Liebe der Menschen gezweifelt, die sie umgaben. Hier in der Stadt hingegen schien ihr all das abhandengekommen zu sein. Darüber hinaus wusste sie nicht, wie sie sich verhalten, ja nicht einmal, was sie denken sollte. Passierte so etwas zwangsläufig, wenn man erwachsen wurde, fragte sie sich bang. Oder lag es daran, dass sie sich noch nicht eingelebt hatte?

Sie trat an das offene Fenster und ließ den Blick über die Dächer schweifen. Manchmal half das gegen das Gefühl der Einsamkeit, das sie so häufig überfiel. Dabei war da draußen eine Welt, die darauf wartete, von ihr entdeckt zu werden, aber man ließ sie nicht. Mit etwas mehr Freiheit sähe alles bestimmt gleich viel besser aus.

Plötzlich bemerkte sie unten auf der Straße einen Mann, der den Platz überquerte und direkt auf den Eingang des sadlerschen Hauses zusteuerte. Selbst aus der Entfernung wirkte er irgendwie vertraut, und als er einen Blick über

160

die Schulter warf, als würde er fürchten, beobachtet zu werden, erkannte sie ihn. Es war Henri, der französische Weber. Er trug Kniehosen, eine schlichte Leinenjacke über einem weißen Hemd, dazu ein Halstuch, und unwillkürlich musste sie daran zurückdenken, wie sie sich in seinen Armen wiedergefunden hatte. Er hielt ein Kuvert in der Hand, wahrscheinlich eine Rechnung für Webarbeiten. Wegen des Vordachs konnte sie nicht sehen, ob er tatsächlich an die Tür klopfte – sie sah lediglich, wie er sich kurz darauf wieder entfernte. Kaum war er ihrem Blick entschwunden, hörte sie Lizzies leichtfüßige Schritte auf der Treppe und kurz darauf ihr Klopfen.

»Anna, bist du da? Ich habe was für dich.«

Sie wandte sich vom Fenster ab, griff nach ihrem Buch und tat, als würde sie lesen. »Komm rein.«

»Hier.« Lizzie reichte ihr einen Brief. »Der ist gerade für dich abgegeben worden.«

»Danke, liebe Cousine«, sagte Anna betont gleichmütig, obwohl sie ein seltsames Kribbeln in ihrer Brust verspürte, das sich wie der Flügelschlag eines winzigen Vogels anfühlte.

»Kannst du ihn vielleicht sofort öffnen, bitte! Du weißt ja, wie neugierig ich bin.«

»Zunächst möchte ich wissen, von wem der Brief kommt, und ihn lesen. Allein. Sei also so lieb, dich zu gedulden.«

Lizzie zog ein langes Gesicht und stapfte, der Lautstärke nach zu urteilen, verärgert die Treppe hinunter.

Mehrere Minuten lang saß Anna regungslos da, atmete langsam ein und aus. Trotzdem zitterten ihre Hände, als sie endlich nach dem Brief griff. Sie erbrach das Siegel und öffnete ihn.

Verehrte Miss Anna,

*ich bin es, Henri Vendôme, der Seidenweber. Es ist
nicht leicht zu erklären, aber ich muss mit Ihnen
sprechen in einer wichtigen Angelegenheit. Ist es
möglich, wir treffen uns, bitte? Können Sie schicken
Ihre Antwort an mein Adresse, ja oder nein? Ich
hoffe sehr, ja.*

Henri

Im ersten Augenblick hätte sie beinahe laut losgelacht angesichts seiner kruden Grammatik, aber dann bezähmte sie sich. Immerhin war Englisch nicht seine Muttersprache. Sie selbst beherrschte nur ein paar Brocken Französisch, geschweige denn irgendeine andere Sprache – daher stand es ihr in keiner Weise zu, sich über ihn lustig zu machen.

Was um Himmels willen wollte er wohl von ihr? Ihm jedenfalls schien es sehr wichtig zu sein. Ganz schrecklich wichtig sogar, denn sonst hätte er es kaum gewagt, an sie heranzutreten.

Mittlerweile wusste sie schließlich, dass man in London gesellschaftlichen Umgang allein mit seinesgleichen pflegte: Adelige mit Adeligen, Kaufleute wie ihr Onkel mit anderen Kaufleuten, Handwerker mit anderen Handwerkern. Was sie jammerschade fand: Viel lieber hätte sie Zeit mit Henri und seinem Freund Guy verbracht, als bei den steifen Teegesellschaften herumzuhocken, die ihre Tante so liebte.

Wenngleich sie ihn kaum kannte, fühlte sie sich ihm bei jeder Begegnung seltsam nahe, fast so, als wären sie in einem anderen Leben miteinander befreundet gewesen. Sah er womöglich jemandem ähnlich, den sie früher gekannt hatte? Sosehr sie sich den Kopf zerbrach, es wollte ihr nichts einfallen. Oder verdankte sie dieses Gefühl der Vertrautheit einfach dem Umstand, dass er sich so rührend um sie gekümmert hatte, als sie in Ohnmacht gefallen war?

Derart tief in allerlei Grübeleien versunken, merkte sie nicht, wie die Zeit verflog, und als zum Abendessen geläutet wurde, verbarg sie den Brief rasch unter einem Stapel von Büchern und Zeichnungen.

Wenngleich ihr so einiges im Haushalt der Tante missfiel – die Köstlichkeiten, die bei Tisch serviert wurden, ließen Anna immer wieder das Wasser im Mund zusammenlaufen. So auch heute: kalte Aufschnittplatte, Schinken und gepökeltes Rindfleisch, frisches Brot vom Markt, ein dampfender Berg gegarter Kartoffeln, grüne Bohnen und geschmorter Kürbis.

Dennoch war etwas anders als sonst.

Onkel Joseph, der sich normalerweise als Erster bediente und sich den Teller bis obenhin volllud, war offenbar mit den Gedanken ganz woanders. Reglos saß er da, die Hände im Schoß gefaltet, und machte keinerlei Anstalten, sich von dem Essen zu nehmen. Er habe keinen rechten Appetit und sie solle ihn gefälligst nicht ständig behelligen, fuhr er seine Frau unverkennbar gereizt an. Woraufhin sich beim Rest der Tischgesellschaft – Sarah, Lizzie, William, Anna und den beiden Angestellten von Joseph – betretenes Schweigen breitmachte, das nur vom Klappern des Bestecks durchbrochen wurde.

Sarah, die sich so schnell nicht geschlagen gab, versuchte nach einer Weile erneut, ihren Mann zum Essen zu nötigen.

»Fühlst du dich nicht wohl, mein Lieber? Probier wenigstens die eingelegten Gurken, vielleicht ein bisschen Käse dazu?« Und später dann: »Die Pfirsiche haben die perfekte Reife, und bis morgen halten sie sich nicht. Zumindest ein kleines Stück, sonst bleibst du nicht bei Kräften.«

Und jedes Mal raunzte Joseph: »Hör auf, mir auf die Nerven zu gehen, Sarah. Ich hab keinen Hunger, wie oft soll ich es noch sagen?«

Es war eine grässliche Atmosphäre, und leider verlief der Rest des Abends ebenfalls quälend. Während die drei jungen Männer nach unten gingen, um – wie Anna neiderfüllt dachte – ein Kaffeehaus aufzusuchen, musste sie Sarah und Lizzie in den Salon folgen. Dort nahm die Tante zwar ihr Stickzeug zur Hand, starrte jedoch blicklos auf den Rahmen in ihrem Schoß, während ihre Cousine auf Geheiß der Mutter lustlos auf dem Cembalo klimperte. Anna ihrerseits vermochte sich nicht auf ihr Buch zu konzentrieren, da ihr der Brief des französischen Webers nicht aus dem Kopf ging. Inzwischen fand sie sein unbeholfenes Englisch richtig süß und charmant.

Sie war erleichtert, als Lizzie ihren grottenschlechten musikalischen Vortrag beendete und stattdessen vorschlug, eine Partie Backgammon zu spielen.

»Ihr müsst heute ohne mich auskommen.« Sarah legte ihren Stickrahmen in den Korb zurück. »Ich muss mich um deinen Vater kümmern, Elizabeth. Er scheint nicht gut aufgelegt zu sein.«

Kurz darauf drangen erregte Stimmen aus dem angrenzenden Zimmer, die so ungewohnt heftig waren, dass die Mädchen sich alarmiert anschauten.

»Lass mich in Ruhe, Frau«, ertönte Josephs tiefe Stimme. »Es ist nichts passiert, was dich betreffen würde.«

»Es betrifft mich sehr wohl, wenn mein lieber Gatte keinen einzigen Bissen herunterbringt«, empörte sich Sarah. »Bitte sag mir endlich, was dich bedrückt.«

»Es ist nichts. Morgen bin ich wieder besserer Stimmung«, versuchte er sie zu vertrösten, aber sein Tonfall sprach diesen Worten Hohn.

»Ich weiche nicht vom Fleck, solange du nicht mit der Sprache herausrückst.«

Eine Weile herrschte Schweigen, bis plötzlich ein spitzer Schrei ertönte: »Was ist das? Wer hat das geschickt?«

»Die Tuchhändlerzunft.«

»Das glaube ich nicht. Bist du sicher, dass dieser Brief für dich bestimmt ist?«

»Auf dem Umschlag steht mein Name.«

»Sie bezichtigen dich des illegalen Handels und der Umgehung der Einfuhrzölle. Eine Verleumdung – davon ist hoffentlich kein Wort wahr!« Eine erneute, längere Pause. »Du kannst mich nicht derart auf die Folter spannen, Joseph! Sag mir, dass sie sich irren.«

»Diese verdammten Schwachköpfe! Als hätten sie nichts Besseres zu tun«, brach es so heftig aus ihm heraus, dass die Mädchen zusammenzuckten. »Wer oder was gibt ihnen überhaupt das Recht, sich in meine Belange einzumischen? Es war Williams Vorschlag, und ich war einer Meinung mit ihm. Es ist *mein* Geschäft, und ich allein entscheide, wo ich kaufe und an wen ich es verkaufe.«

Erstaunlicherweise blieb Sarah trotz dieser desaströsen Eröffnung vergleichsweise ruhig, obwohl Zurückhaltung bekanntlich nicht unbedingt zu ihren hervorstechenden Charaktereigenschaften zählte.

»Hättest du William nicht darauf hinweisen müssen, dass in England Zölle auf Importware gesetzlich vorgeschrieben sind? Du tust gerade so, als hättest du keinen Ruf zu verlieren, mein lieber Mann.«

»Dieses Gesetz ist lächerlich, eine wahre Schande! Angeblich ist es dazu gedacht, die englischen Weber zu schützen – das genaue Gegenteil ist der Fall. Wie sollen wir uns denn an die Gesetze halten, wenn sich unsere Kunden förmlich um importierte Stoffe reißen?«

»Und was, um Himmels Willen, stimmt nicht mit englischer Seide?«

»Mag sein, dass die französischen Muster ein wenig mehr Raffinesse aufweisen. Außerdem sind sie deshalb so gefragt, weil man schwer an sie herankommt – und zwar wegen dieser elenden Gesetze.«

»Dann wären das ja vollkommen blödsinnige Regelungen.«

»Du hast es erfasst. Und deshalb hält sich auch kein Händler daran. Im Übrigen bist gerade du sehr bedacht auf eine Steigerung unserer Gewinne, damit wir uns über kurz oder lang so ein Haus in Ludgate Hill leisten können wie die Hinchliffes. Nur wie soll das gehen, wenn wir nicht liefern können, was der Markt verlangt?«

»Dann solltest du dich auf jeden Fall bei der Zunft beschweren. Dein Wort hat immerhin Gewicht bei deinen Kollegen. Warst du nicht sogar als Oberster Zunftmeister im Gespräch?«

»Ich habe meine Argumente x-mal vorgebracht. Doch die Zunft kämpft mit Dutzenden von Petitionen, und die Weber üben massiven Druck aus. Die Zunftmeister haben Angst, dass es Aufstände geben könnte.«

»Sie werden sich hoffentlich nicht irgendwelchen Drohungen beugen.«

»Nun, sie haben keine große Wahl angesichts der bestehenden Gesetze.«

Kurz herrschte Schweigen, gefolgt von einem heftigen Schluchzen und beschwichtigendem Gemurmel.

»O Gott«, wisperte Lizzie. »Papa steckt bis zum Hals in der Patsche, nicht wahr?«

»Das ist bestimmt alles ein Irrtum«, flüsterte Anna zurück, wobei sie sich bemühte, so viel Zuversicht wie möglich in ihre Stimme zu legen. »Dein Vater ist ein angesehener Bürger. Keine Angst, es wird ihm nichts passieren.«

»Und wenn er wirklich das Gesetz gebrochen hat? Muss er dann nicht ins Gefängnis? Und William desgleichen? Was soll bloß aus uns werden?«, stieß Lizzie unter Tränen hervor.

»Ganz ruhig, Süße.« Anna legte ihrer Cousine den Arm um die Schultern. »Es kommen wieder bessere Zeiten.«

Ihr Vater hatte das immer gesagt, wenn sie verzweifelt wegen der Krankheit ihrer Mutter gewesen war. Ja, die Zeit heilte alle Wunden, und trotzdem blieben Narben zurück.

In dieser Nacht fand Anna kaum Schlaf. Innerhalb von ein paar Sekunden hatte sich ihre Welt unwiderruflich verändert. Ausgerechnet jetzt, da sie sich allmählich heimisch in der Stadt zu fühlen begann und sich auf die gesellschaftlichen Zerstreuungen freute, die im September anstanden, wenn die wohlhabenden Londoner aus der Sommerfrische zurückkehrten. Mit einem Mal schien die Zukunft alle Beständigkeit und Sicherheit eingebüßt zu haben, erschien von einem Tag auf den anderen völlig unberechenbar.

Es kam ihr vor, als würde sie auf Treibsand stehen.

Am nächsten Morgen verkündete der Onkel beim Frühstück, Sarah habe Migräne und werde mindestens bis Mittag in ihrem Zimmer bleiben, er selbst und William hätten wichtige Besprechungen und seien den ganzen Tag unterwegs.

Als die beiden Mädchen allein waren, erkundigte Anna sich, ob die Cousine nach den Aufregungen einigermaßen schlafen konnte.

Betrübt schüttelte Lizzie den Kopf. »Wenig, denn ich habe geträumt, Papa sitze im Gefängnis.«

»So weit wird es bestimmt nicht kommen«, beruhigte Anna sie. »Bestimmt unternehmen dein Vater und William bereits etwas, um die leidige Angelegenheit aus der Welt zu schaffen.«

Während Lizzie sich nach beendetem Frühstück zu ihrem Unterricht begab, nahm Anna sich Henris Brief vor und grübelte, wie sie antworten sollte.

Es war ein Dilemma. Ignorieren mochte sie die Bitte des jungen Mannes nicht, dazu war sie viel zu neugierig – andererseits musste sie aufpassen, nichts zu tun, was ihre Tante grundlegend missbilligen würde. Wobei es nicht viel brauchte, um Sarahs Ärger zu erregen. Wie auch immer, dieser französische Webergeselle hatte etwas Faszinierendes mit seiner unbestreitbaren körperlichen Ausstrahlung, seiner netten, höflichen Art. Und wenngleich er nach Sarahs Maßstäben unter ihrem Niveau war, fühlte sie sich magisch zu ihm hingezogen.

Zurück in ihrem Zimmer, riss sie ein Blatt aus ihrem Skizzenblock und setzte ein Schreiben auf:

Lieber Monsieur Vendôme,
danke für Ihren Brief. Ich bin am Sonntag in der
Christ Church und kann nach dem Gottesdienst viel-
leicht mit Ihnen sprechen – sofern meine Tante mich
nicht begleitet. Ich hoffe auf Ihr Verständnis.
Ihre
Anna Butterfield

Sie rollte das Blatt zusammen und befestigte ein Bändchen darum. Blieb das Problem, wie sie ihm ihre Antwort über-bringen sollte. Fieberhaft dachte sie über eine glaubhafte Ausrede nach, um das Haus verlassen zu können. Sie ging nach unten zu Lizzie, die noch auf ihre Hauslehrerin war-tete, und erklärte ihr, sie werde Betty zum Markt begleiten, um neue Blumen als Vorlage fürs Zeichnen auszusuchen.

»Solltest du nicht lieber erst Mama fragen?«

»Soll ich sie etwa wegen so einer Bagatelle stören, wo sie sich nicht wohlfühlt? Falls sie nach mir fragt, sag ihr, dass ich auf meinem Zimmer bin und lese.« Sie bedach-te die Jüngere mit einem Blick, der keinen Widerspruch duldete, und fügte salopp hinzu: »Man muss ja nicht un-nötig die Pferde scheu machen.«

Sodann lief sie nach unten, um Betty in ihren Plan ein-zuweihen, und verkleidete sich anschließend oben in ih-rem Zimmer als »Hausmädchen«.

Vor der Markthalle schärfte sie Betty zudem vorsorg-lich ein, sich bei ihren Einkäufen so viel Zeit wie mög-lich zu nehmen und am Stand mit den warmen Pasteten auf sie zu warten. Sie sei zurück, sobald die Turmuhr der Christ Church zwölf schlage, versprach sie und mach-te sich auf den Weg. Da sie die Wood Street nicht kann-te, musste sie sich an die grobe Beschreibung halten, die Henri ihr bei ihrer sonntäglichen Begegnung vor der Christ Church gegeben hatte.

Als sie die Church Street hinaufeilte, vorbei an der Kirche, drang aus den offenen Dachfenstern das Klappern unzähliger Webstühle zu ihr herunter – zumindest schien die Richtung zu stimmen. Bald darauf erreichte sie eine breite Straße, die Brick Lane, auf der ein unglaubliches Gewimmel herrschte. Kutschen und Fuhrwerke ratterten vorbei an Läden, Kneipen und Gasthäusern, Bettler hielten die Hände auf, und ein Heer von Straßenhändlern bot lauthals seine Waren feil: *Aale, Lachs, Weißlinge – alles frisch gefangen,* oder: *Hüte und Mützen! Kauf, Verkauf und Tausch!*

Anna huschte durch das Gedränge, sah dabei niemandem in die Augen, ganz wie Lizzie es ihr eingeschärft hatte, und wunderte sich selbst, dass sie sich innerhalb weniger Wochen so gut an das Großstadtleben angepasst hatte – an die verstopften Straßen, das allgegenwärtige Gedrängel, den Gestank von Pferdedung, vergammeltem Fleisch und fauligem Fisch, der sich mit dem Geruch von Tabak und offenem Feuer vermischte. Und dabei begann nicht mehr als eine Meile entfernt das offene Land mit Wiesen, Feldern und Wäldern. Unglaublich. Wenn sie weiterlief, würde sie garantiert einen Ort finden, der sie an zu Hause erinnerte, und Grün in allen Schattierungen, das sie das trostlose Braun und Grau der Stadt im Nu vergessen lassen würde.

Mit Glück erreichte sie nach einigen Umwegen ihr Ziel. Was sie in London faszinierte, war die Tatsache, dass die Häuser hier Nummern hatten. In ihrem Dorf trugen sie Namen, die etwas über ihre Lage oder ihre Bewohner verrieten: Five Bar Cottage, Butcher's House, High

Elms Lodge, Little Barley Farm. Unter einer Nummer zu wohnen erschien ihr schrecklich anonym und langweilig.

Jetzt hingegen begriff sie, wie nützlich Nummern waren, zumal wenn alle Häuser gleich aussahen wie in der Wood Street. Hier reihten sich lauter hohe, schmale Häuser in Ziegelbauweise aneinander, alle mit einem Kellerfenster knapp über dem Gehsteig, drei Stockwerken und Mansardenfenstern unterm Dach.

Das Haus Nummer siebenunddreißig machte einen durchaus gepflegten Eindruck, obwohl es ein wenig karg und schmucklos wirkte. Es gab keine Singvögel in den Fenstern, keine Blumentöpfe auf der Treppe, keinen Zierrat auf den Fensterbänken.

Verstohlen sah Anna sich um, bevor sie die Treppenstufen hinaufstieg, um ihren Brief unter der Haustür durchschieben. In diesem Moment wurde diese geöffnet, und vor ihr stand ein älterer Mann mit grauem Haar und roter Samtmütze.

»*Bonjour, Mademoiselle. Je peux vous aider?*«

Verlegen zuckte sie die Schulter, da sie kein Wort verstand, und versuchte es auf gut Glück mit Englisch.

»Oh, ich wollte schnell diesen Brief abgeben, Sir«, stammelte sie. »Für Monsieur Vendôme.«

Ein Ausdruck leiser Belustigung erschien auf den Zügen ihres Gegenübers, und die Fältchen in seinen Augenwinkeln kräuselten sich, als wüsste er genau, wer sie war und worum es in ihrem Brief ging.

»Möchten Sie mit ihm persönlich sprechen?«

»Nein, nein«, erwiderte sie hastig. »Ich will ihn nicht bei der Arbeit stören.«

»Darf ich ihm denn wenigstens ausrichten, wer den Brief für ihn abgegeben hat?«

»Ich heiße Anna. Anna Butterfield.«

»Was für ein schöner Name«, sagte er. »Ich werde ihm Ihren Brief eigenhändig übergeben, Mam'selle Butterfield.«

Ermutigt von diesem Erfolg, plante Anna ihren nächsten Schritt mit äußerster Sorgfalt und Akribie. Nach dem Mittagessen leitete sie Lizzie fast vier Stunden lang an, das Arrangement wilder Blumen zu malen, die Betty auf dem Markt gekauft hatte. Aber ihre Schülerin zeigte wenig Geduld und gleichermaßen wenig Geschick, die Details zu erfassen, sodass Anna mehr oder weniger alles zeichnete und Lizzie es lediglich mit Wasserfarben kolorierte

Zumindest Sarah, die bis dahin leidend im Bett gelegen hatte, war begeistert und sah darin einen Beweis für Lizzies künstlerisches Talent.

»Wie begabt du bist, meine liebe Tochter.« Sie hielt das Bild auf Armeslänge von sich. »Sobald du mehr solcher Bilder gemalt hast, organisieren wir eine kleine Ausstellung. Und wenn es so weit ist, lassen wir dir ein schönes neues Kleid anfertigen – na, was hältst du davon?«

Lizzie klatschte vor Freude in die Hände, während ihre Mutter energisch die Beine aus dem Bett schwang.

»Das hübsche Bild hat mich so aufgemuntert, dass ich mich gleich viel besser fühle.«

Da Anna die Tante in dem Glauben gelassen hatte, ihre Tochter allein zeichne für dieses kleine Kunstwerk verantwortlich, war Lizzie ihr aufrichtig dankbar – so dankbar, dass Anna es wagen konnte, ihre Cousine ins Vertrauen zu ziehen, ihr von dem Brief zu berichten und ihr unter dem Siegel der Verschwiegenheit anzuvertrauen, dass der junge Franzose sie um ein Treffen gebeten und sie sich bereit erklärt habe, ihn nach dem Kirchgang zu sehen ... Schließlich köderte sie Lizzie noch mit dem Versprechen, ihr weiterhin Mal- und Zeichenstunden zu geben unter der Bedingung, dass sie sie am kommenden Sonntag zum Gottesdienst begleite und Stillschweigen bewahre.

Murrend willigte die Cousine ein – eine große Wahl blieb ihr nicht, wenn sie das in Aussicht gestellte neue Kleid als Lohn für weitere künstlerische Anstrengungen nicht gefährden wollte.

In der Nacht, die auf diesen aufregenden Tag folgte, bekam Anna erneut kaum ein Auge zu, denn urplötzlich wurde sie von lauten Schreien aus dem ersten Schlummer gerissen, die von der Straße heraufdrangen, gefolgt von einem heftigen Knall und dem Splittern von Glas. Im Schlafzimmer unter ihr schrie kurz darauf ihre Tante auf, zudem hörte sie die lauten Stimmen von Joseph und William auf der Treppe nach unten.

Neugierig blickte Anna aus dem Fenster hinaus ins Dunkel und erhaschte einen Blick auf ein paar schattenhafte Gestalten, die gerade um eine Ecke verschwanden. Mit zitternden Händen zündete sie ihre Kerze an, schlang ein Tuch um ihre Schultern und eilte nach unten, wo Sarah und Lizzie leichenblass und sichtlich verängstigt über das Geländer spähten.

»Holt den Nachtwächter!«, rief die Tante. »Aber Vorsicht, die Kerle könnten bewaffnet sein!« Und kurz darauf: »Um Himmels willen, geht nicht auf die Straße!« Dann schlug sie die Hände vors Gesicht und jammerte: »O Gott, was soll nur aus uns werden?«

Gemeinsam gingen sie in den Salon und zündeten so

viele Kerzen wie möglich an, um die Schatten zu vertreiben, die sie in allen Winkeln des Hauses lauern sahen,
warteten in angespanntem Schweigen und lauschten,
was unten im Erdgeschoss vor sich ging.

Schließlich hörten sie die ruhige Stimme des Nacht-
wächters an der Haustür: »Keine Sorge, Sir. Die Schurken
haben wir im Nu gefasst. Bleiben Sie im Haus und verschließen Sie alle Türen und Fenster. Ich komme wieder,
sobald es Neues gibt.«

Als Joseph kurz darauf nach oben kam, steckte er etwas in seine Tasche.

»Kein Grund zur Beunruhigung, meine Lieben. Gott
sei Dank ist lediglich das Oberlicht über der Haustür zu
Bruch gegangen. William vernagelt es gleich, damit ihr
unbesorgt schlafen könnt.«

»Hat das etwas mit der französischen Seide zu tun,
Papa?«, meldete sich Lizzie zu Wort, woraufhin Sarah
und Joseph einen fragenden Blick wechselten.

»Ich weiß nicht, was genau du damit meinst, Kind –
solltest du das zufällig irgendwo aufgeschnappt haben,
vergiss es wieder, denn es ist nichts als eine unverschäm-
te Lüge«, stieß ihr Vater zornesrot hervor. »Ich will so etwas nie wieder aus deinem Mund hören, hast du mich
verstanden? Das waren hirnlose Randalierer, die uns das
Fenster eingeworfen haben.«

Hatte Anna sich bislang immer ein wenig vor dem Onkel gefürchtet, vor seiner brüsken Art, seiner lauten Stimme, bemerkte sie in diesem Moment zum ersten Mal, dass
er dennoch verletzlich war. Wie würde sich das Gerücht
auf seine Geschäfte auswirken? Und wie auf seine Familie, nicht zuletzt auf sie selbst?

Joseph holte tief Luft und straffte die Schultern.

»Es gibt rein gar nichts zu befürchten, und ich schlage vor, dass ihr jetzt wieder ins Bett geht und euch eurem Schönheitsschlaf widmet. William und ich halten hier die Stellung, der Nachtwächter kommt sicher noch einmal vorbei.«

Nach einer unruhigen Nacht war Anna am nächsten Morgen früh auf und kam als Erste zum Frühstück hinunter. Eier und Brot standen schon auf dem Tisch, der Rest fehlte noch. Sie wollte sich gerade setzen, als ihr Blick auf den Kaminsims fiel und sie ein zusammengefaltetes Papier bemerkte, das hinter einem der Kerzenhalter steckte. Vorsichtig trat sie näher, griff nach dem Blatt und entfaltete es. Die in Großbuchstaben geschriebenen Worte jagten ihr einen kalten Schauer über den Rücken:

DAS HAST DU DAVON, SADLER. BEIM NÄCHSTEN MAL BRENNT DEIN HAUS, WENN DU WEITER ILLEGALE SEIDE VERKAUFST.

Kapitel 10

Bei der Wahl seiner Freunde kann man gar nicht vorsichtig genug sein. Niemand sollte in seiner Zuneigung zu einem anderen so weit gehen, dass er ihm auf Gedeih und Verderb ausliefert ist. Es ist überaus gefährlich, sein eigenes Glück in die Hand eines anderen zu legen. Einem anderen einen Wunsch nicht abschlagen zu können führt geradewegs in die Katastrophe.

**Handbuch für Lehrjungen und Gesellen
oder Wie man zu Ansehen und Reichtum gelangt**

Endlich fand die Hitzewelle ein Ende. Schwere grauviolette Wolken zogen von Westen heran und schoben sich zum ersten Mal seit Wochen vor die gnadenlos sengende Sonne. Kurz darauf konnte Henri das Grollen des Donners hören, zuerst noch in weiter Ferne, dann immer deutlicher, bis er unmittelbar über ihm zu sein schien. Und schließlich kam der Regen, prasselte so heftig auf das Schieferdach ein, dass er und Benjamin laut schreien mussten, um einander verstehen zu können.

Der Himmel verdunkelte sich, wurde tiefgrau wie in der Abenddämmerung, sodass die feinen Seidenfäden kaum auszumachen waren. Wann immer ein Blitz am Himmel zuckte, stieß der Simpeljunge ein schrilles Kreischen aus und konnte sich nicht mehr auf die richtige

Reihenfolge der Litzen konzentrieren. Henri erkannte, dass sie die Arbeit besser unterbrachen, bis das Gewitter vorbeigezogen war. Gemeinsam mit Benjamin brachte er den Jungen nach unten in die Küche, wo das Tosen des Unwetters nicht ganz so deutlich zu hören war. Und während die Köchin ihm einen Becher warme Milch zubereitete, um seine Nerven zu beruhigen, nutzte Henri die Gelegenheit, in seine Kammer zu schlüpfen und Annas Brief ein weiteres Mal aus seinem Versteck unter der Matratze zu ziehen.

Auf Monsieur Lavalles Frage, ob das Schreiben denn die erbetene Erlaubnis enthalte, hatte Henri leider zugeben müssen, dass dem nicht so sei.

»Ich hoffe aber, dass ich am Sonntag nach der Messe in der Christ Church mit ihr sprechen kann«, hatte er hinzugefügt und insgeheim die Röte verflucht, die ihm in die Wangen stieg.

»Verstehe«, gab der weltkluge Mann mit einem wissenden Lächeln zurück. »Sie scheint eine reizende junge Dame mit geradezu bemerkenswerten künstlerischen Fähigkeiten zu sein.« Seine Miene wurde ernst. »Ich kann hoffentlich darauf vertrauen, dass du dieses Gespräch auf rein geschäftsmäßiger Basis führst, Henri? Sie mag sich wie ein Dienstmädchen kleiden, ihr Akzent und ihr Gebaren hingegen lassen darauf schließen, dass sie keine von uns ist.«

»Ich versichere Ihnen, dass es sich um eine rein geschäftliche Vereinbarung handelt«, erwiderte Henri, hatte jedoch Mühe, sich selbst von der Wahrhaftigkeit seiner Worte zu überzeugen.

Zum wiederholten Mal fragte er sich, was dieses Mädchen an sich hatte, was sie von anderen unterschied. Zum

Teufel, normalerweise machte er sich keinen Kopf, wie er mit einer jungen Dame umgehen sollte. Warum also in diesem Fall? Er vermochte sich absolut keinen Reim darauf zu machen. Höchstens vielleicht weil sie anders war. Jedenfalls ließ die Aussicht, sie wiederzusehen und ihre Stimme zu hören, sein Herz schneller schlagen. Und bei der Vorstellung, dass sie ihm vielleicht die Erlaubnis erteilte, ihre Skizze als Vorlage für sein Meisterstück zu benutzen, drohte es ihm gar aus der Brust zu springen.

Gerade wollte er an die Arbeit zurückkehren, da das Gewitter vorüber zu sein schien, als die Köchin nach ihm rief.

»Henri, Monsieur will dich sprechen.«

Als er die Kellertreppe hinaufstieg, sah er seinen Meister an der geöffneten Haustür stehen und seinen Freund Guy davor.

»Komm rein, du bist ja ganz nass«, hörte er Lavalle sagen. »Was um aller Welt hat dich bei dem Wetter nach draußen getrieben? Du siehst ja wie eine ertrunkene Ratte aus. Henri, wo steckst du denn?« Er drehte sich um. »Oh, da bist du ja. Bring den armen Kerl nach unten und sieh zu, dass er sich abtrocknet.«

Das ohnehin stets bleiche Gesicht seines Freundes war grau, die Haut um seine Augen violett, als hätte er seit Tagen nicht geschlafen.

»Was zum Teufel ist mit dir los?«, erkundigte sich Henri, dem Böses schwante, und führte ihn in die Küche. »Zieh erst mal dein Hemd aus und trockne dich ab.« Er reichte Guy ein altes Handtuch, während die Köchin, sichtlich verdrossen über die neuerliche Störung, mit einem märtyrerhaften Seufzer Milch in einen Becher goss und ihn dem zitternden Guy reichte.

»Also?«

»Ich kann hier nicht reden«, flüsterte der Freund. »Können wir irgendwo hingehen, wo uns keiner hört?«

Daraufhin suchte Henri Monsieur Lavalle auf und bat ihn, die Stube benutzen zu dürfen.

»Eine Viertelstunde, keine Minute länger«, entschied der Meister. »Und sag diesem Burschen, er soll dich künftig erst nach Feierabend aufsuchen.«

»Das werde ich, und ich bedaure die Störung außerordentlich – allerdings befürchte ich, dass es tatsächlich wichtig ist.«

»Nun gut. Sag wenigstens den beiden anderen, dass sie wieder an die Arbeit gehen sollen.«

Henri nickte und kehrte in die Küche zurück, um Guy abzuholen und mit ihm nach oben zu gehen.

»*Bon Dieu,* du siehst ja zum Fürchten aus«, sagte er, dort angekommen. »Also, was ist passiert?«

»Ich stecke in der Klemme und brauche deine Hilfe.« Er stockte und sah Henri mit jämmerlicher Miene an. »Gestern Abend habe ich mit meinen Freunden im Dolphin ein paar Glas Ale getrunken.«

»Und?« Diesen einleitenden Satz gab Guy besorgniserregend häufig von sich.

»Irgendwann kamen die Leute auf die *Soie-de-Lyon*-Liste zu sprechen. Sie sind wütend, weil offenbar keiner etwas gegen die Tuchhändler unternimmt, die uns unsere Arbeit wegnehmen. Ich habe sie nochmals daran erinnert, dass Monsieur Lavalle versprochen hat, für uns einzustehen und dafür zu sorgen, dass die Angelegenheit bei den richtigen Leuten zur Sprache kommt. Unglücklicherweise haben sie sich mit jeder Runde weiter in ihre Wut hineingesteigert. Sie hätten es satt, ewig darauf zu warten, dass die verdammte Gilde endlich was unternimmt, während sie ohne Arbeit dastünden und so weiter. Deshalb würden sie den Dreckskerlen zeigen, dass es ihnen ernst ist. Ich habe daraufhin vorgeschlagen, jeden Händler auf der Liste einzeln anzuschreiben, damit sie begreifen, dass wir Bescheid wissen. Irgendeiner kam dann mit einem Bogen Papier, einer Feder und einem Tintenfass und fing an zu schreiben.« Guy hielt inne. »Inzwischen waren die meisten völlig betrunken und wollten die Briefe unbedingt noch am selben Abend persönlich abgeben. Ich schwöre, es war, als würde man neben einem Dampfkessel stehen und darauf warten, dass er in die Luft fliegt.«

»Und was ist weiter passiert?«, fragte Henri, dem bereits vor der Antwort graute.

»Sie sind losgestürmt und laut johlend von Haus zu Haus gezogen, haben Fensterläden aufgestemmt, die Briefe um Steine gewickelt und sie in die Zimmer geworfen. Vor einem Haus haben sie sogar ein vertrocknetes Grasbündel angezündet und in eine zerbrochene Fensterscheibe gestopft. Sie waren wie von Sinnen.« Wieder begann Guy zu zittern. »Ich hatte solche Angst, dass wir erwischt werden.«

»Mal ganz davon abgesehen, dass ihr leicht jemanden hättet töten oder eine ganze Familie dem Feuertod hättet aussetzen können. Wart ihr auch bei Sadlers Haus?«

Mit angehaltenem Atem wartete Henri auf Guys Antwort.

»Ja, bei ihm haben sie aber bloß einen Stein mit so einem Schrieb durchs Oberlicht geworfen, mehr nicht.«

»Du lieber Himmel. Wieso musstest du dich da hineinziehen lassen? Wieso bist du mit ihnen losgezogen?«

»Ich dachte, ich könnte sie bremsen – und hab's wirklich

versucht, ehrlich, doch sie wollten einfach nicht auf mich hören.« Guy kaute an einem Fingernagel herum. »Und dann kam plötzlich der Nachtwächter um die Ecke.«

»Hat er euch gesehen?«

»Ich weiß es nicht, könnte sein. Heute Morgen waren nämlich Wachtmeister bei mir, als ich gerade eine Lieferung zugestellt habe. Meine Vermieterin hat ihnen erzählt, ich sei in einer halben Stunde zurück – vorsichtshalber habe ich mich verdrückt.«

»*Bon sang de bon Dieu.*« Henri schüttelte den Kopf. Guy steckte mächtig in der Klemme, so viel stand fest.

»Ich weiß ja, dass es schlimm ist. Wenn sie mich verhaften, finde ich nirgendwo mehr Arbeit. Nie wieder. Von allem anderen mal abgesehen.«

»Wäre es nicht das Klügste, ein Geständnis abzulegen?«, gab Henri zu bedenken. »Ihnen zu sagen, dass du versucht hast, sie aufzuhalten, so wie du es mir gerade erzählt hast?«

»Pfff, glaubst du ernstlich, sie würden mir glauben?«

Henri konnte Guys Angst in seinem schalen Atem förmlich riechen, als dieser sich zu ihm vorbeugte.

»Ich bin hergekommen, um dich als meinen ältesten und besten Freund um einen Gefallen zu bitten.« Er hielt inne und suchte nach den richtigen Worten. »Das Einzige, was mich retten kann, ist ein Alibi. Ich brauche jemanden, der bestätigt, dass ich gestern Abend mit ihm zusammen war.«

Henri spürte, wie sämtliches Blut aus seinem Gesicht wich. »Du bittest mich, für dich zu lügen? Vor den Gesetzeshütern?«

»Einen anderen Ausweg gibt es für mich nicht.«

»Guy, sei vernünftig. Selbst wenn ich es tun würde,

könnten die anderen jederzeit schwören, dass du bei ihnen warst … Von all den Leuten, die euch heute Nacht auf der Straße gesehen haben, ganz abgesehen. In diesem Fall stünde mein Wort gegen das von mindestens einem ganzen Dutzend anderer.«

Urplötzlich befiel Henri eine entsetzliche Angst – um sich selbst, um seine Mutter, um Monsieur Lavalle, um Mariette und all die anderen, die er in diesen Schlamassel hineinziehen könnte.

»Bitte. Tu mir diesen Gefallen. Bloß dieses eine Mal.«

Die Stille hing zwischen ihnen, unheilvoll, schwer, voller Misstrauen. Henri trat ans Fenster und blickte auf die regennasse Straße hinaus. Drehte seinem besten Freund den Rücken zu, um die Verzweiflung in seiner Miene nicht sehen zu müssen. Anders würde er nicht den Mut aufbringen, die Worte auszusprechen, die gesagt werden mussten.

»Du bist mein bester Freund. Sollten die Wachtmeister mich um ein Leumundszeugnis bitten, werde ich mich für deinen tadellosen Charakter und deine lauteren Absichten verbürgen, das kann ich dir versprechen – und ich werde ihnen ebenfalls sagen, dass du versucht hast, die Gewaltausbrüche zu verhindern. Doch ich kann nicht für dich lügen.«

Er hörte das Scharren der Stuhlbeine, als Guy abrupt aufsprang und an ihm vorbeistürmte.

»Vielen Dank für deine Hilfe, mein *Freund*. Komm lieber nicht zu mir, falls du eines Tages ebenfalls in Schwierigkeiten stecken solltest«, fügte er bitter und hasserfüllt hinzu.

Die Tür fiel so laut ins Schloss, dass Monsieur Lavalle aus seinem Büro trat.

»Was war denn los?«

»Er ist ein Idiot, mehr nicht«, erwiderte Henri bedrückt.

»Geht es schon wieder um diese Liste?«

»Mehr kann ich Ihnen nicht dazu sagen, Sir.«

»Wenngleich es dir schwerfallen mag, musst du Guy erklären, dass er nicht mehr herkommen kann. Er tut mir aufrichtig leid, aber nachdem er unsere Warnungen in den Wind geschlagen hat, kann ich ihn nicht länger unterstützen. Wir haben es hier mit einer sehr gefährlichen Angelegenheit zu tun, und keiner von uns sollte es riskieren, damit in Verbindung gebracht zu werden.«

»Ja, Sir«, gab Henri zurück. »Das verstehe ich.«

Ein Blick in das Gesicht seines Gesellen sagte dem Meister, wie es in ihm aussah. Die bleichen Wangen und die Schweißperlen auf seiner Stirn sprachen Bände – und der kluge Mann vermutete, dass Henri sich, so schwer es ihm gefallen sein mochte, von den Aktivitäten seines besten Freundes distanziert hatte. Sicher würde er es ihm erzählen, sobald er sich etwas beruhigt hatte.

Die nächsten Tage waren ein Horror. Wann immer es an der Tür klopfte, fuhr Henri vor Schreck zusammen und rechnete mit dem Auftauchen der Wachmänner. Zum Glück passierte nichts. Allerdings erschien Guy am Sonntag nicht zum Gottesdienst, was er als ausgesprochen schlechtes Zeichen wertete. Immer wieder fragte Henri sich während der Predigt, wo sein Freund wohl abgeblieben war. Hatte er sich irgendwo verkrochen wie ein verwundetes Tier? Versteckte er sich im Haus eines Kumpels, oder hatte er gar auf dem Land Zuflucht gesucht? Möglicherweise wäre das sogar das Beste, zumindest für den Augenblick. So gern er Guy mochte – seinen politischen Aktionismus und seinen Zorn auf die ganze Welt konnte und wollte er nicht teilen.

Am Vorabend hatte er wie meist an den Wochenenden seine Mutter zum Essen besucht und endlich den Mut aufgebracht, seine Befürchtungen in Worte zu fassen. Abgesehen von Monsieur Lavalle war Clothilde der einzige Mensch, dem er wirklich vertraute, und sie hatte ihm ohne Umschweife versichert, dass er richtig gehandelt habe.

»La vérité finit toujours par éclater«, hatte sie gesagt. *»Et vous éclate au visage.«* Am Ende kommt die Wahrheit immer ans Licht, deshalb ist es klüger, nicht mit ihr hinterm Berg zu halten.

Nicht allein daran dachte er während der Predigt in der französischen Kirche – nein, seine Gedanken eilten desgleichen voraus zu seinem geplanten Treffen mit Anna.

Um sie nur ja nicht zu verpassen, stahl er sich noch vor dem Abschlussgebet aus dem Gotteshaus und rannte zur Christ Church, um dort in die Schatten der Treppe zur Orgelempore zu schlüpfen. Bevor er sich Anna zeigte, wollte er sichergehen, dass sie allein oder höchstens in Begleitung ihrer Cousine erschienen war. Die Sorge um Guy hatte in den vergangenen Tagen alles andere in den Hintergrund gedrängt, jetzt hingegen waren sie wieder da, die Schmetterlinge in seinem Bauch, und vollführten einen wilden Tanz.

Vergeblich versuchte er sich auszumalen, was sie wohl sagen würde. Wer wusste schon, was in den Köpfen junger Damen vorging, ganz zu schweigen von denen junger Engländerinnen? Ob sie wohl verärgert wäre, wenn er ihr gestand, dass er ihre Skizze der Blumenfrau abgekauft hatte? Oder würde sie sich geschmeichelt fühlen? Inzwischen hatte er sich so sehr auf dieses Muster versteift, dass er nicht wusste, was er tun sollte, falls sie nicht erschien oder, schlimmer noch, ihm seine Bitte abschlug. Irgendwie hatte er das Gefühl, das könnte das Aus für seine Meisterträume sein.

Als die ersten Gottesdienstbesucher die Kirche verließen, wurde seine Furcht, sie könnte womöglich nicht gekommen sein, übermächtig. Dann entdeckte er sie plötzlich in Begleitung ihrer Cousine, die er bereits bei einer anderen Gelegenheit gesehen hatte. Von Mr. oder Mrs. Sadler weit und breit zum Glück keine Spur. Ebenso wenig wie von diesem arroganten Ekel William, wofür er besonders dankbar war, denn dessen Schläge waren ihm nach wie vor lebhaft in Erinnerung.

»Monsieur Vendôme, wie geht es Ihnen?«, hörte er ihre melodische Stimme.

Der Anblick ihrer ausgestreckten Hand verblüffte ihn derart, dass er sie erst nach kurzem Zögern ergriff. Ihre Finger berührten sich, flüchtig und ungelenk für eine kurze Sekunde.

»Miss Butterfield.« Er spürte, wie ihm die Hitze ins Gesicht stieg. »Bitte sagen Sie Henri zu mir.«

»Gerne, wenn Sie mich Anna nennen.« Da war er wieder, dieser offene Blick, der ihn so faszinierte. »Und das ist meine Cousine Elizabeth Sadler. Lizzie, darf ich dir Henri Vendôme vorstellen, den Weber, von dem ich dir erzählt habe.«

Die Cousine war von diesem Treffen sichtlich nicht begeistert, erkannte er. Sie rang sich gerade mal ein Nicken ab, die Hand reichte sie einem wie ihm – Gott behüte – nicht.

185

Diese demonstrative Ablehnung erschwerte sein Vorhaben, denn eine unbehagliche Stille breitete sich aus. Weil er nicht wusste, wie er beginnen sollte, zog er das sorgsam zusammengefaltete Blatt Papier mit der Skizze aus seiner Jackentasche und hielt es Anna mit zitternden Fingern hin.

»Das ist ja meine Zeichnung«, rief sie verwundert aus. »Ich habe sie auf dem Markt angefertigt und der Blumenfrau hingelegt. Wie kommen Sie in ihren Besitz?«

Verlegen zuckte er die Schultern. »Ich habe sie der Händlerin abgekauft«, antwortete er und vermied es, ihr in die Augen zu sehen. »Für ein hübsches Sümmchen. Wissen Sie, ich hatte Sie von der Galerie aus beim Zeichnen beobachtet und …« Erneut fehlten ihm die Worte, als er daran zurückdachte, wie sie sich über den Skizzenblock gebeugt und er wie gebannt die Entstehung der eleganten und naturgetreuen Formen verfolgt hatte.

Endlich überwand er sich, den Blick zu heben, und stellte voller Erleichterung fest, dass ihre Miene keine Anzeichen von Verärgerung, sondern lediglich von aufrichtiger Verblüffung verriet.

»Natürlich fühle ich mich geschmeichelt«, sagte sie. »Trotzdem würde ich gerne wissen, was Sie an diesen stümperhaften Zeichnungen finden?«

»Sie wissen doch, dass ich Weber bin.«

Sie nickte.

»Um meinen Meistertitel zu erlangen, muss ich ein sogenanntes Meisterstück vorlegen. Wenn die Zunft es für gut befindet, darf ich mich Webermeister nennen und meine eigene Webstube eröffnen.«

»Ich verstehe. Und was haben meine Skizzen damit zu tun?«

»Das ist nicht so einfach zu erklären«, wand er sich mit einem Seitenblick auf Lizzie. »Und uns bleiben gerade mal ein paar Minuten.«

Hinter ihnen löschten die Messdiener die Altarkerzen, falteten die für die Eucharistie verwendeten Leinentücher zusammen, sammelten die Gesangbücher ein und erledigten die letzten Aufräumarbeiten. Lizzie schickte sich gerade an, zur Orgelempore hochzusteigen.

»Darf sie das?« Anna legte ihre Hand auf seinen Jackenärmel – und obwohl es bloß für den Bruchteil einer Sekunde war, spürte er sofort ein leises Prickeln auf seiner Haut.

»*Mais oui.* Solange sie nicht die Bälge bedient, bleibt die Orgel stumm.«

»Bitte sei vorsichtig«, rief Anna ihr zu.

»Das werde ich«, versprach Lizzie.

Dann waren sie allein. Henri, unversehens mutig geworden, führte Anna zu einer der Bänke an der Längsseite, wo durch die hohen Bogenfenster Sonnenstrahlen hereinfielen, die das Kirchenschiff mit tanzenden Lichtpunkten füllten und Anna mit einer Gloriole umgaben.

Henri musste sich gewaltsam von diesem Anblick losreißen, um ihr sein Anliegen vorzutragen, und zog einen großen Bogen Patronenpapier hervor, in dessen Karos er einen Teil von Annas Blumenskizzen zu übertragen versucht hatte. Als sie neugierig ein Stück näher rückte, spürte er verführerisch die Wärme ihres Körpers.

»So fertigen wir ein Webmuster an«, erklärte er mit belegter Stimme und strich den Bogen glatt. »Daraus ergibt sich dann, wie man den Webstuhl einstellen und die Litzen mit den Kettfäden ziehen muss, damit die Harnischschnur den Kettfaden in Musterposition bringt und das

Dessin, wie man ein durchgängiges Stoffmuster nennt, gewebt werden kann.«

In stockendem Englisch versuchte er, ihr den komplizierten Prozess in einfachen Worten zu erklären, und wo die Sprache nicht reichte, nahm er Gesten zur Hilfe. Er sah sie an und erkannte, dass sie ehrlich interessiert wirkte und seine Ausführungen einigermaßen zu verstehen schien – wohingegen er Gefahr lief, sich in ihren Zügen zu verlieren und aus dem Konzept zu geraten.

»Der Kettbaum verläuft von oben nach unten und der Faden von links nach rechts?«, fragte sie. »Und der Kettfaden steht für das Denier, und durch die Fadenführung entsteht der Farbverlauf, verstehe ich das richtig? Wenn man nun ein ganzes Stück in derselben Farbe weben will, muss man einfach dafür sorgen, dass der Faden die ganze Zeit oben bleibt?«

»Ja, wenn allerdings das Webstück zu groß wird, könnte das Gewebe …« Er presste die Handflächen zusammen und löste sie dann mit einer abrupten Bewegung voneinander.

»Es würde reißen«, ergänzte sie. »Oh, ich fürchte, ich wäre eine schreckliche Seidenweberin.«

Beim Anblick ihres lachenden Gesichts durchströmte ihn ein Glücksgefühl, wie er es noch nie erlebt hatte. Mit einem Mal schien die Zeit stillzustehen; verflogen waren die Eile und die Dringlichkeit seines Anliegens. Stattdessen spürte er, dass ihre Neugier ihn befeuerte und gleichzeitig stolz machte.

»Ich wünschte, Sie könnten einmal den Webrahmen sehen«, rief er. »Nichts vermag das Zuschauen zu ersetzen. Selbst ich lerne nach wie vor dazu, indem ich anderen Webern zusehe.«

»Ich verstehe. Aber Sie haben mir auch so schon eine Menge beigebracht«, erwiderte sie. »Ihre Idee, ein Muster nach der Natur zu weben, gefällt mir. Sehen Sie sich nur einmal die Blumen an, die ich gezeichnet habe.« Sie deutete auf die Skizze, die er nach wie vor in der Hand hielt. »Sagen wir mal, dies hier ist eine rosa Blume, doch wenn ich sie kolorieren würde, müsste ich ein Dutzend unterschiedlicher Rosa-, Orange-, Rot- und Lilatöne verwenden, vielleicht sogar Schwarz, damit sie wirklich realistisch aussähe.« Anna raffte ihre Röcke und erhob sich. »Schade, wir müssen leider nach Hause. Sonst gibt's am Ende Ärger.«

O Gott, da hatte er kostbare Zeit mit Reden vertan und das Wichtigste nicht einmal zur Sprache gebracht.

»Eine Frage muss ich Ihnen bitte noch stellen dürfen«, hielt er sie zurück. »Sie ist für mich von entscheidender Bedeutung.«

Sie standen einander gegenüber, und erneut schien seine Zunge wie verknotet zu sein, denn er stammelte wie ein Einfaltspinsel.

»Darf ich ... Also, würden Sie ... Wäre es möglich ...« Was mochte sie sich jetzt bloß denken – selbst in seinen Ohren klang das ganz falsch. Er holte tief Luft und setzte neu an. »Ich würde gern Ihre Skizze als Vorlage für mein Meisterstück benutzen. Würden Sie mir das erlauben?«

Sichtlich erleichtert lachte sie auf. »Natürlich, es würde mich riesig freuen.«

Jedes andere Mädchen hätte er in diesem Augenblick geküsst, einfach so, und es vielleicht sogar gewagt, seine Hand auf ihre Brust zu legen. Bei ihr war das undenkbar. Das Einzige, was ihm statthaft erschien, war, ihre Hand zu nehmen und sie ein kleines bisschen länger zu halten als schicklich, um die Weichheit und Wärme ihrer Haut zu fühlen.

»Danke«, sagte er.

»Keine Ursache, ich bin geschmeichelt, und es ist mir eine Ehre«, gab sie mit einem Lächeln zurück, das ihm den Atem raubte. Noch immer standen sie reglos da, gefangen in einem Zauber, in dem die Welt innezuhalten schien. »Dürfte ich das Meisterstück sehen, wenn Sie es fertiggestellt haben?«

»Ich würde Sie sehr gern in Monsieur Lavalles Haus einladen und Ihnen den Webstuhl zeigen, fürchte indes, dass sich das ein wenig schwierig gestalten könnte.«

Ein Schatten huschte über ihr Gesicht. »Womöglich haben Sie damit recht. Bitte entschuldigen Sie«, flüsterte sie und entzog ihm behutsam ihre Hand.

Henri begriff, dass er mit seiner Vermutung ins Schwarze getroffen hatte. Die Aussicht, sie vielleicht niemals wiederzusehen, bedrückte ihn zutiefst, war eine geradezu unerträgliche Vorstellung.

»Ich wünsche Ihnen alles Gute für das Gelingen Ihres Meisterstücks«, fügte sie noch hinzu, bevor sie sich von ihm entfernte und der magische Augenblick endgültig vorüber war.

Kapitel 11

Im Gespräch mit einem Gentleman sollte eine Lady niemals Fragen über berufliche Belange stellen. Ein Schriftsteller mag aus eigenem Antrieb von seiner Tätigkeit erzählen, jedoch würden Fragen Ihrerseits als äußerst unhöflich und lästig empfunden werden.

Über die Umgangsformen der feinen Dame

Die Begegnung mit Henri Vendôme hatte vielleicht gerade eine Viertelstunde gedauert. Nicht viel und dennoch eine kleine Ewigkeit. Sobald Anna alleine in ihrem Zimmer war, ließ sie jede einzelne kostbare Sekunde noch einmal bis ins kleinste Detail Revue passieren.

Einerseits war es magisch gewesen, andererseits gestand Anna sich ein, dass sie das Treffen zutiefst beunruhigt hatte. Sich mit einem wildfremden Mann aus gänzlich anderen Kreisen, sogar einem anderen Land, zu verabreden, das überschritt eindeutig die Grenzen der Schicklichkeit und wäre ihrem Ruf, so es denn herauskäme, äußerst abträglich. Das wusste sie, auch ohne dass ihre Tante sie daran erinnern musste. Sie konnte bloß hoffen, dass Lizzie dichthielt, wenngleich sie aus ihrem Herzen keine Mördergrube gemacht hatte.

»Was um alles in der Welt hast du dir dabei gedacht, vor aller Augen mit diesem Franzosenbürschchen zu reden, als wärt ihr ganz allein auf der Welt?«, schimpfte sie auf dem Heimweg.

»Er ist ein Mensch wie du und ich, Lizzie. Und er wollte meine Erlaubnis, meine Blumenskizze als Mustervorlage für sein Meisterstück zu verwenden. Ich verstehe nicht, was daran so schlimm sein soll«, erwiderte sie eine Spur zu scharf.

»Solange er sonst nichts von dir will«, gab die Cousine schnippisch zurück.

Im Moment indes war Anna deren Meinung herzlich egal. Zu sehr schwelgte sie in Erinnerungen an jene verzauberten Minuten in der Kirche, die für sie eine Offenbarung gewesen waren. Ganz unbeschwert hatte sie sich in seiner Gegenwart gefühlt, und mit ihm zu sprechen war so befreiend gewesen wie ein tiefer Atemzug an der frischen Luft – vor allen Dingen nach den steifen, gezwungenen Konversationen mit ihrem Onkel und ihrer Tante, die niemals freimütig sagten, was sie dachten, fühlten und wollten. Mit Henri hingegen war alles so leicht und unkompliziert, als würden sie einander seit Jahren kennen.

Trotzdem wusste sie ihre Empfindungen bislang nicht recht einzuordnen – dieses seltsame Beben in ihrer Brust, wenn sie in seine dunklen Augen sah, die Selbstverständlichkeit, mit der sich ihre Hand in die seine geschmiegt hatte. Es war gewesen, als würden sich zwei Hälften zu einem Ganzen vereinen. Erhebend, unwiderstehlich.

Für den Rest des Tages war sie damit beschäftigt, ihre Gedanken und ihre Gefühle zu analysieren, und noch abends im Bett beschäftigte es sie, welch unerwarteten Verlauf die Ereignisse genommen hatten. Und dass Henri allen Ernstes ihre flüchtig hingeworfene Skizze als Grundlage für ein Stoffmuster gewählt hatte, schmeichelte ihr mehr, als sie zugeben mochte. Da war sie ganz die Pfarrerstochter, die man vor zu viel Stolz gewarnt hatte. Gleichzeitig bedauerte sie, nicht mehr von der Technik des Webens zu verstehen. Nur dann könnte sie wirklich nachvollziehen, wie sich ihre Blumenskizze schließlich als elegantes Muster in einem kostbaren Seidenstoff wiederfand. Ihr kam es vor, als hätte sich für einen kurzen Moment eine Tür geöffnet und ihr einen Blick in eine neue Welt voller kreativer Ideen gewährt, an der sie gerne teilhaben würde.

Unruhig wälzte sie sich im Bett hin und her, während sich ihre Gedanken überschlugen. Und dann kam es ihr plötzlich mit einer Klarheit, die sie zwang, sich mit weit aufgerissenen Augen aufzusetzen. Ihr waren die schweren, ledergebundenen Bücher eingefallen, die sich dutzendweise in den Regalen des Verkaufsraums stapelten und die der Onkel ihr am Tag ihrer Ankunft kurz gezeigt hatte. Alle waren voll mit Skizzen und Stoffproben. Hier in diesem Haus, drei Stockwerke unter ihr, lagen Aberhunderte Seiden, anhand derer sie lernen könnte, welche Muster sich am besten bei der Seidenherstellung verarbeiten ließen.

Sie überlegte kurz, Joseph oder William zu bitten, sich mit den Musterbüchern beschäftigen zu dürfen, doch beide würden ihr Anliegen kaum nachvollziehen können. Sie solle ihr hübsches Köpfchen nicht mit solchen Angelegenheiten belasten, bekäme sie vermutlich gutmütig-herablassend vom Onkel zu hören, und dem ewig übellaunigen William traute sie gar zu, dass er sie anblaffte, sie möge sich zum Teufel scheren.

Also blieb ihr nichts anderes übrig, als auf eigene Faust zu handeln. Und zwar genau dann, wenn alle anderen in ihren Betten lagen und schliefen. Sie würde sogleich die Probe aufs Exempel machen. Im Haus war es still und stockdunkel. Anna zündete eine Kerze an, legte sich ein Tuch um die Schultern und schlich die Treppe hinunter, ganz vorsichtig, damit die Stufen nicht knarrten. Am gefährlichsten war der oberste Treppenabsatz, wo der Trakt mit den Schlafzimmern der Familie begann, aber es gelang ihr, ihn geräuschlos zu passieren. Jetzt trennten sie lediglich wenige Meter von den Musterbüchern.

Die Tür zum Geschäftsraum im Erdgeschoss war nicht abgesperrt, wie sie mit Erleichterung feststellte, als sie den Türknauf drehte.

Ihr Hochgefühl verflog allerdings, als sie sah, dass auf dem großen Tisch eine Kerze flackerte und sich die Gestalt ihres Cousins aus den Schatten materialisierte. Bevor sie umkehren konnte, hatte er sie bereits entdeckt und starrte sie mit entsetzter Miene an. Sekundenlang weigerte sich ihr Verstand zu glauben, was ihre Augen sahen: Vor ihm stand die Geldkassette, und in seiner Hand lagen mehrere Goldmünzen.

William bestahl seinen Vater.

Blitzschnell schob er die Kassette in eine offene Schublade und ließ die Münzen in der Tasche seines Morgenmantels verschwinden – nicht schnell genug indes, um die Sache vor ihr verheimlichen zu können.

»Anna? Was in Gottes Namen hast du um diese nachtschlafende Zeit hier unten zu suchen?«, tat er arglos, obwohl seine schuldbewusste Miene vom Gegenteil zeugte.

»Dasselbe könnte ich dich fragen, William«, gab sie mit fester Stimme zurück, die nicht verriet, wie aufgewühlt sie in Wahrheit war.

»Das dürfte dich kaum etwas angehen, denn du hast in

diesem Raum absolut nichts zu suchen.« Er wandte sich ab und kramte in irgendwelchen Papieren. »Ich schlage vor, du gehst zurück ins Bett, und ich erwähne dein Auftauchen hier nicht weiter.«

Anstatt klein beizugeben, brachen sich bei Anna Wut und Empörung Bahn. Wie konnte er es wagen, sich derart aufzuspielen, nachdem sie ihn auf frischer Tat ertappt hatte. Das war ja wohl der Gipfel der Dreistigkeit.

»Ach nein, du denkst, es geht mich nichts an, dass ich beobachtet habe, wie du in der Nacht klammheimlich die Geldkassette deines Vaters plünderst?«, entgegnete sie und war verblüfft über ihre eigene Unverfrorenheit.

William kam um den Tisch herum, die geballten Fäuste erhoben, das Gesicht puterrot vor Wut.

»Das ist also deine Antwort?«, hörte sie sich sagen, wenngleich sie am liebsten kehrtgemacht hätte. »Mich schlagen? Darauf verstehst du dich, wie ich weiß.«

Er erstarrte mitten in der Bewegung, ließ die erhobenen Fäuste sinken, und die Wut auf seinen Zügen wich einem Ausdruck der Verwirrung und tiefster Bestürzung. Dann sank er auf einen Stuhl, stützte den Kopf in die Hände und stieß ein lautes Stöhnen aus.

»Du lieber Gott«, murmelte er. »Wieso erzählst du es nicht gleich der ganzen Welt? Ich bin sowieso ruiniert, da spielt es kaum mehr eine Rolle.«

Ungläubig sah sie, wie seine Schultern zu beben begannen.

Was für eine Entwicklung – William, der egozentrische, arrogante Lebemann, brach vor ihren Augen förmlich zusammen und begann auch noch zu schluchzen. Mittlerweile dachte sie praktisch nicht mehr daran, warum sie eigentlich hergekommen war, denn die Neugier, welche

195

Beweggründe William hergeführt haben mochten, war ungleich größer. Sie zog sich einen Stuhl heran und setzte sich neben ihn.

Mit roten Augen, in denen blanke Qual stand, schaute der Cousin sie an. »Wieso bist du immer noch hier, Herrgott. Tu, was ich dir gesagt habe, und geh zurück ins Bett«, sagte er mit belegter Stimme und wischte sich mit dem Ärmel seines Morgenmantels die Nase ab.

»Nun, ich finde nicht, dass ich dich jetzt allein lassen sollte.«

»Es ist nichts, worüber du dir den Kopf zerbrechen müsstest.«

»Unsinn, ich sehe dir ja an, dass dich etwas schwer belastet. Seit Wochen. Und bestimmt ist es keine Bagatelle – die würde dir nicht dermaßen zusetzen und hätte dich überdies nicht zum Griff in die Kasse verleitet. Deshalb denke ich, dass es mich als Mitglied dieser Familie sehr wohl etwas angeht.«

Er starrte sie mit versteinerter Miene wortlos an.

»Es sei denn«, fügte sie leise hinzu, »du willst, dass ich Onkel Joseph herunterbitte.«

»Und woher soll ich wissen, dass du mich nicht verpetzt?«

»Weil ich dir mein Wort darauf gebe, William. Und ich verspreche dir, alles in meiner Macht Stehende zu tun, um dir zu helfen«, fügte sie hinzu. »Selbst wenn du mich nicht besonders zu mögen scheinst.«

Erneut stieß er einen tiefen Seufzer aus, der die Flamme flackern ließ. »Ich habe Schulden«, gestand er kleinlaut. »Und wenn ich sie nicht bald zurückzahle, zerren sie mich vor Gericht. Ich könnte sogar ins Gefängnis kommen.«

»Um welche Summe handelt es sich?«

»Rund zweihundert Pfund.«

Anna wurde schwindlig. Zweihundert Pfund! Das war ein kleines Vermögen.

»Und wie …?«

»Beim Glücksspiel. Ich bin so ein Idiot. Charlie hat mich da reingezogen, und dann hat eines zum anderen geführt. Ich dachte, wenn ich eine Glückssträhne erwische, könnte ich die Schulden zurückzahlen und damit aufhören. Leider läuft das nicht so, und jetzt haben mich ein paar sehr mächtige Herren am Haken und werden mich ruinieren, wenn ich nicht bis Ende der Woche zahle. Ich weiß keinen anderen Ausweg mehr …«

Sie rang einen Moment mit sich, wog die Möglichkeiten gegeneinander ab, was sie ihm in einer derart verfahrenen Situation raten konnte.

»Wäre es nicht klüger, mit deinem Vater zu sprechen und ihn zu bitten, dir das Geld zu leihen? Du könntest ihm ja jede Woche einen bestimmten Betrag zurückzahlen, oder?«

»Hast du überhaupt ansatzweise eine Ahnung, wie mein Vater ist?«, erwiderte William tonlos. »Wenn er erfährt, dass ich gespielt habe, setzt er mich achtkantig vor die Tür.«

»Na ja, er scheint selbst nicht frei von Fehlern zu sein«, gab Anna zu bedenken. »Denk an die illegal eingeführte französische Seide.«

Seine Augen wurden groß. »Woher weißt du davon?«

»Das tut nichts zur Sache – ich weiß es eben.«

Lange Zeit herrschte Schweigen, ehe er mit leiser Stimme fortfuhr: »Das Problem ist, dass ich derjenige war, der die Seide bestellt hat. Es war ebenfalls ein Versuch, meine Schulden zurückzuzahlen, und ebenfalls einer, der schiefging. Eigentlich sollte mein Vater nichts davon erfahren, aber dann flog die Sache auf … Immerhin deckt er mich und versucht mich aus der Patsche zu ziehen. Doch ein weiteres Fehlverhalten meinerseits wird er nicht tolerieren.«

Anna fehlten die Worte. William hatte tatsächlich den guten Ruf seines Vaters und der Firma sowie das Wohl der ganzen Familie aufs Spiel gesetzt, weil er dem Glücksspiel verfallen war. Was für eine Katastrophe! Vor allem, dass er meinte, durch unredliche oder illegale Dinge einen Befreiungsschlag landen zu können. Bei aller Missbilligung empfand sie Mitleid für seine Verzweiflungstat.

»Hast du denn keine Freunde, die dir das Geld leihen würden?«

Er stieß ein bitteres Lachen aus.

»Also nein. Dann verrate mir, was schlimmstenfalls passieren kann, wenn du nicht bezahlst.«

»Sie würden mich vermöbeln, vielleicht sogar zu Tode prügeln. Zumindest haben sie damit gedroht.«

»Und wieso glaubst du, deinem Vater würde nicht auffallen, wenn plötzlich Bargeld fehlt?«

»Das ließe sich mit ein paar Buchungskorrekturen bis zur Rückzahlung kaschieren.«

»Hoffentlich hast du nicht an weitere Glücksspiele gedacht!«

»Ich mag ein Dummkopf sein, doch diese Lektion habe ich gelernt, so viel kann ich dir versichern.« Zum ersten Mal blickte er ihr geradewegs ins Gesicht. »Ich werde jede Woche eine kleinere Summe zurückzahlen, und keiner braucht je davon zu erfahren.«

Sie wollte lieber gar nicht wissen, was er mit

»Buchungskorrekturen« genau meinte, dennoch gelangte sie zu der Erkenntnis, dass dies – abgesehen von einem Geständnis Onkel Joseph gegenüber – wahrscheinlich in der Tat die einzige Möglichkeit war, ihn vor Schlimmerem zu bewahren. Ein Schauder überlief sie.

»Du wirst niemandem etwas erzählen, oder? Kann ich dir vertrauen, Anna?«

»Ich werde niemandem ein Sterbenswort verraten. Unter zwei Bedingungen: Erstens wirst du schweigen, dass ich hier unten war, und zweitens möchte ich, dass du mir bei einem Anliegen hilfst, das mich überhaupt hergeführt hat.«

»Und was wäre das?«

»Ich möchte verstehen lernen, wie eine Skizze auf Stoff übertragen wird und was einen guten Entwurf ausmacht«, erklärte sie mit so viel Selbstsicherheit, wie sie eben aufzubringen vermochte.

»Und darf ich fragen, wozu du das wissen willst?«

»Das ist ein bisschen kompliziert«, entgegnete sie vage. »Sieh es so, dass ich eine leidenschaftliche Hobbyzeichnerin bin und die Tatsache, hier von Seide umgeben zu sein, mein Interesse geweckt hat.«

Inzwischen hatten seine Wangen wieder etwas Farbe bekommen, und ihr fiel auf, dass sich ausnahmsweise weder Hohn noch Herablassung auf seiner Miene spiegelte, sondern ein aufrichtiges, ja respektvolles Lächeln.

»Und du willst dir die Musterbücher heute Nacht noch ansehen?«

»Warum nicht?«

»Gut, dann wollen wir mal.«

William zündete drei weitere Kerzen an, holte mehrere Lederbände aus dem angrenzenden Verkaufsraum und erklärte ihr während der nächsten Stunde alles, was es über Seide und ihre Muster zu wissen gab. Er zeigte ihr die Doppelseiten, auf denen neben dem Originalmusterentwurf der Bogen Patronenpapier sowie eine Probe des fertig gewebten Stoffes eingeheftet waren, ergänzt durch Hinweise auf Farbe, Denier und Webart.

»Zuerst wird die ursprüngliche Abbildung in diese winzigen Karos auf dem Patronenpapier übertragen, wobei jedes Kästchen in *der* Farbe ausgemalt wird, die das Muster haben soll, das bei jeder Bewegung der Kettfäden, also der längs verlaufenden Fäden, entsteht.«

Ferner beschrieb er ihr, inwiefern die Gewebeart die Anzahl und das Verhältnis von Kett- und Schussfäden bestimmte – dass beispielsweise ein Satinstoff wesentlich mehr Kettfäden habe als ein gewöhnlicher Popeline oder dass für jede Farbe ein eigenes Schiffchen nötig sei und folglich der Webvorgang komplizierter werde, je mehr Farben verwendet würden, was wiederum den fertigen Stoff verteuere.

Einiges hatte sie bereits von Henri erfahren, anderes war ihr neu. Etwa dass der Rapport, neben Dessin ein weiterer Fachausdruck für Muster, niemals breiter sein dürfe als der Webstuhl, sich also zwischen achtundvierzig und dreiundfünfzig Zentimetern bewegen müsse. Außerdem sei es ganz wichtig, betonte William, dass das Muster sich sinnvoll in der Breite und Länge wiederhole, damit keine Falten entstünden und das Gewebe sich nicht verziehe.

»Es gibt so unglaublich viel zu beachten«, seufzte sie. »Man braucht ja ein halbes Leben, um all das wirklich zu lernen.«

»Irgendwie hast du recht, denn man lernt wirklich nie aus – allein schon deshalb, weil es immer wieder Neuerungen gibt. Aber wenn du dich näher damit befassen willst, schaue ich mal nach, ob ich ein Buch für dich finde, in dem du das alles nachlesen kannst.«

Langsam schwirrte Anna der Kopf vor Weberschiffchen, Kett- und Schussfäden, Dessins und Rapports, und sie gelangte mehr und mehr zu der Überzeugung, dass sich ihre Skizze wohl niemals auf einen Stoff bannen lasse. Zumal der Cousin ihr gerade erklärt hatte, wie unglaublich schwierig es sei, geschwungene Linien zu weben – und ihre Blumen bestanden aus nichts anderem. War Henri überhaupt klar, was er sich damit aufbürdete, fragte sie sich und überlegte zugleich, ob sich die Vorlage eventuell vereinfachen ließ.

In diesem Moment klappte William das schwere Buch zu und streckte sich. »Ist das genug für heute?«

»Ja, und ich danke dir sehr.«

»Du wirst ganz bestimmt nichts verraten?«, versicherte er sich erneut.

»Nein, dein Geheimnis ist bei mir gut aufgehoben. Sei bitte bloß vorsichtig, dass du nicht ein weiteres Mal in Schwierigkeiten gerätst.«

»Darauf hast du mein Wort«, versicherte er feierlich.

Am nächsten Morgen saß Anna mit ihrer Tante im Salon und versuchte trotz ihrer Müdigkeit zu lesen, als Betty mit der Post hereinkam.

Betty war das Faktotum schlechthin. Sie fungierte als Mädchen für alles und spielte gleichermaßen Butler und Lakai, Kammerzofe und Dienstmagd. Lediglich das Kochen versah eine Frau, die tagsüber ins Haus kam. Anna wunderte sich immer wieder aufs Neue, dass Betty bei diesem Arbeitspensum nie ihre gute Laune verlor. Im Übrigen fand sie ihre Tante geizig, weil sie keine zusätzliche Hilfe einstellte.

»Ein Brief für Mr. und Mrs. Sadler, und einer für Sie allein, Madam.« Betty hielt Sarah mit einem Knicks das Silbertablett hin. »Darf ich Ihnen noch etwas Tee nachschenken?«

»Nein, du kannst das Tablett wegnehmen, danke«, erwiderte die Tante und scheuchte ihre Dienstbotin wie eine lästige Fliege mit einer abwehrenden Handbewegung weg, um sogleich den elfenbeinernen Brieföffner zur Hand zu nehmen.

Beim ersten Brief, den sie mit gezierten Bewegungen aus dem mit goldenen Mustern versehenen Umschlag zog, handelte es sich um die förmliche Einladung zum festlichen Herbstdinner der ehrwürdigen Gilde der Tuchhändler, ein Ereignis, das bereits bei ihrem Besuch bei den Hinchcliffes für einige Diskussionen gesorgt hatte. Minutenlang betrachtete sie die schwere, goldgeränderte Karte mit der schwungvollen goldfarbenen Schrift, ehe sie Anna bat, das Prachtstück auf den Kaminsims zu stellen.

»Nein, nicht dort, meine Liebe. In die Mitte, wo jeder sie sehen kann«, wies sie ihre Nichte an und seufzte, weil diese Landpomeranze offensichtlich nicht einmal die einfachsten Dinge hinbekam.

Seit dem Abend, als der Stein durchs Fenster geflogen war, hatte niemand aus der Familie die französische Seide auch nur mit einer einzigen Silbe erwähnt. Vielleicht war die Einladung ja ein Zeichen, dass sich die Wogen etwas geglättet hatten. Zumindest hoffte sie, dass es so war.

»Dein Onkel und ich sind zuversichtlich, dass wir einen anständigen Platz am Ehrentisch erhalten werden, zumal er ab dem kommenden Jahr voraussichtlich das Amt des Obersten Zunftmeisters innehaben wird. Er genießt höchstes Ansehen, musst du wissen.« Sarah fächelte sich mit dem Umschlag Luft zu. »Ach, meine Liebe, allein der Gedanke erfüllt mich mit großem Stolz. Und natürlich muss ich an seiner Seite glänzen, das versteht sich von selbst. Deshalb werde ich unverzüglich bei Miss Charlotte ein neues Kleid in Auftrag geben.«

Nachdem sie sich ausgiebig an diesen Aussichten berauscht hatte, griff sie nach dem zweiten Brief, erbrach das Siegel und teilte Anna erfreut mit, dass er von der »reizenden Augusta« sei, um ihn sodann vorzulesen.

Nun, da wir soeben aus Bath zurückgekehrt sind, wären Charles, Susannah und ich entzückt, Miss Sadler und Miss Butterfield morgen zum Tee bei uns begrüßen zu dürfen.

Die Worte gingen der Tante wie Honig runter.

»Oh, wie großzügig«, schnurrte sie. »Hast du das gehört, Anna? Charles wird uns wieder Gesellschaft leisten. Das sind ja ganz wunderbare Nachrichten. Er wirkte bei unserem letzten Besuch sehr angetan von dir.«

»Ja, er ist ein sehr netter junger Mann«, sagte Anna pflichtschuldigst, während sie sich sein ausgemergeltes Gesicht mit dem unablässig auf und ab hüpfenden Adamsapfel vergegenwärtigte.

»Ich kann es kaum erwarten zu hören, was sie über ihren Aufenthalt in Bath zu berichten wissen«, fuhr Sarah fort. »Ob Susannah wohl einigen passenden jungen Herren vorgestellt wurde? Oh, und ich frage mich, ob sie bei Mr. Gainsborough ein Porträt von Mr. Hinchliffe in Auftrag gegeben haben. Immerhin denke ich darüber nach, ob sich dein Onkel demnächst in der Robe des Obersten Zunftmeisters und mit seinen Regalien desgleichen malen lassen sollte.«

Thomas Gainsborough hatte sich einen Ruf als Porträtmaler in Kreisen des Adels gemacht, und Anna bezweifelte, ob ihre Tante sich klarmachte, wie viel ein solches Gemälde kostete. Trotzdem war die Idee verlockend, einen berühmten Maler persönlich kennenzulernen oder ihm sogar bei der Arbeit über die Schulter schauen zu dürfen. Allerdings interessierten sie mehr seine Naturdarstellungen im Hintergrund der Bilder – vor allem Bäume und der Himmel gelangen ihm ganz ausgezeichnet, geradezu unübertrefflich.

»Hör zu«, riss die Tante sie aus ihren Gedanken, »was Mrs. Hinchliffe sonst noch schreibt.«

Da ich mich sehr wohl an Miss Butterfields Interesse an allem Botanischen erinnere, habe ich mir zu arrangieren erlaubt, dass uns Mr. Ehret bei dieser Gelegenheit besuchen wird. Bereits heute beten wir darum, dass das Wetter angenehm genug sein möge, um gemeinsam einen Rundgang durch unseren Garten zu unternehmen.

Annas Herzschlag beschleunigte sich: Sie würde Georg Ehret, einen der berühmtesten Naturillustratoren, persönlich kennenlernen. Das war wirklich eine wunderbare Nachricht.

Leider hatten Augustas Gebete wenig geholfen, denn der nächste Tag begann grau und regnerisch. Anna brachte den gesamten Morgen am Fenster zu, wo sie wieder und wieder bang zum Himmel blickte auf der verzweifelten Suche nach einem Anzeichen, dass es wenigstens ein klein wenig aufklarte.

Und so konnte sie ihr Glück kaum fassen, dass in dem Moment, als die Kutsche vorfuhr, die Wolkendecke aufriss und die Sonne hervorblitzte. Dann hatte sie vielleicht ihre beiden Skizzenbücher und ein paar frisch angespitzte Graphitstifte nicht umsonst mitgenommen, dachte sie voller Vorfreude, die nicht einmal Lizzies belangloses Geplapper zu schmälern vermochte.

Der Illustrator war bei ihrer Ankunft bereits zugegen. Ein großer, schlanker Mann mittleren Alters mit Hakennase und wulstigen Lippen und einer sorgsam gepuderten Perücke auf dem Kopf. Zu seinem schlichten schwarzen Rock trug er eine passende Weste und die glänzendsten schwarzen Schuhe, die sie je in ihrem Leben gesehen hatte.

Als sie eintraten, sprang er auf, schlug die Hacken zusammen und verbeugte sich knapp vor den Damen.

»Ich bin entzückt, höchst entzückt«, erklärte er mit seinem ausgeprägten deutschen Akzent. »Unsere großzügige Gastgeberin hat mich darüber in Kenntnis gesetzt, dass Sie gleichfalls eine Künstlerin sind, Miss Butterfield«, fuhr er fort. »Und dass Sie sich für die Darstellung botanischer Motive interessieren.«

»Das ist richtig, aber ich bin allenfalls eine Amateurin, Sir. Umso mehr fühle ich mich geehrt, die Bekanntschaft eines Mannes zu machen, den ich sehr bewundere.«

»Möchten Sie sich nicht zu mir setzen?« Er klopfte auf

den freien Platz neben sich auf der Chaiselongue. »Dann können wir uns ein wenig über das Zeichnen unterhalten.« Er warf einen Blick zum Fenster. »Und sollte die Sonne sich entschließen, ganz hervorzukommen, müssen wir unbedingt einen kleinen Spaziergang machen, um Mr. Hinchliffes eindrucksvolle gärtnerische Fertigkeiten zu bewundern.«

Kaum hatte sich ein ernsthaftes Gespräch zwischen ihnen entsponnen, wurden bedauerlicherweise Tee und Kuchen serviert, und Annas Aufmerksamkeit richtete sich auf die andere Seite des Tisches, wo Lizzie Susannah über die Zerstreuungen in Bath ausquetschte.

»Und wie oft hat er dich aufgefordert?«

»Fünfmal, darunter sogar zum letzten Tanz.«

»Oh, dann muss er ernstlich hingerissen von dir sein. Ist er gut aussehend?«

»Ja. Groß und schlank. Und er hat die dunkelbraunsten Augen, die man sich vorstellen kann.« Das Mädchen senkte die Stimme und blickte sich verstohlen um, ob ihre Mutter wirklich nicht mithörte. »Er ist bei den Wachtmeistern.«

»Denen mit den prächtigen roten Röcken?«

Susannah nickte, während ihre Wangen eine ähnliche Färbung annahmen.

»Was für ein Glückspilz du doch bist«, seufzte Lizzie. »Ich kann es kaum erwarten, endlich achtzehn zu werden.«

»Nächsten Sommer musst du uns unbedingt nach Bath begleiten.«

Lizzie sah zu Anna hinüber. »Darf meine Cousine ebenfalls mitkommen?«

»Natürlich.« Susannah lachte fröhlich. »Je mehr, umso besser! Es ist so lustig.«

Anna zwang sich zu einem Lächeln. Nach allem, was sie gehört hatte, war die Sommersaison in Bath im Grunde nichts als ein Markt, auf dem Mütter ihre Töchter potenziellen Verehrern präsentierten, nicht anders als Bauern ihre Schafe oder Rinder den Fleischfabrikanten. Allein die Vorstellung jagte ihr einen eisigen Schauer über den Rücken.

Das oberflächliche Geplänkel der beiden führte ihr wieder mal vor Augen, wie anders sie war. Susannah und Lizzie begeisterten sich fast ausschließlich für Mode, Tanz und ihre Chancen auf dem Heiratsmarkt, während Anna sich für ernsthafte Dinge wie Kunst, Literatur und Politik interessierte. Zwischen ihnen lagen Welten.

Was ihr Gefühl, eine Außenseiterin zu sein, noch verstärkte.

Die trüben Gedanken wichen schnell, als die Sonne tatsächlich hervorkam und sie sich alle in den Garten begeben konnten, der deutlich größer war als erwartet. Gefolgt von Georg Ehret, schlenderten die Damen die Kieswege entlang, vorbei an den hohen, von Beeten gesäumten Ziegelmauern, die den gesamten Garten umgaben, hier und da laute Begeisterungsrufe ausstoßend angesichts der prachtvollen Pflanzen, die in allen Farben und Schattierungen blühten, die man sich denken konnte.

»Meine liebe Augusta, dieser Anblick wärmt einem wahrlich das Herz«, säuselte Tante Sarah. »Was für ein Glück, dass euch so viel Platz zur Verfügung steht. Unser Garten am Spital Square ist leider so beengt, dass sich die Mühe kaum lohnt, etwas anzupflanzen.«

Am Ende des Gartens gelangten sie zu einem von Spalieren voll roter und goldfarbener Äpfel flankierten Weg, der zu einer mit Weinreben behangenen Pergola führte, die drei Steinbänke beschattete. Wie selbstverständlich nahm Anna neben dem Illustrator Platz, der unverzüglich die Blätter der Reben in Augenschein nahm und sich sichtlich an dem herrlichen frühherbstlichen Farbenspiel erfreute.

»Hier«, sagte er und zupfte ein Blatt ab. »Sehen Sie, der Stängel ist am Astansatz schon ganz rot, zum Blatt hin wird er gelblicher.« Anna nickte eifrig. »Und auch das Blatt an sich ist wunderschön, ein höchst faszinierendes Studienobjekt. Als Erstes gilt es die äußeren Ränder farbig zu malen, und als Letztes sind die Areale um die Venen herum an der Reihe«, erklärte er und zeigte auf die sich rötenden Ränder und das goldfarbene Venenskelett, das bis zum Stängel hinabreichte.

»Und wie ist es möglich, dass zwischen dem Rot und dem Gelb immer noch grüne Areale sind?«, wollte Anna wissen.

»Gut beobachtet, Miss Butterfield. Die Wahrheit ist, dass wir nicht wissen, warum es sich bei manchen Blattarten so verhält, bei anderen wiederum nicht. Die Botaniker studieren dieses Phänomen mit großem Interesse und versuchen herauszufinden, wie und warum sich die Blätter im Herbst verfärben und im Winter schließlich vollends vertrocknen. Das ist eines der großen Geheimnisse, das wir bisher nicht schlüssig enthüllen konnten. Und bis es so weit ist, bleibt uns lediglich, unsere Beobachtungen so akribisch wie möglich festzuhalten. Und darin sehe ich meinen bescheidenen Beitrag zu diesem wunderbaren wissenschaftlichen Abenteuer.«

Er hielt das Blatt gegen die Sonne. »Sehen Sie, wie unterschiedlich das Licht durch die verschieden gefärbten Areale fällt? Wie das Rot fast schwarz und das Gelb regelrecht golden aussieht? Und wie das Netz aus winzigen

Kapillaren plötzlich ganz durchsichtig wird?« Er beugte sich vor und deutete auf ein Blatt, an dem Regentropfen hingen. »Es ist höchst faszinierend«, erklärte er. »Jeder einzelne Tropfen wirkt wie ein Vergrößerungsglas, sodass wir die Kapillaren ganz genau erkennen können.«

Anna war völlig hingerissen. »Obwohl ich bereits viele Zeichnungen angefertigt und mich stundenlang damit beschäftigt habe, komme ich mir auf einmal vor, als wäre ich die ganze Zeit blind gewesen«, meinte sie seufzend.

»Keine Angst, meine Liebe«, beruhigte Ehret sie mit einem freundlichen Lächeln. »Sie haben schließlich noch Ihr ganzes Leben vor sich. Schauen Sie genau hin und setzen Sie Ihre Beobachtung fort, bis Sie das Gefühl haben, jedes Detail eines jeden Blattes, einer jeden Blüte und eines jeden Stängels zu kennen. Dann müssen Sie Ihre Erkenntnisse zu Papier bringen und genau hinsehen, nicht nur einmal, sondern wieder und wieder. Wie ich höre, besitzen Sie großes Talent, und Ihre Art, anderen Menschen zuzuhören, verrät mir, dass Sie überdies die Leidenschaft mitbringen, eines Tages eine bedeutende Künstlerin zu werden.«

Er zog ein kleines Notizbuch und einen kurzen, sorgfältig gespitzten Bleistift aus der Innentasche seines Rockes und begann mit sicherer Hand eine Miniaturversion des Blattes mit dem Regentropfen anzufertigen.

»Die Blattschnitte werden so gezeichnet, und diese Ecke muss man so schattieren, dass sie an Tiefe gewinnt … Die Rückseite wiederum ist viel heller. Hier, sehen Sie … Sämtliche Venen laufen ganz unten am Stängelansatz zusammen, nicht wie bei anderen ein Stück weiter oben. Und hier haben wir unsere Regentropfen, zwei, nein, drei, kleiner werdend … Ich lasse das weiße

Papier durchschimmern, damit man sieht, wie sie glitzern und das Sonnenlicht reflektieren, sehen Sie?«

Anna saugte jedes seiner Worte auf – bestimmt würde ihr so bald nicht wieder ein Meister seines Fachs eine Unterrichtsstunde erteilen. Mr. Ehret vollendete die Skizze, setzte schwungvoll seinen Namen darunter, riss die Seite heraus und reichte sie ihr.

»Für mich?«, stammelte sie errötend.

Er nickte.

»Das kann ich unmöglich annehmen.«

»Sie *müssen,* meine Liebe«, beharrte er freundlich lächelnd. »Ich habe sie eigens für Sie angefertigt.«

Ehe sie weitere Einwände erheben konnte, ertönte eine laute Stimme. »Hier seid ihr also! Ich habe überall gesucht.«

»Charles, mein Lieber«, rief seine Mutter. »Wir haben gemeinsam mit Mr. Ehret die Sonne genossen. Setz dich ein Weilchen zu uns.«

Zunächst machte der Sohn des Hauses die Runde, um die Gäste zu begrüßen, wobei Anna befremdet feststellte, dass er ihre Hand ein wenig zu lange festhielt, um sie dann wie beim letzten Mal an seine Lippen zu führen. Es war ihr nicht angenehm, genauso wenig wie sein durchdringender Blick, der sie festzuhalten schien wie einen aufgespießten Schmetterling.

»Miss Butterfield, was für eine Freude. Das Stadtleben bekommt Ihnen gut, wie ich sehe, denn Sie sehen noch reizender aus als bei unserer letzten Begegnung.« Ohne zu fragen, nahm er den Platz von Georg Ehret ein, der sich zu seiner Begrüßung erhoben hatte. »Erzählen Sie mir, was Sie alles unternommen haben, seit wir uns das letzte Mal gesehen haben.«

»Nicht besonders viel, fürchte ich«, gab sie reserviert zurück. Obwohl sich in Wahrheit so einiges ereignet hatte, sollte den Hinchliffes tunlichst nichts davon zu Ohren kommen. »Die Stadt ist ja sehr ruhig im August.«

»Allerdings. Alle halbwegs vernünftigen Menschen verbringen den Sommer außerhalb«, erklärte er – offensichtlich war ihm nicht bewusst, dass er damit in Hinblick auf Mrs. Sadler in ein Fettnäpfchen trat. »Wie geht es denn meinem guten Freund William?«

»Ich denke, recht gut.«

Was nicht den Tatsachen entsprach, denn ihr Cousin hatte in den vergangenen Tagen noch bedrückter gewirkt als sonst, ohne dass sie wusste, warum. Und leider hatte sich keine Gelegenheit ergeben, ihn nach den Gründen zu fragen.

»Bitte richten Sie ihm aus, dass ich mich freue, ihn heute Abend im Club zu sehen. Er wird erwartet. Und dürfte ich Sie vielleicht morgen oder übermorgen bei den Sadlers besuchen?«

»Das wäre reizend«, antwortete sie höflich und unterdrückte ein Frösteln, bei dem sie nicht wusste, ob es am Verschwinden der Sonne lag oder an Charles' Ankündigung. Kurz darauf kehrten sie ins Haus zurück, da Sarah zum Aufbruch mahnte.

»Es war mir ein großes Vergnügen, mich mit einer Künstlerkollegin auszutauschen, Miss Butterfield«, verabschiedete der Illustrator sich von ihr. »Ich hoffe sehr, wir haben in nicht allzu ferner Zukunft neuerlich Gelegenheit für ein Gespräch.«

»Das wäre sehr schön«, gab Anna zurück, und ihr Gesicht glühte vor Stolz über das Kompliment. »In der Zwischenzeit werde ich versuchen, fleißig zu üben, was Sie mir heute beigebracht haben. Und Ihre Skizze werde ich wie einen Schatz hüten.«

»O meine Liebe, ich verdiene derart schmeichelhafte Worte nicht, dennoch danke ich Ihnen aufrichtig dafür«, versicherte er galant und verbeugte sich sehr tief vor ihr.

Am nächsten Tag stellte Charles sich wie angekündigt zum Tee am Spital Square ein.

Betty war losgezogen, um frischen Tee, Milch, Kuchen und Zuckerwerk einzukaufen, während die Mädchen den Salon herrichten mussten.

»Schüttelt die Kissen anständig auf und arrangiert ein paar hübsche Bücher und Magazine auf dem Tisch, damit er von unseren breit gefächerten Interessen beeindruckt ist«, hatte Sarah ihnen eingeschärft. »So etwas kann überaus hilfreich sein, um eine Unterhaltung in Gang zu bringen. Und du, Lizzie, übst bitte deine hübschesten Stücke auf dem Cembalo, falls wir ein wenig Musik zur Untermalung wünschen.«

Auch sobald der Besuch eingetroffen war, übernahm sie die Regie. Sie sorgte dafür, dass Charles sich neben Anna setzte, und scheuchte Lizzie nach dem Tee, weil das Gespräch sich äußerst zäh anließ, ans Cembalo, sie selbst verzog sich mit ihrem Stickrahmen ans Fenster.

»Es stört euch junge Leute doch bestimmt nicht, wenn ich ein bisschen abseits von euch Platz nehme – hier habe ich besseres Licht. Dieses Taschentuch soll ein Geschenk für eine Freundin werden, und ich muss mich beeilen, damit es rechtzeitig fertig wird.«

Anna nahm die offensichtlichen Kuppelversuche der Tante mit einer Mischung aus Belustigung und Unbehagen zur Kenntnis. Charles hingegen kam es äußerst

212

gelegen, ja, es schien sogar, als hätte er die ganze Zeit auf so eine Gelegenheit gewartet.

»Miss Butterfield ...«, begann er.

»Anna, bitte.«

Hatte sie sein Gesicht mit den eng stehenden Augen, den hohlen Wangen und der Hakennase als sehr hart in Erinnerung gehabt, so wirkten seine Züge jetzt irgendwie weicher.

»Anna. Ich habe mich so sehr über die Gelegenheit gefreut, Sie ein wenig besser kennenzulernen, aber mein Besuch hat noch einen anderen Grund. Am Samstag in einer Woche werden wir – das heißt, meine Familie und ich – den alljährlichen Herbstball der Anwaltskammer besuchen, und ich wäre entzückt, wenn Sie uns begleiten würden.«

Sofort merkte Anna, wie sich eine verräterische Hitze auf ihrem Dekolleté, das durch den tiefen Ausschnitt schutzlos den Blicken ausgesetzt war, und ihrem Hals ausbreitete und ihr in die Wangen stieg. Wenngleich sie sich nicht sicher war, was sie von Charles' Avancen halten sollte, fühlte sie sich geschmeichelt. Nur würde sie auf einem Ball bestehen können? Denn was die eleganten Tänze im französischen Stil betraf, fehlte ihr jede Erfahrung. Im Bürgerhaus von Halesworth, das sie gelegentlich zu geselligen Veranstaltungen besucht hatte, wurde allenfalls zu einer Polka und zu einfachen Landtänzen aufgespielt. Auf einem so wichtigen Ball würde sie sich lächerlich machen. Zumal sie ihren einzigen Versuch, Menuett zu tanzen, in denkbar schlechter Erinnerung hatte. Und so schnell ließ sich ein derartiges Defizit kaum beheben.

»O Sir«, setzte sie an. »Ich glaube nicht ...«

»Charlie, bitte.«

213

»Mr. Charlie. Ich glaube nicht, so ohne Anstandsdame … Mein Onkel …«

»Mr. Sadler wird gewiss keine Einwände erheben, wenn er erfährt, dass meine Eltern und meine Schwester ebenfalls anwesend sein werden, denken Sie nicht, Mrs. Sadler?«

»Oh, in der Tat«, antwortete Sarah, die bereits die ganze Zeit gespannt gelauscht hatte, und ließ ihre Stickerei, an der sie ohnehin nicht gearbeitet hatte, in den Schoß sinken. »Ich bin sicher, das wäre vollkommen akzeptabel.«

Als Charles aufbrach, war alles arrangiert.

»Das ist eine wunderbare Gelegenheit für dich, meine Liebe«, begeisterte sich die Tante. »Stell dir vor …, die Anwaltskammer. So ein glanzvoller Rahmen und so ein bedeutsamer Anlass! Unzählige wichtige und einflussreiche Leute werden dort sein. Ich freue mich ja so für dich. Wir müssen sichergehen, dass du rundum perfekt aussiehst. Die Contouche aus gelbem Damast wäre perfekt für den Anlass. Allerdings brauchst du noch etwas Warmes für die Fahrt. Inzwischen kann es abends empfindlich kühl werden. Ein Umhang? Du liebe Güte, wir müssen unverzüglich Miss Charlotte mit der Anfertigung beauftragen.«

Sie fächelte sich so heftig mit ihrem Stickrahmen Luft zu, dass die Nadel herausrutschte und zu Boden segelte.

»Charles ist so ein reizender junger Mann, findest du nicht? Und mit einer glänzenden Zukunft. Er wird Anwalt, kannst du dir das vorstellen. Das ist nicht allein ein sehr angesehener, sondern zudem ein äußerst einträglicher Beruf. Bis zum Jahresende haben wir dich unter der Haube, meine Liebe, das verspreche ich dir. Oh, ich kann es kaum erwarten, deinem Vater davon zu erzählen.«

Annas Herz zog sich zusammen, doch sie zwang sich, den Mund zu halten. Sie würde ihm unverzüglich selbst schreiben, bevor Sarah Gelegenheit dafür fand. Sie wollte nicht »unter die Haube gebracht« werden – ihr Wunsch war es vielmehr, einen Mann finden, den sie liebte.

Kapitel 12

Üben Sie Zurückhaltung, wenn es um die Händel anderer Leute geht. Derjenige, der Öl ins Feuer bei Streitigkeiten gießt, mit denen er gar nichts zu tun hat, darf sich hinterher nicht wundern, wenn ihm die Flammen ins Gesicht schlagen.

**Handbuch für Lehrjungen und Gesellen
oder Wie man zu Ansehen und Reichtum gelangt**

Als sie sich für die Mittagspause von ihren Webstühlen erhoben, hörten sie das Stimmengewirr, das wie grollender Donner über die Dächer heranzog und in den engen Straßen widerhallte.

»Was ist denn da los?«

Benjamin, der Lehrling, sprang von seiner Bank auf und öffnete das Fenster, woraufhin der Lärm noch anschwoll, ohne dass sie Genaueres zu verstehen vermochten. Alle drei, Henri, Benjamin und der Simpeljunge, sahen einander mit einer Mischung aus Neugier und Sorge an.

Noch ein kurzer Blick nach unten, dann kletterten sie die Leiter aus dem Dachstuhl hinunter und stürmten über die Treppe ins Parterre, wo Monsieur Lasalle bereits an der Tür stand.

»Was ist da los, Meister?«, fragte Benjamin.

»Es heißt, die Gesellen wollen zum Parlament ziehen,

um gegen eine Verordnung zu protestieren, die die Einfuhr ausländischer Seide gestattet«, antwortete der Meister. »Die Zunft hat zwar ihrerseits Vertreter hingeschickt, aber offenbar sind diese Appelle auf taube Ohren gestoßen – und deshalb wollen die Gesellen die Sache selbst in die Hand nehmen. Es steht zu befürchten, dass es zu gewalttätigen Ausschreitungen kommen wird«, fügte er seufzend hinzu. »Was ihrem Anliegen nicht gerade zuträglich sein wird.«

»Darf ich hin und es mir ansehen?«, bat Henri. »Dann könnte ich Ihnen anschließend Bericht erstatten?«

Sein Arbeitgeber runzelte die Stirn. »Daran hindern kann ich dich nicht, mein Junge, da du mir nicht länger verpflichtet bist und es dir freisteht, wie du deine Mittagspause verbringst. Trotzdem muss ich dich warnen – eine Beteiligung an diesem Protestmarsch würde ich nicht befürworten, so berechtigt die Forderungen deiner Freunde sein mögen. Und nach dem zu urteilen, wie sich die vergangenen Demonstrationen gestaltet haben, müssen wir befürchten, dass es erneut zu Gewaltausbrüchen kommt. Du solltest also die gebotene Vorsicht walten lassen und dich nicht mitten in den Tumult hineinbegeben. Und dich desgleichen nicht mit unmittelbar Beteiligten abgeben, vor allem nicht mit den Männern dieser *Bold Defiance*. Die Wachtmeister werden die Unruhen erbarmungslos niederschlagen.«

»*Absolument, monsieur*«, erwiderte Henri und wandte sich zum Gehen. »Ich werde vorsichtig sein und bin in einer halben Stunde zurück, versprochen.«

Am Ende der Straße sah er schon, wie sich die Menge in die Red Lyon Street drängte. In seinem ganzen Leben hatte Henri noch nicht so viele Menschen auf einmal gesehen – die Schlange zog sich scheinbar endlos dahin. Das mussten mindestens zweitausend Männer sein, dachte er und ließ den Blick über die teilweise elenden Gestalten schweifen, denen man ansah, dass sie Hunger litten, und in deren Augen das Feuer schierer Verzweiflung loderte. Viele waren in kaum mehr als Lumpen gehüllt, einige trugen nicht einmal Schuhe. Was für eine Ironie, schoss es ihm durch den Kopf. Das waren die Männer, die die kostbarsten Stoffe im ganzen Land webten …

Erinnerungen kehrten zurück. Dass er und seine Mutter vor Jahren dem Hungertod nahe gewesen waren, dass sie auf dem langen Marsch nach London ihre Schuhe durchgelaufen hatten und barfuß durch die Straßen gewandert waren, bis sie bei der französischen Kirche Hilfe fanden. Im Gegensatz zu dem großen Heer der Notleidenden hatten sie rechtzeitig Glück gehabt und waren vor dem Ärgsten bewahrt worden.

Gebannt hingen die Demonstranten an den Lippen eines großen, bärtigen Mannes, der von den Stufen der Christ Church durch ein konisch geformtes Rohr zu ihnen sprach.

»Wir können keine weitere Verzögerung mehr dulden«, verkündete er. »Offizielle Briefe und Petitionen haben bei den Lordschaften keinerlei Wirkung gezeigt. Ihnen scheint es wichtiger zu sein, ihre eigenen faulen Ärsche in Sicherheit zu bringen«, die Menge buhte und gab Furzgeräusche von sich, »und die Titten ihrer Weiber in feinste französische Seide zu kleiden, als etwas gegen die Armut ihrer eigenen Landsleute zu unternehmen.«

Worte, die erneut von Gejohle und vulgären Gesten begleitet wurden.

Währenddessen musterte Henri aufmerksam die

218

Menge, bis seine Augen brannten. Seit jenem unerfreulichen Abend vor zwei Wochen hatte er seinen Freund Guy nicht mehr gesehen, doch er war ziemlich sicher, dass er hier irgendwo sein musste. Falls ihm nicht Schlimmes passiert war.

»Heute findet die Eröffnung des Parlaments statt, deshalb werden sämtliche Mitglieder anwesend sein«, redete der Mann auf den Kirchenstufen weiter. »Hört gut zu: Die Demonstration muss unter allen Umständen friedlich verlaufen – es ist wichtig, dass ihr das versteht. Keine Schlägereien, keine Angriffe, keine Steine. Ein Aufstand würde unserem Anliegen bloß schaden. Hab ich euer Wort darauf?«

Zustimmendes Gemurmel wurde laut, wenngleich die Stöcke und Knüppel, die einige Männer bei sich trugen, nicht unbedingt von der Bereitschaft zu Gewaltlosigkeit zeugten, sondern im Zweifelsfall zum Einsatz kommen würden. Zumindest legten das die entschlossenen Mienen und zornigen Bemerkungen nahe.

Wir schnappen uns die Dreckskerle.

Genau! Leiden soll'n sie.

Wir müssen denen endlich mal zeigen, dass man uns nich' wie Vieh behandeln kann.

Faire Bezahlung für faires Tagwerk, mehr woll'n wir ja nich'.

Die müssen verbieten, dass die Händler ihre Seide von den elenden Froschfressern kaufen dürfen. Das is' unser Ruin.

Wir haben Hunger.

Es reicht jetzt.

Wird Zeit, dass denen das mal einer sagt. Und zwar laut und deutlich.

Als die Glocke der Christ Church die halbe Stunde schlug, wandte Henri sich zum Gehen, um rechtzeitig zurück zu sein. Plötzlich hörte er hinter sich eine vertraute Stimme: »*Henri, ça va?*«

Guy war dünner und wirkte noch verwahrloster als bei ihrer letzten Begegnung, aber immerhin saß er nicht im Gefängnis.

»Wo hast du gesteckt?«, erkundigte Henri sich und umarmte den Freund. »Haben dich die Wachtmeister …«

»Ich bin untergetaucht. Da inzwischen einige Zeit verstrichen ist, dachte ich …« Er deutete hinter sich. »Wieso schließt du dich uns nicht an?«

Wenngleich er den Sog der Menge durchaus spürte, die Kameradschaft, die kollektive Erregung, blieb Henri standhaft.

»Ich darf nicht, selbst wenn ich möchte. Außerdem kann ich mir keinen Ungehorsam gegen Monsieur Lavalle leisten, nicht jetzt. Und dir rate ich dringend, sehr, sehr vorsichtig zu sein, Guy.«

Der zog ein finsteres Gesicht. »Der Gehorsam gegenüber deinem Meister steht also für dich höher als Solidarität mit deinen Kollegen, *par le sang de Dieu?*«

»Nein, ganz so ist es nicht. Du weißt ja, dass ich zudem meine Mutter unterstützen muss – stell dir vor, ich würde meine Arbeit verlieren oder gar festgenommen.«

Inzwischen waren Trommler herangekommen und heizten die Stimmung an. Dutzende bunter Fahnen wurden geschwenkt, die Menge schob sich weiter und Guy mit ihnen.

»*Maudit cadavre pestiféré*«, formte er mit den Lippen und griff sich mit der Faust in den Schritt. »Wann wirst du endlich erwachsen und ein richtiger Mann?«

Stunden später saß ein Teil der Demonstranten im Red Lyon und diskutierte das Erlebte, die Gesichter gerötet von Triumphgefühlen und reichlich Bier.

»Es waren mindestens dreitausend Männer da, ich schwöre«, rief einer.

»Die Spitzenklöppler haben Wort gehalten«, ergänzte ein anderer. »Es waren mehrere Hundert, die heute gekommen sind.«

Insgesamt war alles offenbar glimpflich abgelaufen, und es hatte lediglich zwei kurze Gewaltausbrüche gegeben, bei denen ein paar Fensterscheiben im House of Commons zu Bruch gegangen waren. Von fünf verhafteten Männern hatte man drei kurz darauf wieder laufen lassen.

Die Demonstranten jedenfalls betrachteten die Aktion als vollen Erfolg.

»Denen haben wir mächtig Dampf gemacht, was?«, prahlten sie. »Die hatten so die Hosen voll, dass sie sogar die Kanoniere gerufen haben.«

»Hoffen wir, dass der Anblick all der hungrigen Männer genügt, um das Parlament zum Handeln zu bewegen«, murmelte Monsieur Lavalle düster, der darauf bestanden hatte, Henri in den Red Lyon zu begleiten. »Einige können sich noch nicht einmal einen Kanten Brot leisten. Wenn das noch länger so geht, werden Tausende hungern müssen.«

»So weit wird es hoffentlich nicht kommen, oder?«, fragte Henri alarmiert.

Der Meister zuckte die Schultern. »Wir tun in der Kirche alles in unserer Macht Stehende, doch Wohltätigkeit allein genügt in diesem Fall nun einmal nicht. Komm, lass uns gehen, ich habe genug gehört.«

Auf dem Heimweg liefen sie Guy über den Weg, der unübersehbar betrunken war.

»Na, einen schönen Tag gehabt?«, nuschelte er und kam auf sie zugetorkelt. »Hast schön deinen eigenen Arsch in Sicherheit gebracht, während wir Kopf und Kragen riskiert haben, um für unsere Freunde einzustehen, was?«, fügte er ebenso höhnisch wie gehässig hinzu.

Lavalle legte Henri beschwichtigend eine Hand auf den Arm und ergriff selbst das Wort.

»Lass gut sein, mein Freund, und sag nichts, was du später bereust. Sei lieber froh und dankbar, dass die Demonstration friedlich verlaufen ist und hoffentlich die gewünschte Wirkung zeigt.«

»Die gewünschte Wirkung, *mon œuil*«, murmelte Guy, der Mühe hatte, das Gleichgewicht zu halten. Dann zog er geräuschvoll die Nase hoch und spie einen dicken Rotzklumpen direkt vor Henris und Lavalles Füße, ehe er kehrtmachte und davontorkelte.

Das Zerwürfnis mit seinem Freund lastete schwer auf Henri und ließ wenig Raum für andere Gedanken, sodass er kaum dazu kam, sich mit der Arbeit an seinem Meisterstück zu beschäftigen.

Fünf Tage waren vergangen, seit er mit Anna gesprochen hatte, und irgendwie war ihre Begegnung zu einer Art Traum verblasst, zu einem Trugbild, irreal und verzerrt. Was indes nichts daran änderte, dass er sich danach sehnte, in ihrer Gegenwart sein zu dürfen, ihren klugen Worten zu lauschen, ihr von den kleinen Begebenheiten in seinem Leben zu erzählen, von seinen Hoffnungen und Ängsten, seinen Sorgen und seinen Schuldgefühlen gegenüber seinem alten Freund Guy.

Nachts, wenn er allein in der Dunkelheit lag, war die

Sehnsucht am schlimmsten. Dann sah er ihr Gesicht vor sich, spürte wieder ihre Hand auf seinem Arm und die Hitze, die durch seinen gesamten Körper strömte. Wenn dieses Gefühl aber umschlug in körperliche Begierde, schämte er sich, als würde er dadurch die Erinnerung an sie besudeln. Was ihn jedoch nicht daran hinderte, sich selbst Erleichterung zu verschaffen, damit er endlich Schlaf fand.

Mit dem Morgen kehrte dann die Wirklichkeit zurück und mit ihr die ernüchternde Gewissheit, dass er sie wahrscheinlich niemals wiedersehen würde. Parallel dazu stellten sich mit einem Mal Zweifel ein, ob er wirklich in der Lage war, Annas Skizzen zu einem Seidenmuster zu verweben, und er bat seinen Meister erneut um seine Meinung. Die Vorlage sei sehr ansprechend, erhielt er zur Antwort, wiewohl nicht einfach umzusetzen. Und genau das sei die Herausforderung, der er sich stellen müsse.

Mariette hingegen konnte sich vor Begeisterung kaum einkriegen.

»Oooh, das ist ja himmlisch«, schwärmte sie. »Ganz wunderbar. Ein solches Muster wünsche ich mir für mein neues Abendkleid.« Sie blickte Henri fragend an. »Das ist nicht deine Skizze, da bin ich mir sicher. Wo hast du sie her?«

Als er schwieg, bohrte sie weiter. »Los, raus mit der Sprache, Henri. Wer ist der Künstler? Wieso machst du so ein Geheimnis darum?«

»Ich kann es dir erst verraten, wenn mein Meisterstück fertig ist«, wich er aus. »Dann werde ich das Geheimnis lüften, versprochen.«

Unzufrieden und ein bisschen beleidigt, stolzierte

Mariette aus dem Zimmer, um das Cembalo zu malträtieren. Und Henri war genauso schlau wie vorher, bis ihm eine Idee kam.

Natürlich! Wieso hatte er nicht früher daran gedacht.

Der einzige Mensch, auf dessen Sachkenntnis er vertrauen konnte, war Miss Charlotte. Und sie hatte ihm schließlich geraten, sich an modernere, natürliche Muster zu wagen. Zumindest würde sie ihm sagen können, ob Annas Skizzen dem entsprachen, was ihr vorschwebte. Und wenn es ihr gefiel, wäre ihm das Bestätigung genug, sich mit neuem Schwung an die Arbeit zu machen.

Zwei Tage später, als eine Lieferung für Amerika, die Henri stark in Anspruch genommen hatte, sorgfältig verpackt auf die Straße hinabgelassen worden war, bat Henri Monsieur Lavalle um einen freien Nachmittag. Da sie die letzten Tage Überstunden gemacht und häufig selbst nach Einbruch der Dunkelheit im Schein der Kerzen weitergearbeitet hatten, war der Meister in großzügiger Stimmung.

»Du hast dir ein paar freie Stunden redlich verdient«, sagte er und zog seine Geldbörse hervor. »Auf dem Heimweg kaufst du ein paar heiße Fleischpasteten und Starkbier. Lade, wenn du willst, Clothilde ein, immerhin gibt es etwas zu feiern.«

Die Aussicht auf einen netten Abend mit gutem Essen und einem kräftigen Bier weckte Henris Lebensgeister, und seine Mutter würde sich gewiss über die Einladung freuen. Seit ihrer Trennung von dem Witwer kam Clothilde eher selten in den Genuss von Gesellschaft, außerdem mochte sie Vater und Tochter Lavalle sehr gern. Im Geheimen hatte Henri sich mehr als einmal gefragt, ob sie und der Meister nicht ein ideales Paar abgäben. Seine Mutter verstand etwas von der Weberei, konnte gut kochen und hatte sich, obwohl sie nicht gerade auf Rosen gebettet gewesen war, ihr gutes Aussehen und ihr heiteres Naturell bewahrt. Allerdings ließ Lavalle nie das leiseste Interesse an einer Wiederverheiratung erkennen.

Egal, es war nicht seine Angelegenheit – er hatte genug mit sich selbst zu tun, dachte er auf dem Weg zu dem Atelier der Schneiderin.

Sobald das Glöckchen über der Eingangstür ertönte, trat Miss Charlotte aus dem Hinterzimmer. »Monsieur Vendôme«, begrüßte sie ihn mit einem freundlichen Lächeln. »Wie schön, Sie wiederzusehen. Was kann ich für Sie tun?«

Henri zog Annas Skizze aus der Innentasche seiner Jacke, faltete sie auf dem Tisch vor dem Fenster auseinander und strich sie glatt.

»Was ist denn das?«, fragte sie und setzte sich.

»Eine Skizze von Wildblumen, leider nicht von mir, *bien sûr*«, antwortete er. »Ich glaube, es könnte ein gutes Motiv für einen Seidenstoff abgeben, würde jedoch gern Ihre Meinung dazu hören. Glauben Sie, es würde sich als Muster eignen?«

Sie beugte sich über das Blatt und studierte es eingehend. »Wunderschön, so detailliert und fein gearbeitet und so naturgetreu.« Sie hob den Kopf und richtete ihre dunklen Augen auf ihn. »Darf ich fragen, welcher Künstler die Skizze angefertigt hat?«

Seine Wangen glühten. »Es tut mir leid, ich bin nicht ermächtigt, den Namen preiszugeben.«

»Was für ein hinreißendes Geheimnis.« Leise Belustigung spiegelte sich auf ihren Zügen. »Ich würde sagen, die Zeichnung stammt von einer weiblichen Hand. Und wirklich faszinierend finde ich das hier.« Mit dem Finger

strich sie über die feinen Stängel der in einem unregel-
mäßigen Spaliermuster verlaufenden Zaunwinde, um das
sich die Blumen und das Blattwerk rankten. »Das erinnert mich an etwas.« Sie hielt inne. »Einen Moment bitte.« Sie verschwand, kehrte wenige Augenblicke später
mit einem Magazin zurück und begann darin zu blättern.

»Hier.« Sie reichte ihm die Zeitschrift.

Die Skizze war schwarz-weiß und zeigte eine scheinbar zufällige Ansammlung klassischer Skulpturen inmitten einer seltsam anmutenden Kulisse aus Häusern, Zäu-
nen und Dächern. Auf der einen Seite befand sich die
anatomische Darstellung der Muskulatur eines menschlichen Beines, und auf der anderen waren mehrere auf-
geschlagene Bücher abgebildet. Umgeben war die Sze-
nerie von nummerierten Kästchen mit Zeichnungen von
Blumen, Kerzen, teilweise reichlich bizarr anmutenden
Gesichtern, einem von einem Speer durchbohrten Torso,
einem Frauenbeine umspielenden Rock und mehreren
geschwungenen Formen.

»Was ist das?«, fragte er. »So etwas habe ich noch nie
vorher gesehen.«

»Haben Sie je von dem Künstler William Hogarth gehört?«

»O ja«, antwortete er. »Monsieur Lavalle hat eine Illustration, die er all seinen Lehrburschen zeigt. *Lehrlinge an
ihren Webstühlen* heißt sie und soll uns vor den Gefahren
des Müßiggangs und der Trunksucht warnen.«

»Genau. Er hat sich seit jeher für Spitalfields interessiert, weil er ganz in der Nähe geboren wurde. Seine Frau
Jane ist seit vielen Jahren meine Kundin. Sie ist eine ganz
reizende Dame und ebenfalls Künstlerin. Erst kürzlich
war sie so freundlich und hat mir diesen Artikel über

sein jüngstes Buch, *Die Analyse der Schönheit,* vorbeigebracht.«

»Es sieht ziemlich kompliziert aus.«

»Das ist es auch und hat dem Künstler manche Kri-
tik und den Vorwurf der Arroganz eingebracht, aber Mrs.
Hogarth hat versucht, es mir zu erklären. Kurz gesagt geht
es darum, dass für das menschliche Auge der schier unendliche Variantenreichtum an geschwungenen Linien
in der Natur angenehmer ist als die geraden Linien und
Winkel, wie der Mensch sie erschafft. Diese klassischen
Skulpturen bestehen rein aus Kurven und geschwungenen Linien, weil sie der Anatomie folgen. Desgleichen
finden sich überall gerundete Formen wie beispielsweise in diesen Blumen. Der Kunsttischler Thomas Chippen-
dale hat dieses Prinzip verstanden und ihm in seinen geschwungenen Stuhlbeinen Gestalt verliehen.«

Mit wachsender Erregung lauschte Henri Miss Charlottes Erklärungen und verstand mehr und mehr, was sie
ihm zu vermitteln versuchte – dass das Spalier aus gewundenen Pflanzenstängeln auf Annas Zeichnung die Essenz der Schönheit darstellte.

»Und die geschwungenen Linien in meiner Skizze tun
genau das?«

»So ist es«, bestätigte sie und holte aus den Regalen an
der hinteren Wand des Verkaufsraums einen Tuchballen
heraus – einen bildschönen schimmernden Seidenbrokat
mit einem floralen Design.

»Das hier ist dem Ihren nicht ganz unähnlich, allerdings fehlt hier etwas«, erklärte sie. »Die Linien sind gerade, die Winkel scharf, deshalb stehen sie im Kontrast
zur Natürlichkeit der Blumen. Ihr Muster dagegen ist
so viel angenehmer für das Auge, weil die Blumen auf

einem Hintergrund natürlich geschwungener Stängel ru-
hen – die Schlangenlinie, wie er sie nennt.«

Henri sah Miss Charlotte an, dann wieder die Skizzen.
Ihm fehlten die Worte. Mit zitternden Fingern nahm er
das Blatt in die Hand.

»Sie glauben also …, das hier könnte eine gute Webvorlage sein?«

»Unbedingt. Es ist völlig anders als alles, was mir bisher untergekommen ist«, versicherte sie, und ein Lächeln
breitete sich auf ihrem blassen Gesicht aus.

»Ich bin Ihnen zu großem Dank verpflichtet. Ihr Urteil
macht mich überglücklich.«

»Es war mir ein Vergnügen, Monsieur Vendôme.«

»Henri, bitte.«

»Gern. Dann darf ich Sie im Gegenzug darum bitten,
mich Charlotte zu nennen.« Sie hielt inne. »Und nun,
da wir uns gegenseitig beim Vornamen nennen und mir
noch eine halbe Stunde Zeit bis zum Eintreffen meiner
nächsten Kundin bleibt, würden Sie gern eine Tasse Tee
mit mir trinken?«

Als er nickte, führte sie ihn nach hinten in jenen Raum,
der gleichermaßen, durch einen Vorhang geteilt, als Salon
wie als Anprobe diente.

Während er es sich bequem machte und in den Mode-
journalen auf dem Tisch blätterte, ging die Schneiderin in
die Küche, um den Tee zuzubereiten. In diesem Moment
läutete das Glöckchen über der Tür. Er stieß einen leisen
Fluch aus – das musste die Kundin sein, deren Eintreffen seinem Besuch unweigerlich ein Ende setzen würde.

»Miss Charlotte?«, rief er leise. »Ich glaube, es ist jemand gekommen.«

Atemlos kam sie die Treppe aus der Küche im

Untergeschoss heraufgelaufen und eilte in den Verkaufsraum, wobei sie die Tür halb angelehnt ließ.

»Miss Charlotte, bitte entschuldigen Sie, dass ich zu
früh komme – der Weg war irgendwie kürzer, als ich ihn
in Erinnerung hatte.«

Diese Stimme! Henris Herzschlag schien auszusetzen.

»Sind Sie gerade mit einer anderen Kundin beschäftigt? Bitte verzeihen Sie. Ich kann gerne später wieder-
kommen, wenn es im Augenblick unpassend für Sie ist.«

»Seien Sie ganz unbesorgt, Miss Butterfield, das ist
kein Problem. Sie wollen bestimmt Ihren Umhang abholen, nicht wahr? Einen Moment, ich hole ihn sofort«, sagte sie und verschwand im Salon.

»Ich bin gleich wieder bei Ihnen«, flüsterte sie Henri zu
und holte hinter dem Vorhang einen Umhang aus dunkel-
blauem Samt mit rubinrotem Satinbesatz und schwarzem
Pelzkragen hervor, mit dem sie im Laden verschwand.

Obwohl die Stimmen gedämpft waren, konnte er die
Worte verstehen. Mit angehaltenem Atem lauschte er,
wie Anna von dem Umhang schwärmte und der Schneiderin für die gelungene Arbeit dankte. Diese schlug daraufhin vor, den Umhang durch einen zum Kragen passenden Pelzmuff zu ergänzen, woraufhin Anna offenbar
unter fröhlichem Kichern einige Modelle probierte. Henri wünschte sich so sehr, daran teilhaben zu dürfen, statt
sich wie ein gemeiner Dieb hinter der Tür zu verstecken
und sich damit begnügen zu müssen, ihre Stimme zu hören.

»Der ist perfekt. Den nehme ich.«

»Möchten Sie den Umhang gleich umlegen, oder soll
ich Ihnen die Sachen liefern lassen?«

»Den Umhang nehme ich gleich so, den Muff packen

Sie lieber ein. Bei den Temperaturen heute sähe er ziemlich lächerlich aus.«

Eine ganze Weile drang kein Laut aus dem Verkaufsraum nach hinten, bis er ein verwundertes »Oh!« und als Nächstes eine beklommene Frage vernahm.

»Entschuldigen Sie, Miss Charlotte, wenn ich neugierig bin – darf ich Sie fragen, woher Sie dieses Blatt haben?«

Henri ahnte bereits, um was es sich handelte, und wurde sogleich durch die Antwort der Schneiderin in seinem Verdacht bestätigt.

»Ach, das ist eine Skizze für einen Entwurf, zu dem jemand meine Meinung hören wollte.«

Er musste an sich halten, nicht nach draußen zu stürzen und die Angelegenheit klarzustellen.

»Sie kommt mir überaus bekannt vor«, hörte er Anna sagen. »Gestatten Sie mir die Unverfrorenheit zu fragen, um wen es sich bei diesem Jemand handelt?«

»Sie meinen, Sie haben dieses Muster schon einmal gesehen?«

»In der Tat, das habe ich, Miss Charlotte«, erwiderte Anna und brach in Gelächter aus. »Darf ich Sie ins Vertrauen ziehen?«

»Selbstverständlich, wenn Sie möchten.«

»Das hier habe ich gezeichnet.«

»*Sie* haben das gezeichnet? Und wie … ich meine, woher …«

»Die Skizze gehört jetzt einem jungen französischen Weber, Monsieur Vendôme. Er hat mich um Erlaubnis gebeten, sie verwenden zu dürfen.«

Im Nebenzimmer gab Henri sich einen Ruck. Sich noch länger zu verstecken wäre albern – er war den beiden

Damen eine Erklärung schuldig. Noch einmal holte er tief Luft, öffnete die Tür und trat in den Verkaufsraum.

Da stand sie, nur wenige Meter von ihm entfernt, strahlend schön mit ihrem neuen Umhang um die Schultern. Der überraschte und zugleich erfreute Ausdruck auf ihrem Gesicht ließ ihn schwindlig werden.

»Henri!«, rief sie. »Ich meine, Monsieur Vendôme! Sie hier!«

»Mam'selle Butterfield.« Er machte eine tiefe Verbeugung, wie er es bei den englischen Gentlemen beobachtet hatte. »*Tout le plaisir est pour moi*«, sagte er, ehe ihm einfiel, dass er ja Englisch mit ihr sprechen musste. »Das Vergnügen ist ganz auf meiner Seite.«

»Ich wusste gar nicht, dass Sie mit Miss Charlotte bekannt sind.« Sichtlich verwirrt blickte Anna von einem zum anderen.

»Miss Charlotte ist eine gute Bekannte der Familie meines Meisters und war mir eine große Hilfe«, beeilte er sich zu erklären. »Ich habe mich wegen eines fachmännischen Rates an sie gewandt. Sie sollte mir sagen, ob sich Ihr Muster für ein Seidenkleid eignet.«

Annas Züge hellten sich auf. »Ah, jetzt verstehe ich.«

»Sie hat mir erzählt, dass William Hogarth, der berühmte Maler und Grafiker, ein großer Freund von geschwungenen Linien sei. Sie entsprächen der ›Essenz der Schönheit‹, sagt er. Und auf Ihrem Blatt überwiegen sie ebenfalls.«

Wieder lachte sie, und wieder ging Henri das Herz beim Klang ihrer Stimme auf.

»Das sind alles gewöhnliche Stängel, Blätter und Blütenkelche. Ich zeichne einfach nach, was in der Natur vorkommt.«

»Indes auf eine ungewöhnlich realitätsnahe Art und Weise«, warf Miss Charlotte ein. »Das ist eine ganz besondere Gabe.«

»Und genau da liegt mein Problem«, ergriff Henri wieder das Wort, »denn diese Naturnähe auf die Seide zu übertragen wird meine bescheidenen Fähigkeiten auf eine schwere Probe stellen. Es dürfte ein hartes Stück Arbeit werden, die Formen so perfekt in einen Stoff zu weben.«

»Ich bin sicher, jemandem mit Ihrer Erfahrung wird es mühelos gelingen«, beruhigte Anna ihn.

Für einen Moment begegneten sich bei diesen Worten ihre Blicke so wie damals in der Christ Church – trafen sich voll gegenseitigem Verständnis, so tief und eindringlich, dass es sich anfühlte, als könnte er geradewegs in ihre Seele blicken. In dieser Sekunde schien der Rest der Welt in völliger Bedeutungslosigkeit zu versinken.

Miss Charlotte kramte in einer Schublade hinter ihrer Ladentheke herum.

»Ich habe hier etwas, das Sie zusätzlich inspirieren dürfte, Henri«, sagte sie und förderte ein Stück Seidenstoff zutage. »Das ist der Rest eines Ballkleids, das ich vor langer Zeit aus französischer Seide geschneidert habe … rechtmäßig importierter Seide, möchte ich hinzufügen.«

Das Muster war ziemlich auffällig und zeigte leuchtend bunte Rosen und Pfingstrosen inmitten von üppigem Blattwerk vor einem zartblauen Hintergrund. Die Darstellung war bemerkenswert realitätsnah.

»Ich sehe Ihnen genau an, was Sie denken«, räumte sie ein. »Heutzutage gilt so etwas nicht mehr als modern – dennoch lässt sich daran sehr gut die besondere Technik der Lyoner Weber in dieser Zeit nachvollziehen. Jean

Revel war meines Wissens der Erste, der Schattierungen darzustellen versuchte. Ich glaube, man nannte das *points rentrées*. Vielleicht ist Monsieur Lavalle ja vertraut damit?«, schloss sie und reichte Henri den Stoff.

Selbst ohne eines der Vergrößerungsgläser, die sie benutzten, um Webtechniken detailliert zu studieren, erkannte er, dass die verschiedenfarbigen Kett- und Schussfäden so ineinander verwoben waren, dass an den Blatt- und Blütenrändern kaum merklich erhobene Kanten entstanden waren statt der üblichen klar definierten Linien. Henri hatte diese Technik bei frühen Experten der Webkunst wie Leman gesehen. Inzwischen war sie mehr oder weniger in Vergessenheit geraten, da jetzt kleinere, weniger farbenfrohe Blumenmuster gefragt waren.

Es war, als hätte sich in diesem Moment ein Schlüssel in einem Schloss gedreht und das dahinterliegende Geheimnis enthüllt: Es galt lediglich herauszufinden, wie er die Litzen und Schiffchen an seinem Webstuhl arrangieren musste, um Revels Technik auf ein kleineres Muster zu übertragen und damit die Schattierungen von Annas Graphitstift darzustellen.

»Charlotte, *vous êtes merveilleuse*«, erklärte er. »Sie haben mir gerade die Lösung für mein Problem geliefert.«

»Was haben Sie denn entdeckt? Möchten Sie es uns nicht erklären?«, drängte Anna.

»Ich will es gern versuchen«, sagte Henri.

»Dann setzen wir uns doch alle in den Salon«, schlug die Schneiderin vor, »trinken einen Tee und hören uns Ihre Ausführungen an.«

Kapitel 13

Keine junge Dame sollte ohne den Schutz einer verheirateten Lady oder eines älteren Gentlemans einem Ball beiwohnen.

Über die Umgangsformen der feinen Dame

Liebster Vater,
heute durfte ich den bislang schönsten Tag seit
meiner Ankunft in London verleben. Ich habe eine
Freundin gefunden. Ihr Name ist Charlotte, und sie
ist Schneiderin – vielleicht sollte ich korrekterweise
Costumière sagen, denn diese Bezeichnung steht über
der Tür ihres Ladens. Sie hat wunderschöne Kleider
für mich angefertigt, und heute habe ich einen atemberaubenden Samtumhang mit Pelzkragen und dazu
passendem Muff bei ihr abgeholt. Keinem Mädchen
in der Stadt wird im Winter künftig so mollig warm
sein wie mir!
Sie ist eine wunderbare Person, unabhängig und unverheiratet, soweit ich weiß. Und sie führt ganz allein
und höchst erfolgreich ihr eigenes Geschäft. Heute
hat sie mich in ihren Salon zum Tee eingeladen, wo
wir ein höchst anregendes Gespräch über Kunst und
Mode geführt haben.
Am meisten bewundere ich an ihr, dass sie scheinbar

völlig unbekümmert im Hinblick auf ihren gesell-
schaftlichen Stand ist. Obwohl sie »Händlerin« ist,
wie Tante Sarah es ausdrücken würde, spricht Char-
lotte mit jedem, der ihr begegnet – egal ob Herrschaf-
ten oder einfachem Volk, ob Mann oder Frau –, in
derselben direkten Art und Weise, ohne dabei herab-
lassend oder kriecherisch zu sein. Es ist, als wären für
sie alle Menschen gleich, unabhängig von ihrem Stand
und ihrem Geschlecht. Wie herrlich es doch wäre,
wenn allen Menschen diese Behandlung zuteilwürde.
Bitte erwähne nichts davon Onkel und Tante gegen-
über, da sie diesen Umgang gewiss nicht billigen
würden. Aber ich bin noch so erfüllt von diesem
herrlichen Nachmittag, dass ich einfach jemandem
davon erzählen musste.
Ach ja, Tante Sarah wird dir sehr bald selbst schrei-
ben, da ich von einem jungen Mann, einem künftigen
Anwalt namens Charles Hinchliffe, zum großen Ball
der Anwaltskammer eingeladen wurde. Ihrer Ansicht
nach wäre er die perfekte Partie für mich. Er ist ein
durchaus interessanter Mann, doch meine Empfin-
dungen für ihn sind nicht allzu tief, deshalb rechne
lieber nicht mit größeren Neuigkeiten in dieser Hin-
sicht, wenngleich Tante Sarah deswegen schon völlig
aus dem Häuschen ist!
Drück bitte die liebe Jane für mich und sag ihr, dass
ich ihr sehr bald schreiben werde.
Deine dich liebende Tochter
Anna

»Du siehst ja so zufrieden aus, Anna«, sagte Lizzie beim
Abendessen, worauf ihre Mutter hinzufügte: »Ja, deine

Wangen leuchten regelrecht, liebe Nichte. Hast du vielleicht gute Nachrichten von zu Hause erhalten?«

»Nein, ich freue mich einfach so über meinen neuen Umhang und den Muff, liebste Tante, dass ich die ganze Zeit lächeln muss. Vielen lieben Dank für deine unendliche Großzügigkeit«, schmeichelte Anna und war heilfroh, weitergehenden Fragen ausweichen zu können, ohne lügen zu müssen.

Natürlich enthielt der Brief an ihren Vater nur einen Teil der Wahrheit. So sehr sie die Schneiderin wegen ihrer Unabhängigkeit und ihres selbstsicheren Auftretens bewunderte und so erfreut sie über die Aussicht war, sie vielleicht als Freundin gewinnen zu können – weitaus schwerer wog der glückliche Umstand, dass sie bei ihr unverhofft Henri begegnet war. Es erschien ihr wie ein unerwartetes Geschenk, so unverstellt mit ihm plaudern zu können – ohne Schuldgefühle und ohne Furcht, erwischt zu werden.

Überdies war ihr Gespräch im besten Sinne anregend gewesen, hatte nichts gemein gehabt mit dem oberflächlichen Geschwätz der sogenannten feinen Gesellschaft, bei dem es bloß um den gesellschaftlichen Rang und dessen sichtbare Attribute ging.

Zugegeben, nicht immer war es ihr gelungen, sich auf die Unterhaltung zu konzentrieren. Oft hatte sie Mühe gehabt, den Blick von Henris Gesicht zu lösen – zu fasziniert war sie von der Intensität seiner braunen Augen, die er wie seinen olivfarbenen Teint und sein schwarzes Haar seinem südländischen Erbe verdankte.

Doch auch was er äußerte, gefiel ihr. Alles hatte Hand und Fuß, zeugte von Besonnenheit und Klugheit, nicht zuletzt solcher des Herzens. Dazu gehörte etwa, mit welch großem Respekt er von seinem Meister und seiner verwitweten Mutter sprach – die beiden konnten wahrlich froh sein, einen so wunderbaren jungen Mann in ihrem Leben zu haben. Das alles hatte dazu geführt, dass seine Abwesenheit sie jetzt beinahe körperlich schmerzte und ihre Sehnsucht, ihn wiederzusehen, mit jeder Minute zu wachsen schien. Dabei wusste sie genau, dass es für sie beide keinerlei Zukunft gab. Sie war schließlich nach London gekommen, um vorteilhaft verheiratet zu werden, und nicht, um sich sentimentalen Tagträumen hinzugeben, in denen ein armer französischer Seidenwebergeselle eine Rolle spielte, die ihm, gesellschaftlich gesehen, nicht zustand. Ganz zu schweigen davon, dass sie in den Augen ihrer Tante gewissermaßen so gut wie verlobt mit Charles Hinchliffe war. Sarahs Meinung nach konnte die Einladung zum Ball nichts anderes sein als eine Absichtserklärung, der gewiss innerhalb kürzester Zeit ein offizieller Antrag folgen würde.

Anna wusste nicht so recht, was sie von alldem halten sollte.

Einerseits fühlte sie sich geschmeichelt, da Charles zweifellos eine »gute Partie« und zudem auf dem besten Wege war, ein wohlhabender Mann zu werden – vorausgesetzt natürlich, seine Leidenschaft fürs Glücksspiel geriet nicht außer Kontrolle.

Aber sosehr sie sich bemühte, vermochte sie sich beim besten Willen nicht vorzustellen, dass ihr ein Leben an Charlies Seite Freude bereiten würde. Ihre Aufgabe bestünde darin, zu repräsentieren und seinen gesellschaftlichen Aufstieg zu unterstützen. Ein nutzloses Leben, fand sie und war überzeugt, innerhalb eines Jahres vor Langeweile zu sterben.

Doch welche Wahl hatte eine Frau überhaupt in einer Welt, in der die Macht allein in den Händen der Männer lag? So gut wie keine, außer man besaß irgendwelche besonderen Fähigkeiten wie Miss Charlotte. Natürlich könnte sie sich mit Zeichnen beschäftigen und ihr Cembalospiel verbessern, bloß ließ sich darauf keine Existenz aufbauen. Und sich als Gouvernante zu verdingen? Nein, das war ein Beruf, den sie schon immer als entsetzlich trübsinnig empfunden hatte. Sie käme sich vermutlich wie eine Ratte im Käfig vor, verzweifelt an den Stäben zerrend und nicht bereit, sich dem Unvermeidlichen zu fügen. Und die zweite Option, sich als Haushälterin ihren Lebensunterhalt zu verdienen, fand Anna sogar noch schlimmer.

Um sich von den eher trüben Zukunftsperspektiven abzulenken, nahm sie sich das Blatt mit den skizzierten Wildblumen vor. Im Atelier der Schneiderin nämlich war es ihr mit einem Mal unzulänglich und amateurhaft vorgekommen, lieblos hingeschmiert. Die künstlerischen Schwächen waren ihr förmlich ins Auge gesprungen: die mangelnde Symmetrie, die realitätsfernen Formen der Blätter, die gleichmäßige Dicke der Stängel, die in der Natur von oben nach unten schmaler wurden. All das könnte sie nach ihrer Lehrstunde bei Georg Ehret besser hinbekommen. Deshalb hatte sie Henri vorgeschlagen, noch ein paar Änderungen vorzunehmen.

Die Skizze sei absolut wunderbar, war seine Antwort gewesen, dann allerdings hatte er nachgegeben unter der Bedingung, dass es keine grundsätzlichen Veränderungen würden.

Zunächst tat sie sich schwer, wusste nicht, wo sie ansetzen sollte, und mit jedem weiteren Versuch schwand ihr Vertrauen in ihre künstlerische Gabe. Was um alles in der Welt war nur los mit ihr, dachte sie, während sie ein weiteres Blatt Papier zusammenknüllte und es gegen die Wand schleuderte. Kein Talent, keinerlei Inspiration – sie war schlicht unfähig. Was für eine Katastrophe!

Sie warf sich auf die harte Matratze ihres Bettes und schloss die Augen. Bilder flackerten hinter ihren geschlossenen Lidern: die geschwungenen Linien, die Mr. Ehret aufs Papier geworfen hatte, die Regentropfen, die im Sonnenlicht glitzerten, die Rot- und Orangeschattierungen des herbstlich verfärbten Laubes. Mit einem Mal befand sie sich wieder im Garten der Hinchliffes und hörte die Stimme des begnadeten Illustrators, seine eindringlichen Worte: »Hinsehen, immer wieder hinsehen …«

Die Glocken der Christ Church rissen sie aus ihren Tagträumen. Inzwischen hatte sie begriffen, was sie falsch gemacht hatte und wie sie Abhilfe schaffen konnte.

Nach dem Mittagessen bat sie Betty, sie zum Markt zu begleiten. Am Wildblumenstand, hinter dem zu ihrer grenzenlosen Erleichterung nicht die rotgesichtige Frau, sondern ein Mann stand, kaufte sie für knapp zwei Shilling Strandflieder, gelbe Baumlupinen, Stranddisteln und Erika in unterschiedlichen Farbschattierungen. Zu Hause angekommen, trug sie einen großen Krug voll Wasser in ihr Zimmer und arrangierte die Blumen so, dass die Idylle des heimatlichen Strandes an einem Spätsommertag erstand.

Jetzt, hoffte sie, konnte sie Ehrets Rat endlich beherzigen.

Am Ende des darauffolgenden Tages hatte sie, trotz Lizzies ununterbrochener Störungen, die ursprüngliche Skizze neu gestaltet: das geschmeidig gewundene

Spaliermuster der Zaunwinde, wenngleich deutlich detailgenauer, das Venenmuster in den Blättern, die Schatten auf einem gerundeten Blatt, zarte Knospen, Blumen, einige in voller Pracht stehend, andere halb verwelkt und zerdrückt, Regentropfen an der Spitze eines Blattes. Sogar ein winziger schwarzer Käfer, der aus dem Wildblumenstrauß plumpste, fand sich in ihrer Darstellung wieder.

Diesmal malte sie die Skizze mit Wasserfarben aus, trug, sobald sie getrocknet waren, mit Kreide Schattierungen auf und zog einzelne Linien mit Tusche nach, um sie hervorzuheben.

Nach getaner Arbeit stellte sie die fertige Skizze auf ihre Kommode und lehnte sich auf ihrem Bett zurück, um sie kritisch zu mustern.

Sie war gut geworden, kein Zweifel. Wesentlich besser jedenfalls als der erste Versuch. Allein dadurch, dass die Farben und Schattierungen ihr mehr Tiefe verliehen und das Ganze realistischer aussehen ließen. Zufrieden mit ihrem Werk, rollte sie das Blatt zusammen, schlang ein schmales Bändchen darum und befestigte einen Zettel mit Henris Namen und Adresse daran. Jetzt musste sie noch einen Weg finden, ihm die Skizze zukommen zu lassen, ohne lästige Fragen heraufzubeschwören.

Der Tag des Balls der Anwaltskammer rückte unaufhaltsam näher, und mit ihm wuchs Annas Besorgnis wegen ihrer mangelnden Tanzkünste. In der Familienbibliothek war sie auf einen Bildband mit dem Titel *The Art of Dancing* gestoßen. Darin wurde anhand von Diagrammen mit Linien und Pfeilen erklärt, in welche Richtung sich die Füße der Tanzenden zu bewegen hätten – ein sinnloses Unternehmen, da sich ohne Musik kein Gefühl für den

Takt einstellte. Von der Frage, was sie mit ihren Armen anstellen sollte, einmal ganz abgesehen. Mit jedem Versuch erschienen alle Bemühungen ihr hoffnungsloser. Zum Glück erkannte die Tante das Problem und nahm sich dessen an.

»Wir müssen dafür Sorge tragen, dass du gut auf den Ball vorbereitet bist«, erklärte sie eines Abends. »Bist du mit dem französischen Tanzstil überhaupt vertraut, mein Kind?«

»Ich fürchte nein – um ehrlich zu sein, verfüge ich über keinerlei Kenntnisse, und das liegt mir schwer im Magen.«

»Dann werde ich unverzüglich einen Tanzlehrer für dich engagieren. Mrs. Hinchliffe hat seinerzeit für Susannah einen hervorragenden Gentleman organisiert. Er soll sich deiner annehmen, und zusätzlich brauchen wir jemanden fürs Cembalo.«

»Und was ist mit mir?«, maulte Lizzie. »Du hast gesagt, ich soll auch bald unterrichtet werden.«

Ihre Mutter bedachte sie mit einem strengen Blick. »Du siehst erst mal zu und lernst dabei, Lizzie. Im Moment geht es vorrangig um Anna, deine Zeit kommt noch. Darin stimmst du mir gewiss zu, liebster Gatte?«

Onkel Joseph gab ein undefinierbares Grunzen von sich.

Gleich am Tag darauf trat »Monsieur le Montagne«, wie er sich nannte, zur ersten Stunde an.

Eine ganze Weile gelang es ihm, die Fiktion seiner französischen Herkunft ebenso aufrechtzuerhalten wie seinen angelernten französischen Akzent, doch dann verlor er angesichts der tänzerischen Unzulänglichkeit seiner Schülerin für einem kurzen Moment die Contenance, und

241

sein Londoner Dialekt schlug unüberhörbar durch. Lizzie fand außerdem, er sehe aus wie ein Geck mit seiner weißen Perücke, dem zu dick aufgetragenen Rouge und der stutzerhaften, viel zu engen Kleidung. Aber der Zweck heiligte die Mittel: Anna brauchte Tanzunterricht, und Monsieur galt als Meister seines Faches.

»Beim Menuett zeischnen wir mit unsere Füße eine 'errlische Bild auf den Boden, Miss Butterfield … *Voilà?*« Sie hatten die Stühle im Salon an die Wand geschoben und den Teppich aufgerollt, unter dem unebene und rissige Holzdielen zum Vorschein gekommen waren, was das *Zeischnen mit die Füße* zu einem ziemlich heiklen Unterfangen machte.

»Wir drehen die Füße ganz leischt nach außen, so. Elegant bitte, Mademoiselle. Niemals nach innen gedreht, *voilà,* was *grotesque* aussehen würde.« Er schnitt eine hässliche Grimasse. »Alors, als Erstes wir stellen uns auf Zehenspitzen, dann wir verbeugen uns. So …«

Er beugte sich vor, richtete sich wieder auf, wiederholte das Ganze mehrmals. Auf und ab, auf und ab wie die Erpel am Dorfteich zur Paarungszeit im Frühling. Anna musste ein Lachen unterdrücken.

»Wir beugen uns also vor«, fuhr er fort, »damit eine elegante Schlangenlinie entsteht, so wie eine Fluss, mit unsere Füße, unsere 'ände, unsere … ähem …« Er beschrieb eine geschwungene Linie in der Luft, als würde er die Formen einer Frau nachzeichnen. »*Comme ça.*«

»Das ist wie bei Mr. Hogarth«, warf Anna ein. »Er sagt, die Schlangenlinie sei der Inbegriff der Schönheit.«

Monsieur le Montagne bedachte seine Schülerin mit einem wohlwollenden Lächeln. »In der Tat, Miss Butterfield. Sehr klug von Ihnen. Monsieur 'ogarth sagt außerdem, dass *le menuet* der perfekteste von alle Tänze ischt. Also, wir versuchen es noch einmal. Und nischt vergessen, Arme elegant, nischt auf die Füße sehen. Finger locker, Arme elegant, in Rischtung der Füße gerischtet. So ist gut. Also, eins, zwei und drei ... Sinken lassen, erheben, vorbeugen.«

Wieder und wieder versuchte sie es, bemühte sich nach Kräften, seinen Anweisungen zu folgen, oft vergeblich, bis sie endlich nach drei Stunden allmählich an Selbstverstrauen gewann und weniger Fehler machte. Tante Sarah und Lizzie, die sich auf den Stühlen niedergelassen hatten, applaudierten.

»Fast hast du es geschafft, Anna. Morgen wird es perfekt sein«, rief ihre Cousine.

»Zum Glück wird sowieso niemand auf mich achten, weil ich keine wichtige Persönlichkeit bin.«

Anna nippte an einem Glas Wasser, das ihre Tante ihr freundlicherweise gereicht hatte.

»*Mais non*«, widersprach Monsieur le Montagne. »Jedes Paar muss einzeln tanzen. Das ischt ja Sinn von Menuett.«

»Wollen Sie damit etwa sagen, dass mir alle zusehen werden?«, erkundigte sie sich misstrauisch und mit beginnender Panik.

»*Certainement.* Isch fürchte, ja«, antwortete er. »Für heute Unterricht ischt *malheureusement* vorüber, *mais demain* wir werden Ihre Künste perfektionieren – Sie werden Ballkönigin, das ich Ihnen verspreche. *Au revoir, madame, mesdemoiselles.*«

Er machte eine tiefe Verbeugung vor den Damen und entfernte sich.

Die morgendlichen Anstrengungen hatten Anna erschöpft, aber es war ihr keine Ruhepause vergönnt, denn der Nachmittag stand ganz im Zeichen der Wahl des Kleides und anderer Details: welche Frisur, welche Schuhe, welche Strümpfe, welches Rouge, welchen Stift, um die Brauen zu betonen, welches Parfum, welcher Fächer, den aus bemalter Seide oder den aus Spitze? Ferner wurde ein Brief an Miss Charlotte aufgesetzt und ein Besuch für den folgenden Morgen arrangiert, um einige Accessoires abzuholen, die Sarah als wichtig erachtete – einen Seidenschal aus demselben gelben Damast wie das Kleid, mit gelbem Band besetzte Spitze fürs Haar und ein farblich abgestimmter Fächer.

Danach folgte eine halbstündige Unterweisung über die korrekte Verwendung desselben.

»Sieh zu, dass du die Finger nicht auf die Fächerspitze legst«, erklärte die Tante. »Das wird als Einladung verstanden, dass du gern mit der Person sprechen möchtest, auf die du zeigst. Und klappe ihn niemals, unter keinen Umständen, zu, indem du ihn einfach durch die Hand ziehst. So.«

»Was ist so schlimm daran?«, wollte Lizzie wissen.

»Damit drückst du aus, dass du denjenigen, in dessen Begleitung du dich befindest, nicht ausstehen kannst.«

Anna lachte. »Ich bezweifle, dass viele Männer sich die Mühe machen, die Sprache des Fächers zu verstehen.«

»Das mag ja sein.« Die Tante schürzte die Lippen. »Es reicht, wenn die anderen Damen sie verstehen und die Botschaft in Windeseile verbreiten.«

Lizzie schnappte sich ebenfalls einen Fächer und hob ihn an die Lippen. »Und was bedeutet das, Mama?«

Ihre Mutter lief dunkelrot an und riss ihr den Fächer aus der Hand. »Tu das nie wieder, Lizzie.«

Als Sarah einen Moment abgelenkt war, erkundigte Anna sich leise, was die Geste zu bedeuten habe.

»Küss mich«, flüsterte die Cousine und kicherte vergnügt.

»O Gott, gut, dass ich das weiß – das hätte ja peinlich werden können.«

»Willst du etwa nicht, dass Charles dich küsst? Ich dachte, das gehört dazu, wenn man jemanden heiraten wird?«

»Still, Lizzie«, mahnte Anna sie daraufhin. »Rede nicht so. Und wer sagt überhaupt, dass ich das vorhabe?«

Später, in ihrem Zimmer, dachte sie noch einmal über ihre Reaktion nach.

Wieso versetzte sie die Aussicht, von Charlie geküsst zu werden, nicht in helle Aufregung? War es nicht das, wonach sich die meisten jungen Mädchen sehnten? Außer ihr. Nein, Charlie mochte ja ein netter Kerl sein, doch romantische Gefühle weckte er in ihr nicht. Manchmal zweifelte sie sogar daran, dass sie ihn jemals anziehend genug finden würde, um ihn überhaupt küssen zu wollen – oder all die anderen Dinge mit ihm zu tun, die ihre Mutter einmal geheimnisvoll angedeutet hatte. Dinge, von denen sie nicht die leiseste Ahnung hatte ...

Anna seufzte. Vermutlich sollte sie dankbar sein, dass sich überhaupt ein so respektabler Mann für sie interessierte. Oder etwa nicht?

Am Freitagmittag, nach einer letzten intensiven, dreistündigen Unterrichtseinheit mit Monsieur le Montagne, war sie ein gutes Stück zuversichtlicher, was ihre

Fortschritte auf dem Tanzparkett betraf, und freute sich sogar ein klein wenig auf den Ball. Vorher würde sie, da hatte sie sich durchgesetzt, selbst bei Miss Charlotte das noch fehlende Zubehör für ihre Ballausstattung abholen.

»Es ist besser, wenn ich gehe«, hatte sie ihrer Tante entgegengehalten, die Betty schicken wollte. »Vielleicht muss ich ja noch eine Auswahl treffen, oder es sind ein paar Änderungen nötig. Keine Sorge, ich finde schon hin und auch wieder zurück, genau wie beim letzten Mal.«

Zu ihrer Überraschung hatte Sarah keine Einwände erhoben. Gut so, denn Anna wollte bei dieser Gelegenheit das Problem, wer Henri die neue Skizze überbringen konnte, lösen, indem sie Miss Charlotte fragte.

Als sie den Laden in der Draper's Lane erreichte und sah, dass die Schneiderin gerade Kunden bediente, ging sie auf die andere Straßenseite, um dort unauffällig zu warten.

Durch das Schaufenster erkannte sie eine Frau, die einen blassen Jungen an der Hand hielt. Der Kleine trug den bildschönen pflaumenblauen Damastrock, den sie vor ein paar Wochen im Laden auf der Puppe bewundert hatte. Miss Charlotte umarmte die junge Frau flüchtig, ehe sie vor dem Jungen in die Hocke ging, die Hände um sein Gesichtchen legte und ihm einen Kuss auf die Stirn drückte. Eine Szene von berührender, wenngleich unerwarteter Intimität.

Wenig später ging die Tür auf, und die beiden traten auf die Straße, während Miss Charlotte in der Tür stehen blieb und ihnen zum Abschied winkte. Nach ein paar Metern drehte sich das Kind um und hob ebenfalls die Hand. In diesem Moment geschah etwas, womit offenbar niemand gerechnet hatte: Der Kleine löste seine Hand aus dem Griff der Frau und rannte zum Laden zurück, ohne ihre Rufe zu beachten, und stürzte sich in Miss Charlottes Arm.

Alle Versuche der anderen Frau, ihn wegzuzerren, scheiterten. Mit aller Kraft klammerte er sich an Miss Charlotte, schmiegte das Gesicht in ihre Halsbeuge. Anna schien es, als würde die Schneiderin ihm tröstliche Worte zuflüstern. Erst nach einer Weile löste er sich von ihr und ließ sich von der anderen jungen Frau wegführen.

Gerührt verharrte Anna noch einige Minuten, ehe sie die Straße überquerte und an die Ladentür klopfte. Es dauerte eine ganze Weile, bis die Schneiderin endlich öffnete, und es sah so aus, als hätte sie geweint, denn ihre Augen waren leicht verquollen und ihre Wangen gerötet.

»Oh, Sie sind es, Anna«, sagte sie desungeachtet mit ihrem gewohnt freundlichen Lächeln. »Was für eine reizende Überraschung.«

»Ich wollte noch ein paar Bänder und Spitze für den Ball morgen besorgen ...«

»Natürlich, kommen Sie herein.«

»Ich wurde gerade zufällig Zeuge, wie Sie sich von einem kleinen Jungen verabschiedet haben. Er sah so süß in dem Damastrock aus, den Sie ihm geschneidert haben.«

Miss Charlotte wurde rot. »Das ist mein Neffe, und der Rock war mein Geschenk zu seinem siebten Geburtstag.«

»Er scheint sehr an Ihnen zu hängen«, fuhr Anna fort.

»Ja ...« Die Stimme der Schneiderin verklang, ihr Lächeln verblasste. »Nun, Sie wollten Spitze für Ihr Haar ...«

Als sie wenig später bei einer Tasse Tee zusammensaßen, zog Anna die aufgerollte Skizze heraus und trug Miss Charlotte ihr Anliegen vor. Sie war sofort bereit, ihr behilflich zu sein.

»Selbstverständlich wäre es mir eine Freude, Henri die Skizze zukommen zu lassen. Bloß verstehe ich nicht, warum Sie sie ihm nicht selbst überbringen? Wenn ich mich recht entsinne, hat er Sie letzte Woche sogar eingeladen, sich den Webstuhl anzusehen, damit Sie sich ein genaueres Bild von seiner Arbeit machen können.«

Anna nickte. »Das wäre mein sehnlichster Wunsch, doch habe ich meiner Tante und meinem Onkel bisher weder von der Skizze noch von Henri erzählt, und ich bin ziemlich sicher, dass sie es als unschicklich empfänden, wenn ich das Haus eines französischen Webers besuchen würde.«

»In diesem Fall werde ich sie ihm natürlich bringen«, versicherte Miss Charlotte mitfühlend. »Am Dienstagnachmittag, wenn ich den Laden früher schließe, sofern das nicht zu spät für Sie ist.«

»Nein, das wäre perfekt«, bedankte sich Anna.

Samstags, am Tag des Balls, wurde Anna nach dem Mittagessen mit einer Kutsche zu den Hinchliffes gebracht, wo sie sich gemeinsam mit Susannah und unterstützt von deren Dienstmädchen für den Ball ankleiden würde.

Auf dem Weg dorthin begannen Annas Nerven plötzlich zu flattern, und sie wünschte sich weit, weit weg, statt vor den Augen wildfremder Menschen ihre tänzerischen und verbalen Fähigkeiten auf dem gesellschaftlichen Parkett unter Beweis zu stellen oder eben nicht. Mrs. Hinchliffe indes wischte alle Zweifel beiseite, bot ihr an, sie Augusta zu nennen und behandelte sie wie eine lange vermisste Tochter.

»Wir sind entzückt, dass Sie uns begleiten«, flötete sie. »Ich bin sicher, wir werden einen ganz wunderbaren

Abend gemeinsam verleben. Charles hat uns erzählt, dass sich auf dem Ball die interessantesten und distinguiertesten Gäste ein Stelldichein geben.«

»Ach, Anna, ich bin außer mir vor Aufregung«, echote Susannah neben ihr. »Ich kann kaum mehr still sitzen. Was für eine Farbe hat denn dein Kleid?«

»Es ist eine zartgelbe *robe à la française*. Zumindest hat die *costumière* es so genannt. Der Rücken ist in Watteaufalten gelegt, und es sieht sehr elegant aus.«

»Oh, wie wunderbar *à la mode*. Ich kann es nicht erwarten, es endlich zu sehen«, erklärte Susannah pathetisch. »Meines ist zartblau, und ich habe die hübschesten Tanzschuhe, die man sich vorstellen kann.«

»Ich bin sicher, ihr beide werdet heute Abend die Ballköniginnen sein«, mischte sich Mrs. Hinchliffe ein. »Jedenfalls wird es ein reines Vergnügen sein, euch beide zu begleiten.«

Nach dem Tee zogen sie sich in Susannahs Zimmer zurück, wo ein Mädchen – die Tochter des Hauses hatte, welch ein Luxus, eines zu ihrer ausschließlichen Verfügung – ihnen beim Ankleiden helfen sollte. Anna hoffte, bei dieser Gelegenheit herauszufinden, ob sie und Susannah irgendwelche Gemeinsamkeiten hatten. Immerhin kannte sie außer ihr niemanden ihres Alters auf dem Ball.

»Was liest du am liebsten?«, erkundigte sie sich zwischen zwei japsenden Atemzügen, als die Bänder ihres Mieders festgezogen wurden, um ihr zu einer unfassbar schmalen Taille zu verhelfen.

»Oh, dies und das«, meinte Susannah vage und zupfte am Aufschlag ihres Ärmels herum. »Die Spitze hier ist nicht richtig gestärkt, Hannah.«

»Verzeihung bitte, Miss. Ich werde sofort andere Aufschläge holen.«

»Beeil dich bitte. Was sagtest du gerade, Anna?«

»Ich wollte wissen, ob du gerne Romane liest – etwas wie *Pamela oder die belohnte Tugend*. Oder *Clarissa. Die Geschichte eines vornehmen Frauenzimmers*. Oder was ist mit Jonathan Swift? Ich liebe seine Satiren.«

Als jegliche Antwort ausblieb, versuchte sie es anders.

»Vielleicht magst du ja lieber Gedichte? Thomas Gray? Ich finde seine *Elegie auf einem Dorfkirchhof* einfach wunderbar.«

»Wie lautet es denn?« Susannah drehte sich prüfend vor dem Spiegel hin und her.

Anna dachte einen Moment lang nach, ehe sie zu rezitieren begann:

Die Abendglocke tönt den Tag zur Ruh, die Herden schleichen blökend im Revier, der Pflüger rudert schwer der Hütte zu und lässt die Welt der Dunkelheit und mir.

»Das hört sich ja ziemlich trübselig an.« Susannah streckte die Arme aus, damit Hannah ihr die neuen Aufschläge anlegen konnte, ehe sie einen Schritt vortrat und ein schmales Bändchen von der Kommode nahm. »Das hat mir Mama gegeben«, sagte sie.

Auf dem Einband des Büchleins befand sich die Illustration zweier bildschöner junger Frauen. Sie waren atemberaubend, wenngleich sämtliche anatomischen Details – die Länge ihres Haares, die Größe ihrer Augen, die Tiefe ihrer Dekolletés, der Umfang ihrer Taillen – hoffnungslos übertrieben wirkten. Anna konnte sich nicht erinnern, je ein Mädchen dieses Aussehens gesehen zu haben.

Über die Umgangsformen der feinen Dame, las sie und schlug die erste Seite auf. *Keine junge Dame sollte Wein*

*beim Dinner trinken. Selbst wenn ihr der Alkohol nicht zu
Kopf steigen sollte, wird er sich bereits nach kurzer Zeit
mit einer unangenehmen Wärme und wenig anziehenden
Röte auf ihren Wangen zeigen.*

Oho, wenn das so war, hatte sie ganz eindeutig keine
guten Umgangsformen, denn sie sprach jeden Abend dem
Rotwein zu, den der Onkel kredenzte.

Sie las weiter: *Keine junge Dame sollte ohne den Schutz
einer verheirateten Lady oder eines älteren Gentlemans
einem Ball beiwohnen.*

Susannah lachte. »Gott sei Dank werden Mutter und
Vater uns heute Abend begleiten. Sie ist verheiratet und
er ein älterer Gentleman.«

Für eine kurze Weile entspann sich ein vergnügtes Geplänkel zwischen den Mädchen, aber schon bald erkannte Anna, dass es so gut wie keine Themen gab, die ihrer
beider Interesse fanden. Genauso, wie sie es bereits befürchtet hatte. Sie war froh, als man sie nach unten rief,
weil die Kutsche vorgefahren war.

Bei ihrer Ankunft in der Anwaltskammer nahm ihnen
ein Diener in roter und goldfarbener Livree die Umhänge ab und führte sie in den prächtigsten Salon, den Anna
je gesehen hatte. Dicke Perserteppiche in den schönsten
Farben bedeckten den Boden, und Lederbänke zogen sich
entlang der Wände, von denen wichtigtuerisch dreinblickende Herren in goldenen Rahmen auf sie herabblick-
ten. Charles war bereits anwesend und nahm sie in Empfang.

»Miss Butterfield, es ist mir eine ganz besondere Freude, dass Sie den Abend mit uns verbringen werden.« Er
verbeugte sich, ergriff ihre Hand und führte sie an seine
Lippen. »Sie sehen überaus reizend aus heute Abend.«

Sie errötete. Zugegebenermaßen machte er keine schlechte Figur mit seiner gepflegten Perücke und seinem schimmernden, nach der neuesten Mode geschnittenen Rock aus Seidenbrokat mit Spitzenrüschen am Revers und an den Manschetten. Vielleicht lag es an den verspiegelten Wänden oder dem warmen Schein der Kronleuchter – jedenfalls erschien er ihr deutlich besser aussehend als bei ihrer letzten Begegnung. Wenn das so weiterging, dachte sie sarkastisch, würde er in ihren Augen noch zum Adonis mutieren.

Sie nahm das Weinglas entgegen, das er ihr reichte, und trank einen großen Schluck in der Hoffnung, dass der Alkohol ihre angespannten Nerven beruhigte. Zum Teufel mit den dämlichen Ratschlägen aus dem Anstandsbuch für feine Damen. Eine Weile unterhielten sie sich, wurden indes unablässig von Männern unterbrochen, die Charles mit polternden Stimmen begrüßten, ihn auf den Rücken schlugen und mit »alter Knabe« anredeten. Obwohl er ihr jeden Einzelnen vorstellte, ignorierten alle sie geflissentlich nach den üblichen Höflichkeitsfloskeln. Eindeutig störten Frauen in diesen Männerzirkeln.

Insofern war sie dankbar, als die ersten Klänge des Orchesters ertönten und Charles sie zum Tanz aufforderte. Der Ballsaal schien so groß wie das Cricketfeld in ihrem Heimatdorf und hatte eine Decke so hoch wie in einer Kirche, die gestützt wurde von gewaltigen Marmorsäulen. Etwa ein Dutzend mit flackernden Kerzen bestückte Kronleuchter erhellten den riesigen Saal.

Erleichtert stellte sie fest, dass es sich beim ersten Tanz um ein Menuett handelte, bei dem sie sich inzwischen einigermaßen sicher fühlte. Zudem hatten sich vier weitere Paare in der Mitte der Tanzfläche eingefunden, die vor ihnen an der Reihe waren, sodass sie Zeit hatte, sich die Figuren und Schritte noch einmal ins Gedächtnis zu rufen.

Sorgsam darauf bedacht, die Füße nach außen zu drehen und nicht zu Boden zu blicken, vollführte sie, sobald sie dran waren, abwechselnd auf Zehenspitzen und Ballen die Bewegungen. An der wichtigsten Stelle des Tanzes, dem Diagonalpass in der Mitte der Tanzfläche, streckte Charles rechtzeitig den Arm aus, um ihr zu bedeuten, dass sich ihre Handgelenke bei der Drehung berühren mussten. Am Ende des Tanzes machte sie schließlich einen möglichst eleganten Knicks, während er sich verbeugte, ihren Arm nahm und sie unter dem wohlwollenden Beifall anderer Ballgäste von der Tanzfläche führte.

»Ein Triumph, Miss Butterfield«, raunte er ihr zu. »Sie sind eine überaus versierte Tänzerin.«

Der Rest des Abends verging wie im Flug – sie absolvierte zwei weitere Tänze mit Charles, einen mit Mr. Ehret und einen mit Mr. Hinchliffe. Susannah, die scheinbar bei jedem Tanz einen anderen Partner hatte, winkte ihr jedes Mal vergnügt zu, wenn sie aneinander vorbeischwebten. Der letzte Tanz des Abends, wieder ein Menuett, war erneut für Charles reserviert.

Wenig später bestiegen sie die Kutsche, um sich auf den Heimweg zu machen. Susannah schwärmte ihrer Mutter von den attraktiven jungen Männern vor, mit denen sie Bekanntschaft geschlossen hatte, während Mr. Hinchliffe und Charles sich über wichtige Personen austauschten, mit denen sie im Verlauf des Abends wichtige Gespräche geführt hatten und die mit Glück künftig wichtige Geschäftspartner würden.

Allem Anschein dienten solche gesellschaftlichen

Veranstaltungen keineswegs in erster Linie dem Amüsement, begriff Anna. Die Gentlemen hielten Ausschau nach Kunden und Klienten, die Ladys nach geeigneten Heiratskandidaten für ihre flüggen Töchter.

Ihre gute Laune wich Ernüchterung. Natürlich war ihr bewusst gewesen, dass Bälle solche Funktionen hatten, aber heute hatte sie es zum ersten Mal hautnah mitbekommen.

Als sie sich am nächsten Morgen nach dem Frühstück auf den Heimweg zum Spital Square machen wollte, nahm Charles sie beiseite und flüsterte: »Ich habe Ihre Gesellschaft sehr genossen, Anna. Darf ich so frei sein und Ihnen nächste Woche einen neuerlichen Besuch abstatten?«

Es folgten ereignislose, recht langweilige Tage.

Als Anna am Dienstagmorgen einfiel, dass Miss Charlotte Henri am Nachmittag die neue Skizze überbringen wollte, stieg ihre Nervosität. Wann würde sie erfahren, ob sie ihm gefiel? Und vor allem, ob es ihm möglich schien, die naturalistischen Elemente auf den Stoff zu übertragen. Für sie selbst war es ein Buch mit sieben Siegeln, so viele Farbschattierungen in der Seide darzustellen.

Sie wünschte sich nichts sehnlicher, als dort zu sein und ihm bei der Arbeit zuzusehen.

Und ein weiteres Mal begann sie, mit ihrem Schicksal zu hadern. Es war so unfair, dass Miss Charlotte frei darüber entscheiden konnte, wen sie wann besuchen wollte, während sie wie eine Gefangene gehalten wurde. Gefangen innerhalb der unsichtbaren Mauern gesellschaftlichen Anstands.

Sie trat ans Fenster. Ihr Blick schweifte über die Dächer,

und ihre Gedanken kehrten zurück zu ihrem einstigen Leben mit all seinen Freiheiten. Sie sah sich mit der kleinen Jane am Strand entlanglaufen und in den sanften Wellen spielen, die ans Ufer schlugen. Mit einem Mal füllten sich ihre Augen mit Tränen.

»Ich will nach Hause«, flüsterte sie.

Deprimiert ging sie zum Mittagessen, doch dann geschah etwas, das ihre Stimmung hob.

Zunächst einmal stellte sie fest, dass Joseph und William fehlten, und dann verkündete Sarah, sie und die Mädchen seien am Nachmittag bei Freunden in Hackney zum Tee eingeladen.

»Es ist zwar ein recht langer Weg, doch es wird dir guttun, ein bisschen rauszukommen«, sagte sie zu Anna. »Du bist ein wenig blass um die Nase, meine Liebe.«

In diesem Moment kam ihr eine Idee, unverhofft und unangekündigt wie ein Donnerschlag.

»Es tut mir aufrichtig leid, Tante«, erwiderte sie gequält und presste die Fingerspitzen gegen die Schläfen. »Ich habe fürchterliche Kopfschmerzen. Würde es dir etwas ausmachen, wenn ich euch heute Nachmittag nicht begleite? Es wäre sicherlich besser, wenn ich mich etwas ausruhe.«

*K*apitel 14

Sollte Sie der Zufall in die Gesellschaft reizender Damen
führen, vergessen Sie nicht, dass sie es mit Sirenen zu
tun haben mit ihren aufreizenden Blicken, ihren betören-
den Stimmen, die wie Musik in Ihren Ohren klingen, und
purer Boshaftigkeit im Herzen. Lassen Sie sich bei Ihrer
Wahl von Besonnenheit und Vernunft lenken, nicht von
Ihren Gelüsten!
Handbuch für Lehrjungen und Gesellen
oder Wie man zu Ansehen und Reichtum gelangt

Normalerweise übertönte das Klappern der Webstühle jedes Geräusch, doch wie es der Zufall wollte, hielten Benjamin und Henri für einen kurzen Moment gleichzeitig
mit ihrer Arbeit inne, sodass sie das Läuten der kleinen
Eisenglocke neben der Eingangstür, drei Stockwerke unter ihnen, hörten. Henri legte den Harnischgriff beiseite,
lehnte sich aus dem Fenster und spähte nach unten. Zwei
Frauen standen vor der Tür, aber er sah nicht viel mehr
als ihre weißen Schuten.

»Monsieur Lavalle n'est pas à la maison cet après-mi-
di. Puis-je vous aider, mesdames?«, rief er.

Als sich ihm daraufhin zwei Gesichter zuwandten, hätte er um ein Haar den Halt verloren.

»Mam'selle Anna! Et Charlotte! Est-ce vraiment vous?«

»Ja, wir sind es tatsächlich«, antwortete Miss Charlotte mit lauter Stimme. »Wir stehen seit geschlagenen fünf Minuten hier und läuten und rufen. Gerade wollten wir aufgeben und wieder gehen.«

Er beugte sich noch ein Stück weiter vor, sodass er beinahe an dem Gerüst hing, über das die Kettbäume und schweren Garnrollen nach oben befördert wurden. Von unten drang Annas Lachen an sein Ohr.

»Vorsicht, Henri, sonst fallen Sie noch herunter.«

In diesem Moment fühlte er sich tatsächlich so leicht, als könnte er fliegen. Das Mädchen, das ihm seit Wochen nicht aus dem Sinn gehen wollte und ihn bis in seine Träume verfolgte, stand hier vor seiner Tür und nannte ihn ganz selbstverständlich Henri.

»Einen Moment bitte. Ich komme gleich und öffne.«

Erst als er die Leiter vom Dachstuhl hinabkletterte und die Treppe ins Parterre hinuntersprang, fragte er sich, wieso niemand sonst die Tür geöffnet hatte. Monsieur Lavalle war nicht zu Hause, doch wo steckten Mariette oder die Köchin?

Egal. Was kümmerte es ihn, wenn Anna hier war?

Er nahm die beiden Damen in Empfang und führte sie in den Salon. Erst da erkannte er den Grund für ihren Besuch: Bei der Papierrolle unter ihrem Arm handelte es sich bestimmt um die neue Skizze. Dennoch wusste er nicht so recht, was er sagen sollte.

»Oh, verzeihen Sie, ich bin ein schlechter Gastgeber«, stammelte er schließlich. »Bitte setzen Sie sich. Darf ich Ihnen etwas zu trinken anbieten?«

Beide lehnten dankend ab, und da Anna verlegen schwieg, kam Miss Charlotte zur Sache und ergriff das Wort.

»Wollten Sie Henri nicht etwas zeigen?«, wandte sie sich an Anna, die irgendwie abwesend wirkte.

»Oh, ach ja«, stieß sie erschrocken hervor. »Hier ist meine neue Skizze. Ich habe sie mit Wasserfarben ausgemalt und ein paar Schattierungen hinzugefügt. Ich hoffe, sie gefällt Ihnen.«

Er löste das Band und rollte den Bogen auf dem Tisch aus, hörte sich sodann Annas Erklärungen an, dass der Illustrator Ehret ihr gesagt habe, erst ein sorgsames Schattieren würde der Darstellung einen naturalistischeren Ausdruck verleihen.

»Mir ist klar geworden, dass es besser wäre, eine ganz neue Skizze zu erstellen, statt die alte zu verändern«, fuhr sie sodann fort. »Deshalb habe ich ein paar Wildblumen gekauft und beim Abzeichnen an das gedacht, was Miss Charlotte uns vergangene Woche über die *Points-rentrées*-Technik erzählt hat. Ich hoffe, die Zeichnung ist als Webvorlage brauchbar.«

»Sie ist ganz wunderbar«, äußerte sich die Schneiderin als Erste. »Diese Schattierung lässt sich bestimmt perfekt umsetzen. Und auch die Farben sind mehr als gelungen.«

Henri war hin und weg. So sehr, dass es ihm zunächst die Sprache verschlug. Obwohl er sich schwer von der ersten Skizze getrennt hatte, musste er zugeben, dass diese neue, farbige Version viel lebendiger und natürlicher war.

Nach wie vor bildete ein Gittermuster aus Zaunwindenstängeln den Hintergrund, an dem sich verschiedene andere Blumen und Pflanzen emporrankten. Sie waren so realistisch dargestellt, dass er sich förmlich vorstellen konnte, zwischen ihnen im Gras zu liegen. Und der Käfer, der scheinbar unbekümmert an einem Blatt knabberte, wirkte so lebensecht, dass Henri einen Moment lang tatsächlich seine Beinchen zucken zu sehen glaubte.

»Ich meine die frische Landluft zu riechen«, murmelte er schließlich und holte tief Luft. »Die Skizze ist wunderbar. Vielen Dank.«

Eine kleine Ewigkeit betrachteten sie gemeinsam die Darstellung, standen dabei so dicht nebeneinander, dass Henri die Wärme ihres Körpers spüren konnte. Für den Bruchteil einer Sekunde streifte ihre Hand seine Finger, und die Hitze dieser Berührung schoss durch seine Hand und seinen Arm entlang bis in sein Gesicht.

Erst vor Kurzem hatte Monsieur Lavalle ihm William Gilberts Theorie über die statische Elektrizität und den Magnetismus darzulegen versucht, die er indes als äußerst befremdlich und verwirrend empfand: Wie konnte etwas, das man nicht sah, so kraftvoll und mächtig sein? Nun verstand er es plötzlich. Als Anna sich ihm zuwandte und ihn fragte, was er von ihrer Skizze hielt, fühlte es sich an, als wären sie zwei magnetische Pole, und lediglich unter Aufbietung all seines Willens gelang es ihm, dieser Kraft zu widerstehen. Hätte er den Kopf nur wenige Zentimeter in ihre Richtung gedreht, wäre es um ihn geschehen gewesen, und er hätte sie geküsst.

Der Zauber des Augenblicks verflüchtigte sich, als Charlotte sie indirekt daran erinnerte, dass ihre Anwesenheit in diesem Haus sehr praktische Gründe hatte und keine romantischen, wenngleich ihr dämmern mochte, dass die beiden anderen das nicht so sahen.

»Bei unserer letzten Begegnung haben Sie angeboten, uns die Webstube zu zeigen, Henri, damit wir die Probleme der Umsetzung besser verstehen. Würde es denn jetzt passen, einen Blick in die Räume zu werfen?«

»O ja, bitte«, rief Anna. »Sofern Monsieur Lavalle nichts dagegen einzuwenden hat natürlich.«

»Er ist heute Nachmittag nicht zu Hause – trotzdem zeige ich Ihnen gerne die Webstube unterm Dach, wenn es Sie nicht stört, dass Sie dafür eine Leiter hinaufklettern müssen.«

»Ich war immer die Schnellste im Dorf, wenn es darum ging, einen Baum hinaufzuklettern«, erwiderte Anna. »Eine Leiter ist das reinste Kinderspiel für mich.«

Gesagt, getan.

Ein paar Minuten später lauschten sie interessiert Henris Ausführungen, der ihnen die Arbeit an den beiden unterschiedlichen Webstühlen erklärte. Der eine, seiner, sei für die komplizierten gemusterten Stoffe aus Seide, an dem anderen, wo Benjamin saß, werde Leinen, Baumwolle und Wolle für den täglichen Bedarf gewebt. Manchmal mussten sie raten, wenn Henri für einige französische Begriffe kein englisches Äquivalent wusste, wie etwa für *momme, drogue, décreusage,* und zur Not konnte Benjamin aushelfen.

In kurzer Zeit lernten die beiden Damen eine Menge über die feinen Unterschiede zwischen den Rohseiden aus Italien, Indien oder aus Fernost. Zumindest Anna hatte nicht einmal gewusst, dass die Seide teilweise eine Reise über einen ganzen Kontinent hinweg hinter sich hatte, bis sie in England verarbeitet wurde. Henri, obgleich eigentlich nicht eitel, war richtig stolz, mit seinem Wissen brillieren zu können, und fühlte sich fast ein wenig weltmännisch.

»Die Seide wird in Gebinden geliefert und geht dann als Erstes zu den Zwirnern, die sie zunächst in Einzel-

und später in Doppel- oder sogar Dreifachfäden zwir-
nen, die dann verwoben werden können. Als Kettgarn
verwenden wir manchmal ebenfalls Organsin, der fester gezwirnt sein muss, damit er Stabilität bekommt.« Er
hielt kurz inne. »Meine Mutter ist Zwirnerin«, fuhr er
fort. »Sie mag die italienische Seide am liebsten.«

»Wo wohnt Ihre Mutter denn? Leben Sie bei ihr?«, erkundigte Anna sich.

»Nein, aber sie wohnt ganz in der Nähe. Ich besuche
sie jede Woche. Mal sehen, was wird, wenn ich die Meisterprüfung ablege. Ob ich mich selbstständig mache oder
erst mal weiter hier arbeite. Monsieur Lavalle hat mich
gefragt, ob ich bleibe. Er hat sehr viel für mich und auch
für meine Mutter getan …«

Als die Glocken von Christ Church vier Uhr läuteten,
sahen sie sich überrascht an. Keiner von ihnen hatte bemerkt, wie schnell die Zeit verflogen war – immerhin war
eine ganze Stunde vergangen.

»O Gott«, seufzte Anna. »Ich muss dringend nach
Hause.«

Die Leiter mit den langen Röcken hinabzusteigen entpuppte sich als weitaus schwieriger, als sie zu erklim-
men. Henri ging vorab, sodass er den Damen helfen konnte. Erst Charlotte, dann Anna. Er hatte ihr auf den letzten
Sprossen die Hand gereicht, um sie zu stützen, und selbst
als sie wieder sicheren Boden unter den Füßen hatte,
machte er keine Anstalten, sie loszulassen.

Da die Schneiderin sich bereits auf der Treppe ins Parterre befand, wagte Henri Unerhörtes. Er sah ihr fest in
die Augen, hob ihre Hand an seine Lippen und küsste sie.

»Anna. Ich …« Seine Kehle wurde eng. Vergeblich rang
er nach den passenden Worten und verstummte wieder.

»Ich weiß«, sagte sie leise und hielt seinem Blick stand. »Mir geht es ganz genauso.«

»Können wir uns irgendwann wiedersehen?«, fragte er mit wild klopfendem Herzen.

»Ich weiß es nicht«, flüsterte sie. »Es ist alles sehr schwierig.«

»Das verstehe ich. Dennoch: Lassen Sie uns bitte einen Weg finden.«

Sie nickte zustimmend.

Wie gut sie roch, dachte er. Nach Kräutern und Blumen und nach Sonnenschein, dem *bouquet* der Landluft. Henri musste all seine Willenskraft aufbieten, um nicht die Arme um sie zu schlingen und die Wärme ihres Körpers an seinem zu spüren. Er hatte schon oft Verlangen nach einem Mädchen gehabt, und dennoch war es bei ihr anders: Noch nie hatte er sich so sehr nach jemandem gesehnt.

»Ich muss gehen«, flüsterte sie schließlich.

Als sie die Treppen hinuntergingen, hörte er ein Klicken hinter sich. Es war der Riegel von Mariettes Kammer.

»Warum bist du nicht heruntergekommen, um unsere Besucher zu begrüßen?«, fragte Henri das junge Mädchen später, als er sie am Küchentisch sitzend vorfand. »Das waren Miss Charlotte und ihre Freundin, Miss Anna. Du müsstest uns eigentlich gehört haben. Sie wollten sich die Webstühle ansehen.«

»Das dachte ich mir«, gab sie ein wenig patzig zurück. »Du hast dich so gut amüsiert, da wollte ich nicht stören.«

Zwar spürte er ihr Missvergnügen, vermochte sich indes nicht vorzustellen, was es ausgelöst haben könnte.

War sie verärgert, weil er in Abwesenheit ihres Vaters seine Arbeit vernachlässigt hatte? Oder war außer Haus etwas vorgefallen? Was immer es sein mochte, er verspürte keine Lust, sich damit zu beschäftigen. Die Erinnerung an Annas geflüsterte Worte ließ ihn alles andere vergessen – und hinderte ihn daran, den wahren Grund für Mariettes schlechte Laune zu erkennen.

Und als würde eine verdrießliche Person im Haushalt nicht reichen, kehrte Monsieur Lavalle gleichfalls in trüber Stimmung zurück.

»Die Regierung ist allem Anschein nach nicht gewillt, Steuern auf eingeführte Stoffe zu erheben«, erklärte er beim Abendessen. »Man befürchtet, andere Länder könnten dem Beispiel folgen, was sich negativ auf unsere Exporte auswirken würde. Womöglich senken sie die Einfuhrzölle auf Rohseide und verbieten den Import von Seidenbändern, Strümpfen und Handschuhen, bloß wird das der Mehrzahl von uns nicht genügen.«

»Was können wir denn tun?«, hakte Henri nach. »Sie sagten ja bereits, dass viele Weber Hunger leiden werden, wenn dieses Gesetz nicht verabschiedet wird.«

»Ich fürchte, die Regierung schert sich nicht groß um die missliche Lage der Weber. Für sie zählt allein der Wohlstand des Landes im Allgemeinen.«

»Und dass es ihre fetten Ärsche schön bequem haben«, fügte Benjamin hinzu, wofür er prompt einen scharfen Blick kassierte – Monsieur Lavalle duldete keine Kraftausdrücke in Gegenwart seiner Tochter.

»Aber wir haben ja immer noch das *Book of Prices*«, versuchte Henri, der heute alles rosarot sehen wollte, etwas Positives ins Feld zu führen. »Daran müssen sich die Meister doch halten.«

»Müssen, müssen«, untergrub Lavalle seinen Optimismus zugleich. »Solange die Regierung nicht eindeutig Stellung bezieht, werden viele, vielleicht sogar die meisten, sich nicht an Preisvorgaben halten. Zumal eine ganze Reihe Webereien längst um ihre Existenz kämpfen. Natürlich versuchen die Gesellen ihre Meister einzuschüchtern, indem sie jedem Gewalt androhen, der nicht unterzeichnen will – nur was nützt das, wenn die Obrigkeit Soldaten zum Schutz gegen Übergriffe aufbietet? Was meinst du also, ist diese Vereinbarung, faire Preise zu zahlen, wert?«

Henri lief es kalt den Rücken runter. Das klang beinahe so wie die grässlichen Geschichten seiner Mutter über die *dragonnades* – jene berüchtigten Strafmaßnahmen, mit denen der französische König Ludwig XIV. seinerzeit die Rückkehr der Hugenotten zum katholischen Glauben erzwingen wollte.

Nach dem Abendessen setzte Henri sich in der Wohnstube an den Tisch vor dem Fenster, um sich im Schein der letzten Sonnenstrahlen Annas Skizze genauer anzusehen. Erneut staunte er über die Detailgenauigkeit, die akkuraten Schattierungen und die bemerkenswerte Natürlichkeit der Linienführung. Und auch jetzt noch konnte er ihre Nähe förmlich spüren, als stünde sie unmittelbar hinter ihm und blickte ihm über die Schulter. Schließlich begann er, aufgekratzt vor sich hinsummend, die Skizze mit einem dünnen Pinsel in Gestalt winziger Punkte auf Patronenpapier zu übertragen. Erst als das Licht weiter schwand und er die Genauigkeit der Farben nicht mehr treffen konnte, rollte er den Zeichenbogen auf und beschloss, ihr einen Brief zu schreiben.

Liebe Anna,

*Ich möchte Ihnen noch einmal vom Herz für das neue
Zeichnung danken. Es ist wunderschön & natürlich.
Noch mehr als bei erste Mal. Heute Abend fange
ich mit dem Muster für den Webstuhl an. Gottlob ist
Geschäft gerade wenig, deshalb mir erlaubt Monsieur
Lavalle, dass ich arbeite am Webstuhl, und mit Glück
bin ich Ende nächster Monat fertig. Der Meister-
ausschuss ist im Januar, bis dahin ich alles muss
schaffen.
Es ist nicht leicht, zu weben die vielen schönen Linien,
aber ich werde bei Arbeit immer an Sie denken, Anna.
Ich hoffe, wir sehen uns bald wieder.
Mit besten Grüßen
Henri*

Kaum hatte er seinen Namen unter den Brief gesetzt, be-
reute er schon, ihn überhaupt geschrieben zu haben. Sollte er in die falschen Hände geraten, könnte sie deswegen
sogar Ärger bekommen. Es sei schwierig, hatte sie geflüstert. Das war ihm durchaus bewusst, andererseits wäre es
falsch, ein so übermächtiges Gefühl wie seines zu ignorieren, fand er. Vor allem weil sie genauso fühlte. Das hatte
sie zumindest gesagt, und er hoffte inständig, es werde sich
ein Weg finden. Für den Moment hingegen schien es klüger, sich bedeckt zu halten. Deshalb schrieb er den Brief
ein weiteres Mal und setzte lediglich ein H. darunter, was
sich für ihn sogar noch aufregender und intimer anfühlte.

Während sich sein Geselle am Fenstertisch beschäftigte, hatte Monsieur Lavalle es sich wie gewöhnlich in seinem weich gepolsterten Sessel neben dem Kamin gemütlich gemacht. Er trug einen dunkelgrünen Morgenrock

aus weichem Sergestoff, dazu die übliche rote Samtmütze und bestickte Hausschuhe.

»Hätten Sie einen Moment für mich, Monsieur?«, wandte Henri sich an ihn. »Ich würde Ihnen gern etwas zeigen.«

Zum einen wollte er den Meister nach seiner Meinung über das neue Dessin fragen und ihn zum anderen bitten, sofern er die Mustervorlage für gut befand, dass er den Webstuhl und die Dienste des Simpeljungen für drei Wochen in Anspruch nehmen durfte, um die geforderten fünf Yards seines Meisterstücks zu weben.

»Später, später«, beschied ihn Lavalle. »Schließ die Tür und setz dich zu mir, mein Freund. Wir müssen zunächst etwas anderes besprechen.« Er stopfte seine Lehmpfeife, zündete sie an und sog tief die Luft ein, um sie sodann als aromatisch duftende Wolke wieder auszustoßen. »Wir haben uns nie über deine Zukunft unterhalten, richtig?«

»Nun, ich hatte gehofft, eines Tages selbst Meister zu werden«, gab Henri zurück. »Zugleich wissen Sie, dass ich stets höchsten Respekt vor Ihnen hatte und gerne bei Ihnen arbeite, Sir.«

»Offen gestanden, bist du inzwischen der Sohn für mich geworden, den ich niemals hatte.«

»Und niemand hätte mir ein besserer Ersatzvater sein können als Sie.«

»Die Folgen indes, die sich daraus ergeben, sind kompliziert …« Der Meister hielt inne, als müsste er nach den richtigen Worten suchen. »Ich werde langsam alt und bin müde, Henri«, fuhr er nach einer Weile bedächtig fort. »Und außer dir gibt es niemanden, dem ich mein Geschäft hinterlassen könnte.«

»Mir? Aber, Sir, ich könnte es mir niemals leisten, Ihnen Ihr Geschäft abzukaufen.«

»Ich habe auch nicht davon gesprochen, es zu verkaufen, Junge. Ich wünschte, ich könnte es dir *vererben*. Wie einem Sohn.«

Henri spürte ein Pulsieren in seiner Schläfe. Was für eine erstaunliche Wendung! Seine Zukunftsplanung war ungleich bescheidener gewesen. Irgendwo eine kleine Stube und einen Webstuhl mieten, wie Guy es getan hatte, das war für ihn das Höchste, was ihm möglich schien. Vielleicht in Bethnal Green, wo die Räumlichkeiten billiger waren. Und wenn es sich gut anließ und er unermüdlich schuftete, wäre nach ein paar Jahren womöglich mehr drin. Ein Haus in Spitalfields mit einer Webstube unterm Dach, wo er seine eigenen Lehrlinge ausbilden könnte. Und nun tauchte unvermutet die Chance auf, ein eingeführtes, florierendes Geschäft zu übernehmen – höchstens in seinen kühnsten Träumen hatte er an so etwas mal kurz gedacht.

»Ich weiß nicht, was ich dazu sagen soll«, stieß er hervor.

»Wie ich bereits sagte – es ist nicht ganz einfach.«

»Natürlich nicht. All das will wohlüberlegt sein. Die rechtliche Seite und so weiter.«

»Du verstehst mich falsch. Ich meine nicht solch bürokratische Kleinigkeiten, die sich ohne Weiteres regeln lassen. Nein, meine größte Sorge ist Mariette.«

Henri runzelte die Stirn. »Wegen Mariette müssen Sie sich keine Sorgen machen, Sir. Sie liegt mir sehr am Herzen, sie ist wie eine Schwester für mich. Natürlich wird sie hier immer ein Zuhause haben, bis sie in den Stand der Ehe tritt. Ich würde alles in meiner Macht Stehende tun, damit sie sich wohlfühlt.«

»Sie ist meine eigentliche Erbin«, wandte der Meister ein. »Wie soll ich dir das Geschäft vererben und zugleich sicherstellen, dass sie ihr rechtmäßiges Erbe erhält?«

Erst jetzt dämmerte Henri, worin das Dilemma bestand. Eine Meisterin der Seidenweberei, so etwas gab es nicht. Also musste Monsieur Lavalle sich überlegen, wie Mariette alles bekam, was sie für ein angenehmes Leben brauchte, ohne die Nachfolge im Geschäft anzutreten.

»Nun ja, ich verstehe nicht ganz. Sie würde ausreichend Geld erhalten, und zudem ist sie bald im heiratsfähigen Alter, oder nicht? Und einem bildschönen Mädchen wie ihr wird es gewiss nicht an Verehrern mangeln.«

»Nun kommen wir allmählich zum Kern der Sache, mein Junge. Zum eigentlichen Kern.« Monsieur Lavalle betrachtete seine Pfeife, stopfte sie umständlich neu, als wollte er Zeit gewinnen. »Mariette hat mir erzählt, dass am Nachmittag zwei junge Damen zu Besuch hier waren.«

Henri stutzte. Was um alles in der Welt hatte Annas und Charlottes Besuch mit dem Ganzen zu tun?

»Ja, die Schneiderin war hier, gemeinsam mit einer jungen Dame – derjenigen, die die Skizze angefertigt hat, die ich als Vorlage für mein Meisterstück verwenden will«, erklärte er. »Sie hat eigens eine neue angefertigt, bei der Anregungen von Mr. Ehret berücksichtigt wurden, und sie farbig ausgemalt. Ich habe sie hier, Sir. Möchten Sie sie gerne sehen? Ich wollte Sie Ihnen ohnehin …«

»Und wie lautet der werte Name der jungen Dame?«

»Miss Anna Butterfield.«

»Aha. Ich habe sie schon einmal gesehen. Als sie eine Nachricht für dich überbrachte. Wer ist diese Miss Butterfield?«

Es gab kein Entrinnen.

»Sie ist die Tochter eines Pfarrers aus Suffolk und ...«, er atmete tief durch, »die Nichte von Mr. Sadler, dem Tuchhändler. Ich weiß, was Sie von ihm halten, aber Miss Anna ist ganz anders. Nicht allein höchst talentiert, sondern liebenswert und vor allem hochanständig.«

»Sadler.« Monsieur Lavalle entzündete seine Pfeife und zog nachdenklich daran. »Mariette scheint zu glauben, dass dich eine große Zuneigung mit der jungen Dame verbindet.«

Henri wusste nicht, was er darauf erwidern sollte, gelangte indes zu der Überzeugung, dass es wenig Sinn machte, mit der Wahrheit hinterm Berg zu halten.

»Nun, ich will ganz ehrlich mit Ihnen sein, Sir.« Er räusperte sich. »Ja, ich glaube, das könnte der Fall sein. Wobei allein der Himmel weiß, was das für die Zukunft bedeuten könnte, denn letztlich trennen uns Welten ...«

»Wie auch immer«, unterbrach der Meister ihn. »Genau diese Zuneigung ist es, was Mariette bekümmert.«

»Möglich, dass sie ein kurzes Gespräch zwischen Miss Butterfield und mir mit angehört hat«, gestand Henri. »Bei dem, das versichere ich, kein unschickliches Wort gefallen ist. Allerdings ist mir nicht ganz klar, inwiefern das Mariette Sorgen bereiten sollte.«

»Bist du denn blind, Junge?« In Lavalles Stimme schwang Verwunderung mit. »In vielerlei Hinsicht bist du ein kluger Bursche, und ausgerechnet dir soll entgangen sein, dass meine Tochter in dich verliebt ist?«

»Wie das, Monsieur?«, fragte Henri fassungslos. »Sie ist schließlich noch ein Kind!«

»Sie ist fünfzehn ... also in einem Alter, in dem viele Mädchen sich bereits verloben«, beschied Lavalle ihn.

»Mir ist ihr zunehmendes Interesse an dir bereits seit Längerem aufgefallen – trotzdem habe ich mich zurückgehalten, weil ich irgendwie glaubte, dass eine gegenseitige Zuneigung von ganz allein wachsen werde. Außerdem hat sie erst gestern Abend mit mir gesprochen.«

Henri war wie vor den Kopf geschlagen. Mariette? Verliebt in ihn?

»Ich möchte ganz aufrichtig zu dir sein«, fuhr der Meister fort. »Im Grunde habe ich gehofft, dass dies eines Tages die Lösung für mein Dilemma sein könnte.«

»Die Lösung?«

Es traf Henri wie ein Schlag ins Gesicht, als er erkannte, was von ihm erwartet wurde. Eine Heirat mit Mariette war die Bedingung dafür, dass er das Geschäft bekam. Für einen kurzen Moment hatte er gedacht, der größte Glückspilz unter den Webergesellen zu sein, nun war die Lage auf einen Schlag ungemein kompliziert geworden.

Für ihn war es undenkbar, Mariette zu heiraten. Henri sah in ihr nach wie vor das kleine Mädchen, mit der er alberne Spiele gespielt und das er stets wie eine Schwester betrachtet hatte. Vielleicht hätte er sich früher weniger daran gestört – immerhin war sie eine gute Partie, vor allem für einen armen Einwanderer, denn eine solche Verbindung würde zugleich einen sozialen Aufstieg bedeuten.

Nur hatte sich inzwischen alles verändert, denn jetzt wusste er, wie es sich anfühlte, wahrhaftig verliebt zu sein.

Die ganze Nacht und den nächsten Tag wusste Henri nicht aus noch ein. Plötzlich schien der Kompass, der ihm durch all die Jahre der harten Arbeit und des Gehorsams den Weg gewiesen hatte, nicht mehr zu funktionieren. Obwohl er seinem Meister zutiefst verpflichtet war, sah er sich außerstande, ihm diesen Wunsch zu erfüllen.

Er musste mit jemandem reden, und zwar mit dem einzigen Menschen, dem er wirklich vertraute: seiner Mutter. Deshalb machte er sich nach der Arbeit auf den Weg nach Bethnal Green, kaufte an einem Stand in der Brick Lane heiße Fleischpasteten und eine Kartoffel, und aus der Küche hatte er ein wenig gemahlenen Kaffee mitgenommen.

Wie gewohnt arbeitete Clothilde im Schein einer Kerze. Wie abgespannt und müde sie aussah. Die Belastung war einfach zu groß. Doch da es derzeit schwer genug war, Aufträge zu bekommen, konnte sie es sich kaum leisten, Nein zu sagen, weil der Termin unzumutbar war. Deshalb saß sie häufig die ganze Nacht am Spinnrad und kam, abgesehen vom wöchentlichen Kirchenbesuch, kaum unter andere Menschen. Dieses Problem würde natürlich ebenfalls gelöst, wenn er auf den Vorschlag seines Meisters einging, dachte er bedrückt.

Ihre Züge erhellten sich bei seinem Anblick.

»*Henri, quel plaisir*«, sagte sie leise, als sie einander umarmten.

Sodann stellte er zwei Zinnteller auf den schlichten Holztisch, zog seinen Schal aus der Innentasche seiner Jacke und wickelte die Pasteten und die Kartoffel aus.

»Komm, lass uns essen, solange sie noch warm sind, *Maman*. Dann kannst du weiterspinnen, und wir können uns unterhalten. Ich habe auch Kaffee mitgebracht.«

»Du verwöhnst mich ja richtig.« Sie legte die Spindel beiseite und setzte sich an den Tisch. »Wie geht es dir, mein Junge?«, fragte sie und stürzte sich hungrig auf das Essen.

»Ich habe endlich ein Muster für mein Meisterstück«, antwortete er. »Jetzt brauche ich lediglich noch Monsieur

271

Lavalles Erlaubnis, den Webstuhl für ein paar Wochen zu benutzen.«

»Darf ich es mir ansehen?«

»Sobald unsere Finger nicht mehr mit Bratensauce vollgekleckert sind, zeige ich es dir.«

Nachdem sie gegessen hatten, zündete Henri ein kleines Feuer an, um Wasser in einem Kessel zu erhitzen, während Clothilde das Muster in Augenschein nahm.

»Und wer hat das entworfen – es ist ganz neuartig, so naturgetreu …?«, erkundigte sie sich neugierig.

Daraufhin schilderte Henri ihr in aller Ausführlichkeit, wie und unter welchen Umständen er an Annas erste Skizze gekommen war und wie sehr sie darauf gedrängt hatte, eine zweite, kolorierte Version zu zeichnen. Ihm war sehr wohl bewusst, dass er viel zu viel redete und ihren Namen viel zu häufig erwähnte, aber das Herz ging ihm einfach über.

»Das Mädchen ist offenbar sehr talentiert. Allerdings ist da noch mehr, stimmt's, Henri?«, warf Clothilde mit der typischen Intuition einer Mutter ein.

Er nickte und senkte den Kopf, um die Röte zu verbergen, die ihm in die Wangen stieg.

»Ich kann es nicht leugnen. Ja, ich glaube, dass ich mich in sie verliebt habe und dass sie dasselbe für mich empfindet.«

Clothilde war hin- und hergerissen. So gerne würde sie sich über das Glück ihres Sohnes freuen, gleichzeitig fürchtete sie, es könnte wieder so eine Liebelei von begrenzter Dauer sein. Zu ihrem nicht geringen Kummer hatte Henri in der Kirchengemeinde inzwischen einen gewissen Ruf weg, weil er sich scheinbar ununterbrochen in irgendein Mädchen verliebte. Aus diesem Grund hoffte sie, er möge eines Tages begreifen, dass ein Mädchen mit einem hübschen Gesicht nicht zwingend eine gute Ehefrau abgab.

»Wann darf ich die junge Dame denn einmal kennenlernen?«, fragte sie

Erneut sah Henri keinen anderen Ausweg, als mit der Wahrheit herauszurücken, zumal sie ohnehin auf kurz oder lang ans Licht kommen würde. Also erzählte er ihr von Annas Verwandtschaft mit den Sadlers und von seinen Befürchtungen, dass die Familie ihn aller Wahrscheinlichkeit nach als nicht gut genug für ihre Nichte erachten würde und überdies auf der Suche nach einer möglichst guten Partie sei. Was er unterschlug, war die Tatsache, dass sie zudem eine grundlegende Abneigung gegen französische Weber hegten.

Die Miene der Mutter verdüsterte sich. »Bilde dir um Himmels willen nicht ein, du könntest jemanden über deinem Stand heiraten, Junge. Schlag dir dieses Mädchen so schnell wie möglich aus dem Kopf.«

»Ich liebe sie, verstehst du. So wie ich nie zuvor jemanden geliebt habe. Wenn ich nicht mit ihr zusammen sein kann, sterbe ich.«

»Wann warst du jemals nicht verliebt, Henri?«, entgegnete sie mit einem spöttischen Lächeln. »Also tu jetzt nicht so melodramatisch. Glaub mir, das endet genauso wie alle deine Liebschaften.«

Die Worte seiner Mutter kränkten ihn und gaben ihm gleichzeitig zu denken. Was, wenn sie recht hatte und er sich seine Liebe zu Anna lediglich einbildete? Wenn sie sich in nichts auflöste wie all seine flüchtigen Schwärmereien? Und was den Standesunterschied betraf, fehlte ihm jede Idee, wie sich dieses Problem aus der Welt schaffen ließ. All diese Ungewissheiten lasteten wie ein

273

Zentnergewicht auf seiner Brust, und am liebsten wäre er davongelaufen, ganz weit weg.

Das Brodeln des Wasserkessels riss ihn aus seinen Gedanken. Henri nahm ihn vom Feuer, gab Kaffeepulver in die Kanne, rührte um und goss den Kaffee durch ein Stück Musselinstoff in zwei Tonbecher.

»Was für ein Luxus.« Clothilde sog tief das süßliche Aroma ein.

»Da ist noch etwas«, fuhr er fort, nachdem er sich ein wenig gefangen hatte.

»Raus damit.«

»Etwas, das alles noch viel komplizierter macht.«

»Ich bin ganz Ohr.«

Daraufhin holte er tief Luft und schilderte in möglichst einfachen Worten seine Unterhaltung mit Monsieur Lavalle vom Vorabend.

Erwartungsgemäß dachte seine Mutter ganz anders als er.

»Du solltest dich hören«, ereiferte sie sich und schnalzte verärgert mit der Zunge. »Ich kann nicht glauben, dass ich einen solchen Dummkopf zum Sohn habe. Du warst ein Nichts, und nun bietet sich dir die außergewöhnliche Chance, ein profitables und höchst ehrenwertes Geschäft zu übernehmen, dazu ein schönes Haus und die Aussicht auf eine hübsche junge Frau. Und du bist nicht sicher, ob du das Angebot annehmen willst? Sei nicht töricht, Junge. Wärst du nicht inzwischen erwachsen, würde ich dich glatt übers Knie legen, um diese albernen Gedanken aus dir herauszuprügeln.«

Ihre Worte brachen ihm das Herz.

»Aber ich liebe Mariette nicht«, wandte er leise und kläglich ein.

»Es wird Zeit, dass du mit diesem kindischen Unsinn aufhörst, Henri«, mahnte Clothilde streng. »Leuten wie uns ist höchst selten der Luxus vergönnt, aus Liebe zu heiraten, und viele würden dich um Mariettes Gunst beneiden. Sie ist ein reizendes Mädchen, dazu sehr hübsch, und ihr Vater gehört zu den angesehensten Webern von Spitalfields. Was gibt es daran auszusetzen? Du wirst lernen, sie zu lieben, daran habe ich nicht den geringsten Zweifel. Wenn du mich fragst, kannst du es dir gar nicht leisten, diese Verbindung auszuschlagen, denn das würde vermutlich das Ende deiner Anstellung bedeuten.«

Die Kerze war fast heruntergebrannt und begann zu flackern.

»Hör auf mich, *mon fils*«, fuhr sie fort. »Gott schenkt dir die Chance auf ein angenehmes Leben. Lass sie nicht ungenutzt verstreichen, ich flehe dich an.«

Als er im Nieselregeln die zwei Meilen zurück in die Wood Street schlurfte, kreisten seine Gedanken unaufhörlich um Anna. Sie niemals wiederzusehen, niemals wieder in ihre blaugrünen Augen zu blicken oder jenes intensive Gefühl wortlosen Verstehens zu spüren war schlicht unvorstellbar.

»Ich liebe sie«, rief er so laut, dass es von den Hauswänden widerhallte. »Wie soll ich das jemals vergessen können?«

Niemand hörte seine verzweifelte Frage, niemand half ihm in seiner Gewissensnot – er kannte die Antwort sowieso längst. Er würde seine Liebe opfern müssen – das verlangten der Respekt gegenüber seinem Meister, dem er großen Dank schuldete, und die Verpflichtungen seiner Mutter gegenüber, für deren Wohlergehen er Sorge tragen musste.

Was für eine schreckliche Zwickmühle: »Tue ich es, werde ich verdammt sein, tue ich es nicht, bin ich es ebenfalls«, murmelte er zornig, während schwere Regentropfen auf ihn niederprasselten.

Er war nass bis auf die Knochen, als er das Haus in der Wood Street betrat, wo er seinen Meister mit grimmiger Miene über eine Zeitung gebeugt am Tisch sitzen sah. Wortlos reichte er das Blatt an Henri weiter.

ÜBERFALL DER TUCHSCHLITZER
24. November 1760
Am Dienstagabend drang eine aufgebrachte Horde Gesellen, laut eigener Aussage Mitglieder der sogenannten Bold Defiance, *gewaltsam ins Haus eines Webers namens John Poor ein. Sie bedrohten ihn und seine Ehefrau mit einer Waffe, schlugen mehrere seiner Webstühle kurz und klein und zerschnitten wertvolle Seidenstoffe.*
Die Übeltäter behaupteten, der Übergriff sei eine Reaktion darauf, dass Mr. Poor für Monsieur Chauvet arbeite und gegen die »Vorschriften des Buches« verstoßen habe – gemeint ist das Book of Prices, *das für die Berechnung der Löhne der Weber zugrunde gelegt werden soll. Derzeit werden zehn Männer in Newgate festgehalten, wo sie auf ihren Prozess warten.*

Henri spürte, wie er blass wurde.

»Steckt Guy da mit drin?«, fragte er.

Lavalle nickte. »Seine Mutter hat mich heute Abend aufgesucht. Sie ist völlig verzweifelt und bat mich um

Hilfe. Wie befürchtet, ist er in schlechte Gesellschaft geraten und hat sich an dem Überfall beteiligt.«

Zwar war es allgemein bekannt, dass ein Teil der verzweifelten Gesellen sich neuerdings zusammenrottete, in Häuser von Seidenwebern eindrang, um Webstühle und Stoffe mutwillig zu zerstören. Dass Guy sich jedoch daran beteiligen würde, damit hatte Henri nicht gerechnet.

»Was ist passiert? Wieso um alles in der Welt war Guy dabei?«

Henris Mund fühlte sich so trocken an, dass die Worte kaum über seine Lippen kommen wollten.

»Ich fürchte, er sitzt bis zum Hals in der Patsche«, erwiderte Lavalle und stopfte seine Pfeife neu. »Offenbar wurde er festgenommen und ins Gefängnis eingeliefert. Sollte er für schuldig befunden werden, könnte er des Landes verwiesen oder sogar gehängt werden, hat man seiner Mutter gesagt. Hoffen wir mal, dass er zumindest nicht der war, der eine Waffe gegen die Frau des Webers gerichtet hat.«

Henri stockte der Atem. Meister Chauvet, für den der überfallene Weber Poor arbeitete, war ein mächtiger Mann und stand in dem Ruf, seinen Webern zu verbieten, irgendwelchen gegen die Interessen des Arbeitgebers gerichteten Vereinigungen beizutreten oder diese in irgendeiner Form zu unterstützen. Er selbst ließ sein Haus von eigenen Wachleuten schützen, sodass sich der Zorn der Straße auf diejenigen entlud, die in seinem Auftrag webten.

»*Saleté!* Das sind ja schreckliche Neuigkeiten!«

Obwohl ihm mit einem Mal seine eigenen Kümmernisse lächerlich und banal erschienen, verstand er nicht, wieso

Guy sich so tief in solch ungesetzliche Aktionen hatte verstricken lassen. Unwillkürlich stellte er sich seinen Freund frierend, hungrig und völlig verängstigt in einer feuchten, modrigen Gefängniszelle mit Gott weiß wie vielen anderen vor, darunter mit Sicherheit ganz üble Burschen.

Guy mochte ein sturköpfiger, unbelehrbarer Narr sein – ein Verbrecher war er nicht. Wie Henri hatte er sich aus dem Nichts hochgearbeitet, seine Lehrzeit ohne Fehl und Tadel absolviert und anschließend eine Kammer mit einem Webstuhl gemietet. Wie oft hatte er ihm von seinem Traum erzählt, eines Tages ein Haus zu besitzen und ein eigenes florierendes Geschäft, zu heiraten und eine Familie zu gründen … Und nun das!

Wie konnte dieser Traum so jäh kippen und Guy sich, statt zielstrebig weiter für ein besseres Leben zu arbeiten, dieser Gruppe von Aufwieglern anschließen?

»Können die Kirchenältesten denn nichts für ihn tun?«, erkundigte er sich hilflos.

Der Meister schüttelte den Kopf. »Wir versuchen natürlich, eine Kaution für ihn zu stellen, aber ich bezweifle, dass das etwas nützen wird. Erst mal werden wir ihn im Gefängnis besuchen und sehen, wie wir ihm die Situation ein klein wenig angenehmer machen können. Letztlich indes gibt es leider nichts, um ihn vor einem Strafverfahren zu bewahren.«

In diesem Moment – fast um seine Worte zu untermauern – wurde lautstark an die Tür gehämmert.

»Du liebe Güte, wer kann das denn um diese Uhrzeit sein?«, murmelte Monsieur Lavalle.

Die Antwort kam unverzüglich. »Im Namen des Gesetzes. Aufmachen! Machen Sie auf! Wenn Sie nicht öffnen, brechen wir die Tür auf.«

Fünf bullige Constables in schmutzigen Uniformen und schweren Stiefeln waren es, die Einlass begehrten und an dem Hausherrn vorbei in die Wohnstube polterten. Mit einem Mal erschien der Raum schrecklich klein und beengt.

Der größte der Wachmänner bedachte Henri mit einem Furcht einflößenden Blick. »Henri Vendôme?«

»Ja, Sir«, antwortete Henri mit zitternder Stimme.

»Wir haben Grund zu der Annahme, dass Sie mit einem Mann, der des Mordes verdächtigt wird, in Verbindung stehen«, erklärte der Hüne. »Guy Lemaitre.«

»Er ist ein Kollege und gehört derselben Kirchengemeinde an, Sir. Ich kenne ihn praktisch mein ganzes Leben lang.«

»Sie haben das *Book of Prices* unterzeichnet?«

»Ja, Sir. Weil ich dachte, dass dadurch Unzufriedenheit und Leid verhindert werden könnten.«

»Tja, falsch gedacht, Freundchen. Ihre Unterschrift steht direkt neben der von Lemaitre und anderen, die sich womöglich eines Verbrechens schuldig gemacht haben. Wo waren Sie am letzten Dienstagabend?«

»Hier, zu Hause, Sir. Mein Meister, Monsieur Lavalle, kann das bestätigen«

Wenngleich dieser hinter den fünf hochgewachsenen Männern nicht zu sehen war, drang seine Stimme klar und deutlich durch den Raum.

»Das kann ich in der Tat bestätigen und würde es sogar auf die Heilige Schrift schwören. Ich kenne Henri Vendôme seit über zehn Jahren. Er ist ein gottesfürchtiger und gesetzestreuer Mann, der sich niemals wissentlich an einem Verbrechen beteiligen würde. Ihre Anwesenheit ist höchst unwillkommen, meine Herren«, fuhr er fort. »Daher möchte ich Sie bitten, mein Haus unverzüglich zu verlassen, um meine Tochter nicht zu wecken.«

»Nun gut.« Der Constable drehte sich um. »Und Sie da halten sich gefälligst von jedwedem Ärger fern, Jungchen.« Er beugte sich so weit vor, dass Henri sein schaler, nach Bier stinkender Atem entgegenschlug. »Sonst werde ich es mir höchstpersönlich zur Aufgabe machen, Ihren werten Freund an den Galgen zu bringen.«

Die anderen Wachmänner lachten und schoben sich so grob an Monsieur Lavalle vorbei, dass dieser sich an der Tür festhalten musste, um nicht ins Straucheln zu geraten.

Kapitel 15

Es empfiehlt sich, hübsche Bücher und Illustrationen auf Tischchen und überall sonst im Salon zu verteilen. Selbstverständlich muss mit jedem Besucher angemessen Konversation betrieben werden, dennoch eignen sich besagte Gegenstände hervorragend zum Zeitvertreib und um geeignete Gesprächsthemen zu finden.

Über die Umgangsformen der feinen Dame

Die Tage nach ihrem Besuch in der Wood Street schienen sich für Anna ins Endlose zu dehnen.

Wieder und wieder las sie Henris Brief, so lange, bis das Papier an den Rändern einzureißen drohte. Die versteckte Intimität seiner letzten Worte brannte sich tief in ihre Seele und ihr Herz ein.

Es ist nicht leicht, die vielen schönen Linien zu weben, aber ich werde bei der Arbeit immer an Sie denken …

Anna presste seine Zeilen an ihre Brust. Dieser Moment war Wirklichkeit, dachte sie. Er fühlte genauso wie sie selbst. Wenn sie die Augen schloss, sah sie ihn förmlich vor sich, wie er an seinem Webstuhl saß, sich durch das komplexe System aus Knoten und Schlaufen kämpfte, und sie meinte den süßen, nussigen, leicht staubigen Geruch wahrzunehmen und die rauen, unebenen Holzplanken unter ihren Schuhen zu spüren.

Dennoch erschien ihr die Aussicht auf ein Wiedersehen mit Henri nach wie vor unwahrscheinlich, ja, im Grunde standen die Chancen sogar so schlecht wie nie, denn Sarah war ihr auf die Schliche gekommen.

Während Anna davon ausgegangen war, dass sie nach dem Besuch bei Henri auf jeden Fall wieder am Spital Square sein würde, bevor Tante und Cousine von ihrer Einladung im recht weit entfernten Hackney zurückkehrten, war es dummerweise genau andersherum gekommen.

Als sie sich unbemerkt in ihr Zimmer schleichen wollte, um sich dort wie angekündigt ein Weilchen »auszuruhen«, vernahm sie als Erstes Sarahs Stimme, die aus dem Salon drang.

»Anna? Bist du das?«

Es gab keinen Ausweg. Sie blieb vor der Tür stehen, strich ihren Rock glatt, schob ein paar lose Haarsträhnen unter ihre Haube und zermarterte sich das Hirn, ob sich eine plausible Erklärung finden ließ.

»Ihr seid ja früh zurück, Tante Sarah«, sagte sie mit einem gezwungenen Lächeln.

»Ein Skandal war das, eine Frechheit«, empörte die Tante sich. »Offensichtlich hat man uns den falschen Tag genannt. Heißt, wir haben die lange Fahrt auf uns genommen, um am Ende festzustellen, dass keiner zu Hause war. Was für eine Demütigung! Von dieser Familie werden wir künftig keine Einladungen mehr annehmen.«

»Oh, das tut mir schrecklich leid«, tat Anna mitleidig, um dann munter fortzufahren: »Dafür habe ich gute Nachrichten, denn meine Kopfschmerzen sind viel besser geworden, nachdem ich ein wenig frische Luft geschnappt habe.«

Ein vernichtender Blick traf sie. »Das tröstet mich keineswegs. Es war nicht einmal drei Uhr, als wir nach Hause kamen, und da warst du bereits weg. Und kommst erst jetzt wieder, über anderthalb Stunden später. Du hast nicht einmal Betty mitgeteilt, dass du das Haus verlässt, geschweige denn wohin du wolltest. Bitte mach die Tür zu und setz dich. Ich bin wirklich verärgert und gespannt, was du als Erklärung vorzubringen hast.«

»Ich habe Miss Charlotte einen Besuch abgestattet, um mir ein paar Änderungen an meinen neuen Sachen anzusehen. Wir haben Tee getrunken und uns sehr nett unterhalten – und dabei ist die Zeit wie im Flug vergangen.«

Ihre Tante sah sie missbilligend und strafend zugleich an.

»Wenn es etwas gibt, das ich noch weniger ausstehen kann als Ungehorsam, dann ist es Hinterlist.« Ihre Stimme klang messerscharf. »Du lügst mich an, mein Fräulein. Und das werde ich dir keinesfalls durchgehen lassen.«

Anna wurde ganz anders. Woher wusste Sarah, dass sie log? Unaufgefordert bekam sie die Erklärung serviert.

»Als du nach einer Weile nicht zurück warst, habe ich angefangen, mir Sorgen um dich zu machen. Lizzie fiel ein, du könntest vielleicht zu Miss Charlotte gegangen sein, da ihr beide euch offenbar ein wenig angefreundet habt. Übrigens eine Sache, über die wir ebenfalls noch sprechen müssen. Jetzt so viel: Es ist absolut unschicklich für eine junge Frau deines Standes, Freundschaft mit einer Handwerksperson zu pflegen, so angenehm und freundlich sie auch sein mag. Davon abgesehen weiß ich, dass das Atelier dienstagnachmittags grundsätzlich geschlossen ist und du gar nicht dort sein konntest.

Trotzdem habe ich am Ende Betty losgeschickt, damit sie nachsieht. Und siehe da – sie hat geklopft und gerufen, ohne dass jemand aufgemacht hätte.«

Schuldbewusst senkte Anna den Kopf und überlegte fieberhaft, wie sie jetzt am geschicktesten vorging. Sollte sie es mit einer weiteren Halblüge versuchen oder lieber gleich mit der Sprache herausrücken? Ärger bekam sie so oder so, egal für welche Lösung sie sich entschied.

»Hast du mir nichts zu sagen, Mädchen?«

Anna versuchte das freundliche Gesicht ihres Vaters heraufzubeschwören, seine klare, angenehme Stimme. Wie sagte er gleich gern in seinen Predigten: *Und ihr werdet die Wahrheit erkennen, und die Wahrheit wird euch frei machen.*

»Es tut mir leid, dass ich Betty nicht Bescheid gegeben habe. Weißt du, ich wollte nicht, dass sie sich Sorgen macht – belogen habe ich dich nicht, Tante. Ich bin tatsächlich zu Miss Charlotte gegangen, weil ich mich gern in ihrer Gesellschaft aufhalte. Und dafür werde ich mich nicht entschuldigen – schließlich habe ich keine anderen Freundinnen hier und fühle mich manchmal ziemlich einsam.« Sarah wollte sie unterbrechen, doch Anna ließ sie nicht zu Wort kommen. »Wir haben Tee getrunken, und als sie eine Besorgung machen wollte, habe ich sie begleitet. Sie musste etwas bei einem Weber abgeben, der uns dann eingeladen hat, seine Webstube zu besichtigen, damit wir besser verstehen, wie die Muster auf die Stoffe übertragen werden. Es war so faszinierend, dass ich vergessen habe, auf die Zeit zu achten.«

Sarah fiel die Kinnlade herunter, erst recht, als ihre Nichte jetzt hart mit ihr ins Gericht ging.

»Offen gestanden, sehe ich keinerlei Veranlassung,

mich für *irgendetwas* zu entschuldigen. Ich bin achtzehn Jahre alt und lebe mich allmählich in London ein. Außerdem finde ich Miss Charlotte ganz und gar nicht unpassend, vielmehr habe ich allergrößten Respekt vor ihr. Und ich hoffe, du schiebst ihr nicht die Schuld in die Schuhe, dass ich einen Nachmittag in ihrer Gesellschaft verbracht habe. Ich jedenfalls fand es sehr anregend.«

Schweigend erhob die Tante sich, trat zum Kamin und arrangierte die Einladungen und den Zierrat, der dort stand, ehe sie sich Anna wieder zuwandte. Zornige Furchen gruben sich in ihre sonst so glatte Stirn, und hektische Flecken auf ihren Wangen signalisierten, wie sehr es in ihr kochte.

»Ich bin zutiefst enttäuscht über dein Verhalten«, erklärte sie mit vor unterdrückter Wut bebender Stimme. »Du bist eigensinnig und sichtlich unbelehrbar. Eigentlich solltest du inzwischen wissen, wie du dich in der Gesellschaft zu benehmen hast. Natürlich können wir dich nicht einsperren – wenn du dich allerdings weiterhin so aufführst und nicht auf deinen und unseren guten Ruf achtest, werden wir dich nach Suffolk zurückschicken müssen. Ich werde die Angelegenheit mit deinem Onkel besprechen – in der Zwischenzeit gehst du auf dein Zimmer und bleibst dort bis zum Abendessen oder bis ich dich rufe.«

Das Abendessen verlief in eisigem Schweigen; danach wurde Anna darüber in Kenntnis gesetzt, dass der Onkel ihrem Vater schreiben und ihn über die jüngsten Entwicklungen ins Bild setzen werde. Bis eine Entscheidung über ihr weiteres Schicksal getroffen sei, dürfe Anna das Haus lediglich verlassen, um zur Kirche zu gehen oder zu anderen, bereits arrangierten Besuchen.

Es gelang ihr, die Fassung zu wahren, bis sie in ihr Zimmer zurückkehrte. Aber kaum hatte sie die Tür hinter sich geschlossen, warf sie sich aufs Bett und schluchzte, bis ihr Kopf schmerzte und ihre Augen rot und verquollen waren.

Ein weiterer freudloser Nachmittag lag vor ihr. Der Regen prasselte gegen die Scheiben, und der Salon war in düsteres Zwielicht getaucht, obwohl es gerade einmal zwei Uhr nachmittags war. Sie saß am Fenster und las, während Lizzie auf dem Cembalo übte und die Ohren der Zuhörer malträtierte, denn wieder und wieder verspielte sie sich an derselben Stelle. Anna dachte, sie müsse gleich aufspringen, vorschnellen wie eine gespannte Feder und der Cousine das Buch ins Gesicht schleudern. Oder ihr Schlimmeres antun.

Zum Glück unterbrach Betty das stümperhafte Geklimper, denn sie brachte einen Brief von Charles, in dem dieser anfragte, ob er noch heute Nachmittag auf einen Besuch vorbeikommen dürfe.

»Du liebe Zeit, das sind ja wunderbare Nachrichten«, rief Tante Sarah strahlend. »Vielleicht ist dies ja der große Moment.«

Zwar war alles besser, als hier trübsinnig herumzuhocken, dennoch schwante Anna Böses. Dass nämlich die Tante lediglich deshalb dermaßen aus dem Häuschen war, weil sie glaubte, ihre Probleme mit der widerspenstigen Nichte würden auf elegante Weise gelöst, falls Charles ihr einen Antrag machte.

»Betty soll zwei große Krüge warmes Wasser und meine beste Seife in dein Zimmer bringen, damit du wie ein frischer Sommertag duftest. Und ich finde, du solltest dein grünes Damastkleid tragen. Du musst hinreißend aussehen, ohne dabei den Anschein zu erwecken, als hättest du dich eigens für ihn in Schale geworfen. Ich werde dir meine schönsten Spitzenbesätze leihen, meine Liebe, und frisch gestärkte Spitze für dein Haar. Es geht schließlich nichts über ein schönes Stück edler Spitze, das den Blick auf schmale Handgelenke und einen langen Schwanenhals lenkt, nicht wahr?«

Anna lächelte höflich und bedankte sich bei ihrer Tante für die Großzügigkeit, während sie zugleich das seltsame Gefühl hatte, neben sich zu stehen und sich gewissermaßen von außen zu betrachten.

War das wirklich sie selbst, fragte sie sich, oder eine völlig fremde Person, die zufällig aussah wie sie? Sie kam sich vor wie ein Schmuckstück, das ihre Tante zum Verkauf darbot und bei dem sie mit allerlei Draufgaben lockte, damit der Handel ja unter Dach und Fach kam. Mit anderen Worten: Sarah wollte sie um jeden Preis loswerden und sich dadurch von ihrer Verantwortung befreien.

Allein in ihrem Zimmer, holte Anna mehrmals tief Luft, um sich zu sammeln und in Ruhe nachzudenken. Was, wenn er ihr tatsächlich einen Antrag machte? War sie verpflichtet, gleich beim allerersten Angebot Ja zu sagen? Oder gab es irgendwelche Alternativen? Andererseits: Wäre es tatsächlich so schlimm, mit einem gut situierten Mann in London verheiratet zu sein? An seiner Seite würde sie sich niemals Sorgen wegen des Geldes machen müssen, und ihre Ehe würde gewiss für ihren Vater und Jane ebenfalls den einen oder anderen Vorteil mit sich bringen. Und auf jeden Fall könnte sie durch eine Heirat der Enge des Hauses am Spital Square entfliehen und sich mit Zeichnen und anderen Zerstreuungen ablenken.

So gesehen keine schlechte Perspektive, wenn es da nicht ein Aber gegeben hätte.

Charles erschien um Punkt vier Uhr. Tee wurde serviert und die Familie in den Salon beordert, wo sich die Unterhaltung zäh dahinschleppte. Sarah hatte dem Gast einen strategisch günstigen Platz neben Anna auf der Chaiselongue zugewiesen, wo er in affektierter Dandypose mit auf den Fingerspitzen aufgestütztem Kinn saß.

»Sie sehen heute Nachmittag überaus reizend aus, Anna.«

»Danke schön«, erwiderte sie mit einem falschen Lächeln, fühlte sich abgestoßen von seiner plumpen Vertrautheit.

»Haben Sie in letzter Zeit wieder einmal eine Ihrer hübschen Skizzen angefertigt?«

»Nein, ich zeichne am liebsten Blumen in der Natur, was bei dem unerfreulichen Wetter in den letzten Tagen leider nicht möglich war.«

»Mir fiel bei Ihrem Besuch auf, welche Freude Ihnen unser Garten bereitet hat. Haben Sie eigentlich ebenfalls einen Garten?«, erkundigte er sich mit heftig auf und ab hüpfendem Adamsapfel.

Anna stellte sich vor, in seiner Kehle würde eine Maus stecken, die dort unablässig herumzuckte, und musste bei dieser Vorstellung ein Kichern unterdrücken. Was, wenn sie unvermittelt aus seinem Mund sprang und kreuz und quer durchs Zimmer flitzte, während er keinen Ton mehr herausbrachte?

»Nein, bedauerlicherweise nicht, hier gibt es lediglich ein kleines Stück Rasen mit einem Baum. Und zum

Zeichnen eignet der sich kaum. Wie gehen denn Ihre Studien voran?«, fragte sie eilig. »Die Juristerei muss ein überaus faszinierendes Betätigungsfeld sein.«

»Ja, das sollte man meinen. Leider habe ich ein schrecklich schlechtes Gedächtnis, was sehr hinderlich ist, wenn man sich unendlich viele Details zu Tausenden von Fällen merken soll. Oder ich lasse mich einfach zu leicht ablenken und vergesse deshalb so vieles.«

Seine Selbstironie hatte etwas durchaus Anziehendes. Vielleicht besaß er ja tatsächlich so etwas wie Humor, überlegte sie.

»Gibt es Fälle, die Sie besonders interessant finden?«

»Zu meinem Bedauern muss ich gestehen, dass Kapitalverbrechen mich am meisten faszinieren.«

»Beispielsweise?«

»In letzter Zeit habe ich mich mit einigen Fällen von Mord und Totschlag beschäftigt. Man fragt sich da unwillkürlich, was einen Mann dazu bringt, derartige Untaten zu begehen.«

»Ich vermag mir nicht vorzustellen, dass jemand, der bei halbwegs klarem Verstand ist, einen anderen Menschen töten könnte – was den Verdacht nahelegt, dass ein Täter den Verstand verloren haben muss. Ansonsten müsste man ja davon ausgehen, dass Menschen von Natur aus böse sein können.«

»Wenn Sie einige der üblen Burschen aus Newgate gesehen hätten, würden Sie Ihre Meinung gewiss ändern. Glauben Sie mir, für einige von ihnen ist selbst der Galgen noch eine zu milde Strafe.«

»Möge der Himmel verhindern, dass ich jemals eine Hinrichtung mit ansehen muss«, rief sie spontan aus und fügte nachdenklich hinzu: »Mir sind indes Gerüchte zu

Ohren gekommen, dass es regelmäßig Massenaufläufe gibt, wenn ein Delinquent öffentlich gehängt wird. Ich finde das widerlich. Außerdem frage ich mich ernstlich, ob der Tod durch den Strang wirklich gerechtfertigt ist, wenn die Tat in einem Zustand geistiger Verwirrung begangen wurde.«

»Nun, Verbrecher täuschen so etwas gerne vor«, belehrte Charles sie. »Ich glaube daran nicht. Jeder Mensch ist Herr über seine Entscheidungen, das ist meine Meinung. Und wer sich mit Unehrlichkeit oder Gewalttaten durchs Leben zu schlängeln versucht und anderen schadet, hat jeden Anspruch auf Mitgefühl verspielt. Er ist ein Fluch für die Gesellschaft, und wir sind besser dran ohne solche Kreaturen.«

»Sehr gut gesprochen«, warf William ein. »Und genau aus diesem Grund hast du dich entschlossen, Anwalt zu werden, Charlie, richtig? Um ihnen eine Lektion zu erteilen.«

Anna traute ihren Ohren kaum. William, der seinen eigenen Vater bestahl, hielt flammende Reden auf Gesetzestreue und Ehrlichkeit? Das fand sie, mit Verlaub, reichlich unpassend und warf ihm einen tadelnden Blick zu, den er mit einem unschuldigen Lächeln quittierte.

Nach dem Tee wurden die beiden auffällig unauffällig allein gelassen.

Joseph und William entschuldigten sich mit *jeder Menge Arbeit,* Lizzie verschwand maulend, um auf mütterlichen Befehl Hausaufgaben zu machen, und Sarah schützte *wichtige Besprechungen mit der Köchin wegen des morgigen Einkaufs* vor.

Wieder einmal wünschte Anna sich ganz weit weg und ergab sich höchst widerwillig in ihr Schicksal.

»Liebste Anna, unsere Plaudereien haben mir wie immer große Freude bereitet«, raunte Charlie und beugte sich vor, wobei ihr ein leicht ranziger Atem entgegenschlug. »Sie sind eine überaus intelligente und geistreiche junge Dame, das gefällt mir.«

Sie musterte ihn eindringlich, versuchte in seiner Miene zu lesen, ob er ihr aufrichtige Zuneigung entgegenbrachte oder ob er ihr etwas vorspielte und seine Verehrung nichts als eine Farce war. Nachdem sie ihn lange genug studiert hatte, gelangte sie zu der Überzeugung, dass er nicht meinte, was er sagte. Sein Lächeln erreichte seine Augen nicht, die kalt oder zumindest unbeteiligt blickten. Es lag kein Funken Wärme in ihnen. Und wie er ihr den Hof machte, kam ihr vor, als bringe er einen Handel über die Bühne. Nicht anders als ihre Tante.

In diesem Moment wusste sie, dass sie auf ihr Herz hören musste – und wie die Antwort lautete.

Plötzlich jedoch passierte etwas, womit Anna nicht gerechnet hatte. Charles' Hand begann zu zittern, und er schien ins Stocken zu geraten. Für ein paar Minuten herrschte angespannte Stille. Sein Blick schweifte zum Fenster, ehe er sich ihr wieder zuwandte und tief Luft holte.

»Würden Sie mir die Freude machen und nächste Woche in Ludgate Hill mit mir dinieren?«

Eine Woge der Erleichterung spülte über sie hinweg. Dass er in letzter Minute Nerven gezeigt hatte, war ihre Rettung gewesen. Oder handelte es sich um pure Feigheit? Dass er einen Rückzieher machte, weil von Liebe zwischen ihnen keine Rede sein konnte, war unwahrscheinlich – das würde nicht zu den Gepflogenheiten seiner Gesellschaftsschicht passen.

Sie verkniff sich ein Lachen und tat ganz unschuldig.

»Danke, das wäre reizend«, erwiderte sie höflich und kreuzte verstohlen die Finger hinter dem Rücken.

»Nun?«, flüsterte Sarah, nachdem Charles aufgebrochen war.

»Wir haben uns sehr nett unterhalten, und er hat mich für nächste Woche zum Dinner in Ludgate Hill eingeladen.«

Während Sarahs Gesichtszüge zu entgleisen drohten, musste Anna schon wieder das Lachen unterdrücken, denn diese Auskunft war nicht das, was die Tante zu hören gehofft hatte. Welch ein Tag!

Immerhin wurde die Tante gleich am nächste Morgen von dem Misserfolg durch eine Nachricht abgelenkt, die Augusta Hinchcliffe ihr zukommen ließ. Der Porträtmaler Thomas Gainsborough reise für ein paar Tage von Bath nach London, um mit künftigen Auftraggebern in seinem Atelier in der Pall Mall zusammenzutreffen.

»Dein Onkel ist einverstanden, dass wir ihn beauftragen, und wir haben für morgen Vormittag ein Treffen mit ihm arrangiert«, verkündete sie mit stolz geschwellter Brust beim Frühstück und sah Anna wichtigtuerisch an. »Es scheint mir überaus klug, auf alles vorbereitet zu sein, wenn mein lieber Joseph im nächsten Jahr zum Obersten Amtsmeister der Zunft berufen wird.«

Anna interessierte das Porträt des Tuchhändlers nicht im Geringsten, der berühmte Maler hingegen sehr wohl. Sie schätzte seine Naturmalerei, wenngleich diese überwiegend als Hintergrund für Porträts in Erscheinung trat. Und da sie ihn kennenzulernen hoffte, ging sie auf Sarahs eitles Geschwätz ein.

»Mr. Gainsborough ist eine erstklassige Wahl für ein Porträt. Gewiss wird er mit seinem Gemälde Onkel Josephs neuer Position gerecht.«

»Du kennst seine Arbeit?«

»Kennen? Ich bin restlos begeistert davon, liebe Tante. Seine Landschaften und ländlichen Szenen sind wunderbar. Ich würde alles darum geben, seine Bekanntschaft zu machen.«

Sarah lächelte ihre Nichte liebevoll an. »Wenn du erst mit Charles verheiratet bist, könntet ihr ja selbst ein Gemälde bei ihm in Auftrag geben, was meinst du?«

»Was für eine großartige Idee«, gab Anna zurück, die blitzschnell ihre Chance gekommen sah. »In diesem Fall wäre es vielleicht klug, ihn schon im Vorfeld persönlich kennenzulernen.«

Sarah dachte einen Moment lang nach. »Nun, das könnte wirklich nicht schaden. Ich werde deinen Onkel fragen. Wenn er einverstanden ist, darfst du uns gern begleiten.«

Zu ihrer großen Freude gab Joseph seine Zustimmung, und so zog sie erwartungsfroh am vereinbarten Termin mit dem Ehepaar Sadler los.

Noch nie in ihrem Leben hatte Anna so feudale Häuser gesehen wie im Londoner West End. Und als die Kutsche vor einem eindrucksvollen Ziegelbau anhielt, fragte sie sich unwillkürlich, wie ein Künstler – und sei er noch so erfolgreich – sich jemals ein solches Anwesen leisten konnte.

Allerdings stellte sich schnell heraus, dass sich Gainsboroughs Räumlichkeiten auf einen sehr kleinen Teil des Hauses beschränkten. Auch schien er kein Personal zu beschäftigen, denn er öffnete die Tür selbst. Er war groß,

293

schlank und gut aussehend, etwa Mitte dreißig, mit dichtem dunklem Haar, einer langen Nase und vollen Lippen, die seinem Gesicht einen Ausdruck steter Belustigung verliehen.

Der Maler führte seine Besucher in einen weitläufigen Raum, in dem es durchdringend nach Öl und Terpentin roch und der, abgesehen von einer Chaiselongue sowie einem Tisch mit ein paar Stühlen, nahezu unmöbliert war. Auf der einen Seite stand ein weiterer Tisch mit diversen Gefäßen und Flaschen, mit Pinseln und Farbtuben, einem Mörser und Stößel sowie einem Malstock, der dem Künstler als Stütze für sein Handgelenk diente, wenn er sich der Detailarbeit an einem Gemälde widmete. Des Weiteren gab es ein Podest, auf dem eine kleine Holzpuppe in Kinderkleidung aufgestellt war, und daneben eine große Staffelei mit einer durch ein Laken verdeckten Leinwand.

Gainsborough bot ihnen einen Platz an, bevor er kurz im Hinterzimmer verschwand und mit einem Notizbuch und ein paar Bögen Papier zurückkehrte.

»Nun, wie kann ich Ihnen helfen?«

Joseph legte ihm die Gründe für den Auftrag dar.

»Was für eine Ehre, Mr. Sadler. Ich bin hocherfreut«, erklärte der Maler daraufhin. »Meine Familie ist in derselben Branche tätig wie Sie, wenngleich in einem ungleich bescheideneren Rahmen. Mein Vater war Wollweber.«

Ein angeregte Unterhaltung über den Textilmarkt entspann sich, ehe Gainsborough die unterschiedlichen Porträtarten erläuterte, die er anbot: Das preiswerteste bestand aus der Darstellung einer einzelnen Person von der Taille aufwärts mit schlichtem Hintergrund und ohne

Hände, das teuerste stellte eine Gruppe oder ein Paar in voller Gestalt vor einem Landschaftshintergrund dar, wobei Tiere gesondert berechnet wurden.

»Hier finden Sie Illustrationen der einzelnen Porträtarten und Beispiele für die Preise. Sollten Sie weitere Fragen haben, zögern Sie bitte nicht, sich an mich zu wenden. Sechs Sitzungen sollten genügen, je nach gewählter Komposition. Wir könnten das Gemälde hier oder in Bath anfertigen, ganz nach Ihren Wünschen.«

Einen Moment lang kehrte Stille ein. Anna hätte ihn am liebsten nach dem Bild auf der Staffelei gefragt, fürchtete indes, ihre Neugier könnte als unhöflich ausgelegt werden. Zum Glück schienen ihrem Onkel derartige Skrupel fremd.

»Dürfen wir Ihr neuestes Werk einmal in Augenschein nehmen?«, bat er sehr bestimmt und deutete auf die verhüllte Staffelei.

Für den Bruchteil einer Sekunde zögerte der Künstler, dann zog er schwungvoll das Laken herunter.

»Es ist noch nicht vollendet«, erklärte er.

Das Gemälde zeigte einen gut aussehenden Gentleman bis zu den Knien, der einen hellroséfarbenen Gehrock trug, sich mit stolzer Miene gegen einen Stein lehnte und auf eine klassisch angelegte Landschaft blickte. Die Gestalt allein war überaus beeindruckend, und dennoch war es das Blattwerk, vor allem der über den Stein wuchernde Efeu im Vordergrund, was Annas Aufmerksamkeit auf sich zog.

»Das sieht wunderbar aus«, flüsterte sie leise. »Ich habe größten Respekt vor Ihren Porträtkünsten – meine größte Bewunderung aber, das muss ich zugeben, gilt Ihren Landschafts- und Naturdarstellungen.«

Mit einem Mal schien der berühmte Mann seine steife Förmlichkeit abzulegen.

»Es ist mir eine große Freude, das zu hören, mein Fräulein, denn genau dies ist meine eigentliche Leidenschaft. In der Natur finde ich die notwendige Entspannung und Erholung von der Disziplin, die einem die Darstellung menschlicher Gesichter und Formen abverlangt.«

»Dieser Gentleman hat sehr feine Züge«, mischte sich der Tuchhändler ein. »Dürfen wir fragen, um wen es sich handelt?«

»Das ist Joshua Grigby, ein Anwalt und Mitglied der Honorable Society of Gray's Inn, der hiesigen Anwaltskammer. Seine Familie stammt aus meiner geliebten Heimat in Suffolk, wo ich meine Liebe zur Natur und zur Landschaft entwickelt habe.«

»Sie stammen aus Suffolk«, rief Sarah überrascht. »Meine Nichte ist ebenfalls von dort und ist erst kürzlich zu uns nach London gekommen.«

»Ich wurde in einem Dorf in der Nähe von Halesworth geboren«, fügte Anna hinzu. »Und genau wie Sie habe ich die Liebe für die Darstellung der Natur unmittelbar in der Landschaft entdeckt.«

»Meine Heimat ist Ipswich, wenngleich ich in Sudbury, ein Stück weiter südlich, geboren wurde. Und wenn ich das recht verstanden habe, sind Sie selbst Künstlerin. Welch erfreulicher Zufall.«

»Als Künstlerin würde ich mich nicht gerade bezeichnen, Sir«, wehrte Anna ab, der eine leichte Röte in die Wangen stieg. »Ich skizziere und male einfach gern.«

»Und es ist sehr wichtig, dass Sie das so oft, wie Sie eben können, tun.« Ein nachdenklicher Ausdruck trat auf seine Züge. »Es ist zwar möglich, die Technik zu erlernen, indem man anderen zusieht, aber die wahren Lehrmeister sind die eigenen Augen und Hände. Nichts kann stetes Üben und die Schulung der Beobachtungsgabe ersetzen.«

Anna hätte sich noch endlos mit dem großen Maler unterhalten mögen, doch Sarah drängte ungeduldig zum Aufbruch.

»Es war überaus freundlich, dass Sie uns so viel Zeit geschenkt haben – jetzt sollten wir Sie allerdings nicht länger aufhalten.«

»Es war mir ein Vergnügen«, gab er zurück, ehe er sich an Anna wandte. »Haben Sie bereits davon gehört, dass eine neue Society of Arts gegründet werden soll? Ihr Sitz wird ganz hier in der Nähe sein. Wer weiß, vielleicht werden Sie ja die erste Lady, die ihre Arbeit dort ausstellen kann.«

»Sie wollen mich aufziehen, Sir«, versetzte Anna lachend, und Gainsborough stimmte in ihren Heiterkeitsausbruch ein, wobei der Ausdruck in seinen Augen verriet, dass er es durchaus ernst gemeint hatte.

»Ich habe viele talentierte Künstlerinnen kennengelernt«, fügte er hinzu. »Und meines Erachtens gibt es keinen Grund, weshalb Frauen ihre Arbeit nicht ebenso der Öffentlichkeit zugänglich machen sollten.«

Anna fühlte sich, als würde sie auf Wolken gehen, als sie auf die Straße traten.

Noch immer außer sich vor Freude und Begeisterung, griff Anna an diesem Abend zu Papier und Feder, um Henri von dieser Begegnung zu berichten. Wenn einer sie verstand, dann er.

Lieber Henri,

danke für Ihren Brief. Ich freue mich immer noch über alle Maßen, dass Sie bald bereit sind, meine Mustervorlage zu weben. Ich würde Ihnen mit Freuden einen weiteren Besuch abstatten, um Ihre Arbeit in Augenschein zu nehmen, wäre es nur möglich. Heute durfte ich die Bekanntschaft des berühmten Malers Thomas Gainsborough machen. Stellen Sie sich das einmal vor! Ich bin eine glühende Bewunderin seiner Arbeit. Jedenfalls hat Ihr Interesse an meiner Skizze meine Neugier an der Gestaltung von Textilmustern geweckt, daher habe ich einen neuen, größeren Zeichenblock bestellt, um hoffentlich bald mit meinen neuesten Skizzen zu beginnen! Deshalb möchte ich unbedingt mehr über das Weberhandwerk erfahren – vielleicht könnten Sie mich darin unterweisen?

Bitte, schreiben Sie mir bald zurück.

Mit meinen allerbesten Wünschen verbleibe ich,

A.

Kapitel 16

Sollten Sie unbeabsichtigt jemanden beleidigen oder ihm zu nahe treten, tränken Sie Ihren Tonfall mit Honig, nicht mit Vitriol; versuchen Sie zu beschwichtigen, statt Salz in die Wunden zu streuen, und Ärger tunlichst zu vermeiden. Mit Milde und guten Manieren lassen sich häufig selbst die starrsinnigsten Gegner im Nu erweichen und die erregtesten Gemüter besänftigen.

Handbuch für Lehrjungen und Gesellen oder Wie man zu Ansehen und Reichtum gelangt

Als sie sich dem Gefängnisgebäude in der Newgate Street näherten, wurde sehr bald klar, dass es kein gewöhnlicher Montagmorgen war. Die Kirchenglocken läuteten, und eine gewaltige Menschenmenge, die jene bei der Demonstration vor ein paar Wochen noch übertraf, hatte sich vor den Gefängnistoren eingefunden. Auf den Straßen war kein Durchkommen mehr. Es schien, als wäre ganz London auf den Beinen: Männer, Frauen und Kinder, allesamt im Sonntagsstaat, als ginge es zur Kirche, zu einem netten Picknick oder zu einem Besuch im Vergnügungspark.

»*Grand Dieu*«, stieß Monsieur Lavalle mit finsterer Miene hervor. »Hier findet eine Hinrichtung statt.«

Als der an Händen und Füßen gefesselte Verurteilte

auf den Stufen erschien, erhoben sich zahlreiche Rufe aus der Menge, teils Schimpftiraden, teils Ermunterungen, endlich zur Sache zu kommen. Der wie ein Dandy gekleidete Verbrecher hob die Arme und lächelte wie ein König, der gnädig seine Untertanen empfing, auf die Menge herab.

Unter wüstem Gejohle und Verwünschungen wurde er die Treppe nach unten geführt und auf einen alten, klapprigen Pferdekarren mit einer Holzkiste gestoßen, bei der es sich, wie Henri entsetzt bemerkte, um den Sarg handelte, in dem der Übeltäter später begraben würde.

Der Mann hingegen schien es kaum zur Kenntnis zu nehmen, lachte und scherzte mit den Wachen und wich geschickt den halb verfaulten Früchten oder anderen unappetitlichen Dingen, die nach ihm geworfen wurden, aus. Als sich der Karren, umgeben von mit Pistolen und Säbeln bewaffneten Soldaten, in Bewegung setzte, folgte ihm die Menge auf dem Fuß.

»Wie weit ist es zum Schafott?«, fragte Henri einen alten, verhutzelten Mann neben sich.

»Zwei Meilen sind's bis nach Tyburn. Aber die bleiben bei jeder Taverne stehen und spendieren ihm ein Bier, deshalb brauchen sie bestimmt drei Stunden, und der Kerl ist stockbetrunken, wenn er am Galgen baumelt. Dabei hat das Dreckschwein es ganz bestimmt nicht verdient.«

»Was hat er denn getan?«

»Eine Frau umgebracht, sagen sie, was er heftig bestreitet. War zwar bloß eine Dirne, trotzdem verdient keiner, so zu sterben.«

»Und warum bekommt der Verbrecher in jeder Taverne auf dem Weg noch ein Bier?«

»Wegen des Spektakels. Die wollen sehen, wie er sich in die Hosen pisst.«

»Vor Angst?«

»Pah, nein. Als Beweis, dass er wirklich tot ist, wenn er erst mal eine Weile am Galgen baumelt.«

Mit einer Mischung aus Abscheu vor dem Täter und Abscheu vor den Zuschauern ließ Henri den Blick über die Menge schweifen. Wie konnte ein Mann so was tun, und wie konnten die Leute Vergnügen an solch einem widerlichen Schauspiel haben? Und was, wenn der Mann unschuldig war, wie der Alte behauptete? Die Vorstellung, sein bester Freund könnte eines Tages dieselbe schauerliche Fahrt antreten und einem so würdelosen Tod entgegenblicken müssen, machte ihn ganz krank.

Während die Menge dem Karren folgte, gelang es ihm und seinem Meister endlich, vor die Gefängnistore zu gelangen. Bereits von ferne hörten sie die gequälten Rufe der Inhaftierten, und Henri kam es vor, als stünden sie an der Pforte zur Hölle. In diesem Moment bedauerte er alle, die dort eingesperrt waren, egal ob schuldig oder nicht.

Nachdem sie einem der Wärter, einem feisten, rotgesichtigen Kerl, ein Sixpence-Stück als »Gebühr« in die Hand gedrückt hatten, führte er sie durch mehrere Korridore bis zu den Zellen. Der Gestank und der Geräuschpegel waren infernalisch.

Monsieur Lavalle reichte Henri ein Taschentuch. »Halt dir das vor die Nase, Junge«, erklärte er. »Gegen die Ausdünstungen und die Krankheiten, die überall lauern.«

Der Wärter schloss eine schwere Eisentür auf und schob sie in die Zelle – einen großen Raum mit nackten Steinwänden, lediglich erhellt vom trüben Licht, das durch eine vergitterte Öffnung hoch über ihnen drang.

Im ersten Moment konnten sie nichts erkennen, erst als sich ihre Augen an die Düsternis gewöhnt hatten, machten sie etwa dreißig Männer aus, allesamt an die Wände gekettet, fast nackt und vor Schmutz starrend. Völlig ausgehungert, zerrten sie verzweifelt an den Ketten, flehten um Wasser, um Essen, um Tabak und Gin.

Irgendwann fanden sie Guy, der in stiller Resignation auf dem verdreckten Fußboden kauerte.

Henri berührte ihn an der Schulter. »Guy, ich bin's, Henri. Und Monsieur Lavalle. Wir sind hier, um dir zu helfen.«

Der Freund wandte den Kopf und blickte sie an – seine Augen wirkten unnatürlich hell in seinem schmutzigen Gesicht. »Lasst nur«, stöhnte er. »Mir kann keiner mehr helfen.«

»Wir haben dir etwas zu essen mitgebracht.«

Beim Anblick des Bündels, das Lavalle aus seiner Tasche zog, erhob sich Stimmengewirr unter den Gefangenen. Sie zerrten an ihren Ketten, brüllten noch lautere Drohungen als zuvor. Guy riss das Päckchen an sich, öffnete es ungestüm und stopfte sich wie von Sinnen Brot und Käse in den Mund. Als er den letzten Bissen geschluckt hatte und den Boden nach herabgefallenen Krümeln absuchte, fiel sein Blick auf die Flasche Bier in Henris Hand. Er nahm sie, zog den Korken mit den Zähnen heraus und kippte das Gebräu in vier langen Zügen hinunter, wobei er lediglich innehielt, um Luft zu holen. Schließlich stieß er einen bellenden Rülpser aus, der mit lautem Gelächter seitens seiner Mitgefangenen quittiert wurde.

»Wo sind deine Sachen?«, erkundigte sich Lavalle.

»Wenn du nicht zahlen kannst, nehmen sie dir die

Kleider weg.« Guy ließ sich auf den Boden zurücksinken. »Das sind echte Aasgeier. Ohne Geld bekommst du hier gar nichts. Nichts zu essen, nichts zu trinken, gar nichts. Doch wen interessiert das schon? Ich sterbe sowieso. Entweder hier oder auf dem Schafott.«

»Wir haben Geld mitgebracht, um für dich zu bürgen. Du könntest mit Glück morgen auf freiem Fuß sein.«

Guy schüttelte den Kopf. »Das hat meine Mutter ebenfalls versucht – sie haben abgelehnt.«

»Wir probieren es trotzdem«, versicherte Henri trotzig. »Wie lautet die Anklage?«

»Förderung öffentlichen Krawalls, Sachbeschädigung, Beihilfe zum Mord ... und was weiß ich sonst«, zählte Guy müde auf.

»Gibt es jemanden in eurer Gruppe, der bezeugen kann, dass du unschuldig bist? Denk gut nach, das ist wichtig«, drängte Monsieur Lavalle.

»Nein. Hier kämpft jeder für sich allein. Und um einen armen Froschfresser schert sich ohnehin keiner. Nein, ich bin so gut wie tot.«

Als er die abgrundtiefe Verzweiflung auf den ausgemergelten Zügen sah, zerriss es Henri innerlich, und eine Weile brachte er kein Wort mehr heraus.

»Ich danke euch für den Besuch und das Essen, meine Freunde«, fügte Guy hinzu. »Und ich bereue meine hässlichen Worte von neulich zutiefst. Ich war ein Narr und verdiene es, den Tod eines Narren zu sterben. Kümmert euch um meine arme Mutter, wenn ich nicht mehr bin, ja?«

Danach rollte er sich zu einem Ball zusammen, die Knie fast bis zur Stirn hochgezogen und einen Arm übers Gesicht gelegt, als wollte er den Rest der Welt aus seinem

Bewusstsein verbannen. Während sein Meister sich zum Gehen wandte, rührte Henri sich nicht vom Fleck.

»Wir holen dich hier raus, versprochen«, flüsterte er, bevor auch er sich entfernte.

Wortlos gingen die beiden durch die trostlosen Korridore zum Ausgang, wo sie sich erkundigten, mit wem sie über eine Kaution verhandeln konnten. Mit dem Richter, erhielten sie zur Antwort, nur stünde der im Augenblick nicht zur Verfügung. Erst als sie sich weigerten, das Gefängnis unverrichteter Dinge zu verlassen, wurden sie in ein unordentliches Arbeitszimmer voller Aktenstapel und Bücher geführt, wo man sie anwies zu warten.

Eine halbe Stunde verging, dann eine weitere. Noch immer hatte sich kein Mensch blicken lassen. Schließlich erschien ein bleicher Schreiber und erkundigte sich, offensichtlich verblüfft über ihre Anwesenheit, was sie hier zu suchen hätten und auf wen sie warteten.

Sie trugen ihm den Sachverhalt vor, und er versprach sich zu erkundigen. Zwanzig Minuten vergingen, ehe er zurückkehrte.

»Für Guy Lemaitre kann keine Kaution gestellt werden«, verkündete er. »Der Richter hat den Antrag bereits früher abgelehnt.«

»Können wir dagegen keinen Einspruch erheben?«, griff Lavalle nach einem möglichen Rettungsanker.

Der Mann hob die Hände.

»Ich kann nichts für Sie tun, Gentlemen«, gab er zurück. »Es ist die unumstößliche Entscheidung des Gerichts.«

Der Sonnenschein und das Vogelgezwitscher draußen schienen sie förmlich zu verhöhnen, als sie das Gefängnis verließen und erleichtert die frische Luft einsogen.

Sie gingen die Newgate Street entlang, beide tief in ihre Gedanken versunken. In wortlosem Einvernehmen lenkten sie ihre Schritte zu der prächtigen St. Paul's Cathedral, stiegen die breite steinerne Treppe zum Säulengang hoch und traten durch die hohen Holzportale in die kühle Stille.

Der Meister steuerte ohne Umschweife auf die nächste Kirchenbank zu und senkte den Kopf zum Gebet, Henri hingegen blieb stehen und ließ mit angehaltenem Atem ehrfürchtig den Blick durch das majestätische Kirchenschiff mit den prachtvoll verzierten Marmorwänden und den breiten Säulen wandern. Die gewaltigen Kuppelgewölbe zierten biblische Szenen in sämtlichen Farben des Spektrums, üppig verziert mit Gold und Silber.

Die Schönheit der Kirche trieb ihm Tränen in die Augen. Ihm war, als hätte er soeben eine andere Welt betreten. Als er konzentriert nach oben schaute, begann sich alles um ihn herum zu drehen, und dann hörte er seine Stimme, die seltsam körperlos in der Stille widerhallte.

»Pour l'amour du ciel, je vous en prie, savez mon ami!«

Inzwischen war Monsieur Lavalle hinter ihn getreten und hatte ihm den Arm um die Schulter gelegt.

»Komm, mein Junge, komm mit«, raunte er ihm ins Ohr und führte Henri aus der Kirche zu einer Bank im Sonnenschein, wo er wartete, bis die Schluchzer des Jungen allmählich verebbten.

Der Abstecher nach Newgate beschwor ein Gefühl tiefer, hartnäckiger Wut in Henri herauf. Obwohl er vor Jahren dem Glauben abgeschworen hatte, ertappte er sich jetzt dabei, dass er jeden Abend betete. Genauer gesagt, waren es weniger fromme Gebete, sondern vielmehr zornige

Ausbrüche, die er Gott entgegenschleuderte. Wie konnte er dulden, dass ein junger Mann bestraft werden sollte, dessen einziges Verbrechen darin bestand, die Welt zu einem besseren Ort machen zu wollen. So hitzköpfig und unklug Guy gewesen sein mochte, waren seine Motive stets lauter und unschuldig gewesen. Insofern empfand Henri es als Gipfel der Ungerechtigkeit, dass Gott, falls es ihn denn gab, so etwas duldete und seinen Freund einer solchen Qual aussetzte.

Sein Meister versuchte ihn zu beruhigen, versicherte ihm, dass hinter den Kulissen schon alles Menschenmögliche für Guys Freilassung unternommen werde. Außerdem hatte die französische Kirchengemeinde veranlasst, dass Guy täglich Besuch im Gefängnis erhielt, mit Essen und Wasser versorgt wurde, und zudem Briefe an das Gericht geschickt, in denen eine erheblich höhere Summe als Kaution angeboten wurde.

Weiterhin wurden diskrete Erkundigungen unter anderen Gesellen eingezogen, die sich an den Protesten beteiligt hatten, doch keiner von ihnen wollte bestätigen, mit angesehen haben, dass die Frau des Webers bedroht worden war. Die meisten hatten Angst, mit dem Verbrechen in Verbindung gebracht zu werden, und leugneten deshalb schlichtweg, überhaupt in der Nähe gewesen zu sein.

Am Ende fand sich zum Glück ein Ire, der angab, ein gewisser Guy könne gar nicht in den Überfall verwickelt gewesen sein, da er ihn zu diesem Zeitpunkt im Dolphin gesehen habe. Alle Beteiligten schöpften neue Hoffnung, zumal der Mann versprach, seine Aussage vor Gericht zu wiederholen. Aber er bekam offenbar kalte Füße, denn als der Anwalt, den sie zwischenzeitlich engagiert hatten, mit dem Zeugen reden wollte, war der Mann mitsamt Ehefrau und Kindern verschwunden und tauchte nie wieder auf.

Wochen vergingen, und wann immer Henri seinen Freund im Gefängnis besuchte, wirkte Guy dünner und verzweifelter. Schließlich wurde auf Ende Januar der Gerichtstermin festgelegt. Damit blieb ihnen nichts anderes übrig, als zu warten.

Die Tage verstrichen, es wurde kälter und kälter, und immer wieder verdunkelten graue Schneewolken den Himmel. Henri hörte Mariette mit der Köchin reden und Pläne für das Weihnachtsessen machen; sie debattierten, ob sie eine ganze Gans kaufen sollten, gelangten indes zu dem Schluss, dass es zu teuer sei.

»Die Hälfte besteht sowieso aus Fett«, brummte die Köchin.

Am Ende einigten sie sich auf Rinderbraten und verbrachten den ganzen Vormittag damit, einen riesigen Pflaumenkuchen zu backen, den sie so reichlich mit Brandy tränkten, dass er bis Dreikönige halten würde.

Eigentlich gehörte die Vorweihnachtszeit zu Henris Lieblingswochen im Jahr – mit all den Vorbereitungen für die Feiertage, wenn Freunde zusammenkamen und das Haus mit Grünzeug aus dem Wald und von den Feldern hinter Bethnal Green geschmückt wurde. In dieser Zeit war ihm deutlicher bewusst als sonst, wohin er gehörte – in dieses Land, in dem er und seine protestantischen Glaubensbrüder keine Repressalien zu fürchten brauchten und das ihm eine neue Familie geschenkt hatte.

Dieses Jahr allerdings wollte keine rechte Festtagsstimmung aufkommen. Verstörende Bilder suchten ihn

Nacht für Nacht heim: Guy, der in der Gefängnishölle schmorte, der aufgebrachte Mob, der nach blutiger Rache schrie. Selbst in England walteten Kräfte, vor denen einem angst und bange werden konnte, wie ihm mittlerweile schmerzlich bewusst geworden war.

Lediglich bei seiner Arbeit fand er Vergessen. Jeden Abend setzte er sich an den Tisch und übertrug mit akribischer Genauigkeit die Details von Annas Skizze in die Kästchen des Patronenpapiers, beschäftigte sich zudem mit dem komplexen Aufbau für den Webstuhl und dem Zusammenstellen der zahllosen Farben für die Kett- und Schussfäden. Eine höchst diffizile Aufgabe, bei der er sich mehrere Male verhaspelte, bis es endlich so weit war, dass mit dem Weben begonnen werden konnte.

Wie immer genoss er den Moment, wenn das Schiffchen zum ersten Mal durch die Kettfäden schnellte und die ersten Zentimeter des Webstücks mit dem Muster zu sehen waren. Bloß ging die Arbeit diesmal schleppender voran, weil ihn das anspruchsvolle Muster zwang, ständig die Pedale zu wechseln und eine neue Farbe zu verwenden. Zudem machte der Simpeljunge, der frierend zu seinen Füßen hockte, häufig Fehler und zog die Litzen in der verkehrten Reihenfolge.

Henri merkte, dass er sich mit dieser Webarbeit ganz schön was zugemutet hatte.

Das Dessin war wesentlich komplizierter, als er es sich hatte träumen lassen, und mit jedem Zentimeter, den er webte, wuchs der Druck, es ja nicht zu vermasseln – und der daraus resultierende Zwang zu äußerster Konzentration laugte ihn zusätzlich aus. Je länger die Stoffprobe wurde, desto angespannter war er: Wenn ihm jetzt noch ein Fehler unterlief, wären all die vielen Stunden harter

Arbeit vergeblich gewesen und wertvolles Material vergeudet worden.

Was ihn aufrecht hielt, war der Gedanke an Anna. Manchmal stellte er sich sogar vor, dass sie ihm wohlwollend über die Schulter blickte. Und gar nicht selten kam es vor, dass er stumme Zwiesprache mit ihr hielt.

Ist das Grün so richtig, was denken Sie? – Oder sollte es etwas heller sein? – Hier ist die Linie so flach, dass ich die Abstufungen nicht ganz verbergen kann, bitte verzeihen Sie mir.

Solchermaßen half sie ihm, ohne anwesend zu sein, über harte Tage und Wochen hinweg. Bis es irgendwann so weit war, dass seine Zuversicht wuchs und er daran zu glauben begann, mit seinem Meisterstück bestehen zu können. Mit neuem Elan betrat er nunmehr die Dachstube, freute sich zu sehen, wie das Muster immer weiter Gestalt annahm, wie sich das Netz aus gewundenen Stängeln herauskristallisierte, das die gekräuselten Blätter und die prachtvoll aussehenden Blüten stützte. Nach einem knappen halben Meter dann gelangte er zu der Stelle, an der sich der winzige Käfer zeigte – bei seinem Anblick kamen Henri beinahe die Tränen, und seine Brust drohte vor Glück zu platzen.

Noch hatte er Annas Brief nicht beantwortet, da er nicht die leiseste Ahnung hatte, was er ihr schreiben sollte. Sosehr er sich nach ihrer Gegenwart sehnte und sich mehr als alles andere wünschte, sie wiederzusehen, hatten die entschiedenen Vorhaltungen seiner Mutter und die Ereignisse der vergangenen Wochen seine Sichtweise verändert. Vor allem Guys Schicksal hatte ihn dazu gebracht, seine eigenen Probleme zu relativieren, denn bei ihm ging es wirklich um Leben und Tod. Inzwischen war er noch zwei weitere Male im Gefängnis gewesen, um dem Freund Lebensmittel und Kleidung zu bringen. Das Angebot der Kirchenältesten, für ihn eine Einzelzelle zu bezahlen, hatte Guy rundweg abgelehnt.

»Wie soll ich die Stille ertragen, wo ich über nichts anderes nachzudenken habe als über mein eigenes Unglück?«, argumentierte er. »Auch wenn lauter Schurken in dieser Zelle sind, sitzen wir dennoch alle im selben Boot.«

Mit Schaudern hatte Henri bei diesen Worten daran gedacht, dass er ohne die entschlossene Intervention seines Meisters, der ihn zum einen vor der Dummheit bewahrt hatte, sich näher mit den Aufwieglern einzulassen, und von dem er zum anderen vor dem Zugriff der Wachtmeister beschützt worden war, die ihn zu gerne weggeschleppt hätten, vielleicht in einer ähnlichen Lage wäre. Sowieso gab es nichts, was er Monsieur Lavalle nicht zu verdanken hatte – ohne diesen väterlichen Freund hätte er nie eine neue Heimat gefunden und eine anständige Berufsausbildung erhalten.

Sollte er da wirklich dem Glück den Rücken kehren, indem er das Angebot seines Meisters ausschlug?

Seit dem ersten Gespräch war das Thema nicht mehr angeschnitten worden. Was mit daran lag, dass der Dezember üblicherweise ein etwas ruhigerer Monat war und Lavalle sich anderen Aufgaben, etwa seinem Engagement in der Kirchengemeinde oder der Webergilde, widmete, wodurch er häufig außer Haus war. Und was Mariette betraf, sie gab sich wieder ganz normal und ließ nicht erkennen, ob sie von dem denkwürdigen Gespräch zwischen ihrem Vater und Henri wusste.

Zwei Wochen vor Weihnachten vollendete Henri sein Meisterstück.

310

»Das ist grandios«, erklärte Monsieur Lavalle und schlug ihm anerkennend auf den Rücken. »Du hast meine höchsten Erwartungen übertroffen, mein Junge. Ich kann mir nicht vorstellen, dass du im Januar nicht in die Zunft aufgenommen wirst. Willkommen, Meister Vendôme.«

Der erfahrene Seidenweber nahm das Webstück mit der Lupe genauestens in Augenschein; die Farben und Formen schimmerten im flackernden Schein des Kaminfeuers, wodurch der Eindruck erweckt wurde, als würden sich die Blüten und Blätter tatsächlich in einer sanften Brise wiegen. In diesem Augenblick wurde Henri wirklich bewusst, dass er einen Stoff von besonderer Schönheit und Raffinesse geschaffen hatte.

»Das Gewebe ist von außergewöhnlicher Qualität«, lobte Lavalle. »Ich habe noch nie ein Webstück von solch technischer Komplexität gesehen, nicht einmal von den berühmtesten Webern wie Leman und seinen Zeitgenossen. Zugleich wirkt das Muster auffallend modern. Die Damen werden dir diesen Stoff aus den Händen reißen und zum letzten Schrei machen, darauf möchte ich wetten.« Er lachte. »Die nächsten Monate wirst du kein anderes Dessin mehr weben, und wenn ich mich nicht täusche, könnte es der Grundstein für eine erfolgreiche Karriere sein.«

Henri spürte, wie er vor Stolz errötete, denn Monsieur Lavalle war ganz und gar kein Mann des schnellen Lobes.

Der Meister legte den Stoff beiseite, nahm seine Pfeife zur Hand, stopfte und entzündete sie, ehe er einen tiefen Zug nahm. »Vor dir liegt eine glänzende Zukunft, mein Sohn ... sofern ich dich so nennen darf.«

»Ich bin stolz darauf, dass Sie mich als solchen

betrachten«, erklärte er bewegt, wenngleich er wusste, dass Lavalle »Schwiegersohn« meinte und auf das zurückliegende Gespräch anspielte.

»Tochter, komm her und sieh dir an, was unser kluger Junge gewebt hat«, beorderte er jetzt Mariette hinzu. »Und bring uns eine frische Flasche Port und drei Gläser. Darauf müssen wir anstoßen.«

Folgsam kam Mariette heran und hielt den Stoff ins Licht.

»Oh, du liebe Güte«, hauchte sie. »Das hast du gemacht?«

Ehe er sich versah, hatte sie die Arme um ihn geschlungen und drückte ihn mit verblüffender Kraft an sich. Als er die Wärme ihres Körpers, den Schlag ihres Herzens an seiner Brust spürte, fragte er sich für den Bruchteil einer Sekunde, ob er sich nicht vielleicht tatsächlich in sie verlieben könnte.

Schließlich löste sie sich von ihm, wandte sich ab und nahm die Seide genauer in Augenschein, die Linien und Details, entdeckte dann den Käfer, der sie endgültig in Entzücken versetzte. Schließlich nahm sie den Stoff, schlang ihn um ihre Taille und vollführte eine elegante Drehung vor den beiden Männern, wobei sie aufreizend mit den Hüften wackelte und mit den Wimpern klimperte.

»Aus diesem Stoff *muss* ich ein Kleid haben, Papa. Mein erstes Ballkleid.«

»Wir werden sehen«, murmelte der stolze Vater.

»Und du musst mein Tanzpartner sein, Henri.«

Sie packte seine Hand und begann summend im Raum herumzuspringen, während Monsieur Lavalle vergnügt in die Hände klatschte. Anfangs kam Henri sich ungelenk

und steif vor, aber zum einen war Mariettes Ausgelassenheit ansteckend, und zum anderen genoss er es, endlich
die Anspannung der vergangenen Wochen abstreifen zu
können und sich in der Gewissheit zu sonnen, dass ihm
etwas sehr Bedeutsames gelungen war.

Während sie im Schein des Kaminfeuers tanzten, dessen Licht sich in der Vertäfelung spiegelte, und der Portwein seinen Körper wärmte, musste er unwillkürlich an
Guy denken und daran, wie launisch das Schicksal sein
konnte und wie schnell das Glück einem zwischen den
Fingern zu zerrinnen vermochte. Zumindest für den Moment aber schien er sein Leben fest in den Händen zu
halten. Dies hier war seine Welt, sein Zuhause, seine Familie. Und irgendwann, wenn die Zeit gekommen war,
würde er Mariette heiraten. Sie liebte ihn, und er würde
sie ebenfalls lieben. Hier war sein Platz, in diesem Haus.

Wie hatte er jemals etwas anderes denken können?

Es war an der Zeit, dass er sich der unumstößlichen
Wahrheit stellte, die er all die Monate verdrängt hatte:
Eine Zukunft mit Anna war ausgeschlossen, und weiter
wider besseres Wissen darauf zu hoffen war Traumtän-
zerei. Deshalb musste die Angelegenheit bereinigt werden, und zwar lieber früher als später. So schmerzlich
es war, sie mussten akzeptieren, dass sie verschiedenen
Welten angehörten und dass es ihnen nicht möglich war,
die gesellschaftlichen Schranken zu durchbrechen. Jedem war sein Leben vorherbestimmt – und das anzuzwei-
feln brachte nichts als Unglück.

Später an diesem Abend nahm er Feder und Papier zur
Hand und begann schweren Herzens den unerlässlichen
Brief zu schreiben.

Liebe Anna,

die Arbeit ist vollendet, und ich schreibe Ihnen, um Ihnen noch einmal zu danken. Der Stoff sieht wunderschön aus, und mein Meister ist hocherfreut. Doch in der Angelegenheit, um die Sie mich gebeten haben, kann ich Ihnen leider nicht weiterhelfen. Es tut mir leid. Sie sind eine sehr talentierte Künstlerin, und ich wünsche Ihnen größten Erfolg, aber ich weiß jetzt, dass wir einander nicht wiedersehen dürfen.

H.

Kapitel 17

Keine junge Dame sollte Wein beim Dinner trinken. Selbst wenn ihr der Alkohol nicht zu Kopf steigen sollte, wird er sich bereits nach kurzer Zeit mit einer unangenehmen Wärme und wenig anziehenden Röte auf ihren Wangen zeigen. Und sofern es warm im Zimmer ist und sich das Dinner in die Länge zieht, wird sie ihre Torheit gewiss schon bald bereuen, wenn sie den ganzen Abend üble Kopfschmerzen quälen.

Über die Umgangsformen der feinen Dame

Betty brachte den Brief beim Frühstück in den Salon zusammen mit der Post für die restliche Familie. Beim Anblick der Handschrift spürte sie, wie sich ihr Herz zusammenzog, sodass sie kaum noch Atem schöpfen konnte.

»Wer hat dir denn geschrieben?«, fragte Sarah und musterte sie neugierig.

»Eine Freundin von zu Hause«, log Anna.

»Hoffentlich keine schlechten Nachrichten. Hier, nimm den Brieföffner.«

»Danke, Tante, ich werde ihn erst später lesen. Ich möchte mein Frühstück nicht kalt werden lassen.«

Allerdings hatte sie beträchtliche Mühe, so zu tun, als würde das Frühstück noch schmecken, und nur mit großer Anstrengung gelang es ihr, die restliche Fleischpastete auf ihrem Teller hinunterzuwürgen. Sobald die Mahlzeit offiziell von der Hausherrin für beendet erklärt worden war, sprang sie auf und stürzte in ihr Zimmer, gefolgt von Lizzie, die sich mal wieder nicht abwimmeln ließ.

»Später, Cousine«, bat Anna und kehrte ihr den Rücken zu. »Ich brauche einen Moment für mich.«

Sie riss den Brief auf, begann zu lesen und verstand die Welt nicht mehr. Wieso konnten sie sich nicht wiedersehen? Eine Woge der Übelkeit überfiel sie, als ihr die volle Tragweite seiner Worte allmählich aufging.

»Nein«, stieß sie erstickt hervor, warf sich aufs Bett und barg den Kopf in den Kissen, um ihr Schluchzen zu dämpfen. Wieso schrieb er so etwas? Das musste ein schreckliches Missverständnis sein.

Nach einer Weile setzte sie sich auf und las die Zeilen erneut, dann noch einmal, wieder und wieder, ohne sie wirklich zu begreifen. Was hatte sie getan, das eine so endgültige Zurückweisung rechtfertigte? Im Geiste ließ sie jede einzelne ihrer Begegnungen im Geiste vorüberziehen.

Besonders rief sie sich jenen Moment ins Gedächtnis, als sie die Leiter aus dem Dachstuhl herabgestiegen waren. *Bitte, lassen Sie uns einen Weg finden,* hatte er sie angefleht. Sie konnte sich diese übermächtigen Gefühle zwischen ihnen wohl kaum eingebildet haben, oder? Ihre Gedanken überschlugen sich, spielten die unterschiedlichsten Szenarien durch. Hatte die Tante Charlotte gezwungen, ihr zu verraten, wo sie an jenem Nachmittag gewesen waren? Hatte sie sich an Henri gewandt und ihn gewarnt, sich ja nicht ein weiteres Mal in Annas Nähe zu wagen? Nein, höchst unwahrscheinlich. Miss Charlotte würde sie niemals so schmählich verraten und ihre Tante um nichts in der Welt einen Fuß in das Haus eines französischen Webers setzen.

Sie trat ans Fenster und spähte hinaus auf den Platz. Dort hatte sie Henri zusammen mit seinem Freund gesehen, wie sie auf dem Mäuerchen unter den Bäumen saßen, und später ihn allein, als er mit seinem ersten Brief vor der Tür aufgetaucht war. All das schien eine halbe Ewigkeit zurückzuliegen.

Vereinzelte Schneeflocken fielen aus einem bleigrauen Himmel, dick in Schals und Umhänge gehüllte Menschen hasteten geschäftig über den Platz, schließlich stand Weihnachten vor der Tür. Sie wandte sich um, nahm wieder den Brief zur Hand und starrte auf den letzten Satz.

Ich weiß jetzt, dass wir einander nicht wiedersehen dürfen.

»Dürfen«, sie sprach das Wort laut aus.

Endlich begriff sie. Es ging nicht darum, dass er sie nicht wiedersehen wollte – jemand, vielleicht Monsieur Lavalle, hatte ihm eingeredet, dass ihre Freundschaft unpassend oder unschicklich sei. Letztlich wusste sie selbst tief im Innern, dass die gesellschaftlichen Hürden zwischen ihnen in Wahrheit zu hoch waren. Das zu leugnen wäre dumm. Eine naive Fantasie, ein Trugbild. Insofern war im Grunde realistisch, was er schrieb. Vielleicht war es wirklich das Beste, wenn sie akzeptierte, was sich nicht ändern ließ – und mochte ihr Herz noch so sehr bluten.

Aber die Stimme der Vernunft vermochte nicht den Schmerz zu betäuben. Lizzie kam mehrere Male die Treppe herauf und klopfte an die Tür, doch Anna schob Kopfschmerzen vor und schickte sie wieder fort. Um die Mittagszeit brachte Betty ihr eine Schale Brühe und ein Stück

Brot, das Anna gern entgegennahm. Erschöpft vom vielen Weinen, schlief sie den halben Nachmittag und nahm sogar das Abendessen allein auf ihrem Zimmer ein. Als Betty kam, um das Geschirr abzuholen, überreichte sie Anna eine Nachricht von ihrer Tante.

Liebste Nichte, ich hoffe, du fühlst dich inzwischen etwas besser? Gewiss hast du nicht vergessen, dass du morgen Abend zum Dinner in Ludgate Hill eingeladen bist?

Sie hatte es tatsächlich vergessen, und ein Wiedersehen mit Charlie war derzeit so ziemlich das Letzte, wonach ihr der Sinn stand. Trotzdem: Es half nichts, sie musste sich wohl oder übel aufraffen und mit einem erzwungenen Lächeln der Welt entgegentreten.

Irgendwann im Laufe des Abends stellte Anna zu ihrer Verblüffung fest, dass sie sich wider Erwarten amüsierte. Die Hinchliffes hatten noch andere Gäste eingeladen – eine Freundin von Susannah gemeinsam mit ihren Eltern und einen Tuchhändler nebst Gattin. Sie trank Rotwein und gab bereitwillig Auskunft über die Anregungen, die sie bei ihrer Begegnung mit Thomas Gainsborough für ihre eigene künstlerische Tätigkeit erhalten hatte.

»Ein überaus eindrucksvoller Mann«, äußerte Charlie. »Ich durfte seine Bekanntschaft bereits in Bath machen, als er sich mit Pa getroffen hat. Der Mann ist das reinste Genie, wenn es um Gesichter geht.«

»Und was Landschaften betrifft, ist er mindestens genauso genial«, fügte Anna hinzu und stieß damit eine lebhafte Diskussion an, ob die Abbildung des Menschen oder der Natur die größere Herausforderung für einen Maler darstelle. Eine solch interessante Unterhaltung hatte sie bisher bei keiner derartigen Einladung erlebt.

Nach dem Dinner separierten sich Damen und Herren zwar zunächst wie üblich, fanden sich indes bald wieder zusammen, um bei gedämpften Gesprächen Susannahs Cembalospiel zu lauschen.

»Ihre Schwester ist wirklich sehr talentiert«, flüsterte Anna Charles zu, der neben ihr Platz genommen hatte.

»In der Tat. Meine Mutter war einst eine begnadete Sängerin – sie hat etwas von diesem Talent mitbekommen, ich hingegen nichts.«

»Ich bin sicher, Sie verfügen über andere Talente«, erwiderte sie mit leisem Spott und wandte sich wieder Susannah zu. Augenblicke später spürte sie seinen Arm auf der Sessellehne zwischen ihnen. Seine langen Finger schlossen sich um ihre Hand und drückten sie. Augenblicklich stieg ihr die Röte ins Gesicht. Vielleicht stimmte es ja, was in diesem Buch stand. Dass eine Dame es tunlichst vermeiden sollte, Wein zum Abendessen zu trinken, schoss es ihr durch den Kopf.

Als Susannah ihren Vortrag beendete, zog Charlie seine Hand zurück, um ihr zu applaudieren. Dennoch stand eindeutig fest, dass er seine Unsicherheit seit ihrer letzten Begegnung überwunden hatte. Unwillkürlich fragte sich Anna erneut, was wohl passieren würde, wenn sie allein mit ihm wäre – und noch immer wusste sie nicht, wie sie dann reagieren sollte.

Nicht mehr lange, und sie würde es wissen.

Als sich nämlich die anderen Gäste auf den Heimweg machten und von der Familie zur Tür begleitet wurden, blieben sie und Charles am Kamin im Salon zurück.

319

»Liebste Anna«, setzte er an, ergriff ein weiteres Mal ihre Hand und schloss seine etwas klammen Finger darum. »Gewiss haben Sie meine Gefühle für Sie inzwischen bemerkt.«

Sie nickte und spürte, wie sich alles um sie herum zu drehen begann. »Ich denke, das habe ich …«

»Und vielleicht ist Ihnen auch bewusst, in welcher Absicht ich vergangene Woche zu Ihnen zum Tee gekommen bin. Ich bedauere, dass ich mich für einen kurzen Moment habe entmutigen lassen – inzwischen bin ich fest entschlossen, es zu wagen.« Er holte tief Luft und platzte heraus: »Würden Sie mir die Ehre erweisen, meine Frau zu werden?«

Da war sie, die Frage, vor der sie sich so gefürchtet hatte. Wenn sie Nein sagte, wären die Hinchliffes zutiefst gekränkt und ihre Tante und ihr Onkel außer sich vor Wut. Sie blickte in das Gesicht, das ihr mittlerweile so vertraut war, meinte jetzt sogar Wärme in seinen Augen zu sehen … Die Atmosphäre im Raum, so behaglich und von gemütlichem Kaminfeuer erhellt, tat ein Übriges. Vielleicht würde sich ja im Laufe der Zeit eine angenehme Freundschaft zwischen ihnen entwickeln, Zuneigung, Vertrauen und irgendwann selbst so etwas wie Liebe.

Sie holte tief Luft und fing an zu reden, ohne dass sie sich ihre Worte überlegt hatte.

»Liebster Charles«, sagte sie. »Ich bin diejenige, die sich geehrt fühlen muss. Ihnen ist hoffentlich klar, dass ich die Tochter eines mittellosen Pfarrers bin und weder Geld noch besondere Verbindungen in diese Ehe mitbringe.«

»Ich bin mir Ihrer wirtschaftlichen Situation voll und

ganz bewusst, aber das ändert nichts an meinen Gefühlen für Sie.« Er hob ihre Hand an seine Lippen.

»Dann wissen Sie sicherlich auch, dass mein Vater erst seit Kurzem verwitwet ist«, fuhr Anna fort. »Und da er so weit von London entfernt lebt, werden Sie ihm wohl schreiben müssen.«

»Sollte ich denn nicht bei Ihrem Onkel um Ihre Hand anhalten?«

»Nun, ich denke, mein Vater müsste derjenige sein, der unserer Verbindung seinen Segen gibt. Allerdings bin ich zuversichtlich, dass dem nichts im Wege steht. Desungeachtet bitte ich Sie darum, zuerst mich die Angelegenheit mit ihm besprechen zu lassen. Ich werde über die Weihnachtsfeiertage nach Hause fahren. Würde es Sie sehr stören, bis nach meiner Rückkehr zu warten, ehe Sie die Neuigkeit verkünden?«

Plötzlich fand sie sich in seinen Armen wieder, seine Wange berührte die ihre, und sein Atem streifte ihren Hals. Es war ein keineswegs unangenehmes Gefühl, sondern hatte etwas beinahe Tröstliches.

»Liebstes Mädchen, Sie machen mich zum glücklichsten Mann auf der ganzen Welt«, flüsterte er. »Natürlich können wir bis nach Ihrer Rückkehr warten. Und bis dahin bleibt das hier unser kleines Geheimnis.«

Während also niemand ahnte, dass eine Hochzeit in der Familie anstand, sorgte das bevorstehende Galadinner der Tuchhändlergilde für beträchtliche Aufregung im Hause Sadler. Schließlich ging es nicht allein darum, die Namen der neuen hochrangigen Amtsträger zu verkünden – der Abend war auch eine gigantische Modenschau, denn alle wetteiferten darum, die prachtvollsten Stoffe zu präsentieren, verarbeitet von den besten Schneidern zu aufwendigen Abendkleidern für die Damen und eleganten Röcken für die Herren.

Sarah hatte eine neue Schneiderin mit der Anfertigung einer Robe beauftragt, schien jedoch nach jeder Anprobe unzufriedener zu werden. Selber schuld, dachte Anna. Warum hatte sie Miss Charlotte verärgert den Rücken gekehrt? Sie hatte die Tante etwas von *unzuverlässig* murmeln hören. In Wirklichkeit ging es auf jenen Nachmittag zurück, als die Schneiderin Anna zu Henri begleitet hatte. Seitdem witterte Sarah Verrat und rächte sich. Dass Miss Charlotte letztlich durch sie geschäftliche Einbußen hatte, bereitete Anna Gewissensbisse, die durch ihre Schadenfreude über Sarahs Reinfall mit der neuen Schneiderin nur geringfügig aufgewogen wurden.

Endlich war der große Tag gekommen.

Sarah brachte den größten Teil des Nachmittags mit der Pflege ihrer Nägel, dem Pudern der Perücke und ihrem Make-up zu und ließ sich vor der Abfahrt von der gesamten Familie gebührend bewundern. Das neue türkisfarbene Kleid mochte für eine gesetzte Dame ein wenig zu auffällig sein, würde aber gewiss sämtliche Blicke auf sich ziehen und damit den gewollten Effekt erzielen. Joseph trug einen bunt gemusterten, nach der neuesten Mode geschnittenen Gehrock mit dazu passender Weste, der reichlich unbequem aussah, dafür was hermachte.

»Ich hoffe wirklich, dass Pa zum Obersten Zunftmeister ernannt wird«, seufzte William, nachdem die Eltern aufgebrochen waren. »Falls es jemand anderer werden sollte, wird er reizbar wie ein verwundeter Bär sein.«

Lizzie sah ihren Bruder erschrocken an. »Steht das denn nicht bereits fest?«

»Es ist erst dann sicher, wenn es unterschrieben und besiegelt ist«, gab er geheimnisvoll zurück.

Als Lizzie sich auf ihr Zimmer zurückgezogen hatte und Anna allein mit William am Abendbrottisch saß, kam sie auf das Thema zurück.

»Was hast du vorhin mit der Bemerkung über deinen Vater genau gemeint?«

»Es gibt jedes Mal ein erbittertes Gerangel um diese Ämter«, erklärte er. »Man muss das Spiel nun mal genauso mitspielen, wie die Gentlemen es wollen, und ich weiß nicht recht, ob Pa die Regeln gut genug kennt.«

»Dann sollten wir das Beste hoffen.« Sie schwieg eine Weile, ehe sie sich zu einer Frage aufraffte, die ihr schon lange auf der Zunge lag. »Wie geht es dir mit deinen Problemen eigentlich, William? Wie entwickelt sich alles?«

»Entwickeln?« Er goss sich und ihr noch ein Glas Rotwein ein.

»Ich meine die Drohungen, denen du ausgesetzt warst. Ist die Sache inzwischen erledigt? Ich habe mir Sorgen um dich gemacht.«

»Danke, Cousine, das ist sehr freundlich von dir – zu deiner Beruhigung, es ist alles in bester Ordnung.«

»Hast du aufgehört … Ich meine, hast du das Glücksspiel aufgegeben? Und das Geld zurückgezahlt, das du aus der Geschäftskasse genommen hast?«

»Hältst du mich etwa für einen Idioten?«, blaffte er sie unvermittelt an, nahm einen großen Schluck Wein und starrte in sein Glas, als hätte er noch nie eine so dunkelrote Flüssigkeit gesehen, ehe er aufsah und einen etwas sanfteren Ton anschlug. »Selbstverständlich wäre ich dir mehr als dankbar, wenn du weiter in dieser Angelegenheit Stillschweigen wahren würdest.«

»Womöglich komme ich bei Gelegenheit auf den Gefallen zurück, um den ich dich gebeten habe«, brachte sie ihr Abkommen zur Sprache.

»Weil du jemanden brauchst, der dir ein Alibi für ein Stelldichein mit dem reizenden Charles gibt?«

Im ersten Moment wäre sie am liebsten in Gelächter ausgebrochen, das sie sich indes wegen der Freundschaft zwischen den beiden jungen Männern verbiss.

»Es wäre in der Tat eine hervorragende Partie« fuhr William fort. »Wenngleich der gute Charlie ein bisschen viel für Pferde übrig und neuerdings etwas Ärger wegen offener Schulden hat, worüber ausgerechnet ich mir fairerweise nicht das Maul zerreißen sollte. Jedenfalls verfügt er unbeschadet dieser kleinen Fehler über ausgezeichnete Verbindungen zu den höheren gesellschaftlichen Kreisen, und ich bin sicher, dass du im Laufe der Zeit eine reiche Frau werden wirst.«

»Was meinst du damit?«

»Ich habe da etwas läuten gehört, dass er dir einen Antrag machen wird. Hast du vor, ihn anzunehmen?«

Seine Unverblümtheit brachte sie kurzfristig aus dem Konzept.

»Nun, er ist ein sehr charmanter Mann, und ich danke dir für deinen Ratschlag«, wich sie einer klaren Antwort aus.

William trank seinen Wein aus, erhob sich und machte eine Verbeugung. »Stets gern zu Diensten, Madam.«

Anna erhob sich ebenfalls und begab sich auf ihr Zimmer. Im Halbschlaf bekam sie undeutlich mit, dass die Kutsche zurückkehrte und Türen laut zugeschlagen worden, begleitet von erregten Gesprächen. Sie schlief gleich wieder ein, ohne sich etwas dabei zu denken.

Am nächsten Morgen dann dämmerte ihr, dass der Abend wohl nicht wie erwartet verlaufen war. Es begann damit, dass Betty ihr beim Frühstück erklärte, Mr. Joseph und William hätten sich ins Büro zurückgezogen, wo sie keinesfalls gestört werden durften. Mrs. Sarah liege noch im Bett, weil sie sich nicht wohlfühle.

»Bestimmt hat sie zu viel Brandy getrunken«, kicherte Lizzie.

Zwei Stunden später traf Anna Betty dabei an, wie sie gerade warme Milch und ein paar Kekse für ihre Tante vorbereitete.

»Ich nehme das und bringe es ihr«, erbot sie sich. »Bei der Gelegenheit kann ich in Erfahrung bringen, was mit ihr los ist.«

Ihr Klopfen wurde mit einem gedämpften Stöhnen quittiert. Die Läden waren geschlossen, und schale Luft schlug ihr entgegen, als sie die Tür öffnete. Sarah bot einen erbarmungswürdigen Anblick: Das Gesicht fleckig, die Augen gerötet und verquollen vom Weinen, hockte sie wie ein Häuflein Elend in ihrem Bett.

Anna stellte das Tablett ab und setzte sich auf die Bettkante.

»Was ist denn los, liebe Tante? Fühlst du dich nicht gut?«

Außer einem erstickten Schluchzen kam zunächst nichts. Anna nahm daraufhin einfach schweigend ihre Hand – sie wusste durch die Pflege ihrer todkranken Mutter, dass manchmal die bloße Anwesenheit Trost spenden konnte.

Wirklich verebbten die Schluchzer, Tante Sarah sank erschöpft in die Kissen zurück und trank kleine Schlucke von der warmen Milch, die Anna ihr an die Lippen hielt.

325

»Wir sind ruiniert, meine Liebe«, stieß sie hervor. »Es ist alles verloren.«

»Wovon sprichst du, was ist gestern Abend vorgefallen?«

Ein neuerlicher Schluchzer drang aus Sarahs Kehle. »Es ist vorbei, dein Onkel wird nicht zum Obersten Zunftmeister ernannt. Er ist bis auf die Knochen blamiert.«

»Blamiert? Weshalb denn?«

Anna fiel das Gespräch über die illegalen Importe französischer Seide wieder ein. War das womöglich der Grund? Komisch, denn eigentlich redete kaum noch jemand darüber.

Ganz allmählich kam die Geschichte ans Licht, immer wieder unterbrochen von verzweifeltem Weinen: Beim Betreten der Mercer's Hall hatte Joseph eine Nachricht erhalten, die er in der Annahme, es handele sich um die Bestätigung seiner Ernennung, einfach ungeöffnet in die Tasche gesteckt hatte. Das Dinner ging wie geplant vonstatten, doch als es an die Verkündung des neuen Zunftmeisters ging, wurde der Name eines völlig anderen genannt, der dann unter dem Applaus der Anwesenden die Glückwünsche entgegennehmen durfte. Natürlich ruhten aller Augen trotzdem auf Joseph und Sarah, die sich mit jeder Sekunde stärker brüskiert fühlten – zumal sie sich beim besten Willen nicht zu erklären vermochten, wie es dazu hatte kommen können.

»Ich habe mir gewünscht, der Boden möge sich unter uns auftun und uns einfach verschlucken«, jammerte Sarah. »Dein armer, wunderbarer Onkel war so perplex, dass er nicht wusste, was er tun sollte.«

Viele Möglichkeiten blieben ihm ohnehin nicht, und

so erhob er sich, nachdem er sich einigermaßen wieder unter Kontrolle hatte, und verließ, dicht gefolgt von Sarah, den Saal.

»Der Weg war endlos lang, mein Kind, vorbei an all den Leuten mit ihren hämischen Gesichtern. Es war, als würden wir zum Schafott geführt. Mein armer Joseph ist tausend Tode gestorben. Ich dachte beinahe, er werde darüber den Verstand verlieren.«

»Ich vermute, in der Nachricht stand der Grund, weshalb die Wahl auf einen anderen fiel?«

Sarah nickte, wollte etwas sagen, brach ab, weil sie sich scheinbar nicht in der Lage sah, die Worte in den Mund zu nehmen. Stattdessen deutete sie auf ein Blatt Papier – zerknüllt und wieder glatt gestrichen –, das auf der Frisierkommode lag, das Wappen der Gilde trug und vom scheidenden Obersten Zunftmeister unterzeichnet war. Anna begann zu lesen.

Verehrter Mr. Sadler,
im Lichte der kürzlichen Berichte, dass Ihr Unternehmen neuerlich illegal französische Seide eingeführt und im Zuge dessen vermutlich die fälligen Einfuhrzölle unterschlagen hat, müssen wir Sie bedauerlicherweise darüber in Kenntnis setzen, dass Ihrem Ersuchen auf Verleihung des Titels eines Obersten Zunftmeisters nicht nachgekommen werden kann. Wir informieren Sie desgleichen darüber, dass Sie auch aus dem Verwaltungskomitee ausgeschlossen wurden.
Darüber hinaus ist es meine traurige Pflicht, Sie darüber in Kenntnis zu setzen, dass die Behörden bereits informiert wurden und sich wegen der hinter-

zogenen Steuern vermutlich baldigst mit Ihnen in Verbindung setzen werden.

Sollten Sie einer Anklage entgehen können, sind wir bereit, Sie weiterhin zu den Mitgliedern der Tuchhändlergilde zu zählen, jedoch lediglich unter der Voraussetzung eines feierlichen Schwurs, sich künftig streng an die geltenden Gesetze zu halten und die Zunft niemals wieder in Misskredit zu bringen.

Anna war schockiert von der Schonungslosigkeit des Briefes. Zum einen bedauerte sie ihren Onkel, der schließlich von seinem Sohn in die Sache hineingezogen worden war. Zum anderen verstand sie nicht, warum man diese Vorwürfe nicht früher aufs Tapet gebracht hatte und ihn jetzt in aller Öffentlichkeit bis auf die Knochen blamierte.

»Stimmen die Vorwürfe überhaupt?«, fragte Anna mit gespielter Unschuld. »Ich meine, dass er französische Seide eingeführt hat.«

Sarah, die sich inzwischen aufgesetzt hatte und an einem Keks knabberte, zuckte die Schultern.

»Ich blicke da nicht durch«, erklärte sie resigniert. »Joseph sagt, vor ein paar Wochen hätte es eine Fehlbuchung gegeben – mit dem Ergebnis, dass die Steuer nicht vorschriftsmäßig abgeführt worden sei. Daraufhin habe er den Vorfall mit dem Verwaltungskomitee besprochen, das allem Anschein nach seine Entschuldigung annahm. Deshalb kann er selbst den letzten Teil der Anschuldigungen beim besten Willen nicht nachvollziehen.«

Anna kam der Verdacht, dass William auch bei dieser neuen, verworrenen Geschichte die Hand im Spiel hatte. Alles möglich. Trotzdem beantwortete das nicht die Frage, warum die Zunft Joseph dermaßen öffentlich auflaufen ließ.

»Und was passiert jetzt?«

»Joseph und William versuchen gerade herauszufinden, was passiert sein könnte. Wenn sie den Fehler gefunden haben, müssen sie sich mit dem Komitee und der Steuerbehörde in Verbindung setzen und nicht geleistete Steuern nachträglich entrichten, vielleicht zudem eine Strafe zahlen.«

»Und was hat es mit der Anklage auf sich?«

»Dieser Punkt macht mir am meisten Angst, meine Liebe, obwohl Joseph mir versichert hat, dass er dies abwenden könne, wenn die angeblich unterschlagene Summe vollständig beglichen wird.«

»Und ist diese Summe sehr hoch?«

Sarah seufzte. »Mit solchen Dingen sollten wir Frauen uns nicht befassen. Unser Los ist es, abzuwarten und unser Schicksal hinzunehmen.« Trotz der drückenden Wärme zog sie ihre Stola enger um sich. »Schick mir bitte Betty herauf, damit ich mich ein wenig herrichten und der Welt entgegentreten kann. Noch eines«, sie griff nach Annas Hand und drückte sie fest, »gib mir dein Wort, dass du nichts von alldem Lizzie erzählen wirst. Sie liebt ihren Vater heiß und innig, und es würde sie schrecklich durcheinanderbringen, wenn sie erführe, dass er in solchen Schwierigkeiten steckt.«

Nach dem Schock über den peinlichen Vorfall beim Galadinner vergrub Joseph sich meist Tag und Nacht in seinem Büro, aus dem er lediglich von Zeit zu Zeit in seinem elegantesten Rock und seiner besten Perücke auftauchte und verschwand, um spät am Abend zurückzukehren, wenn alle im Haus längst schliefen.

Auch Sarah ließ sich eher selten sehen, verbrachte viele Stunden in ihrem Zimmer, erschien sporadisch bleichgesichtig im Nachtgewand zu den Mahlzeiten, wo sie lustlos in ihrem Essen herumstocherte. Weihnachtsstimmung kam da keine auf, und niemand dachte daran, einen Pudding vorzubereiten oder die obligatorische Gans zu besorgen. Eine dunkle Wolke schien sich über das Haus der Sadlers gelegt zu haben, und nichts vermochte die trübe Stimmung zu vertreiben.

Einige Tage nach dem Debakel traf morgens ein Brief für Anna ein. Sie erkannte die Handschrift auf Anhieb und ahnte, was sie darin zu lesen bekommen würde. Sobald sie allein war, riss sie ihn auf.

Verehrte Miss Butterfield,
ich muss Sie zu meinem Bedauern darüber in
Kenntnis setzen, dass unser Arrangement unter den
gegebenen Umständen nicht länger aufrechtzu-
erhalten ist. Ich wäre Ihnen überaus dankbar, wenn
Sie von jeglichem weiteren Kontakt absehen würden,
um unnötige Peinlichkeiten zu vermeiden.
Hochachtungsvoll
Charles Hinchliffe

Im ersten Moment hätte sie angesichts der Absurdität der Situation und des förmlichen Schreibstils am liebsten laut aufgelacht, doch dann regte sich Wut in ihr. Für wen hielt sich dieser Charles Hinchliffe eigentlich? Für jemanden, der ihr haushoch überlegen war, über Macht und Einfluss verfügte und daher so herablassend mit ihr reden durfte? O nein! Mit seinem Hang zum Glücksspiel und zu Pferdewetten sowie der Nachlässigkeit, mit der er sich seinen juristischen Studien widmete, war er selbst alles andere als ein Heiliger, wenn man William Glauben schenken durfte.

Dermaßen rücksichtslos vor den Kopf gestoßen zu werden betrachtete sie nicht allein als eine schwere Kränkung, sondern zugleich als eklatanten Beweis für die erschreckende Oberflächlichkeit der Londoner Gesellschaft, die einzig dem Gedanken des Eigennutzes verpflichtet war. Und wer zu diesem System nichts mehr beitrug, wurde ausgeschlossen und durfte öffentlich geächtet werden.

Während sie noch über die hässliche Kehrseite des schönen Scheins nachdachte, betrat William das Speisezimmer.

»Habe ich irgendwo …« Er hielt inne, als er den Brief in Annas Hand sah. »Schlechte Nachrichten?«

»Der Brief ist von Charles. Wie es aussieht, ist sein Interesse an mir recht abrupt erloschen. Ich kann mir gar nicht vorstellen, wieso«, erklärte sie mit einem sarkastischen Lächeln. »Du vielleicht?«

»Dieser Dreckskerl.« Er setzte sich neben sie. »Darf ich mal sehen?« Er nahm ihr den Brief aus der Hand und überflog ihn. »Herrgott!« Er schlug so heftig mit der Faust auf den Tisch, dass das Besteck klapperte. »Ich hätte nicht gedacht, dass sie uns derart abservieren. Unsere Familien sind seit Jahren befreundet. Und du warst praktisch mit ihm verlobt … Wie kann er es wagen, deine Ehrenhaftigkeit derart in Zweifel zu ziehen?« Er stützte den Kopf in die Hände. »O Gott. Was habe ich bloß getan?«

»Was hast du denn noch alles getan?«, fragte sie leise.

»Wenn zu der ersten Sache nichts mehr hinzuge-
kommen wäre, hätten wir unsere Schulden Woche für
Woche abgestottert, so wie Vater es den Zunftmeistern
versprochen hat, und wir wären jetzt damit durch und
müssten keine Strafe zahlen.«

»Eine Strafe gibt es also zusätzlich?«

»Vierhundert Pfund.«

»Das ist ja ein Vermögen. Wo um alles in der Welt wollt
ihr das Geld hernehmen?«

Er schüttelte den Kopf und hob ratlos die Schultern.

»Und was passiert, wenn ihr nicht bezahlen könnt?«

»Dann müssen wir vermutlich Konkurs anmelden.«

Das Wort traf sie wie ein Peitschenhieb. Natürlich
wusste Anna, was es bedeutete, aber es mit der renom-
mierten Firma ihres Onkels in Verbindung zu bringen fiel
ihr schwer.

»Und wie sähe das konkret aus?«

»Wenn wir bis Anfang Januar unsere Schulden nicht
begleichen, müssen wir das Geschäft verkaufen.«

»Und das Haus?«

»Genauso. Es gehört der Firma.«

»Und wo würden wir – ich meine, ihr – dann wohnen?«

Er seufzte. »Wir müssten etwas mieten wie andere Leute auch. Und uns Jobs suchen, um die Miete zu bezahlen.«

»Habt ihr denn keine Lagerbestände, die ihr zu Geld
machen könnt?«

»Das habe ich bereits versucht.«

»Wie meinst du das?«

»Ich habe versucht, die französische Seide an einen
Händler außerhalb der Stadt zu verkaufen. Leider hat
jemand die Stoffe wiedererkannt, die Spur zu uns zu-

rückverfolgt und die Sache gemeldet. Dadurch wurde alles noch schlimmer, weil dadurch neue Nachzahlungen entstanden sind und die Strafe erhöht wurde. Wir müssen jetzt praktisch zum zweiten Mal für ein und dieselbe Seide Strafzölle berappen – wenn das gerecht ist! Man hätte uns wenigstens informieren können, dass wir die Seide nicht einmal veräußern dürfen. Nein, ins offene Messer hat man uns laufen lassen. Das Einzige, was uns zur Veräußerung geblieben ist, sind ältere Seidenbestände, die uns momentan allerdings wenig nutzen – seit der König tot ist, trägt halb London Trauer und keine opulenten Seidengewänder. Hinzu kommt, dass die Stoffe teilweise hoffnungslos unmodern sind. Die Mode ist eben eine launenhafte Geliebte. Man kann nie wissen, woran man im nächsten Monat ist.« Er seufzte. »Der Zeitpunkt könnte nicht schlechter gewählt sein. Pa wollte gerade ein Gebot abgeben, um die Seide für die Aussteuer der neuen Königin liefern zu dürfen.«

»Wir bekommen eine neue Königin? Das wusste ich ja gar nicht.«

»Niemand weiß bislang etwas Genaues. Noch ist alles reine Spekulation. Man kann allerdings davon ausgehen, dass man den jungen George schnell unter die Haube bringt – wo käme sonst der Thronfolger her. Jedenfalls können sich diejenigen, die bei diesen Ausschreibungen zum Zug kommen, eine goldene Nase verdienen.«

»Du liebe Güte. Und wen wird er wohl als seine Frau wählen?«

»Es heißt, es gebe da eine junge deutsche Prinzessin – mir ist es egal, denn wir sind sowieso raus aus dem Spiel. Und ich bin schuld – genau wie an dem da«, fügte er hinzu und deutete auf Charles' Brief.

»Bitte, mach dir *darüber* keine Gedanken. Und wenn ich ganz ehrlich sein soll, bin ich fast froh. Zum einen liebe ich ihn nicht, zum anderen sind seine Ansichten so ganz anders als die meinen.«

»Und was willst du stattdessen tun? Hast du noch einen anderen Verehrer in petto?«

»Mach dir um mich keine Sorgen. Ich kehre nach Hause zurück und führe ein ruhiges Leben auf dem Land.«

Erst in dem Moment, als sie das so leichthin sagte, wurde ihr bewusst, dass ihre unbedachte Bemerkung den Nagel auf den Kopf getroffen hatte: Sie sehnte sich tatsächlich nach Suffolk zurück, nach ihrem Vater und der kleinen Jane – und danach, wieder die vertrauten Wege durch das Marschland entlangzuspazieren und dem Rauschen der Wellen zu lauschen.

»In ein Kloster! Geh! Und das schleunig!«, scherzte er.

»Wohl eher nicht«, gab sie zurück, »aber ich bin beeindruckt, wie souverän du mit Shakespeare um dich wirfst.«

»Wir Männer haben viele verborgene Talente.«

»So tief verborgen, dass man sie die meiste Zeit kaum sehen kann, nicht?«

William lachte. »Deine frechen Kommentare werden mir fehlen, Cousinchen. Ich fand sie immer sehr erfrischend. Ein intelligentes Mädchen wie du wird auf dem Land nicht lange glücklich sein. Abgesehen davon, wolltest du dich ja mit dem Entwerfen von Seidenmustern beschäftigen. Was ist aus deinen Plänen geworden?«

»Oh, ich bin zuversichtlich, dass ich jemanden finden werde, der es mir beibringt«, sagte sie vage. »Angeblich beginnt der Handel mit Seidenstoffen in Norwich allmählich zu florieren.«

Im Grunde versuchte Anna sich die Rückkehr aufs Land schönzureden. Denn in Wahrheit dachte sie mit wachsender Niedergeschlagenheit über Williams Worte nach und erinnerte sich daran, wie sehr sie sich in ihrem Dorf zuweilen gelangweilt hatte. Was, wenn William recht behielt?

Andererseits, mahnte sie sich sogleich, war es ihr nicht gelungen, in London wirklich Fuß zu fassen und so etwas wie Zufriedenheit oder Erfüllung zu finden.

Gab es überhaupt irgendwo auf dieser Welt einen Ort, wo sie das große Glück finden würde?

Kapitel 18

Wer sein Glück stets nur in der Taverne sucht und erst in hoffnungsloser Trunkenheit zur Ruhe findet, wird schon bald die Freude an allem anderen verlieren – übermäßige Ausgelassenheit am Abend führt bloß zu Schmerzen und Übelkeit am nächsten Morgen, und schnell wird das Gift vom Vorabend zum Heilmittel am Tage.

Handbuch für Lehrjungen und Gesellen
oder Wie man zu Ansehen und Reichtum gelangt

Guys Prozess sollte am ersten Montag im neuen Jahr beginnen. Noch immer herrschte bittere Kälte, und der Schnee aus der Neujahrsnacht hatte sich zu einer schmutzigen, glatten Eismasse verfestigt, die jeden Schritt auf der Straße zur Gefahr werden ließ. Die Jungen hockten im ungeheizten Dachstuhl an den Webstühlen, mit Atemwolken vor den Mündern und tauben Fingern, was es nahezu unmöglich machte, das Schiffchen zu bewegen oder lose Fäden einzusammeln. Wieder und wieder mussten sie die Arbeit unterbrechen, um sich in der Küche ein wenig aufzuwärmen.

Am Tag vor dem Prozess brachte Henri sein Meisterstück, sorgfältig verpackt, damit es keinen Schaden nahm, zum Hauptsitz der Webergilde in der Basinghall Street. Ein mürrischer Angestellter ließ ihn eine geschlagene halbe Stunde warten, bis er ihm endlich ein Formular übergab, in das Henri seinen Namen, sein Alter und seine Adresse eintragen sollte. Bei deren Anblick taute der zuvor wenig freundliche Bursche sichtlich auf.

»Ein guter Mann, Monsieur Lavalle«, sagte er. »Und ein erfahrener Weber. War er Ihr Meister?«

Henri nickte.

»Wir werden Ihr Meisterstück mit großem Interesse in Augenschein nehmen«, fügte er jetzt lächelnd hinzu.

Beflügelt von seinen ermutigenden Worten schlenderte Henri durch die Straßen und spürte nicht einmal die Kälte, obwohl er vergessen hatte, seine Jacke zuzuknöpfen, seine Mütze aufzusetzen und seine Handschuhe anzuziehen.

Das Einzige, was Henris Freude trübte, war die Ungewissheit, wie Guys Prozess ausgehen würde. Monsieur Lavalle hatte ihm freigegeben, damit er der Verhandlung beiwohnen konnte.

»Selbst wenn du an der Entscheidung nichts ändern kannst, tut es dem armen Teufel gut, ein freundliches Gesicht zu sehen. Aber sei vorsichtig«, mahnte er. »Es ist dir nicht gestattet, im Gerichtssaal etwas zu sagen. Falls du es doch tun solltest, wirst du wegen Missachtung des Gerichts verhaftet.«

Vor dem Gerichtsgebäude hatte sich eine riesige Menschentraube gebildet, so groß, dass Henri fürchtete, es könnte eine weitere Hinrichtung bevorstehen. An einem Brett vor dem Eingang hing eine Liste der Prozesse, die an diesem Tag verhandelt wurden und auf der er Guys Namen zwischen mehr als zwanzig anderen entdeckte, sogar mehrere Frauen waren darunter. Allen Angeklagten wurde gewaltsames Eindringen, Sachbeschädigung, Tragen einer gefährlichen Waffe und versuchter Mord im

Haus des Webers Thomas Poor vorgeworfen. Wie es aussah, hatte sich nahezu jeder Geselle aus der näheren Umgebung der Protestaktion angeschlossen.

Im Gerichtssaal drängten sich bereits so viele Leute, dass Henri keinen Platz auf der Galerie fand, sondern draußen auf dem Korridor warten musste. Der Prozessbeginn zog sich endlos hin, weil jede einzelne Verlesung von Namen und Anklagepunkten mit wütenden Rufen nach »Gerechtigkeit für die Unschuldigen« und Gejohle quittiert wurde. Schließlich wurde es still im Saal und das Verfahren für eröffnet erklärt.

Wer selbst nichts mitbekam, dem wurde das Wichtigste zugeflüstert.

»Das ist John Valline, über den Poor gerade als Zeuge befragt wird. Angeblich haben die ihn als Hurensohn beschimpft und gedroht, die Tür einzutreten.«

»Was sagt Poor sonst noch?«

»Er sagt, sie hätten alles kurz und klein geschlagen, die Seide und die Fäden zerschnitten, außerdem die Riete, einen Teil des Webstuhls, herausgerissen und sich auf ihn gestürzt, obwohl er alle Abgaben und Beiträge bezahlt habe.«

»Diese elenden Dreckskerle! Valline ist offenbar der Anführer gewesen.«

Als Nächstes folgte John D'Oyle, dem dieselben Vergehen zur Last gelegt wurden. Allerdings schien es um ihn deutlich schlechter zu stehen, da Mrs. Poor im Zeugenstand angab, D'Oyle sei unter den sieben Männern gewesen, die in ihre Kammer eingedrungen seien und sie mit einer Pistole und einem Schwert bedroht hätten.

»D'Oyle hat sie als Hure beschimpft.«

»Du liebe Güte.«

Danach gab es eine lange Pause.

»Was passiert jetzt?«, fragte Henri einen der neben ihm Stehenden.

»Jetzt kommt Lemaitre«, hieß es.

»Er ist mein Freund. Lasst mich durch«, rief Henri und zwängte sich zum Eingang der Galerie durch. Niemand machte Anstalten, ihn aufzuhalten. Endlich konnte er nach unten in den Gerichtssaal blicken, wo Guy zu seinem Entsetzen von zwei vierschrötigen Wachmännern in einen Holzverschlag gestoßen wurde, in dem er sich während der Befragung aufhalten musste. Wenngleich er ordentlich gekleidet war, erkannte Henri seinen Freund kaum wieder, so leichenblass und bis auf die Knochen abgemagert, wie er war.

Der Richter, der eine lange Perücke und einen schweren, fellbesetzten roten Umhang trug, richtete mit langsamer, feierlicher Stimme das Wort an ihn.

»Guy Lemaitre, Ihnen wird vorgeworfen, am zehnten Dezember des vergangenen Jahres mit Gewalt und unter Zuhilfenahme gefährlicher Waffen in das Haus von Thomas Poor eingedrungen zu sein in der Absicht, eine beträchtliche Menge an Seidenstoff zu zerschneiden sowie den Webstuhl und andere für die Weberei notwendigen Werkzeuge zu zerstören. Darüber hinaus haben Sie, gemeinsam mit anderen Angeklagten, über hundert Meter Bombasinstoff zerschlitzt, die Eigentum von Thomas Horton waren, und die Ehefrau von Mr. Poor mit einer Pistole bedroht. Bekennen Sie sich schuldig?«

Guy ließ den Blick hilflos durch den Gerichtssaal schweifen, schien wie erstarrt. Schließlich rüttelte ihn einer der Wachen am Arm, und der Richter rief ihn gleichzeitig zur Ordnung.

»Mr. Lemaitre, Sie müssen die Frage beantworten. Bekennen Sie sich schuldig?«

»Nicht schuldig, Sir.« Guys Stimme war kaum zu hören.

Der Weber Poor betrat erneut den Zeugenstand und machte seine Aussage, die sich weitgehend mit seinen früheren Angaben deckte.

»Abgesehen von D'Oyle und Valline, die ich an ihren Stimmen erkannt habe, war es zu finster, als dass ich jemanden hätte ausmachen können«, sagte er, worauf ein winziger Hoffnungsschimmer in Henri aufglomm.

»Sie bestätigen jedoch, diesen Mann zu kennen.«

»Ja, Sir«, antwortete Poor. »Ich kenne ihn sehr gut. Er gehört der Vereinigung an, die uns zwingen wollte, ihnen Geld zu geben. Bold Defiance nennen sie sich.«

Poors Sohn, ein mickriges Bürschchen mit pockennarbigem Gesicht, behauptete hingegen, Guy in dieser Nacht im elterlichen Haus gesehen zu haben.

»Den Hurensohn würde ich unter Hunderten erkennen«, erklärte er. »Er hat uns nicht bloß einmal gedroht mit dem *Book of Prices.* Dass wir es bitter bereuen würden, wenn wir nicht unterschreiben.«

Guys Verteidigung stand auf sehr schwachen Füßen – gerade einmal zwei Personen gaben zu Protokoll, dass der Angeklagte ein anständiger Charakter sei und sich niemals zuvor etwas habe zuschulden kommen lassen. Und kein Einziger schien zu der Aussage bereit zu sein, dass Guy sich in der Nacht des Überfalls nicht im Haus des Webers Poor aufgehalten habe – nicht einmal das energische Kreuzverhör der Anwälte vermochte das zu ändern.

Kurz darauf war die Beweisaufnahme vorbei. Henri vermochte kaum zu glauben, dass das alles war, dass nicht mehr kam als diese nachlässige Befragung dubioser Zeugen. Als die Wachen Guy packten, ergriff ihn blinde Panik.

»Halt!«, schrie er. »Er ist unschuldig. Er war niemals dort. Irgendjemand muss es doch bezeugen können!«

Der Richter blickte auf und musterte ihn mit strenger Miene. »Sir«, sagte er, »sollten Sie noch einmal die Verhandlung stören, lasse ich Sie wegen Missachtung des Gerichts verhaften.«

Damit wandte er sich erneut dem Gerichtssaal zu und rief: »Der Nächste.«

Seit Guy hinausgebracht worden war, verlor Henri das Interesse an der Verhandlung. Die nächsten Angeklagten wurden einzeln oder in Gruppen vorgeführt, mussten sich die ihnen zur Last gelegten Vergehen anhören und Beweise für ihre Unschuld vorbringen. Immerhin kristallisierte sich zunehmend heraus, dass D'Oyle und Valline als Rädelsführer galten und D'Oyle derjenige war, der die Waffe mit sich geführt hatte. Und leider schien der Richter Guy ebenfalls den Rädelsführern zuzuordnen, zumal ein oder zwei Angeklagte angaben, er sei in dieser Nacht nicht allein mit von der Partie, sondern auch maßgeblich an der Entwicklung der Ereignisse beteiligt gewesen.

Am späten Nachmittag verkündete der Richter, er werde die Verhandlung unterbrechen, um noch einmal das Für und Wider abzuwägen. Aus Angst, seinen Platz im vorderen Teil der Galerie später nicht zurückerobern zu können, rührte Henri sich nicht vom Fleck. Nach einer Stunde etwa, die mit qualvoller Langsamkeit verstrichen war, rief der Gerichtsdiener endlich: »Erheben Sie sich.«

Daraufhin kehrte der Richter an seinen Platz auf dem Podest zurück und verlas die Namen von vier Gefangenen, die aus ihren Zellen hergebracht werden sollten. Guy war nicht darunter. Kein Wunder, denn die vier wurden von allen Anklagepunkten freigesprochen und durften den Gerichtssaal, unter großem Jubel der Anwesenden als freie Menschen verlassen. Sieben weitere Angeklagte wurden in einigen Punkten schuldig gesprochen. Verbannung, lautete das Urteil in den meisten Fällen.

Lediglich Valline, D'Oyle und Guy waren bislang nicht aufgerufen worden, und das bedeutete nichts Gutes.

»Die armen Teufel trifft es«, murmelte Henris Nachbar. »Bestimmt«, nickte ein anderer. »Die mit den Höchststrafen heben sie sich immer bis zuletzt auf.«

Henris Magen verkrampfte sich derart, dass er Angst hatte, sich gleich übergeben zu müssen.

Ein Raunen ging durch die Menge, als die drei Männer hereingeführt und in den Verschlag gesperrt wurden. Valline und D'Oyle standen aufrecht und mit ausdruckslosen Mienen da, nahmen mit fast stoischer Ruhe ihr Schicksal hin, während Guy, lediglich ein Schatten seiner selbst, laut schluchzte. Der Anblick seines Freundes, dem seine Todesangst jede Würde geraubt hatte, brach Henri das Herz.

Der Richter blickte über den Rand seiner Augengläser hinweg zu dem Verschlag und räusperte sich. »John Valline, John D'Oyle und Guy Lemaitre«, hob er mit unheilvoller Stimme an, »ich erkläre Sie für schuldig in sämtlichen Anklagepunkten sowie besonders des Einsatzes von Waffen in Tötungsabsicht.«

Henri sprang auf. Tage, gar Wochen voller Wut und angestauter Frustration, gepaart mit dieser lähmenden Hilflosigkeit gegenüber einem unerbittlichen, auf Vergeltung beruhenden Rechtssystem, brachen sich Bahn.

»Ihr elenden Dreckskerle«, schrie er. »Schämt euch!«
Er sah, dass Guy inzwischen das Bewusstsein verloren
hatte und mit nach hinten gekipptem Kopf schlaff zwischen den Wachen hing. Einer von ihnen schlug ihm ins
Gesicht, damit er zu sich kam und sein Urteil anhörte.

Stille senkte sich über den Raum, als der Richter ein
schwarzes Tuch unter seinem Schreibtisch hervorzog und
auf seiner Perücke drapierte. Henri fiel mit gesenktem
Kopf auf die Knie und begann zu schluchzen.

»Bitte, Gott, rette ihn«, flüsterte er wieder und wieder.

»Die ständigen Belästigungen, die Sachbeschädigun-
gen und die Drohungen dauern schon viel zu lange an«,
fuhr der Richter fort. »Hart arbeitende Männer und Frau-
en müssen ihrer Tätigkeit ohne Furcht, von Gesetzlosen
überfallen und erpresst zu werden, nachgehen können.
Daher verurteile ich Sie, John Valline, John D'Oyle und
Guy Lemaitre, zum Tod durch den Strang.« Entsetztes
Stöhnen wurde im Saal laut, während der Richter unge-
rührt weitersprach. »Hiermit soll zugleich ein Exempel
für alle anderen statuiert werden, die sich zur Ausübung
von Gewalt berechtigt fühlen. Das Urteil wird in Bethnal
Green vollstreckt vor eben jenem Gebäude, in dem sich
die Umtriebe dieser Gesetzlosen abgespielt haben.«

Später sollte Henri sich nicht mehr genau erinnern, was
als Nächstes geschah. Die Massen rissen ihn zu Boden
und trampelten ihn auf ihrem Weg zum Ausgang nieder.
Er hörte die Rufe und Flüche der Wachen, die die aufgebrachte Menge zu bändigen versuchten, und wie aus
weiter Ferne das Weinen der Frauen, der Angehörigen
der Verurteilten. Taumelnd schleppte er sich die Gänge
entlang, wollte nach draußen, endlich frische Luft atmen,

aber es war kein Durchkommen. Eine Hand legte sich auf seine Schulter, jemand reichte ihm ein Taschentuch.

»Komm, wir gehen in die Kirche, um für ihre Seele zu beten«, sagte eine freundliche, vertraute Stimme, die er in der französischen Kirche irgendwann einmal gehört hatte.

»Das können wir uns sparen«, schrie er wie von Sinnen, riss sich los und sah sich aufgebracht um. »Wie sollte ihn das retten?«

Er hatte lediglich einen Wunsch – seinen Freund zu sehen, ihm zu sagen, dass alles noch gut werde und er für eine Kassierung des Urteils sorgen wolle. Blind rannte er die Straße entlang zum Gefängnis, doch die Tore waren verschlossen und blieben es auch, obwohl er mit aller Kraft dagegenschlug.

»Um Himmels willen, macht auf«, rief er. »Ich muss ihn sehen.«

Ein kleines, vergittertes Fenster in der Tür wurde einen Spaltbreit geöffnet.

»Es ist geschlossen. Verschwinde, sonst lasse ich dich festnehmen«, knurrte eine Stimme.

»Ich will zu Guy Lemaitre!«

»Hau ab, Kohlkopp!«

»Lassen Sie mich sofort rein!«

»Gern, wenn du hierbleiben willst«, spottete der Mann und knallte das Fenster zu.

Inzwischen hatten sich mehrere Hundert Leute vor dem Gebäude versammelt und skandierten »Freiheit für Bold Defiance! Freiheit für Bold Defiance!«

Er trat zu ihnen und stimmte in ihre Rufe ein, bis sie zu einer Einheit verschmolzen waren, zahllose Stimmen zu einer einzigen vereint. Für ein paar wunderbare Momente glomm so etwas wie Hoffnung in ihm auf – als könnten sie allein durch die Kraft ihrer Gegenwart den Lauf des Schicksals verändern.

Die Euphorie indes war von kurzer Dauer: Ein Dutzend Wachtmeister erschienen am Tor und gaben mehrere Schüsse in die Luft ab; dann luden die Männer nach und richteten ihre Pistolen auf die Menge. Unwillkürlich trat Henri einen Schritt vor, den Blick fest auf das kleine schwarze Loch der vordersten Waffe geheftet, und schrie: »Töte mich, los, *vas-y*. Töte mich«, schrie er. »Ich bin genauso unschuldig wie mein Freund, den ihr zum Tode verurteilt habt.«

Der Wachtmeister gab einen weiteren Schuss ab, diesmal in die Menge hinein. Die Erschütterung war so heftig, dass Henri zu Boden gerissen wurde. Ein paar Minuten war er fest davon überzeugt, getroffen worden zu sein, obschon er keinerlei Schmerz verspürte. Die Parolen verstummten abrupt, und nach einem Moment der Erstarrung stob die Menge auseinander – zurück blieben all die, die verletzt am Boden lagen. Irgendjemand stieß unmenschliche Schreie aus, litt offensichtlich Höllenqualen. Unfähig aufzustehen, wurde Henri schließlich von einer Gruppe Gesellen, die er vom Sehen aus dem Dolphin kannte, hochgerissen und die Newgate Street entlanggezerrt, vorbei an St. Paul's, quer durch Bishopsgate in Richtung Spitalfields. Die Stimmung in den Straßen war angespannt. Überall rotteten sich Grüppchen hektisch flüsternder junger Männer zusammen, die sich mit Fackeln und Stöcken bewaffnet hatten.

»Keine Angst«, beschwichtigte einer der Gesellen Henri. »Wir holen sie da raus, alle drei. Wir zetteln einen Aufstand an, sodass die Wachtmeister sie nicht länger festhalten können.«

Henri, inzwischen wieder fähig, sich auf den Beinen zu halten, folgte ihnen, kippte in mehreren Bierhallen jeden Krug, den man ihm vorsetzte, in der Hoffnung hinunter, Guys verzweifeltes Gesicht wenigstens für eine Weile aus seinem Gedächtnis zu verbannen. Überall wurden Rufe laut, Bold Defiance dürfe nicht untergehen, und nach und nach dämmerte ihm, dass er sich mitten unter den Spießgesellen von Valline und D'Oyle befand.

In seinem Hinterkopf meldete sich eine warnende Stimme, die ihn daran erinnerte, dass es höchst unklug war, sich mit diesen Männern einzulassen. Lieber sollte er schleunigst nach Hause zurückkehren und Monsieur Lavalle erzählen, was vorgefallen war. Immer allerdings, wenn er sich zum Gehen wenden wollte, drückte ihn jemand auf seinen Hocker zurück und knallte einen weiteren Bierkrug vor ihn auf den Tisch. Irgendwann nahmen sie ihn in ihre Mitte und zogen mit ihm nach Bethnal Green. Henri war inzwischen schwindlig und speiübel.

Ziel der Gruppe war die Dolphin Tavern, eine vor allem von Hugenotten aufgesuchte Schankwirtschaft, wohin Guy ihn einst geschleppt hatte, um die Petition für das *Book of Prices* zu unterzeichnen. Kurz bevor sie es erreichten, machte er sich los und verschwand in einer schmalen Gasse, weil er das Gefühl hatte, sich auf der Stelle übergeben zu müssen. In der dunklen Ecke, die er anstrebte, bemerkte er einen Mann, der es offensichtlich mit einer Dirne trieb.

»Hau ab, du Sau«, stieß der Freier hervor.

»*Cul pourri*«, knurrte Henri. »*Vas-tu la boucler?*« Halt's Maul, du Schwein.

»Was sagt der Froschfresser da?«

Die Stimme kam ihm vage bekannt vor, ohne dass er sie zuzuordnen vermochte oder Lust hatte, darüber nachzudenken. »Das willst du lieber nicht wissen«, gab die Frau zurück und wandte sich wieder den Weichteilen des Mannes zu.

Der Kerl indes ließ nicht locker, löste sich von der Dirne und taumelte trunken auf Henri zu – mit erhobenen Fäusten und aus der Hose hängender Männlichkeit.

»Los, komm her und kämpf, elender Franzmann.«

Henri konnte sich nicht länger beherrschen. Sein Magen rebellierte, und er erbrach sich mitten in die Gasse und teilweise auf die Stiefel des Mannes, worauf der Kerl mit einem lauten Fluch zurückwich.

Kaum hatte Henri sich aufgerichtet und sich mit dem Ärmel den Mund abgewischt, als ein unmissverständliches Stampfen genagelter Stiefel auf den Pflastersteinen ertönte, begleitet von Pistolenschüsse, die von den Wänden widerhallten. Er kauerte sich auf den Boden, die Arme schützend über dem Kopf, und betete zu Gott, er möge nicht entdeckt werden. Aus dem Augenwinkel sah er die Dirne und ihren Freier eilig davonhasten.

Hektische Rufe drangen aus der Kneipe. »Los, die Runners, die Runners, haut ab!«

Das laute Poltern schwerer Stiefel wurde lauter, Henri hörte Holz bersten, dann ertönten weitere Schüsse, während die Stimmen aus dem Dolphin verstummten. Er hob den Kopf und blickte nach oben, sah mehrere Männer aus den Fenstern springen. Mit einem Mal begriff er, dass ihm lediglich wenige kostbare Minuten blieben, ehe die Runners, wie die erste offizielle Londoner Polizeitruppe genannt wurde, die unmittelbare Umgebung absuchten. Mühsam rappelte er sich auf und wollte sich gerade entfernen, als er wenige Meter vor sich einen Uniformierten erblickte, der seine Pistole direkt auf seinen Kopf richtete.

»Komm mit erhobenen Händen aus der Ecke, sonst knalle ich dich ab«, sagte er unmissverständlich.

Kapitel 19

Wer dem schönen Geschlecht angehört, sollte nähen, stricken, flicken, kochen können und wissen, wie man einem Haushalt vorsteht. Diese Fertigkeiten sind prinzipiell von größtem Vorteil, unabhängig von gesellschaftlicher Schicht oder Lebenslage.

Über die Umgangsformen der feinen Dame

Die Kutsche holperte durch die Straßen Londons hinaus aus der Stadt; Pflastersteine wichen auf der Landstraße sandigem Kies. Das Häusermeer hatten sie ebenfalls hinter sich gelassen, und durch die Fenster sah man nichts als Wälder, Wiesen und Felder.

Sie war nicht einmal sechs Monate in London gewesen, aber es fühlte sich an wie ein halbes Leben. Anna musste gegen die Tränen ankämpfen, als sie sich ihre ersten schicksalhaften Stunden in der fremden Stadt ins Gedächtnis rief – wie sie in der Bruthitze ohnmächtig geworden war und ihr ein wildfremder Mann aufgeholfen hatte, ein Ausländer, ein Franzose namens Henri.

All das war nun Vergangenheit.

Sein Brief hatte keinen Zweifel daran gelassen. Nach wie vor schmerzte die Zurückweisung wie der Stich eines Messers, das ihr ins Herz gestoßen worden war – und dass sie sich jemals davon erholte, vermochte sie sich nicht vorzustellen. Zumindest bislang nicht. Noch hatte sie vielmehr das Gefühl, als würden ihre Tränen nie mehr versiegen, als könnte sie nie mehr glücklich sein.

Wieder und wieder hatte sie seine Zeilen gelesen, Nacht für Nacht sah sie in ihren Träumen sein Gesicht vor sich, seine dunklen Augen, in denen dieses vertrauensvolle Lächeln glomm – und dann wachte sie auf, und ihr fiel ein, dass sie ihn niemals wiedersehen würde. Und am Tag war sie kaum mehr auf die Straße gegangen – aus Furcht, sie könnte ihm begegnen und ihre Wunden würden ein weiteres Mal aufgerissen. Natürlich hatte sie im Grunde ihres Herzens immer gewusst, dass ihre Liebe keine Chance hatte, denn selbst Freundschaften über die gesellschaftlichen Grenzen hinweg waren in London kaum möglich. Und allein deshalb hatte sie sich schließlich entschlossen, Charles' Antrag anzunehmen, obwohl sie ihn nicht liebte.

Nun, auch das war Geschichte.

Jetzt konnte Anna es kaum erwarten, alles hinter sich zu lassen, was sie daran erinnerte, wie es hätte sein können. Ihre Tante, deren Welt gerade zusammengebrochen war, schien geradezu erleichtert über den Entschluss der Nichte, nach Suffolk zu fahren, wurde sie doch damit zumindest von einem Problem befreit.

Lediglich Lizzie war aufrichtig traurig gewesen. »Was soll ich nur ohne dich tun?«, hatte sie geschluchzt. »Hier ist es immer so langweilig. Mein Leben wird ganz schrecklich sein ohne dich. Versprich mir, dass du gleich nach Neujahr zurückkommst.«

Anna hatte ihrem Vater mitgeteilt, dass sie für ein paar Wochen nach Hause kommen werde, wobei sie tief in ihrem Innern wusste, dass es wahrscheinlich für immer war. Und dass sie, wenn das Schicksal es wollte, ein friedliches, unspektakuläres Leben als unverheiratete Frau auf dem Land führen würde. Langweilig ohne Zweifel, aber gewiss würde sich irgendetwas finden, womit sie sich beschäftigen konnte. Vielleicht könnte sie ja ein wenig unterrichten, Zeichnen und Lesen etwa, um ein paar Shilling zu verdienen und auf diese Weise zum Lebensunterhalt der Familie beizutragen.

Sie stieß einen tiefen Seufzer aus und ließ den Blick über die vor dem Fenster vorüberziehende Landschaft schweifen. Waren ihr damals, als sie in die Gegenrichtung fuhr, die ersten Anzeichen einer großen Stadt fremd vorgekommen, so empfand sie jetzt das Fehlen menschlicher Besiedlung seltsam ungewohnt und einsam – wozu nicht zuletzt die kahlen Bäume beitrugen, die sich gespenstisch wie Skelette vor dem düster grauen Himmel abhoben.

Nach dem Mittagessen, das sie in einem Gasthaus am Straßenrand einnahmen, hüllten sich die Fahrgäste in Decken und Umhänge und richteten sich auf ein Schläfchen ein, denn vier Stunden würde die Fahrt bis zum nächsten Halt in Chelmsford dauern, wo diejenigen, die weitermussten, übernachten würden. Anna gehörte dazu und war am Abend derartig müde, dass sie sich nach einem einfachen Mahl, bestehend aus Brot, Käse und eingelegtem Gemüse, sogleich ins Bett legte und nicht einmal bemerkte, wie durchgelegen die Matratze war. Sie freute sich nur noch auf zu Hause: Morgen würde sie wieder daheim sein, in ihrem gemütlichen Zimmer in einem bequemen, warmen, weichen Bett, und dem Rauschen der Wellen lauschen.

Als die Kutsche am Tag darauf Halesworth erreichte, war die Sonne längst untergegangen. Dennoch warteten

ihr Vater und ihre Schwester auf sie, standen dick ver-
mummt gegen die Eiseskälte im Pferdeschuppen des
Schmieds. Niemals zuvor hatte sie sich so gefreut, sie zu
sehen. Augenblicke später lagen sie einander in den Armen, lachten und weinten, während Bumbles wild kläf-
fend im Kreis herumrannte.

»Mein liebes Kind, wie sehr ich dein strahlendes Lächeln vermisst habe. Lass dich ansehen«, sagte Theodore.
»Was für ein hübscher Umhang, Liebes. Und dieser wunderschöne warme Muff. Meine Schwester hat sich wirklich gut um dich gekümmert. Aber jetzt lass uns erst mal
nach Hause fahren, schließlich hast du eine lange, an-
strengende Reise hinter dir. Wir haben einen schönen
Eintopf vorbereitet.«

»Und bald ist Weihnachten«, fügte Jane hinzu, die Annas Arm fest umklammert hielt. »Wir haben ganz viele
Geschenke für dich.«

»Vergiss nicht, dass wir erst darüber reden dürfen,
wenn wir sie aufmachen«, mahnte ihr Vater mit gespielter Strenge.

Jane kletterte auf den Wagen, setzte sich auf den mit
heißen Steinen angewärmten Sitz neben Anna und breitete die Decke über ihren Beinen aus. Theodore zwängte
sich neben sie, und der Hund legte sich wie eine Wärm-
flasche auf ihre Füße. Obwohl es leicht nieselte, hatte
Anna zum ersten Mal auf der langen Reise das Gefühl,
nicht mehr zu frieren.

Genau das hatte ihr so gefehlt, dachte sie. Die Tröst-
lichkeit menschlicher Wärme. Abgesehen von Lizzies gelegentlichen Umarmungen und Miss Charlottes
tastenden Händen bei den Anproben hatte sie während der vergangenen sechs Monate praktisch keinerlei

körperlichen Kontakt gehabt. Abgesehen von Charlies flüchtigen Berührungen und jenen innigen Momenten, wenn Henri ihre Hand genommen hatte. Doch das stand auf einem anderen Blatt. Zufrieden schmiegte sie sich enger an ihren Vater und ihre Schwester, während der Karren den schlammigen Weg entlangholperte, und spürte mit einem Mal so etwas wie ein Glücksgefühl in sich aufkeimen.

Obwohl sie völlig erschöpft war und sich den Bauch mit Hammeleintopf vollgeschlagen hatte, schlief sie in dieser Nacht nicht gut. Ihr Vater hatte darauf bestanden, dass sie in der Kammer übernachtete, in der normalerweise Gäste untergebracht wurden, und nicht in dem Zimmer, das sie früher mit Jane geteilt hatte.

»Du bist jetzt unser ganz besonderer Gast, mein Kind, und vor allem brauchst du nach der langen Reise deine Ruhe.«

Dabei wollte Anna gar kein Gast sein, weder ein besonderer noch sonst einer. Sie wollte, dass alles so war wie früher. Doch die Uhr ließ sich nicht zurückdrehen, erkannte sie. Ihre Familie hatte sich daran gewöhnt, ohne sie zu leben, so wie sie sich an das Leben in der Stadt gewöhnt hatte.

Mit jedem Tag, der vergangen war, hatte sich alles und jeder verändert.

Unruhig warf sie sich auf der Matratze hin und her, bis sie irgendwann im Morgengrauen den Korridor entlangschlich zu dem Zimmer, in dem sie praktisch ihr ganzes Leben lang ein großes Bett mit ihrer Schwester geteilt hatte.

Jane regte sich kurz, rollte sich auf die andere Seite und schmiegte sich an Anna, so wie sie es früher stets getan hatte, und ihr leises Schnarchen klang so vertraut und tröstlich wie ein Schlaflied. Endlich schlief auch Anna ein, und schlummerte bis weit in den Morgen hinein.

Die nächsten Tage brachte sie damit zu, Freunde, Bekannte und Nachbarn zu begrüßen. Allein mit Jane die Dorfstraße entlangzuspazieren nahm volle zwei Stunden in Anspruch, weil ständig jemand stehen blieb oder sie heranwinkte und sich nach ihrem Befinden erkundigte.

»Bist du zu Reichtum und Ansehen gekommen?«, fragten sie. Oder: »Hast du den neuen König gesehen?«

Den kaum verhohlenen Fragen nach ihren Aussichten auf eine baldige Eheschließung – »Ich nehme an, in so einer Stadt lernt man eine Menge vielversprechender junger Männer kennen« – wich sie allerdings stets mit einem Lächeln geschickt aus. Es kümmerte sie nicht weiter, dass ihre Erwiderungen die Gerüchteküche weiter anheizen würden. In einem Dorf wurde immer geklatscht.

Irgendwann fiel Anna Janes verändertes Verhältnis zu den Dorfbewohnern auf. Offensichtlich hatte ihre Abwesenheit der kleinen Schwester mehr Selbstbewusstsein verliehen, sodass sie sich ungenierter mit allen unterhielt und ihren Platz in dieser sicheren kleinen Welt gefunden hatte. Sogar ihr Wortschatz war deutlich größer geworden. Umgekehrt schien den Dörflern Janes Wohl spürbar mehr am Herzen zu liegen – es kam Anna vor, als hätten sie nach dem Weggang der großen Schwester die Verantwortung für sie übernommen, damit es dem behinderten Mädchen an nichts fehlte. Mehr als einmal hörte Anna Kommentare wie *Nun, Jane kommt immer mehr aus ihrem Schneckenhaus,* oder *Sie hat sich so rührend um euren Vater gekümmert, das arme Ding.*

Dennoch waren Defizite geblieben. Jane schaffte es zwar inzwischen, sich um die Einkäufe zu kümmern, grob sauber zu machen und den Herd anzuzünden, mit der Wäsche und dem Kochen jedoch kam sie nach wie vor nicht zurecht. So hatte der Pfarrer wieder stundenweise eine Köchin eingestellt, auf die man die letzten Jahre verzichtet hatte, als Anna den Haushalt führte. Außerdem brachten die Nachbarn immer mal wieder etwas vorbei, um der kleinen Familie zu helfen.

Anna jedenfalls genoss die vertraute Umgebung.

Sie hatte fast vergessen, wie kühl der Wind an der Küste war, wie heftig der Regen von der Nordsee in den kleinen Ort hereinpeitschen konnte und die ganze Gegend in einen einzigen Morast verwandelte, sodass teilweise kaum noch ein Vorankommen möglich war und man das Haus lediglich verließ, wenn es unumgänglich war. Sobald sich aber das Wetter besserte, zog es sie wieder nach draußen, und sie unternahm mit Jane ausgedehnte Spaziergänge durch das Marschland und am Strand entlang, wo sie Treibholz für den Kamin sammelten und Steine mit Löchern in der Mitte, die durch den steten Abrieb des Wassers entstanden waren. Hühnergötter nannte man sie und hängte sie als Talismane an die Türen. Ihr Vater allerdings konnte diesem Brauch absolut nichts abgewinnen, schon gar nicht für ein Pfarrhaus, und bezeichnete ihn als »dummen alten Aberglauben«, weshalb sie sich darauf geeinigt hatten, die Steine an der Hintertür aufzuhängen, wo man sie von der Straße aus nicht sehen konnte.

Da Jane, vermutlich aufgrund ihrer körperlichen Einschränkungen, schnell ermüdete und meist sehr früh zu

Bett ging, hatten Anna und ihr Vater abends Gelegenheit, sich in aller Ausgiebigkeit zu unterhalten. Irgendwann erzählte sie ihm von den Schwierigkeiten, mit denen die Familie seiner Schwester in London derzeit zu kämpfen hatte, und dass dafür – zumindest soweit sie es beurteilen konnte – in erster Linie William mit seinem Leichtsinn die Verantwortung trug.

»Es ist wirklich schlimm«, sagte sie. »Ich bin sicher, dass Tante Sarah nicht ahnt, was er angerichtet hat, denn Onkel Joseph hat ihn die ganze Zeit gedeckt. Vielleicht ist es ja besser so. Trotzdem ist es schwer für sie, weil sie wohl ihre hochfliegenden Träume begraben muss. Weißt du, sie hat darauf gebaut, dass die Geschäfte gut laufen und sie irgendwann in ein größeres Haus ziehen können, am liebsten in Ludgate Hill. Und außerdem wollte sie unbedingt, dass Thomas Gainsborough ein Porträt von Onkel Joseph malt.«

»Gainsborough? Du liebe Güte, das dürfte nicht ganz billig sein.«

»Nein, bestimmt nicht. Davon mal abgesehen, ist er ein ganz reizender Mann, Papa.«

»Du hast Gainsborough persönlich kennengelernt?«, hakte der Pfarrer ungläubig nach.

»Wir haben ihn in seinem Londoner Atelier besucht. Er hat mir von seiner Arbeit erzählt und dass bald eine neue Society of Arts ins Leben gerufen werden soll, wo Künstler ihre Arbeiten ausstellen können. Auf seinen Vorschlag hin dürfen vielleicht sogar Frauen dort ausstellen.«

»Solche wie meine talentierte Tochter? Nun, warum eigentlich nicht?«

Das väterliche Lob ließ sie erröten. »Er war wirklich wunderbar. Leider werde ich ihn vermutlich niemals wiedersehen – all ihre Pläne sind zumindest fürs Erste dahin. Du kannst dir vorstellen, dass Tante Sarah am Boden zerstört ist. Es kommt einem vor, als hätte sie ihren Lebensmut vollkommen verloren.«

»Da kann man bloß hoffen, dass die Dinge sich bald wieder zum Guten wenden. Und was ist mit William? Was gedenkt er zu tun, damit alles wieder in Ordnung kommt?«

»Zumindest scheint er inzwischen dem Glücksspiel abgeschworen zu haben. Und er gibt sich alle Mühe, die Stoffe, die sie im Lager herumliegen haben, zu verkaufen, um Geld für die Begleichung der Strafe und die ausstehenden Zollabgaben zu erhalten. Nur sind offenbar die meisten längst aus der Mode.« Minutenlang saßen sie da und starrten schweigend ins Kaminfeuer. »Die Londoner Gesellschaft ist ziemlich brutal, musst du wissen«, fuhr Anna fort. »Wegen dieses Skandals wird die ganze Familie regelrecht gemieden.«

»Und was ist mit dir?«

»Mit mir?«

»Du weißt genau, was ich meine«, versetzte der Pfarrer. »Hatte dieser schreckliche Vorfall ebenfalls Auswirkungen auf deinen Ruf? War dir deshalb so sehr daran gelegen, nach Hause zu kommen?«

»Ich wollte Weihnachten ohnehin hier verbringen, wie ich dir bereits gesagt habe.«

»Natürlich hatte ich gehofft, dass du kommen würdest – dennoch muss ich zugeben, dass es eine ziemliche Überraschung war. Zumal ich davon ausgegangen bin, dass London in dieser Zeit viele aufregende Zerstreuungen bietet …, denen man sich gemeinsam mit netten jungen Herren widmen kann.«

Aha, ihr Vater klopfte auf den Busch.

»Es gab tatsächlich einen jungen Mann, einen Anwalt«, begann sie zögernd. »Den Sohn einer wohlhabenden Tuchhändlerfamilie, die seit vielen Jahren mit den Sadlers befreundet ist. Ich glaube, ich habe ihn in einem meiner Briefe an dich erwähnt. Er hat mir sogar einen Antrag gemacht, Papa! Als es indes zu diesem Skandal kam, hat er mich wie eine heiße Kartoffel fallen lassen.«

Ihr Vater beugte sich vor und legte seine Hand auf die ihre. »Ach, Kind, das tut mir wirklich leid.«

»Mach dir meinetwegen keine Gedanken, denn mir tut es nicht wirklich leid, eigentlich gar nicht. Weißt du, ich habe nichts für ihn empfunden. Hinzu kommt, dass er ein notorischer Spieler ist, wenn man William Glauben schenken darf, und wir keinerlei Gemeinsamkeiten hatten. Er war ganz nett, aber ziemlich oberflächlich.«

»Bist du dir eigentlich völlig sicher, dass du nicht wieder zurückkehren willst? Was ist mit deiner Freundin, dieser Schneiderin?«

»Miss Charlotte. Ja, sie werde ich vermissen«, gestand Anna seufzend. »Sie ist eine wahre Inspiration für mich. Eine so selbstständige Frau! Sie war nie verheiratet, soweit ich weiß, oder ist verwitwet. Es erschien mir unpassend, sie danach zu fragen. Ich weiß lediglich, dass sie Familie hat, denn ich habe ihren Neffen bei ihr im Atelier gesehen. Am meisten bewundere ich sie dafür, dass sie ein eigenes Geschäft führt und ihren Lebensunterhalt selbst verdient. Und jetzt kommt das Schlimmste: All die sogenannten feinen Damen der Londoner Gesellschaft sehen auf sie herab und behandeln sie manchmal wie den letzten Dreck. Stell dir das vor. Sie zeigen keinerlei Respekt vor ihrer Leistung und finden es darüber hinaus verwerflich, dass sie sich die Freiheit nimmt, selbst zu entscheiden, mit wem sie verkehren möchte.«

»Wohingegen dir, wenn ich zwischen den Zeilen lese, genau dieses Privileg verwehrt wurde, richtig?«

Anna nickte. »Ich durfte nicht einmal das Haus ohne Erlaubnis verlassen ... und schon gar nicht ohne Anstandsdame. Es war unerträglich, dermaßen eingesperrt zu sein. Das ist kein Leben für jemanden wie mich.«

»Und was *ist* das richtige Leben für dich, mein freiheitsliebendes Kind?«, fragte er sie ein paar Tage später, als sie nach dem Abendessen beisammensaßen.

Sie hob abrupt den Kopf. »Wie kommst du denn darauf?«

»Du hast neulich so begeistert von dieser Schneiderin gesprochen.«

»Es wäre zu schön, wenn ich meinen eigenen Lebensunterhalt verdienen könnte, statt zwingend heiraten zu müssen«, erwiderte sie sehnsuchtsvoll.

Oder brachte das andere Probleme mit sich, an die sie nicht dachte? Ihr fiel der kleine Junge ein, mit dem Charlotte so liebevoll umgegangen war, und die Traurigkeit in ihren Augen, nachdem er sich widerstrebend von ihr gelöst hatte. Offenbar vermisste sie etwas in ihrem Leben. Die vielgepriesene Unabhängigkeit hatte wohl ebenfalls ihren Preis.

»Möchtest du denn nicht verheiratet sein?«, hörte sie den Vater fragen.

»Natürlich möchte ich das, jedoch mit einem Mann, den ich liebe. Ich will nicht einen nehmen, weil er wohlhabend ist und die richtige ...« Sie hielt inne.

»Die richtige was?«

»Die richtige Sprache spricht, wollte ich sagen.«

Er runzelte die Stirn. »Wer spricht denn die falsche Sprache?«

Sie erklärte ihm, dass ein Großteil der Einwohner von Spitalfields französische Weber seien, die ihren Lebensunterhalt mit dem Verkauf ihrer Stoffe an Tuchhändler wie ihren Onkel verdienten.

»Ich habe davon gehört, dass französische Protestanten vor der Verfolgung durch die Katholiken nach England geflohen sind. Soweit ich weiß, hat es einige von ihnen bis nach Norwich verschlagen. Bist du denn diesen Leuten auch einmal persönlich begegnet? Wie faszinierend. Ihre Kultur muss eine völlig andere sein als die unsere.«

»Keineswegs. Eigentlich sind sie genau wie wir. Sie arbeiten, sie essen, sie schlafen, sie gehen zur Kirche, und sie träumen von einer besseren Zukunft. Alles genauso wie wir. Sie pflanzen Blumen, halten sich Singvögel, verstehen allerdings ihr Handwerk besser als jeder andere in London.« Ihr wurde bewusst, dass sie ein wenig zu begeistert, zu leidenschaftlich klang, und registrierte, wie ihr Vater allmählich zu begreifen begann.

»Wir mir scheint, kennst du tatsächlich einige dieser Franzosen, ja? Ich würde sogar so weit gehen und annehmen, dass du ein paar – oder vielleicht einen einzigen – von ihnen ganz besonders ins Herz geschlossen hast.«

Unwillkürlich musste Anna grinsen. Wie konnte sie vergessen, dass ihr Vater die Menschen und das, was sie antrieb, meisterlich durchschaute.

Also erzählte sie ihm alles: von dem Marktstand, der Skizze und von dem jungen französischen Webergesellen, der sie gekauft hatte, um sie als Vorlage für sein Meisterstück zu verwenden. Weiter berichtete sie davon, dass

Miss Charlotte so fasziniert von dem Muster gewesen sei, weil es sie an Hogarths *Analyse der Schönheit* erinnerte, und ihrer Meinung nach den derzeitigen Geschmack traf. Und deshalb habe sie, Anna, sich ausgemalt, so viel über die Weberei zu lernen, dass sie eines Tages ihren Lebensunterhalt mit dem Entwurf von Mustern verdienen könne. Sie schloss damit, welch jähes Ende diese Pläne gefunden hatten.

Ihr Vater lauschte schweigend. Als sie schließlich endete, dachte er einige Minuten nach.

»Für mich klingt das alles durchaus nachvollziehbar, mein Kind. Und …« Wieder hielt er inne und massierte sich die Schläfen, als müsste er sich genau überlegen, ob es klug war fortzufahren. »Für mich hört es sich an, als wärst du mehr als ein ganz klein wenig verliebt in diesen Henri. Liege ich mit meiner Vermutung richtig?«

Seinen Namen aus dem Mund ihres Vaters zu hören war schlicht zu viel für sie. Ihr Kinn begann zu beben, und Tränen rannen ihr übers Gesicht. Er schloss sie in die Arme.

»Ach, mein liebes Kind. Es tut mir so leid. Ich wollte dich nicht durcheinanderbringen. Warum bist du denn so traurig? Wurden deine Gefühle nicht erwidert?«

»Ich glaube schon, dass er etwas für mich empfunden hat, Papa«, schluchzte sie. »Anfangs. Aber es ist schlicht unmöglich. Er ist ein einfacher Handwerker, ein Webergeselle, hat kein Geld und ist dazu Franzose. Das passt nicht zu den Spielregeln der Londoner Gesellschaft – und Tante Sarah war wild entschlossen, eine feine Dame aus mir zu machen.«

»Und wenn sie wüsste, dass du dich in diesen Jungen verliebt hast, würde sie vor Entsetzen platzen?«

Die Vorstellung war so erheiternd, dass Anna lachen musste. Dann holte sie einige Male tief Luft und trocknete ihre Tränen.

»Soll ich dir etwas sagen?«, fügte der Pfarrer hinzu. »Ich bin dein Vater und damit derjenige, der entscheidet, wer deiner würdig ist. Nicht Sarah. Nach Weihnachten fahren wir nach London und statten diesem Henri und seinem Meister einen Besuch ab. Na, wie klingt das?«

»Das ist keine gute Idee, Papa. In seinem letzten Brief hat er mir mitgeteilt, dass eine wie immer geartete Beziehung zwischen uns ausgeschlossen ist. Ich fürchte, ich muss akzeptieren, dass es keine Zukunft für ihn und für mich gibt.«

Weihnachten verging mehr oder weniger wie immer. Es war eine Zeit des Glücks und der Traurigkeit zugleich. Sie erfreuten sich an den Traditionen und Ritualen – an dem mit grünen Zweigen geschmückten Haus, der Gans und dem Christmas Pudding, dem Beschenken vor der Christmette bei einem Glas Glühbier –, und trotzdem lag über allem ein Hauch von Trauer, weil dies ihr erstes Fest ohne die Mutter war.

Am nächsten Tage kamen, auch das eine Tradition, all die einsamen Seelen der Gemeinde zum Mittagessen ins Pfarrhaus. Der große Eichentisch, der Theodore sonst als Ablage für seine Bücher und Unterlagen diente, wurde freigeräumt und poliert, bis er glänzte. Alles, was an Besteck, Tellern, Bechern, Tassen und Krügen vorhanden war, wurde aus den Schränken geholt und gesäubert, Flaschen wurden geöffnet, Reste vom Festmahl und Essensspenden wohlmeinender Nachbarn ausgepackt und auf den Tisch gestellt, jeder Stuhl und jeder Hocker herbeigeholt. Im Kamin loderte ein wärmendes Feuer, Kerzen wurden überall verteilt und angezündet, um die graue Düsternis des Himmels zu vertreiben, der seit Tagen nicht mehr aufzuklaren schien.

Zweiundzwanzig Gäste saßen schließlich da, hauptsächlich ältere Damen im schönsten Sonntagsstaat, das weiße Haar unter frisch gestärkten Hauben sorgsam frisiert; dazu ein paar Witwer, die sich sichtlich unbehaglich fühlten mit ihren Perücken, die allenfalls einmal im Jahr zum Einsatz kamen; eine junge Witwe mit verhärmtem Gesicht, die sichtlich Mühe hatte, ihre vier ungehorsamen Kinder im Griff zu behalten; eine Handvoll hoffnungsloser Junggesellen und ein paar andere arme Teufel, blind, taub oder geistig minderbemittelt.

Der Anblick, wie sie sich umeinander kümmerten und einander halfen, unbeschadet aller Unterschiede und jedweder Andersartigkeit, hatte etwas zutiefst Berührendes. Natürlich gab es selbst in diesem kleinen Ort hochnäsige Leute, die sich für etwas Besseres hielten und lieber an der Tafel der DeVries, denen das ganze Land ringsum gehörte, saßen als hier. Alle anderen dagegen pflegten einen freundlichen Umgang miteinander, unabhängig von Stand oder Einkommen. Machte dies eine Gesellschaft nicht besser?, dachte Anna. Stärker und gesünder?

Gleichzeitig machte sich eine andere Überlegung in ihrem Kopf breit. Wie war es eigentlich, zehn, zwanzig oder gar fünfzig Jahren ständig dieselben Gesichter zu sehen und dieselben Dinge zu tun? In einem winzigen Fischerdorf an der Küste, am Ende einer fünf Meilen langen Straße, zu leben, mochte landschaftliche Reize bieten, hingegen keinerlei intellektuelle Anregungen und erst recht keine gesellschaftlichen Perspektiven. Ledige Männer im heiratsfähigen Alter waren so gut wie nicht vorhanden, desgleichen fehlten Möglichkeiten, sich außerhalb der traditionellen Berufe wie Fischer, Bauer, Schmied oder einem anderen Gebrauchshandwerk seinen Lebensunterhalt zu verdienen – von Gelegenheiten, interessante Menschen kennenzulernen oder aufregende Dinge zu erleben, ganz zu schweigen.

Wenn man hier leben wollte, musste man sich wohl oder übel auf einen sehr engen Kreis beschränken. Zwar war man nicht gefangen in eng gesetzten Verhaltensnormen, dafür abgeschnitten von der Welt und vom Leben.

Und das manchmal sogar im wahrsten Sinne des Wortes. Dann nämlich, wenn das Dorf einschneite, was fast jedes Jahr passierte. Daher wurden in jedem Haushalt ausreichend Vorräte, Kerzen und Brennmaterialien gelagert, um für diese Art Notfall gerüstet zu sein.

Auch dieses Jahr setzten prompt zum Jahreswechsel heftige Schneefälle ein. Während der Vater sich seinen Studien und seinen Predigten widmete, machten Anna und Jane sich an allerlei Arbeiten, die längst erledigt gehört hätten. Oder sie saßen am Kamin und spielten Karten oder Dame – da es zu Janes geistigen Beeinträchtigungen gehörte, dass sie nicht lesen konnte, verzichtete Anna in ihrer Gegenwart ebenfalls darauf.

Trotzdem war sie froh, als nach ein paar Tagen die Straße wieder passierbar war und der Bote mit den Briefen, die sich im Postamt von Halesworth angesammelt hatten, ebenfalls neue Zeitungslektüre brachte. Sogleich setzte sie sich an den Kamin und begann zu blättern. Nicht lange, und ihre vor Schreck geweiteten Augen blieben an einer Überschrift hängen.

TODESSTRAFE FÜR SPITALFIELDS-GESELLEN

Drei junge französische Webergesellen wurden heute wegen gewaltsamen Eindringens, schwerer Sachbeschädigung und Morddrohung zum Tode durch den Strang verurteilt. Alle drei Männer werden mit der Gesellenvereinigung »Bold Defiance« in Verbindung gebracht, einer Gruppierung, welche die Durchsetzung des sogenannten »Book of Prices« mit gewaltsamen Mitteln zu erreichen versucht.

Während sie noch fassungslos auf diesen Artikel starrte, kam ihr Vater mit einem Brief in der Hand herein.

»Der hat zwischen meiner Post gesteckt«, sagte er. »Hier, für dich.«

Wer konnte ihr wohl schreiben, wunderte sie sich und begutachtete die Handschrift auf dem versiegelten Umschlag aus feinem Velinpapier.

»Ich erwarte keine Post und wüsste eigentlich niemanden in London, der mir schreiben würde.«

»Mach ihn endlich auf, dann weißt du's«, warf Jane ein.

7. Januar 1761

Liebste Anna,
bitte verzeihen Sie, dass ich Sie belästige, doch ich habe leider schlechte Nachrichten zu überbringen. Henri sitzt im Gefängnis, nachdem ihm fälschlicherweise eine Verbindung zur Gruppe »Bold Defiance« unterstellt wurde. Es besteht sogar Anlass zur Sorge, er könnte der Todesstrafe entgegensehen. Monsieur Lavalle ist völlig verzweifelt, und ich dachte, Sie kennen womöglich jemanden, der ihm helfen kann. Ich

weiß, dass Sie sich nicht scheuen würden zu fragen, wenn es so wäre. Bitte, kommen Sie so bald wie möglich zurück nach London, falls es Ihnen möglich ist. Herzlichst, Charlotte

Blanke Angst erfasste sie. Ein so sanftmütiger Mensch wie Henri würde niemals zur Gewalt neigen, da war sie sich sicher trotz seiner Sympathien für die Forderungen der Gesellen. In diesem Moment kam die Erinnerung an das Transparent zurück, das demonstrierende Seidenweber-gesellen bei jenem Aufruhr geschwungen hatten, den sie damals aus dem Kutschenfenster beobachtet hatte. BOLD DEFIANCE! GERECHTER LOHN FÜR ALLE!

O Gott, damals hatte sie Guy unter den aufgebrach-ten Männern gesehen – er würde hoffentlich nicht Henri überredet haben, sich der Organisation ebenfalls anzu-schließen!

Sie sah auf das Datum der Zeitung. Zehnter Januar. Drei Tage, nachdem Charlotte den Brief abgeschickt hat-te. Könnte Henri einer der drei sein, die bereits von ei-nem Richter für schuldig befunden und zum Tod durch den Strang verurteilt worden waren?

Kapitel 20

Das Wichtigste im Leben eines Mannes, ein Gut, das es um jeden Preis anzustreben gilt, ist die Freiheit. Ein Lehrjunge sollte Freiheit von seiner vertraglichen Verpflichtung zu erlangen versuchen, ein Geselle die Freiheit finden, selbst ein Meister zu werden und seine eigenen Männer anzustellen, während für einen Meister die Verleihung des Freeman of the City als wichtigstes Zeichen für seinen Stand gilt.

**Handbuch für Lehrjungen und Gesellen,
oder Wie man zu Ansehen und Reichtum gelangt**

Jeden Morgen beim Aufwachen gelang es Henri wenigstens für den Bruchteil einer Sekunde, sich vorzustellen, er liege in seinem warmen Rollbett neben der Küche des Hauses in der Wood Street.

Doch dann drang das metallische Knallen der Eisentür an seine Ohren, dazu das Stöhnen und die Flüche seiner Mitinsassen, die barsche Drohung eines Wärters und mit alldem die brutale Realität. Inzwischen hatte er sich an den Gestank gewöhnt, der ihn anfangs würgen ließ, und seit Monsieur Lavalle zusätzliche Kleidung und Decken vorbeigebracht hatte, war die beißende Kälte wenigstens halbwegs erträglich geworden. An die Geräuschkulisse allerdings würde er sich wohl nie gewöhnen.

Nachdem die Wachtmeister ihn festgenommen hatten, wurde er trotz seiner Beteuerungen, unschuldig zu sein, der Sachbeschädigung sowie der Beteiligung an öffentlichem Aufruhr und Gewaltausübung beschuldigt. Bis zum Prozessbeginn würde er wohl oder übel im Gefängnis bleiben müssen, und man hatte ihn bereits gewarnt, dass er aller Wahrscheinlichkeit nach zur Ausweisung, wenn nicht sogar zum Tode verurteilt würde, da die Behörden fest entschlossen seien, den Protesten der Weber mit allen Mitteln ein Ende zu machen.

Nicht einmal in den allerschlimmsten Zeiten seines Lebens – der Flucht aus Frankreich, dem Tod seines Vaters und seiner Schwester – war Henri das Herz so schwer gewesen wie jetzt. In jenen kurzen Stunden besinnungsloser Trunkenheit hatte er jeden enttäuscht, der auf seiner Seite gestanden hatte: seine Mutter, Monsieur Lavalle, Mariette, Miss Charlotte – und natürlich Guy.

Mehrmals hatte er laut den Namen seines Freundes gerufen in der vagen Hoffnung, dass er ihn in seiner Zelle hören könnte, aber außer wilden Flüchen seiner Mitinsassen war nichts geschehen. Als er die Wachen gefragt hatte, ob man ihn zu seinem Freund bringe könne, hatten sie bloß höhnisch grinsend erwidert, er befinde sich schwer im Irrtum, wenn er sich einbilde, hier irgendwelche Gefälligkeiten einfordern zu können, und hinzugefügt: *Halt's Maul, Froschfresser!*

Von Monsieur Lavalle wusste er, dass bereits versucht wurde, eine Kaution für ihn auszuhandeln, was indes bei dem harten Kurs, den die Behörden eingeschlagen hatten, nicht sehr erfolgreich schien. Allein in jener schicksalhaften Nacht, erfuhr Henri, waren außer ihm sechzehn weitere Webergesellen verhaftet worden. Einige von ihnen saßen nach wie vor in der Gemeinschaftszelle, in der auch er die ersten Tage nach seiner Festnahme zugebracht hatte. Immer wieder war das Wort Todesstrafe gefallen, doch Henri versuchte es aus seinem Kopf zu verbannen.

Sein Meister bemühte sich unablässig nach Kräften, ihm Mut zu machen – er genieße einen guten Ruf und habe sich bislang nichts zuschulden kommen lassen, daher könne allein die Anwesenheit inmitten einer Gruppe Unruhestifter schließlich kein Schwerverbrechen sein.

Freunde aus der französischen Gemeinde, die ihm Essen und Trinken sowie Kleidung zum Wechseln brachten, beteuerten ebenfalls, dass er gewiss bald wieder in Freiheit sein werde. Sie hatten sogar für ihn gesammelt, damit er in eine Einzelzelle verlegt werden konnte, wofür er ihnen unendlich dankbar war. Wenigstens war er auf diese Weise vor Übergriffen durch Mithäftlinge sicher und konnte in Ruhe mit seinen Besuchern sprechen. Zudem bedeutete es, dass er keine Angst zu haben brauchte, seine Habseligkeiten könnten ihm gestohlen werden, sobald er einmal kurz nicht hinsah.

Ein paar Tage später erschien ein Rechtsreferendar – sichtlich deplatziert mit seiner Perücke, seinem adretten Seidenrock und den makellos sauberen weißen Kniestrümpfen –, der seinem eigenen Eingeständnis zufolge zwar noch kein voll ausgebildeter Rechtsanwalt war, sich aber angeblich mit derartigen Rechtssachen auskannte. Er befragte Henri eine ganze Stunde lang über die Ereignisse jener Nacht: Mit wem er zusammen gewesen sei, was er genau gesehen, wer was gesagt und getan und wann er genau die Gruppe verlassen habe.

Henri fiel es schwer, sich überhaupt an Einzelheiten zu erinnern, weshalb der Referendar vorschlug, er solle in aller Ruhe darüber nachdenken, sich konzentrieren und alles niederschreiben, was ihm einfalle. Wichtig sei es zudem, den Freier oder die Dirne ausfindig zu machen, denn falls einer der beiden sich bereit erkläre, eine Aussage zu machen, lasse sich eindeutig beweisen, dass er gar nicht mit der Gruppe im Dolphin gewesen sein könne. Wie es aussah, hing Henris Freiheit – und womöglich sogar sein Leben – letztlich davon ab, ob es gelang, diese Zeugen aufzutreiben und sie zu einer Aussage zu bewegen. Zwei wildfremde Menschen in einer riesigen Stadt wie London aufspüren zu wollen, das erschien Henri ähnlich aussichtsreich wie die Suche nach einer Stecknadel im Heuhaufen.

Im Grunde hatte der Besuch des Referendars ihn ziemlich deprimiert, und seine Stimmung wechselte unablässig zwischen tiefster Verzweiflung und kurzen Momenten eines vorsichtigen Optimismus. Er hatte so vieles in seinem Leben überstanden, warum nicht auch das, machte er sich Mut. Außerdem vertraute er nach wie vor auf seine Freunde, die bestimmt alles daransetzen würden, damit ihn nicht dasselbe Schicksal ereilte wie Guy. Tagsüber hielt ihn das einigermaßen aufrecht, nachts jedoch fraß sich der Zweifel wie ein bösartiges Geschwür in seine Gedanken und ließ ihn vor Angst am ganzen Leib zittern.

Am schlimmsten waren die Besuche seiner Mutter und seines Meisters, denn es war schier unerträglich, die Enttäuschung und den Kummer in ihren Gesichtern zu sehen. Natürlich versuchten sie ihn aufzumuntern, aber gerade ihnen gegenüber, die ihn stets ermahnt hatten, sich nicht mit diesen Heißspornen einzulassen, überfiel ihn immer wieder eine so brennende Scham, dass er ihnen kaum in die Augen zu blicken vermochte. Und Tränen kamen ihm beim Anblick einer Nachricht von Mariette, die Monsieur Lavalle ihm mitgebracht hatte.

»*N'oublie pas que je suis toujours ton amie*«, schrieb sie. Vergiss niemals, dass ich immer deine Freundin sein werde.

Eines Tages kam Benjamin zu Besuch und brachte ihm ein Päckchen mit, in dem sich Fleischpasteten, eine Spezialität der Köchin, frische Äpfel, zwei Flaschen Bier und ein langer Wollschal, den Mariette ihm gestrickt hatte, befanden. Nachdem er seinen Hunger gestillt hatte, erkundigte er sich nach Neuigkeiten, doch der sonst so gesprächige Junge war seltsam zurückhaltend.

»Es geht allen gut«, sagte er. »Wir arbeiten wie besessen, um die ganze Arbeit erledigt zu bekommen. Sogar der Meister packt mit an, und der Simpeljunge lernt gerade zu weben. Mariette lässt dich schön grüßen.«

»Weiß man etwas von Guy?«, wollte Henri wissen. »Wurde seine Berufung schon verhandelt?«

Selbst im Zwielicht der Zelle sah er, wie Benjamin blass wurde.

»Deshalb bin ich hier«, antwortete er leise. »Der Meister hat gesagt, ich muss es dir sagen. Leider bringe ich keine guten Nachrichten. Dein Freund wurde gestern in den frühen Morgenstunden gehängt … gemeinsam mit den beiden anderen. Vor dem Dolphin.«

Obwohl Henri insgeheim damit gerechnet hatte, dauerte es einen Moment, bis die brutale Wahrheit in sein Bewusstsein drang. Das Bier und die Fleischpastete schienen ihm hochkommen zu wollen. Guy, sein bester Freund, am Strick gestorben? Der Junge, mit dem er aufgewachsen war, der neben ihm die Schulbank gedrückt, mit dem er anderen alberne Jungenstreiche gespielt, Mädchen hinterhergepfiffen hatte, der selbst in den dunkelsten Zeiten seines Lebens für ihn da gewesen war, genauso wie umgekehrt – er sollte plötzlich tot sein?

»Offensichtlich sind die Männer vom Bold Defiance auf die Wachtmeister losgegangen, als sie den Galgen aufstellen wollten. Daraufhin haben die Behörden die Hinrichtung auf die frühen Morgenstunden vorverlegt, um weitere Gewaltausbrüche zu verhindern. Trotzdem sprach sich die Nachricht herum, sodass sich eine riesige Menschenmenge einfand.«

Unwillkürlich musste Henri an den Gefangenen auf dem Weg nach Tyburn denken: Obwohl der Mann an seinen eigenen Sarg gekettet gewesen war, hatte er trotzig die Schaulustigen angegrinst, die ihn mit allerlei Unrat beworfen hatten. Guy hingegen war kreidebleich geworden, hatte sogar nach dem Urteilsspruch das Bewusstsein verloren ... Wie musste er sich erst am Tag seiner Hinrichtung gefühlt haben?

Henri schluckte und kämpfte gegen die Tränen an. »Und warst du dort?«, fragte er zögernd.

Benjamin nickte. »Monsieur Lavalle wollte, dass ich hingehe, weil er bei Mrs. Lemaitre bleiben musste. Sie hatte sich so aufgeregt, dass man sogar einen Arzt rufen musste. Deshalb sollte ich ihm durch meine Anwesenheit Respekt zollen.«

»Und trat sein Tod schnell ein?«, rang Henri sich nach einer Weile zu fragen durch.

»Ich denke schon, allerdings war die Menge so groß, dass ich kaum etwas sehen konnte. Die Männer des Bold Defiance hatten eigentlich die Karren mit den

Delinquenten stürmen wollen, bevor sie das Schafott erreichten, aber es waren so viele Soldaten zur Begleitung abgestellt, dass es ihnen nicht gelungen ist.« Er schüttelte den Kopf, als könnte er immer noch nicht recht glauben, was er erlebt hatte. »Immerhin haben sie Guys Leiche seiner Mutter gebracht, damit sie ihn wenigstens angemessen begraben kann.«

Stumm vor Entsetzen hörte Henri zu, während ein heftiges Zittern seinen Körper erschütterte.

»Und sie haben Rache genommen«, fuhr Benjamin fort. »Als es vorüber war, haben die Bold-Defiance-Leute einen der Galgen abgebaut und ihn unter lauten Gesängen und mit Fackeln bewaffnet bis zur Crispin Street getragen, wo sie ihn vor Chauvets Haus wieder aufbauten. Dann haben sie alle seine Fensterscheiben eingeschmissen und die Fackeln hinterhergeworfen, bis alles lichterloh brannte. Es herrschte ein völliges Durcheinander. Natürlich waren im Handumdrehen die Soldaten und die Runners da und haben mehrere Dutzend Männer festgenommen. Es heißt, die Gefängnisse quellen schier über vor Gesellen.«

Nachdem Benjamin gegangen war, rollte Henri sich auf dem Fußboden zusammen. Laut schluchzend schlug er die Hände vors Gesicht und versuchte, auf diese Weise die Vorstellung zu verdrängen, wie sein bester Freund vermutlich ausgesehen hatte, als er seinem gewaltsamen Ende auf einem Karren entgegengefahren war. Hätte er sich bloß größere Mühe gegeben, ihm zu helfen, ihm ein Minimum an Würde und Trost in seinen letzten Tagen zu schenken. Und vor allem: Wäre er doch rechtzeitig eingeschritten, als er bemerkte, dass Guy auf Abwege geriet.

Und nun war es zu spät.

Inzwischen saß er seit beinahe zwei Wochen im Gefängnis und begann allmählich zu verzweifeln, weil er noch immer kein Wort von dem Rechtsreferendar gehört hatte. In dieser trostlosen Situation tauchte Monsieur Lavalle zu einem weiteren Besuch auf und überbrachte Neuigkeiten.

»Gestern Abend hat der Ausschuss der Gilde getagt«, sagte er und nahm auf der Bank gegenüber von Henri Platz. »Es ging um die Begutachtung der eingereichten Meisterstücke.«

»Und?«

»Wie du weißt, werden die Arbeiten in dieser ersten Instanz ohne Namensnennung bewertet, damit nicht irgendwelche Sympathien oder Antipathien den Ausschlag geben. Deine Arbeit jedenfalls wurde als erstklassig und von höchster Qualität eingestuft … manchen Ausschussmitgliedern zufolge sogar als ganz außergewöhnlich gut. Dieser Weber solle zweifellos in den Stand des Meisters erhoben werden, lautete ihr Urteil. Herzlichen Glückwunsch, mein Junge.«

Seine Miene verriet allerdings, dass das noch nicht alles war, was er mitzuteilen hatte.

»Was verschweigen Sie mir?«

Sein Meister räusperte sich. »Nun, als es dann an die Erstellung der Liste der neu ernannten Freemen of the City ging, entbrannte eine hitzige Debatte darüber, ob jemand aufgenommen werden könne, der eines Verbrechens beschuldigt werde. Am Ende haben sie sich darauf geeinigt, die Aufnahme auszusetzen, bis …«

»Was spielt das noch für eine Rolle, wo mein Leben ohnehin verwirkt zu sein scheint?«

»Verlier den Mut nicht, Junge«, beschwor ihn Lavalle. »Der Referendar versucht alles in seiner Macht Stehende, um jemanden aufzutreiben, der deine Unschuld bezeugt. Wir werden dich sicherlich bald hier herausholen. Und stell dir vor, dann bist du nicht nur ein freier Mann, sondern auch ein offizieller Freeman.«

Henri rang sich ein Lächeln ab, bemühte sich, Freude und Dankbarkeit zu empfinden – wirklich daran glauben konnte er nicht.

In dieser Situation kam ihm plötzlich das Lieblingssprichwort seines Vaters wieder in den Sinn: Wo Leben ist, da ist auch Hoffnung. Daran wollte er sich halten. Schließlich hatte der Vater sein Leben für die Freiheit seiner Familie geopfert und nicht dafür, dass sein Sohn schmählich am Galgen endete.

Kapitel 21

Es besteht kein Zweifel daran, dass die göttliche Fügung den Mann als Oberhaupt der Familie vorsieht, selbst wenn die Frau das Herzstück bilden mag. Er sollte Stärke repräsentieren, während sie für Milde steht; dem Mann wohnt die Weisheit inne, die Dame des Hauses bezaubert durch ihre Anmut. Er ist der Verstand, die treibende Kraft und der Mut, sie hingegen der Charme, das Gefühl und die Wärme.

Über die Umgangsformen der feinen Dame

Am liebsten wäre Anna auf direktem Weg zu Miss Charlottes Atelier gefahren, kaum dass die Kutsche vor dem Red Lyon anhielt.

»Ich finde erst wieder Ruhe, wenn ich weiß, was passiert ist«, erklärte sie.

»Wir haben eine lange Reise hinter uns, müssen etwas essen und uns ein bisschen ausruhen, mein Schatz«, wandte Theodore ein. »Um für morgen gerüstet zu sein.«

Ihr Vater hatte recht. Außerdem war es inzwischen dunkel und das Atelier bestimmt längst geschlossen. Und vor allem sollten sie nicht zu spät bei Onkel Joseph und Tante Sarah eintreffen, denn ihr schien unsicher, ob der Brief, mit dem der Pfarrer ihren Besuch angekündigt hatte, rechtzeitig eingetroffen war.

In Annas Muff steckten gut verwahrt Charlottes Brief und der Zeitungsartikel, beides eine Erinnerung an jenen schrecklichen Augenblick, als eine Welt für sie einzustürzen schien. Henri im Gefängnis, womöglich zum Tode verurteilt? Oder sogar bereits gehängt? Wie konnte es so weit kommen? Er hatte schließlich immer so pflichtbewusst, so vernünftig gewirkt. Natürlich wusste sie von den Aufständen der Webergesellen, vermochte sich jedoch nicht vorzustellen, dass er sich diesen notorischen Unruhestiftern, die sich zur Durchsetzung ihrer Forderungen über alle Gebote von Recht und Ordnung hinwegsetzten, wirklich angeschlossen hatte.

Als sie, in ihre Gedanken versunken, tief seufzte, legte der Vater ihr den Arm um die Schultern. »Nur Mut, mein Kind. Wenn er der Mann ist, als den du ihn mir beschrieben hast, erscheint es höchst unwahrscheinlich, dass er wirklich an ungesetzlichen Dingen beteiligt war. Ich bin sicher, dass er nicht zu den Männern gehört, die in der Zeitung erwähnt werden, und dass ihm bislang nichts weiter passiert ist. So schnell mahlen die Mühlen des Gesetzes nicht. Trotzdem müssen wir natürlich unverzüglich Hilfe suchen.«

»Aber was sollen wir tun? Wir haben kein Geld, um die Kaution oder einen Anwalt zu bezahlen«, wandte sie ein, und in dem Moment, als die Worte über ihre Lippen kamen, hatte sie eine Idee.

Wie konnte sie vergessen, dass sie einen angehenden Anwalt kannte, wenngleich es ein bisschen heikel war, mit ihm Kontakt aufzunehmen?

»Wir werden den jungen Mann nach Möglichkeit gleich morgen besuchen, um ihn unserer Hilfe zu versichern, und überdies Kontakt zu seinem Meister und dieser Miss Charlotte aufnehmen, um zu hören, was inzwischen unternommen wurde. Und jetzt begeben wir uns als Allererstes zum Spital Square, wo man uns vermutlich bereits erwartet.«

Anna nickte, wenngleich sie bezweifelte, dass man sie dort wirklich mit offenen Armen empfangen würde nach allem, was geschehen war. Vor allem graute ihr vor dem unvermeidlichen Verhör, dem Tante Sarah sie unterziehen würde. Obschon sie wusste, wie sehr ihr Vater jegliche Form der Lüge verabscheute, hatte sie ihn während der Reise davon zu überzeugen versucht, dass es äußerst ungeschickt wäre, den wahren Grund für ihren Besuch zu verraten.

Zu lebhaft sah sie die Reaktion ihrer Tante voraus: *Ein französischer Webergeselle? Im Gefängnis? Ich wüsste nicht, warum das deine Angelegenheit sein sollte, Theodore,* würde sie empört fauchen.

Eigentlich wäre sie am liebsten überhaupt nicht mehr in das düstere, freudlose Haus zurückgekehrt. Zu ihrer Verblüffung aber schienen Joseph und Sarah sich über ihr Kommen aufrichtig zu freuen und hatten sogar ein beeindruckendes Abendessen vorbereitet: gebratenen Fasan, Aufschnitt und einen Apfelkuchen zum Dessert. In sämtlichen Räumen brannte ein wärmendes Feuer, und überall standen Kerzen. Kein Zeichen, dass der Gürtel enger geschnallt wurde, dachte Anna.

Und was Lizzie betraf, so hatte sie sich bei der Begrüßung regelrecht auf ihre Cousine gestürzt und wich ihr seitdem nicht mehr von der Seite. Selbst William war ungewöhnlich guter Dinge. Nach mehreren Gläsern des besten Weins – zur Feier des Tages, weil Blut nun einmal dicker als Wasser sei, wie er erklärte – begann Jo-

378

seph, ihnen seine neuesten Pläne zur Rettung des Geschäfts darzulegen.

»Habt ihr mitbekommen, dass unser junger König vor Kurzem bekannt gegeben hat, mit wem er sich vermählen will? Dieses Frühjahr soll seine Auserwählte angeblich nach London kommen, wird gemunkelt, um die Vorbereitungen für die Hochzeit zu treffen. Etwas Besseres kann dem Seidenhandel gar nicht passieren.«

»Wer ist sie denn?«, fragte Anna.

»Eine deutsche Prinzessin«, antwortete Sarah. »Charlotte von Mecklenburg-Strelitz. Wohl nicht gerade eine besondere Schönheit, weshalb es umso wichtiger ist, sie mit den schönsten Seidenstoffen einzukleiden. Sie werden im September heiraten, und wenige Wochen später soll die Krönung stattfinden.«

»Und jeder Tuchhändler im Land schmiert den Hofschranzen Honig ums Maul, um zum Königlichen Hofausstatter berufen zu werden«, warf William ein.

»Selbst wenn wir nicht ausgewählt werden sollten, unseren Beitrag zur Ausstattung der Braut zu leisten, werden jede Menge Prachtroben für den Hofstaat und die Gäste benötigt werden«, fuhr Joseph fort. »Daher gilt es, die schönsten und ausgefallensten Dessins zu finden.« Er tippte sich an die Nase. »Und ich erkenne auf den ersten Blick, was den Damen gefallen könnte – schließlich bin ich nicht umsonst so lange in diesem Geschäft.«

»Und was könnte den Damen gefallen, Papa?«, warf Lizzie ein.

»Noch kann ich es dir nicht sagen, Kind, das wird sich zeigen, wenn ich die Angebote der Weber begutachte. Jedenfalls werde ich alles daransetzen, Aufträge für uns an

Land zu ziehen.« Er trank sein Glas aus. »Darf ich noch jemandem nachschenken?«

»Habt ihr von den Unruhen gehört?«, erkundigte sich William, während sein Vater die Gläser neu füllte. »Seit du fortgegangen bist, haben die Webergesellen für einigen Aufruhr gesorgt. Sie sind durch die Straßen gezogen, in Häuser eingedrungen und haben schwere Zerstörungen angerichtet. Am Ende wurden sogar die Rädelsführer gehängt. Eine schlimme Geschichte.«

»Wir haben die Zeitungsberichte gelesen, allerdings wurden dort keine Namen erwähnt«, erwiderte Anna mit bemüht neutraler Stimme, woraufhin William den Raum verließ und kurz darauf mit einer zerknitterten Zeitung zurückkehrte.

Anna nahm sie entgegen und hielt sie mit zitternden Händen ins Kerzenlicht, während sie die Seite überflog. Leise atmete sie auf, als sie Henris Namen nicht entdeckte. Doch ein anderer stach ihr ins Auge: Guy Lemaitre.

Ihr stockte der Atem. Wenn der Freund bereits verurteilt und gehängt worden war, kam dann Henri ebenfalls bald an die Reihe? Nur unter Aufbietung all ihrer Willenskraft gelang es ihr, nicht laut aufzuschreien. Rasch nahm sie hintereinander zwei große Schlucke aus ihrem Weinglas und zwang sich, ganz langsam ein- und wieder auszuatmen. Ein. Aus. Ein. Aus.

»Eine Horde gewalttätiger Taugenichts, die ganze Bande«, bemerkte Joseph. »Sie haben Webermeister gefangen gehalten, um sie zu zwingen, ihre Arbeiter nach den Vorgaben ihres *Book of Prices* zu bezahlen, obwohl dieses Buch gar nicht den Gesetzen entspricht. Sie haben keine Ahnung, welche Folgen ihr Verhalten haben wird. Damit treiben sie die Seidenweber geradewegs in den Ruin. Und was wird dann aus Tuchhändlern?«

Nach einer schlaflosen Nacht saß Anna voller Ungeduld am Frühstückstisch und lauschte den Antworten ihres Vaters auf die Fragen, wie sie ihren Tag zu verbringen gedachten. Er beschränkte sich auf vage Andeutungen über irgendwelche Termine und Kirchenangelegenheiten, die eine Rückkehr an den Spital Square erst am späten Nachmittag wahrscheinlich machten.

»Du liebe Güte«, sagte er, als sie über den Markt gingen, vorbei an allerlei Karren, Pferden, Straßenhändlern und Bettlern. »Ich kann mich nicht erinnern, dass früher in London ein derartiger Trubel auf den Straßen herrschte.«

»Wie lange ist es her, seit du das letzte Mal hier warst?«

»Oh, das müssen zwanzig Jahre sein, wenn nicht gar dreißig – jedenfalls lange bevor du geboren wurdest.«

»Es heißt, dieser Teil der Stadt sei in den letzten Jahrzehnten auf die doppelte Fläche angewachsen«, sagte sie. »Jeder will nach London, weil er hier Arbeit zu finden hofft.«

»Und zwar aus aller Herren Länder, wie mir scheint«, bemerkte er kopfschüttelnd. »Spricht eigentlich überhaupt noch jemand Englisch hier?«

Unter allerlei Beobachtungen und Gesprächen erreichten Vater und Tochter schließlich das Atelier der Schneiderin, wo Miss Charlotte Anna, die bei dem Wiedersehen sogleich zu schluchzen begann, tröstend in ihre Arme zog.

»Ich habe die entsetzliche Nachricht über Henris Freund Guy gelesen«, stammelte Anna unter Tränen. »Wie geht es Henri? Sagen Sie es mir – ich muss es wissen.«

»Was mit Guy geschehen ist, war grauenhaft. Verlieren

Sie trotzdem nicht den Mut. Henri mag im Gefängnis sitzen, aber noch wurde er nicht vor Gericht gestellt, und wie ich höre, geht es ihm den Umständen entsprechend gut.«

»Gott sei Dank.« Anna wurde ganz schwindlig vor Erleichterung, und sie musste sich am Türrahmen festhalten. Erst jetzt fiel ihr ein, dass sie nicht allein gekommen war.

»Oh, bitte verzeihen Sie meine Unhöflichkeit, darf ich Ihnen meinen Vater vorstellen, Theodore Butterfield.«

Miss Charlotte machte einen kleinen Knicks. »Sir, es ist mir ein Vergnügen. Anna hat mir erzählt, dass Sie Geistlicher sind. Wie darf ich Sie ansprechen?«

»Mit Theo«, antwortete er. »So wie alle anderen auch.«

»Möchten Sie einen Tee?«, fragte Charlotte. »Dann kann ich Ihnen alles in Ruhe erzählen.«

Als sie im Salon hinter dem Laden saßen, fiel Anna unwillkürlich jener Nachmittag ein, als sie sich hier so angeregt über William Hogarths Ansichten und Theorien über die Schönheit unterhalten hatten. Es schien, als wäre seit diesem Tag eine halbe Ewigkeit vergangen.

»Mariette, Monsieur Lavalles Tochter, hat mir übrigens die Nachricht von Guys Verurteilung überbracht. Kannten Sie ihn?«

»Nicht wirklich«, verneinte Anna. »Ich bin ihm zweimal kurz begegnet. Gemeinsam mit Henri. Ich kann immer noch nicht glauben, dass sie ihn tatsächlich gehängt haben.«

»Es war für uns alle ein Schock.« Charlotte blickte auf ihre Hände. »Vor allem für Henri. Er war beim Prozess, und nachdem das Urteil verkündet worden war, hat er völlig die Fassung verloren und sich gemeinsam mit ein paar Männern vom Bold Defiance volllaufen lassen. Er sagt, er sei sinnlos betrunken gewesen und hätte nicht gewusst, wer diese Leute waren. Eindeutig hat ihn Guys Verurteilung völlig aus der Bahn geworfen. Als die Ordnungshüter kamen, war er zwar schon nicht mehr mit der Gruppe zusammen – allerdings haben sie ihn ganz in der Nähe gefunden und festgenommen.« Sie hielt kurz inne, bevor sie den Rest berichtete. »Mariette sagt, die Mitglieder der französischen Kirchengemeinde tun alles, um ihn freizubekommen. Ich selbst zerbreche mir seit Wochen den Kopf, ob ich ebenfalls etwas für ihn tun könnte. Da mir leider nichts eingefallen ist, habe ich mich an Sie gewandt. Vielleicht kennen Sie ja jemanden …«

Theodores Züge verfinsterten sich. »Deshalb sind wir unverzüglich hierhergeeilt, liebe Miss Charlotte. Sicherlich hat man Henri bereits gefragt, ob er jemanden zu nennen vermag, der seine Unschuld bezeugen kann?«

Sie nickte. »Ich glaube, Monsieur Lavalle hat mit ihm darüber gesprochen. Leider kann Henri sich praktisch an nichts mehr erinnern.«

»Ist es möglich, ihn zu besuchen?«, fragte Anna.

»Newgate ist ein entsetzlicher Ort, heißt es. Die reinste Hölle auf Erden. Mariette wurde deshalb seitens ihres Vaters nicht erlaubt, dort hinzugehen. Für zartbesaitete Gemüter sei das nichts, meint er. Wenn Sie trotzdem hinwollen, müssen sie sich auf einiges gefasst machen.«

»Mit meinem Vater an meiner Seite kann ich stark wie ein Ochse sein«, versuchte Anna einen kleinen Scherz anzubringen.

»Ich weiß, wie viel Sie Henri bedeuten.« Ein flüchtiges Lächeln erschien auf Charlottes Zügen. »Er wird sich bestimmt sehr freuen, Sie zu sehen. Und Sie halten mich bitte über den Fortgang seiner Angelegenheit auf dem Laufenden.«

Sobald sie das Gefängnis betraten, sank Annas Mut. So hatte sie sich das in ihren ärgsten Träumen nicht vorgestellt.

Der Torwächter, ein unrasierter Fettsack mit schmierigen Flecken auf seiner Uniformjacke, riss Theodore das Sixpence-Stück aus der Hand und ging dann mit qualvoller Gemächlichkeit eine sichtlich zerlesene Liste durch.

»Arme-Sünder-Zellen«, grunzte er. »Die sind für Schwerverbrecher.«

»Das hört sich ja schrecklich an«, entfuhr es Anna. »Dabei wurde er ja noch gar nicht vor Gericht gestellt.«

»Hier steht's so, Miss«, beschied sie der Wärter ungnädig.

Panik stieg in ihr auf, und sie hielt die Hand ihres Vaters fest umklammert, als sie durch die langen, schwach erhellten Gänge gingen. Das hier war wahrlich die Hölle auf Erden, dachte sie. Das Stöhnen und Fluchen der Insassen, das metallische Scheppern schwerer Eisentüren, der penetrante Gestank und die übellaunigen, aggressiven Wärter warfen unwillkürlich die Frage auf, wie jemand an einem Ort wie diesem überleben konnte.

Sie musste daran denken, wie ein paar ältere Jungen sie als Kind in einen Schweinekoben gesperrt hatten und dass sie in diesem dunklen, widerlich stinkenden Stall fast durchgedreht wäre. So ähnlich fühlte sich Henri vermutlich – und er war nicht nach ein paar Stunden befreit worden.

Was man ihm deutlich ansah.

Als sie nach einem Irrweg endlich die richtige Zelle erreichten, kam es ihr undenkbar vor, dass es sich bei der erbarmungswürdigen Gestalt in zerlumpten Kleidern, deren Wangen ganz hohl waren und deren Haut

384

von hässlichen verschorften Flecken übersät war, tatsächlich um Henri handelte. Unter der Schmutzschicht war sein Gesicht kreidebleich, und blicklos starrte er ihnen entgegen.

»Ich bin's, Anna«, sagte sie leise und hielt ihm ein kleines Päckchen mit Brot und Käse hin.

Als sie auf ihn zutrat, wich er zurück, als fürchtete er, sie würde ihn schlagen, doch dann ließ er sich zu ihrem Entsetzen auf die Knie sinken und schlug die Hände vors Gesicht.

»*Non, non, non*«, schluchzte er. »*Je ne supporte pas que vous me voyiez dans cet état.*« Ich ertrage es nicht, dass Sie mich in diesem Zustand sehen.

Sie legte ihm die Hand auf die Schulter. »Miss Charlotte hat mir geschrieben, was Ihnen passiert ist. Da musste ich einfach kommen.«

Ganz langsam wandte er sich ihr zu und erhob sich, steif wie ein alter Mann.

»*Je ne crois pas*«, sagte er und schüttelte den Kopf. »Wie oft habe ich von Ihnen geträumt. Und nun sind Sie hier«, flüsterte er.

»Das ist mein Vater, Theodore Butterfield.«

Henri machte eine kleine Verbeugung. »Reverend, ich danke Ihnen sehr. In Wahrheit verdiene ich Ihre Freundlichkeit nicht.«

»Nach allem, was wir inzwischen gehört haben, verdienen Sie es nicht, an diesem grauenvollen Ort zu sein. Meine Tochter spricht in den höchsten Tönen von Ihnen, und wir sind hergekommen, um Sie zu fragen, was wir tun können, um die Situation für Sie erträglicher zu machen und in irgendeiner Form zu Ihrer Freilassung beizutragen.«

Theodores Worte schienen Henri völlig zu verunsichern, und sekundenlang starrte er ihn mit offenem Mund an.

»Henri, was ist denn? Das ist mein Vater. Er wird Ihnen nichts tun«, versuchte Anna ihn aus seinem Schockzustand herauszuholen.

Henri ließ sich auf die Bank sinken und rieb sich die Ohren. »Bitte verzeihen Sie mir, Sir. Ihre Stimme …, sie kommt mir so bekannt vor. Sind wir uns schon einmal begegnet?«

»Das kann ich mir kaum vorstellen«, antwortete Theodore.

»Der Mann … in jener Nacht … der mit der …«

»Sprechen Sie von der Nacht Ihrer Verhaftung?«, unterbrach Anna ihn.

»Nein, das ist unmöglich.« Henri schüttelte den Kopf. »Der Mann war viel jünger.«

»Sie haben meine *Stimme* wiedererkannt?«, fragte Theodore.

»Bitte verzeihen Sie, Sir, es lag wohl an der Art, wie Sie bestimmte Worte aussprechen.«

Murmelnd wiederholte Henri die Worte »Situation« und »Freilassung«, wobei er Theodores leicht schleifende Aussprache der Zischlaute imitierte.

»Wer war dieser Mann?«

»Er stand direkt neben mir, als die Wachtmeister aufgetaucht sind«, antwortete Henri. »Dann ist er verschwunden, und ich kenne seinen Namen nicht.«

»Und wieso müssen Sie ihn unbedingt finden?«

»Weil er bestätigen könnte, dass ich nicht mit den Mitgliedern der *Bold Defiance* in der Gastwirtschaft war.«

In diesem Moment kam Anna ein Gedanke. Dieses

leichte Lispeln in ihrer Familie – sie selbst hatte es nicht geerbt, doch Theodores Schwester Sarah hatte es an ihre Kinder weitergegeben. Könnte der junge Mann womöglich William gewesen sein, der zudem einen ähnlichen Tonfall hatte wie der Pfarrer?

»Wissen Sie noch, was dieser Mann gemacht hat?«

Henris Gesicht schien sich unter der Schmutzschicht zu röten. »*C'est embarrassant.*«

»War er mit einer Frau zusammen?«, hakte Theodore nach.

»*Précisément.*«

Es gab kaum etwas, das Anna im Hinblick auf William noch überraschen würde. Ihre Gedanken überschlugen sich. So gern sie Henri ein klein wenig Hoffnung gemacht hätte, riss sie sich am Riemen und behielt ihren Verdacht vorerst für sich, damit er am Ende nicht völlig enttäuscht war. Außerdem musste sie überaus diskret vorgehen, falls sie irgendeine Chance haben wollte, William die Wahrheit über jene Nacht zu entlocken.

Sie blieben noch eine Weile und redeten unter anderem über Monsieur Lavalles Bemühungen, zumindest eine Minderung der Anklagepunkte zu erwirken.

»Haben Sie denn einen Anwalt, der Sie vertritt?«, fragte Theodore.

»Ja, einen Referendar, der der französischen Kirche angehört«, antwortete Henri. »Leider war ihm bislang kein Erfolg beschieden.« Er lächelte wehmütig. »Wie man sieht, denn schließlich bin ich immer noch hier.«

In seinem Lächeln flackerte eine winzige Spur von jenem Henri auf, in den Anna sich verliebt hatte. Als sie ihm zusah, wie er mit ihrem Vater redete, von Mann zu Mann, wurde ihr bewusst, dass die beiden, selbst wenn sie aus unterschiedlichen Kulturkreisen sein mochten, einander recht ähnlich waren: dieselbe Bescheidenheit, derselbe selbstironische Humor, die Nachdenklichkeit und Zurückhaltung, hinter der sich indes ein scharfer Verstand verbarg, und dieselbe sorgsame Wortwahl, wodurch es ihnen beiden gleichermaßen gelang, ihren Aussagen Tiefe und Bedeutung zu verleihen. Und wie sie einem in die Augen sahen, wenn sie mit einem sprachen, voller Klarheit und ohne jede Täuschung. Nichts verbarg sich hinter ihren Augen. Keine Unehrlichkeit, keine Heimtücke. Man konnte ihnen vertrauen, voll und ganz.

Als sie aufbrachen, fragte Theodore, ob es Henri etwas ausmachen würde, wenn er einen Segen für ihn spreche.

»*Au contraire. Je serais honoré*«, gab Henri zurück.

Behutsam legte Theodore Henri die Hand auf den gesenkten Kopf und sprach ein kurzes Gebet, während Anna gleichzeitig eine von Herzen kommende, selbstlose Bitte gen Himmel sandte.

Es ist mir egal, wenn er niemals der Meine werden wird, aber bitte, lieber Gott, mach, dass er freikommt und leben darf. Er ist zu gut und zu anständig, um an diesem grauenvollen Ort zu sterben.

Nachdem sie das Gefängnis verlassen hatten, wandten sie sich in Richtung der St. Paul's Cathedral.

»Komm, Liebes, wir brauchen etwas Frieden. Wir werden für ihn beten«, schlug der Pfarrer vor.

Anna, die das gewaltige Gebäude zum ersten Mal von innen sah, war zu überwältigt von der prachtvollen Ausstattung der Kathedrale, um mit aufrichtiger Hingabe beten zu können – dennoch hatte die Stille etwas Tröstliches.

»Du hast recht, er ist ein anständiger Mann, Anna«, sagte ihr Vater schließlich und nahm ihre Hand. »Wir müssen alles tun, was in unserer Macht steht. Ich würde mich gern mit diesem Referendar unterhalten, um zu erfahren, was er bisher erreicht hat. Falls überhaupt.«

»Henris Meister, Monsieur Lavalle, kann ihn uns sicher vorstellen. Komm, ich weiß, wo er wohnt.«

Sie klopften und klingelten mehrmals an die Tür des Hauses in der Wood Street, ohne dass jemand öffnete. Obwohl zumindest im Dachstuhl jemand war, denn das Klappern der Webstühle war bis auf die Straße zu vernehmen – wahrscheinlich war es so laut, dass kein Geräusch nach oben drang. Da bei dem eisigen Wetter auch kein Fenster offen stand und Rufen nichts brachte, machten sie unverrichteter Dinge kehrt, um stattdessen Miss Charlotte von ihrem Besuch bei Henri zu berichten, bevor sie völlig erschöpft zum Spital Square zurückkehrten.

Am Abend nach dem Essen gelang es Anna, William für einen Moment beiseitezunehmen.

»Ich muss dich dringend unter vier Augen sprechen«, raunte sie ihm zu. »Später am Abend. Es ist wichtig.«

»Aber ich gehe aus«, erklärte er.

»Erinnerst du dich an unsere Abmachung?« Sie legte ihm die Hand auf den Arm. »Sie gilt nach wie vor.«

Sein Blick verfinsterte sich, doch sie hatte ihn am Schlafittchen gepackt. »Also gut. Ich bin gegen halb elf zurück. Im Arbeitszimmer? Dort sind wir ungestört.«

»Bis dahin sind es nicht einmal zwei Stunden.« Sie blickte zur Uhr auf dem Kaminsims. »Schaffst du das?«

Natürlich kam er zu spät.

Mit wachsender Ungeduld wartete sie bereits auf ihn, sah zu, wie die Kerze immer weiter herunterbrannte und sogar erneuert werden musste. Um die Zeit totzuschlagen, blätterte sie fahrig ein paar Musterbücher durch. Sie konnte sich auf nichts konzentrieren, denn all ihre Gedanken eilten voraus zu diesem Gespräch, von dem so viel abhing.

Endlich betrat William, atemlos und ein wenig zerzaust, das Büro.

»Also, was soll die ganze Geheimniskrämerei?«, fragte er mit schwerer Zunge.

Es lag auf der Hand, dass er getrunken hatte, was sich allerdings womöglich sogar als nützlich für ihr Anliegen entpuppen könnte.

»Setz dich und hör zu.«

»Ja, Mylady«

Ohne lange Vorrede konfrontierte sie ihn mit ihrem Verdacht, dass er der Mann gewesen sein könnte, der in jener Nacht nach Guys Verurteilung hinter dem Dolphin gesehen worden war.

William schüttelte den Kopf. »Bethnal Green? Nein, dort halte ich mich niemals auf. Das ist keine Gegend für einen Mann meines Standes«, gab er sich betont hochmütig.

»Tatsächlich? Bist du dir zu fein dafür«, erwiderte sie spitz. »Und was sagst du dazu, dass jemand, den ich kenne, dich dort gesehen hat? In einer Gasse hinter dem Wirtshaus.«

Erneut schüttelte er den Kopf, diesmal vehementer.

»Du warst mit einer Frau dort, William. Hör auf, es abzustreiten, sonst muss ich wohl jemandem davon erzählen, dass du nicht nur deinen Vater beklaust, sondern es in anrüchigen Gegenden mit anrüchigen Frauen treibst. In aller Öffentlichkeit.«

»Na und?«, gab er aggressiv zurück. »Jeder Mann tut

das, Anna. Sei bitte nicht so naiv. Außerdem wirst du das nie im Leben beweisen können.«

»Wie gesagt …, jemand hat dich wiedererkannt. Man kennt deinen Namen und dein Gesicht.«

»Und wer soll dieser Jemand sein?«

»Ein Seidenweber, der fälschlicherweise in dieser Nacht verhaftet wurde und jetzt dringend deine Hilfe braucht. Du musst für ihn aussagen, um seine Unschuld zu beweisen.«

»Ein Froschfresser? Tja, neuerdings werden ja viele von denen zurück nach Hause geschickt. Aber das macht nichts. Wir sind sowieso besser ohne diese verdammten Kohlköppe dran.«

Anna stand auf und ging im Raum auf und ab, während sie versuchte, ihre aufsteigende Wut unter Kontrolle zu bekommen.

»Ja, er ist Franzose. Und ein höchst ehrenwerter und aufrichtiger Mann. Ein Mann, der nicht lügt, betrügt oder Geheimnisse hat. Er ist ein guter Freund und der wahre Grund, weshalb Vater und ich hergekommen sind. Durch einen schweren Justizirrtum ist er in Gefangenschaft geraten, und seine Freunde haben uns gebeten, ihm zu helfen.« Sie hielt inne und starrte ihn an. »Wenn du es nicht zugibst, erzähle ich Onkel Joseph von dem Geld, das du gestohlen hast.«

William stand auf und baute sich vor ihr auf, genauso wie damals vor all den Monaten, als sie ihn das erste Mal in diesem Raum zur Rede gestellt hatte. Nur dass sie diesmal keine Angst vor ihm hatte.

»Du kleine …«, zischte er. »Erwartest du allen Ernstes von mir, dass ich dem dreckigen Hund helfe, der mir über die Stiefel gekotzt hat? Ich fasse es nicht«

Er hatte es zugegeben, dachte sie und genoss insgeheim den süßen Moment des Triumphs. Jetzt gab es kein Zurück mehr für ihn.

»Ja, William, das tue ich tatsächlich«, gab sie ruhig zurück. »Wenn du aussagst, dass du ihn in der Nacht, als die Runners kamen, gesehen hast, werde ich weder die Hure noch das gestohlene Geld je erwähnen. Mit ein bisschen Glück brauchst du noch nicht einmal vor Gericht zu erscheinen.«

Eine Weile verschlug es ihm die Sprache. Und als er dann den Mund aufmachte, merkte Anna, dass sie gewonnen hatte. William knickte ein.

»Gut, unter einer Bedingung«, begann er zögernd. »Sollte die leiseste Gefahr bestehen, dass mein Name in sämtlichen Zeitungen auftaucht, werde ich nichts sagen, rein gar nichts. Der Deal funktioniert allein unter der Bedingung, dass du mir absolute Diskretion garantierst.«

»Wenn wir uns beeilen, können wir vielleicht dafür sorgen, dass die Anklage vollständig fallen gelassen wird – und die Geschichte gar nicht an die Öffentlichkeit dringt. Das heißt, wir brauchen einen anständigen Anwalt. Einen mit Verbindungen zum Gericht und zum Gefängnis.« Sie hielt inne, um ihm Zeit zu geben, ihren Gedankengängen zu folgen. »Ich glaube, du weißt, an wen ich denke.«

Erst starrte er sie mit ausdrucksloser Miene an, dann weiteten sich seine Augen ungläubig. »*Charles?* Du lieber Gott. Er hat dich fallen gelassen wie eine heiße Kartoffel, hast du das etwa vergessen? Und mit mir hat er kein Wort mehr geredet, seit Pa in Ungnade gefallen ist.«

»Dir dürfte bekannt sein, dass er Spielschulden hat, richtig?«

Im ersten Moment sah William sie verwirrt an, bevor er in schallendes Gelächter ausbrach.

»Heiliger Strohsack, Anna, du bist wahrlich eine kleine Hexe. Zuerst erpresst du mich, und anschließend verlangst du, dass ich dasselbe mit meinem einstigen besten Freund tue.« Als Anna keine Miene verzog, verstummte sein Lachen abrupt. »Das ist nicht dein Ernst, oder?«

»Ich habe noch nie etwas ernster gemeint, lieber Cousin.«

»Nun gut«, lenkte er seufzend ein. »Ich gehe zu ihm. Aber nur, wenn du mitkommst.«

Sie stieß den Atem aus und spürte, wie die Anspannung zu weichen begann.

William setzte sich wieder hin. »Also, noch mal. Du bist nach London gekommen, um diesen Kohlkopp aus dem Gefängnis zu holen? Wieso liegt er dir eigentlich so am Herzen, Anna?«

Rechtzeitig begriff sie, was er vorhatte, und umschiffte geschickt die Falle, die er ihr hatte stellen wollen.

»Eine gemeinsame Freundin hat mir geschrieben und mich um Hilfe gebeten.«

»Ich wusste gar nicht, dass du mit Froschfressern befreundet bist.«

»Du hast keinerlei Veranlassung, dich so abfällig über Franzosen zu äußern. Sie weben erstklassige Seidenstoffe, mit denen du und Onkel Joseph in der Vergangenheit sehr viel Geld verdient habt, richtig?« Sie zündete eine neue Kerze an dem nahezu heruntergebrannten Stummel auf dem Tisch an. »Bei dieser gemeinsamen Freundin handelt es sich übrigens um Miss Charlotte, und die ist keine Französin.«

»Miss Charlotte?« Er hielt inne und blickte einen Moment lang ins Leere. »Oho, das ist ja mal ein Gedanke.«

»Wovon sprichst du, William?«

»Du erinnerst dich bestimmt daran, wie Pa gestern Abend geprahlt hat, dass er den Tuchmarkt wie kein anderer kennt und dass nur er allein weiß, wie man an die richtigen Stoffe für die neue Königin und ihren Hofstaat herankommt.«

Sie wartete schweigend.

»Die Wahrheit ist leider, dass er nicht ein Fünkchen Ahnung hat. Er hat längst den Überblick verloren, und all seine Kontakte sind hoffnungslos veraltet. Die Weber, die er kennt, haben die letzte Königin eingekleidet. Das ist Jahre her, Jahrzehnte! Die jetzige Braut ist gerade mal achtzehn und will nach der neuesten Mode gekleidet sein – oder zumindest werden ihre Leibschneider ihr das einzureden versuchen. Und dasselbe gilt für ihren Hofstaat und die ganze Entourage. Wir brauchen einen Rat von jemandem, der sich wirklich auskennt.«

Nun war es an Anna, ihn ungläubig anzusehen. »Verlangst du etwa von mir, dass ich Miss Charlotte bitte, euch zu beraten? Hast du etwa vergessen, wie schäbig deine Mutter und ihre Freundinnen sie behandelt haben? Sie haben sie wie eine Aussätzige behandelt und ihre keine Aufträge mehr gegeben.«

»Nun«, sagt er, erhob sich und zündete seine eigene Kerze an. »Du hast mich um einen Gefallen gebeten, eigentlich sogar um zwei. Deshalb ist es das Mindeste, dass du sie fragst. Wir brauchen dringend Aufträge, um aus unseren Schulden herauszukommen, Anna. Die Fälligkeit der Strafe ist um zwei Monate gestundet worden, aber wenn wir nicht zahlen, sitzen wir schneller im

Marshalsea-Gefängnis, als du Mecklenburg-Strelitz sagen kannst.«

Immerhin ging William in Vorleistung und bat Charles um eine Unterredung. Die Antwort fiel zwar reichlich unterkühlt aus, doch zumindest stimmte er einem Treffen zu.

Kommt in mein Büro in der Kanzlei. Morgen um zwölf Uhr. Charles.

Anna graute vor dem Gespräch. Den Mann, der sie abgewiesen hatte, um einen Gefallen zu bitten, seine mitleidigen Blicke und seinen herablassenden Tonfall über sich ergehen lassen zu müssen würde alles andere als leicht werden. Sie würde die Kröte schlucken – Hauptsache, es gelang, eine Haftverschonung für Henri herauszuschlagen.

Gemeinsam mit William ging sie zu Fuß zur Anwaltskammer Gray's Inn, wie der Gebäudekomplex seit Jahrhunderten hieß. Es war ein kalter, sonniger Tag. Anna war schon einmal hier gewesen, vor einer gefühlten Ewigkeit mit Charles anlässlich des Balls der Anwaltskammer. Damals hatte sie in der Dunkelheit kaum etwas gesehen, jetzt stellte sie zu ihrer Überraschung fest, wie schön der Platz mit seinen stillen Höfen und belebten Wegen war. Die Kanzleigebäude erinnerten sie an die Kathedrale von Norwich, die sie irgendwann mit ihrem Vater besucht hatte. Die hohen, herrschaftlichen Häuser verströmten die Atmosphäre von Bildung, Privilegien und eines souveränen Selbstbewusstseins, wie es den Sachwaltern des Rechts zu eigen war.

Charles' Büro in der Kanzlei hingegen war weit weniger beeindruckend: Es lag im dritten Stockwerk, war nahezu unbeheizt, eng und spärlich möbliert. Sie hatten Glück, ihn allein anzutreffen, da er sich das Büro offensichtlich mit anderen teilte.

»Miss Butterfield, William, willkommen in meinen bescheidenen Räumlichkeiten. Welchem Umstand verdanke ich diesen unerwarteten Besuch?«

Er zog zwei reichlich wacklige Stühle heran.

William sah Anna an. »Du zuerst.«

Sie schilderte Charles in knappen Sätzen den Grund für ihr Kommen: dass ein Freund von ihr ungerechtfertigt verhaftet worden sei und dringend die Hilfe eines kundigen Anwalts benötige.

»Wir haben einen Zeugen, der bestätigen kann, dass er unschuldig ist, dies indes nicht in aller Öffentlichkeit tun will. Deshalb müssen wir sicherstellen, dass alle Anklagepunkte gegen ihn fallen gelassen werden, bevor seine Angelegenheit vor Gericht verhandelt wird.«

Ihre Erläuterungen beschworen eine Reaktion herauf, mit der sie nicht gerechnet hatte. Statt sich von vornherein abfällig zu äußern, beugte Charles sich vor, hörte aufmerksam zu und lehnte sich, sobald Anna geendet hatte, mit einem zufriedenen Lächeln auf seinem Stuhl zurück.

»Dieser Fall klingt, als wäre er genau das Richtige für mich, und es schmeichelt mir, dass ihr euch an mich gewandt habt«, sagte er. »Es wird Zeit, dass ich endlich einen anständigen Fall in die Finger bekomme. Bislang habe ich mich hauptsächlich mit dem herumgeschlagen, was die anderen nicht übernehmen wollten. Diese Erfahrung hingegen könnte sich als überaus hilfreich für meine Karriere, sprich: für meine Aufnahme in die Anwaltskammer erweisen.«

»Die Sache hat allerdings einen winzigen Haken,

Charles«, dämpfte Anna seine Euphorie. »Sie wissen ja allzu gut, in welcher Situation wir uns befinden. Weder wir noch der Angeklagte verfügen über die Mittel, Sie zu bezahlen. Daher bitten wir Sie, den Fall *pro bono* zu übernehmen … Das ist doch der korrekte juristische Begriff, oder?«

Augenblicklich erlosch Charles' Lächeln. »Und ihr besitzt tatsächlich die Frechheit …«

»Du und ich, wir waren einmal gute Freunde«, unterbrach William ihn. »Viele Jahre lang. Und in all der Zeit haben wir beide eine Menge erlebt. Gutes und Schlechtes.« Charles kniff die Augen zusammen, während William fortfuhr. »Erst letztes Jahr hast auch du eine wirklich schwere Zeit durchlebt, stimmt's, mein Freund? Als du bis zum Hals in Schulden gesteckt und dich in deiner Verzweiflung an mich gewandt hast, damit ich dir Geld leihe. Natürlich hatte ich keines, kannte aber jemanden, der dafür sorgte, dass du deine Schulden loswurdest. Du erinnerst dich hoffentlich!«

Charles erhob sich und ging vor dem Kamin auf und ab.

»Als Assessor der Rechtswissenschaften«, erklärte er und deutete um sich, »steht mir keine eigenständige Entscheidung darüber zu, einen Fall *pro bono* anzunehmen. Vielmehr brauche ich die Einwilligung meiner Lehrer. Und sie werden aller Wahrscheinlichkeit nach nicht zustimmen, da ich erst unter Beweis stellen muss, dass ich Geld für die Kanzlei verdienen kann. Ihr versteht gewiss, in welcher Zwickmühle ich mich befinde, oder nicht?«

»Sehr, sehr gut«, bestätigte William süffisant. »Bloß wäre es deiner Karriere sicherlich nicht zuträglich, wenn herauskäme, dass du gedroht hast, notfalls jemanden umzubringen, um von deinen Schulden befreit zu werden. War es nicht so?«

Anna blieb der Mund offen stehen. Charles hatte wirklich und wahrhaftig gedroht, jemanden zu töten?

»Halt, *ich* war nicht derjenige, der die Drohung ausgesprochen hat.«

»Nein, du hast den Mann bezahlt, der es getan hat«, erinnerte William ihn. »Und dieser Mann wird ohne jeden Zweifel wie ein Vögelchen singen, wenn ich ihn darum bitte.«

Charles riss sich die Perücke vom Kopf, schleuderte sie quer durch den Raum und begann sich stöhnend den Kopf zu massieren.

»Herrgott noch mal, William. Du lässt mir keine andere Wahl, doch das werde ich dir irgendwann heimzahlen, glaub mir.«

»Mach einfach deine Arbeit, dann sind wir quitt«, gab William seelenruhig zurück. »Nun, Anna, würdest du unseren Freund jetzt bitte über die Details in Kenntnis setzen?«

Auf dem Rückweg zum Spital Square schlug William vor, eines der Kaffeehäuser aufzusuchen, an denen sie vorbeikamen – was Anna, neugierig wie sie war, begeistert annahm. Drinnen war es sehr warm. Ein riesiger Kessel hing über einem offenen Feuer, und auf groben Holzbänken saßen Männer, die Zeitung lasen oder in angeregte, teilweise hitzige Diskussionen verwickelt waren.

Ihr Erscheinen erregte einige Aufmerksamkeit, da es außer ihr nur eine einzige andere Frau hier gab, und das war die Schankkellnerin hinter dem Tresen.

»Ich nehme an, es schickt sich nicht für Damen, eine Lokalität wie diese hier zu betreten?«, flüsterte sie, als sie sich an einen freien Tisch setzten.

»Nun ja«, räumte William ein. »Meistens kommen Männer her, um geschäftliche Angelegenheiten zu besprechen. Mutter bekäme einen Anfall, wenn sie wüsste, dass ich dich hierhergeschleppt habe.« Er grinste. »Egal, wen kümmert das schon? Ich dachte, du freust dich, einmal eine andere Seite des Stadtlebens kennenzulernen.«

Anna nickte eifrig. »Ja, ich mag generell die Gesellschaft anderer Menschen, ganz egal, was sie sind und welche gesellschaftliche Stellung sie einnehmen.«

Es tat gut, das mal ganz offen aussprechen zu können. So viele Fehler der Cousin haben mochte, in gewisser Weise war er wie sie ein Rebell.

»Du hast mir gar nicht erzählt, dass Charles gedroht hat, jemanden umzubringen, falls er anders seine Schulden nicht losgeworden wäre«, sagte Anna und nahm einen Schluck von dem Kaffee, der bitterer und stärker war als alles, was sie je probiert hatte.

»Hätte ich normalerweise auch nicht getan – jetzt hingegen kam es gerade recht.« William grinste boshaft. »Außerdem war es ein Spaß zuzusehen, wie sich dieser erbärmliche kleine Mistkerl gewunden hat.«

»Ob er sich an unsere Abmachung hält, was glaubst du?«

»Da bin ich sogar ganz sicher. Eine Alternative gibt es für ihn nicht, dann wäre er geliefert. So wie du mich in der Hand hast, habe ich William in der Hand. Komisch, so langsam gefällt mir das Spiel. Ich gebe es freimütig zu: Ja, ich verkehre mit Dirnen. Ja, ich trinke zu viel. Und ja, ich pflege gelegentlich zweifelhafte Kontakte. Trotzdem:

399

Wenn ich einen Unschuldigen vor einer Strafe bewahren kann, ohne dass mein Name in sämtlichen Zeitungen auftaucht, tue ich es gern.«

»Selbst wenn es sich dabei um einen Franzosen handelt.«

»Wir hassen die Franzosen, weil wir seit Jahren mit ihnen im Krieg sind. Und weil viel zu viele von ihnen in unsere Stadt strömen und unseren Leuten die Arbeit wegnehmen. Gegen Einzelne hingegen habe ich nichts. Und ich muss zugeben, dass sie verdammt gute Weber und Schneider sind. Wo wir gerade beim Thema sind – es wird Zeit, dass du deinen Teil der Abmachung einhältst. Trink aus, damit wir noch einen Abstecher zu Miss Charlotte machen können.«

Da die Schneiderin gerade mit einer Kundin beschäftigt war, setzten sie sich in den Salon hinter dem Laden, warteten und beobachteten Miss Charlotte, die Stoffballen aus den Regalen zog und sie der Kundin präsentierte.

»Das wird als neuer Naturalismus bezeichnet«, erläuterte sie. »Zarte Farben, eine feine Linienführung und, was das Allerwichtigste ist, natürliche Formen. Nichts zu Üppiges und Übertriebenes. Sehen Sie den Schwung der Linien … genau wie in der Natur. Gerade Linien und geometrische Muster sind viel zu streng für eine bildhübsche junge Frau wie Sie.«

»Die Stoffe sehen alle so wunderhübsch aus, dass ich mich kaum entscheiden kann.« Die Kundin seufzte.

»Natürlich käme alternativ ein bedruckter Kattun infrage«, schlug Miss Charlotte vor. »Diese Stoff sind gerade sehr *à la mode.*«

»O nein, es muss Seide sein. Mama würde nicht

erlauben, dass ich Baumwolle trage, zumindest nicht zu besonderen Anlässen.«

»Die perfekte Unterrichtsstunde«, flüsterte William.

»Aber wollen Du-weißt-schon-wer und ihre Freundinnen, was alle anderen wollen?«, flüsterte Anna. »Oder suchen sie nach etwas Außergewöhnlichem, damit sie auffallen?«

Er zuckte die Schultern. »Mich interessiert viel mehr, wie man wissen kann, wie dieses *andere* aussehen soll?«

»Genau das ist das Problem mit der Mode«, gab Anna zurück. »Alle müssen sich Gedanken machen, was als Nächstes in Mode kommen könnte oder sogar noch eine Saison später. Man braucht viel Gespür für die Veränderungen des Zeitgeschmacks.«

Sobald die junge Dame gegangen war, gesellte Miss Charlotte sich zu ihnen.

»Was gibt es Neues über Henri?«

»Bislang nichts«, antwortete Anna. »Allerdings besteht Anlass zur Hoffnung. Charlotte, ich möchte Ihnen gerne meinen Cousin William vorstellen. Er ist Seidenhändler und der Junior von Sadler & Sohn.« William verbeugte sich. »Wir kommen gerade von einem seiner Freunde«, fuhr Anna fort, »der als Anwalt tätig ist und uns vielleicht helfen kann. Außerdem sieht es so aus, als hätten wir jemanden gefunden, der bezeugt, dass Henri sich in der bewussten Nacht, obwohl er sich in der Nähe des Dolphin aufhielt, nicht in der Gesellschaft der Männer der *Bold Defiance* befand.«

»Ein Zeuge! Ich kann es nicht glauben.« Charlottes Wangen röteten sich vor Aufregung, und sie fächelte sich mit der Hand Luft zu. »Das ist ja wunderbar. Sobald Sie Neuigkeiten haben, müssen Sie es mir erzählen.«

»Das werde ich, versprochen«, gab Anna zurück. »William und ich sind jedoch noch aus einem anderen Grund hier.«

»So? Was kann ich für Sie tun? Bitte, setzen Sie sich und erzählen mir alles.«

Mit wachsendem Interesse hörte die Schneiderin sich an, was William ihr über die Suche nach Stoffen mit dem perfekten Muster schilderte, die man für die Ausstattung der künftigen Königin vorschlagen könnte, und ihr Lächeln wurde mit jeder Minute breiter.

»Jeder Tuchhändler hat sich genau das zum Ziel gesetzt«, bestätigte sie. »Dass Sie sich deswegen an mich wenden, das schmeichelt mir aufrichtig, Sir.«

»Und welchen Rat geben Sie mir?«

»Ich kann Ihnen gerne sagen, was die Damen derzeit bevorzugen, und ich würde sogar behaupten, dass ich ahne, was in der nächsten Saison en vogue sein könnte. Was aber die Prinzessin aus Deutschland betrifft, so mag sie ihre ganz eigenen Ideen haben. Wer weiß, was ihr gefällt? Bis zu einem gewissen Grad ist Mode immer ein Glücksspiel, und ohne eine Prise Magie und Zauberei geht es nicht. Eines steht jedenfalls fest: Wofür sie sich am Ende entscheidet, egal welche Stilrichtung sie wählt – es wird im Handumdrehen zum letzten Schrei werden. Alle werden ihre Garderobe kopieren, und derjenige, der die Stoffe mit den richtigen Mustern geliefert hat, wird ein Vermögen verdienen.«

»Wenn das so ist, hätten wir gerne etwas von diesem magischen Feenstaub, bitte«, scherzte William. »Bestimmt haben Sie irgendwo ein Säckchen versteckt.«

Charlotte lächelte. »Leider nein, auch wenn ich wünschte, es wäre so. Dafür habe ich jedoch das hier.« Sie tippte sich gegen die Stirn. »Geben Sie mir ein bisschen Zeit, um in Ruhe darüber nachzudenken.«

Als sie sich erhoben, weiteten sich ihre Augen plötzlich, und sie packte Annas Arm.

»Gerade fällt mir etwas ein. Wissen Sie zufällig, ob Henri Ihren Entwurf bereits gewebt hat?«

»Er hat mir geschrieben, dass er angefangen habe ...« Anna schüttelte den Kopf. »Denken Sie etwa ...«

»Es ist perfekt. Modern, sehr naturalistisch und eine Spur unkonventionell«, fiel die Schneiderin ihr ins Wort. »Die Formen der Schönheit, erinnern Sie sich? Und diese dezenten *points rentrées?* Dieses Dessin könnte unter all den Angeboten herausstechen, Aufmerksamkeit auf sich ziehen.«

»Worum zum Teufel geht es hier gerade?«, murmelte William.

Anna war viel zu verdattert, um seine Frage zu beantworten, wandte sich stattdessen erneut an Charlotte.

»Wollen Sie allen Ernstes andeuten, dass mein Blumenmuster eventuell geeignet wäre, um für die Aussteuer der neuen Königin infrage zu kommen?«

Miss Charlotte nickte. »Wenn er den Stoff gut gewebt hat – und das wird er getan haben bei seinem Meisterstück –, warum nicht. Wagen Sie's, denn was haben Sie schon zu verlieren?«

Kapitel 22

Vor allen Dingen lernen Sie die Zeit zu schätzen und jeden Augenblick zu würdigen, als wäre es Ihr letzter. Denn in der Zeit ist alles eingeschlossen, was wir besitzen, was uns erfreut, was wir uns wünschen. Und indem wir sie vergeuden, geht uns all das verloren.

Handbuch für Lehrjungen und Gesellen oder Wie man zu Ansehen und Reichtum gelangt

Der Besuch von Anna und ihrem Vater hatte Henri, zumindest für einen kurzen Moment, neuen Mut verliehen. Sollte er jemals hier herauskommen, würde er alles daransetzen, ihre Freundschaft zurückzugewinnen, schwor er sich. Doch das schwache Flämmchen Hoffnung erlosch schlagartig und wich tiefer Verzweiflung, als ein Gerichtsdiener ihn in seiner Zelle aufsuchte und ihm mitteilte, dass sein Prozess für die folgende Woche anberaumt worden sei. Mit einem Mal schien die Aussicht auf Entlassung in noch weitere Ferne gerückt zu sein denn je zuvor und desgleichen der Glaube, hier jemals lebend herauszukommen.

Daher traute er seinen Augen kaum, als ein großer, hagerer Mann mit einer frisch gepuderten Perücke und blütenweißer Hose seine Zelle betrat und sich als Charles Hinchliffe, Anwalt, vorstellte. In seiner Begleitung befand sich ein zweiter, etwas kleinerer und nicht ganz so markant wirkender Gentleman, dessen Gesicht Henri vage bekannt vorkam.

»Henri Vendôme? Ich bin hergekommen, um Sie aus diesem Loch herauszuholen«, erklärte der Anwalt ohne Umschweife. »Wir denken, dass dieser Gentleman hier, Mr. William Sadler, Ihre Unschuld bezeugen kann.«

Henris Verwirrung wuchs. War das etwa Annas Cousin, dieser brutale Rohling, der ihn damals vor dem Red Lyon verprügelt hatte? Und ausgerechnet *der* sollte bereit sein, seine Unschuld zu bezeugen?

Als Sadler dann zu sprechen begann, wurde ihm alles klar. Vor ihm stand tatsächlich jener Mann, der ihm in der dunklen Gasse beim Dolphin mit geöffneter Hose einen unflätigen Fluch entgegengespien hatte. Was zählte das noch, wenn er jetzt für ihn aussagte? Ein Zeuge, ein echter Zeuge nach all den langen Wochen des Wartens! War dies ein Traum, oder geschah es wirklich? Und außerdem: Was hatte William Sadler zu diesem Schritt bewogen? Und wer bezahlte diesen gut gekleideten Anwalt?

Keiner der beiden machte Anstalten, es ihm zu erklären, und er selbst traute sich nicht zu fragen.

Mr. Hinchliffe bat Henri als Erstes, die Ereignisse jener schicksalhaften Nacht zu schildern, die ganze vertrackte Geschichte. Und sobald das geschafft war, wollte er wissen, ob Henri William eindeutig als den Mann identifiziere, den er in dieser Gasse gesehen habe. Ja, das konnte Henri, zumal er überdies, wie er erklärte, die Stimme ohne jeden Zweifel wiedererkenne.

Der Anwalt wandte sich daraufhin an William und fragte ihn, ob Henri der Mann sei, dem er in jener Nacht begegnet war, was dieser bestätigte. Die Begleitumstände blieben ebenso unerwähnt wie die Hure. Ob die beiden Männer ihre Aussage auch vor einem Richter unter Eid wiederholen und auf die Bibel schwören würden, erkundigte sich der Anwalt. Beide Männer erklärten sich dazu bereit.

Daraufhin verpflichtete sie der Anwalt zu strengster Vertraulichkeit – keiner von ihnen dürfe jemals über dieses Zusammentreffen sprechen oder die Identität des anderen preisgeben, weder jetzt noch in der Zukunft und gegenüber niemandem. Sie reichten einander die Hände, und wenig später brachen William und Charles auf.

Noch an selben Nachmittag kam der Wärter und brachte Henri frische Sachen, eine Schüssel Wasser, ein Stück Seife und einen Lappen, damit er sich waschen konnte.

»Sieh zu, dass du halbwegs anständig aussiehst, Freundchen«, sagte er barsch. »Kannst schließlich nicht daherkommen wie aus dem Rinnstein gezogen, wenn du vor den Richter trittst.«

Begleitet von den Pfiffen und Flüchen seiner Mitinsassen, wurde er durch ein Gewirr von Korridoren und durch mehrere Türen in einen kleinen Raum mit einem Schreibtisch geführt, hinter dem ein dicker, rotgesichtiger Gentleman mit schulterlanger Perücke saß, der sich als Richter vorstellte. Ebenfalls anwesend waren William Sadler, Charles Hinchliffe und ein Gerichtsdiener, der jedes Wort mitschrieb, das gesprochen wurde.

Henri musste seine Hand auf die Bibel legen und schwören, dass er die Wahrheit, die reine Wahrheit und nichts als die Wahrheit sagen würde, ehe er seine Schilderung wiederholte. Der Richter stellte ihm zwei Fragen: Wie könne er sich sicher sein, dass William Sadler der Mann in der Gasse gewesen sei, schließlich habe Dunkelheit geherrscht. Und ob er tatsächlich beschwören könne, zu keinem Zeitpunkt die Schwelle zum Dolphin überschritten zu haben? Henri beantwortete beide Fragen nach bestem Wissen und Gewissen. Als der Richter sich damit zufriedengab, schob ihm der Gerichtsdiener ein Blatt Papier zu, das er lesen und unterzeichnen sollte.

William Sadler musste dieselbe Prozedur über sich ergehen lassen und schwören, dass er die Wahrheit sagte. Anschließend wurde er aufgefordert, seine Sicht der Dinge zu schildern, einige Fragen zu beantworten und schließlich ebenfalls ein Schriftstück zu unterzeichnen. Ohne weitere Erklärung wurde Henri daraufhin in seine Zelle zurückgebracht, wo er sich kaum zu fragen wagte, was wohl als Nächstes passieren würde.

Am nächsten Morgen wurde er vom Geräusch seiner Zellentür und der Stimme des Wärters geweckt. »Los, aufwachen. Du bist frei und kannst gehen.«

War das ein Traum? »Was? Jetzt? Sofort?«, hörte er sich stammeln.

»Ja, jetzt sofort. Los, sieh zu, dass du hier rauskommst, bevor sie es sich noch anders überlegen.«

Nach drei Wochen Gefangenschaft in den düsteren Kerkerzellen schmerzte das grelle Sonnenlicht in seinen Augen.

Als er die Treppe hinuntertaumelte, drangen vertraute Stimmen an seine Ohren. Seine Mutter war als Erste bei ihm, schlang eine frisch duftende Decke um seine mageren Schultern und zog ihn in eine Umarmung, die ihm seit Kindertagen stets das Gefühl von Schutz und Trost vermittelt hatte.

»Mon trésor, mon petit garçon«, flüsterte sie wieder und wieder. »Dem Herrn sei Dank, dass du wieder bei uns bist.«

Dann war Mariette an seiner Seite, küsste und herzte ihn, nahm seine Hand und plapperte mit ihrer hellen Stimme irgendetwas, das er nicht verstand. Und sogar Monsieur Lavalle drückte ihm einen Kuss auf die Stirn.

»Mon fils«, sagte er. »Mein Sohn, mein Sohn.«

Hinter ihm hatten sich Benjamin, die Köchin und der Simpeljunge aufgereiht und strahlten übers ganze Gesicht.

Henri war völlig überwältigt.

Sosehr er diesen Moment herbeigesehnt hatte, ertappte er sich dabei, dass er zurückwich, denn obwohl man ihm gestern Gelegenheit gegeben hatte, sich ein bisschen zu waschen, fühlte er sich nach wie vor schmutzig. Er musste schleunigst nach Hause, sich rasieren, den Schmutz gründlich abwaschen und sich von diesem Gestank nach Angst und menschlichen Exkrementen befreien, der so kennzeichnend gewesen war für das Gefängnis.

Wie in Trance ließ er sich von seinen Lieben die Straße entlangziehen, nach wie vor ins ungewohnt helle Licht blinzelnd. Und dann sah er sie – sie kam mit gerafften Röcken so schnell auf sie zugelaufen, dass es ihr die Haube vom Kopf wehte.

Vor seinen Augen schien sich ihre Gestalt in etwas geradezu Magisches zu verwandeln. Sie umgab eine fast überirdische Aura, als wäre sie ein Trugbild, das sich jederzeit verflüchtigen konnte. Die Welt schien sich mit einem Mal langsamer zu drehen, und die Stimmen der anderen verblassten zu Hintergrundgeräuschen, die er wie unter einer Glocke wahrnahm. Träumte er? War das ein Produkt seiner Fantasie?

Aber nein, es war real. Wenige Meter vor ihm blieb sie stehen und sah ihn an.

»Henri«, flüsterte sie, während sich ihre Wangen rosig färbten. »Bitte entschuldigen Sie, wenn ich störe, doch ich musste Sie einfach sehen.«

Er vergaß, wie schmutzig und ungepflegt er war, vergaß seine Mutter, seinen Meister und Mariette. Er trat vor und ergriff ihre ausgestreckten Hände.

»Anna, sind Sie es wirklich?«

Wie gebannt blickte er in ihre blaugrünen Augen, bis er eine Bewegung hinter ihr registrierte. Erst jetzt bemerkte er die hochgewachsene, leicht gebeugte Gestalt mit dem Kragen eines Geistlichen.

»Vielleicht möchtest du uns die Herrschaften ja vorstellen, Henri«, hörte er Monsieur Lavalle sagen.

»Gestatten«, ergriff Theodore das Wort. »Anna ist eine Freundin von Henri, und ich bin ihr Vater, Theodore Butterfield. Es ist mir ein Vergnügen, Ihre Bekanntschaft zu machen.«

Endlich löste Henri sich aus seiner Erstarrung. »Anna, Reverend Butterfield, darf ich Ihnen meine Mutter Clothilde, meinen Meister Jean Lavalle und seine Tochter Mariette vorstellen.« Er wandte sich an Monsieur Lavalle. »Ich vermute, ich habe es Anna und ihrem Vater zu verdanken, dass ich freigelassen wurde«, fügte er hinzu und blickte Anna an, die kaum merklich nickte.

»In diesem Fall sind wir Ihnen zu tiefstem Dank verpflichtet, meine Freunde«, versicherte Lavalle und zog seine Mütze. »Dürfen wir Sie einladen, uns zu besuchen,

409

sobald der Junge Gelegenheit hatte, sich ein wenig zu erholen?«

»Und ein Bad genommen hat«, fügte Henri hinzu, der sich seines Zustands inzwischen erneut überdeutlich bewusst war. Alle lachten.

»*Une très bonne idee*. Du stinkst zum Himmel«, bemerkte seine Mutter. »Aber was kümmert uns das schon. Du bist wieder bei uns, alles andere ist unwichtig.«

»Es wäre uns ein Vergnügen, Sie zu besuchen, Monsieur Lavalle«, erklärte der Pfarrer mit einem freundlichen Lächeln. »Jetzt allerdings wollen wir Sie nicht länger aufhalten. Komm, Anna.«

Erst als sie sich zum Gehen wandte, bemerkte Henri, dass sie einander die ganze Zeit bei den Händen gehalten hatten, und als er sie zögernd freigab, überkam ihn unvermittelt ein leises Gefühl der Leere.

Alles war so schnell gegangen, dachte er, als er sich später in der mit heißem Wasser gefüllten Zinkwanne vor dem knisternden Kaminfeuer ausstreckte. Die anderen waren nach oben geschickt worden. Lediglich die Köchin, die ihn gebadet hatte, seit er als verschmutzter Zehnjähriger ins Haus gekommen war, durfte bleiben und goss in regelmäßigen Abständen heißes Wasser aus dem Kessel nach.

Nebenbei bereitete sie ein Essen vor. Auf dem Feuer brodelte ein Hammeleintopf, dazu würde es Knödel geben, und in der Glut garten Kartoffeln in der Schale. Obwohl er bereits ein Stück Brot und eine Ecke Käse gegessen und einen Krug Bier getrunken hatte, nach dem ihm halb schwindlig geworden war, knurrte ihm der Magen von all den köstlichen Düften. Dennoch hatte er keine Eile, aus der Wanne zu steigen – im warmen, duftenden Badewasser zu liegen war nach den Wochen der Entbehrung ein geradezu unvorstellbarer Luxus. Und als er sich schließlich zum Mittagessen an den Tisch setzte, fühlte er sich wie neu geboren.

Jetzt endlich schilderte er in aller Ausgiebigkeit, was genau vorgefallen und wie es zu seiner plötzlichen Entlassung gekommen war. Die Frage indes, wer denn der geheimnisvolle Zeuge gewesen sei, der ihn entlastet hatte, beantwortete er nicht. Er habe auf die Bibel geschworen, den Namen des Mannes nicht preiszugeben – allein unter dieser Bedingung sei dieser zu einer Aussage bereit gewesen. Woher denn auf einmal der Anwalt gekommen war, wollten sie wissen. Und wer ihn bezahlt hatte? Auch bei diesen Fragen bat er um Verständnis für sein Schweigen.

Stattdessen erkundigte er sich, wie Monsieur Lavalle und seine Mutter von seiner Entlassung erfahren hatten. Jemand habe am Vorabend eine Nachricht unter der Tür durchgeschoben, erklärte der Meister. Heute um acht Uhr früh, habe darauf gestanden. Reichlich geheimnisvoll sei das alles gewesen, doch letztlich unwichtig. Hauptsache, er war wohlbehalten zurück, schloss Lavalle.

Henri war mittlerweile voll und ganz davon überzeugt, dass Anna und ihr Vater seine Freilassung arrangiert haben mussten. Irgendwie hatte sie bei ihrem Besuch im Gefängnis aus seiner Schilderung des nächtlichen Vorfalls wohl geschlossen, dass es sich bei dem geheimnisvollen Zeugen um ihren Cousin William handelte, und ihn überredet, eine Aussage zu Henris Entlastung zu machen. Wie sie das allerdings geschafft hatte und wer für die Anwaltskosten aufkam, das blieb ihr Geheimnis.

Viele Stunden und viele Krüge Bier später, nachdem Henri sich in seine Kammer zurückgezogen hatte, ließ er die Ereignisse noch einmal Revue passieren. Denn so müde er war, schlafen mochte er nicht. Allein schon aus Furcht, beim Aufwachen festzustellen, dass alles bloß ein schöner Traum gewesen war.

Er lauschte den Geräuschen aus der Küche, dem Klappern des Geschirrs, das die Köchin wegräumte, dem vertrauten Knarzen der Bodendielen, den leisen Stimmen von oben und dem Geruch von Monsieurs Lavalles Pfeifentabak, der durchs Haus wehte, und lächelte versonnen in sich hinein. Was für eine unerwartete Wendung der Ereignisse …

In diesem Moment drangen die Klänge des Cembalos an seine Ohren – Mariette übte für den bevorstehenden Besuch von Anna und ihrem Vater. Mariette. Henri stöhnte. Sie hatte ihn wie ein anhängliches Hündchen begrüßt, unablässig seinen Ärmel gestreichelt, seine Hand umklammert und seine Wangen mit Küssen bedeckt. Natürlich hatte er sich gefreut, sie zu sehen, wie ein Bruder, nicht mehr. Als seine Braut vermochte er sie sich nicht vorzustellen, beim besten Willen nicht.

Die Zeit im Gefängnis hatte ihn verändert, ihn erkennen lassen, was er tun musste. Es waren ausgerechnet die schlimmsten, hoffnungslosesten Augenblicke gewesen, in denen er sich schwor, sein Leben in die Hand zu nehmen und jeden Moment in vollen Zügen zu genießen, falls es ihm jemals vergönnt sein sollte freizukommen. Er würde sich nicht länger den Kopf darüber zerbrechen, was andere von ihm dachten und erwarteten, sondern sich einzig und allein von seinem Instinkt leiten lassen und ein ruhiges, friedliches Leben führen fernab von Politik und Protesten.

Und was das Geschäft und eine mögliche Übernahme betraf: Da er nicht mehr wirklich an die Verleihung des

Meistertitels glaubte, war in seinen Augen die Frage einer Nachfolge sowieso obsolet geworden. Weshalb sollte Monsieur Lavalle einem leichtsinnigen Narren wie ihm sein florierendes Geschäft anvertrauen? Trotzdem wollte er weiterhin das Weberhandwerk betreiben, daran bestand kein Zweifel, und sich voller Elan in die Arbeit stürzen, um so schnell wie möglich eine eigene Webstube zu eröffnen und das Vertrauen und den Respekt all jener zurückzuerlangen, die er liebte: den seiner Mutter, den von Monsieur Lavalle und den anderen Hausgenossen sowie, und das vor allem, den von Anna.

Allein beim Gedanken an sie spürte er Schmetterlinge in seinem Bauch. Bereits am morgigen Nachmittag würden sie und ihr Vater sowie Clothilde und Miss Charlotte zum Tee kommen.

Er malte sich aus, wie Anna die Treppe heraufkam, ihren Umhang abnahm und er den leichten Duft nach Wildblumen aufnahm, der sie immer umgab. Und dann würden sie ganz ungeniert nebeneinandersitzen und miteinander plaudern, statt heimlichtuerisch zu flüstern, und nach dem Tee wollte er ihr endlich sein Meisterstück zeigen, die Umsetzung ihres Entwurfs …

Henri schreckte hoch. Er hatte keine Ahnung, wie lange er geschlafen hatte. Noch drang kein Lichtschimmer in die Kammer, und es war still im Haus. Er erhob sich, tappte in die Küche, wo das Feuer längst erloschen war – es musste mitten in der Nacht sein.

Da er nicht mehr schlafen konnte, zündete er eine Kerze an, schlüpfte in Hose und Schuhe und schlang sich eine Decke um die Schultern. Es trieb ihn an seinen Arbeitsplatz. Fast ein Monat war vergangen, seit er das letzte

Mal ein Schiffchen in der Hand gehalten hatte. Jetzt stieg er die beiden Stockwerke hoch – sorgsam darauf bedacht, nicht auf die knarzenden Stufen zu treten –, kletterte die Leiter hinauf, öffnete die Klappe und betrat den Dachstuhl.

Sogleich umfing ihn der trockene, nussige Geruch der Seide, alles war so vertraut, so tröstlich. Es war, als würde man in die Arme einer Geliebten sinken. Henri hielt die Kerze in die Höhe und ließ den Blick über die drei Webstühle schweifen. Benjamin arbeitete offenbar an einem altroséfarbenen Damast, während auf dem kleinen Rahmen wie üblich schwarzer Satin gewebt wurde. Zu seiner Verblüffung erkannte er den Brokat mit Annas Design auf seinem eigenen Webstuhl. Er hatte ihn doch abgenommen, eigenhändig zur Webergilde getragen.

Als er nach oben blickte, wuchs seine Verwunderung. Auf der Spule befanden sich etwa sechs Meter Stoff. So viel hatte er nicht gewebt, sondern lediglich einmal das ganze Muster, so wie es für die Abnahme als Meisterstück vorgeschrieben war. Ratlos stand er vor dem Webstuhl, als er ein Geräusch auf der Leiter hörte und kurz darauf Monsieur Lavalles Schlafmütze in der Luke auftauchen sah.

»Ich dachte mir, dass du es bist«, sagte der Meister und blinzelte schläfrig.

»Bitte verzeihen Sie, wenn ich Sie geweckt habe, Sir. Ich wollte einfach mal nach den Webstühlen sehen.«

»Ich hoffe, es macht dir nichts aus, dass ich Benjamin gebeten habe, weiter deinen Brokat zu weben. Er hat seine Sache sehr gut gemacht, findest du nicht?«

»Er steht mir in nichts nach«, räumte Henri unbehaglich ein und zögerte, bevor er weitersprach. »Ich habe

Sie enttäuscht, Meister. Deshalb würde ich es verstehen, wenn Sie mich wegschicken.«

»Mich enttäuscht? Dich wegschicken? Sei nicht albern!« Lavalles Lachen schallte durch den Dachstuhl. »Komm und setz dich«, sagte er und ließ sich selbst auf der Webbank nieder. »Du hast eine Dummheit begangen, das ist wahr, und einen sehr hohen Preis dafür bezahlt. Aber damit ist die Angelegenheit erledigt – und du weißt hoffentlich, wie sehr wir uns alle freuen, dass du wieder bei uns bist, oder? Du bist wie ein Sohn für mich und wirst in meinem Haus und meinem Geschäft stets willkommen sein. Was du allerdings tun willst, wenn du deinen Meisterbrief bekommen hast, liegt wiederum bei dir.«

»Wie kann ich Ihnen jemals danken?«, erwiderte Henri zutiefst berührt. »Ich kann mir kein anderes Leben vorstellen als dieses hier. Bloß …«

Wie sollte er diesem großzügigen Mann, der wie ein Vater für ihn geworden war, deutlich machen, dass er sein Angebot, eines Tages sein Erbe anzutreten, nicht annehmen konnte?

Monsieur Lavalle beugte sich vor und nahm Henris Hand. »Es geht um Mariette, stimmt's?«

Henri nickte stumm.

»Es gab eine Zeit, als ich dachte, ihr beide könntet heiraten«, fuhr Monsieur Lavalle leise fort. »Mittlerweile habe ich meine Meinung geändert. Offen gestanden, würde ich dieser Verbindung meinen Segen nicht länger geben, selbst wenn du mich darum bitten würdest, weil ihr beide in dieser Verbindung nicht das wahre Glück und die wahre Liebe finden würdet.« Er lächelte, als er die steigende Verwirrung seines Gesellen sah. »Es war nicht

415

zu übersehen, dass deine Zuneigung jemand anderem gehört … Ich habe mit deiner Mutter darüber gesprochen, und sie war diejenige, die es mir in aller Deutlichkeit vor Augen geführt hat. *Wir müssen ihn dorthin gehen lassen, wohin sein Herz ihn führt, Jean,* hat sie zu mir gesagt. Und da erkannte ich, dass sie recht hat. Und ich glaube, auch Mariette hat es inzwischen verstanden oder zumindest eingesehen, dass es besser so ist …«

Henri stieß einen tiefen Seufzer aus, und alle Anspannung und alle Angst fielen von ihm ab.

»Es ist wahr«, gestand er leise. »Es tut mir leid, dass ich Mariettes Gefühle nicht erwidern kann, sofern sie denn ernstlich welche für mich hatte.«

»Sie ist noch jung, und es gibt viele junge, gut aussehende Männer, die ihr Herz erobern können. Und vielleicht war zudem viel backfischhafte Schwärmerei im Spiel. Und Miss Butterfield? Erwidert sie denn deine Zuneigung in gleichem Maße?«

»Ich bin sicher, dass Anna dasselbe für mich empfindet wie ich für sie. Indes vermag ich nicht zu sagen, ob ihre Familie einer Heirat mit einem armen französischen Webergesellen zustimmen würde.«

»Nun, auf die Sadlers könnte das zutreffen. Was ihren Vater hingegen betrifft, der schließlich das letzte Wort hat, so scheint der nach allem, was ich gestern gesehen und aus seinem Mund gehört habe, ein recht offener Geist zu sein. Abgesehen davon, bist du schon bald ein Webermeister mit einem höchst einträglichen eigenen Geschäft und solltest damit eine gute Partie für eine junge Frau darstellen, oder etwa nicht?«

»Mein eigenes Geschäft? Ich dachte …«

»Mein Angebot steht nach wie vor, selbst wenn du

nicht mein Schwiegersohn wirst. Ich kann mir niemanden sonst vorstellen, dem ich es guten Gewissens anvertrauen würde.«

Henris Augen füllten sich mit Tränen. Wie konnte ihm ein solches Glück zuteilwerden, und dazu so schnell. Er wischte sich mit dem Ärmel die Augen und wandte sich seinem Meister zu.

»Wie soll ich Ihnen jemals …«, begann er, doch bevor er zu Ende sprechen konnte, hatte dieser die Arme um ihn gelegt und drückte ihn fest an sich.

»Du brauchst nichts zu sagen, mein Sohn«, flüsterte Monsieur Lavalle.

Zwar unausgeschlafen, aber im siebten Himmel schwebend, saß Henri am Nachmittag inmitten der Runde, die sich zum Tee eingefunden hatte. Im Kamin prasselte ein wärmendes Feuer. Die Köchin servierte den Tee im Sonntagsservice, dazu gab es *langues de chat,* eine französische Biskuitspezialität, die bei den englischen Gästen Eindruck machen sollte.

Versonnen beobachtete er seine Mutter, die hingerissen Annas lebhaften Ausführungen über Kunst und Natur lauschte, mit dem anderen Ohr verfolgte er die angeregte Debatte zwischen Monsieur Lavalle und Reverend Butterfield, ob Politik und Moral wohl je zusammengingen, und registrierte nebenbei, wie Mariette und Charlotte begeistert in den Ausgaben einer Modezeitschrift blätterten. Er spürte, wie ihn eine unbändige Euphorie erfüllte, aufregend und beruhigend zugleich. Alles, was er früher kaum zu wünschen gewagt hatte, schien der Erfüllung nahe. Glücklich und bewegt schaute er in die Runde, wechselte von Zeit zu Zeit mit Anna diskrete Blicke und ein verliebtes Lächeln. Und es war für ihn eine große Freude zu sehen, wie wohl sie sich hier fühlte in diesem Haus, in seiner Gesellschaft und der seiner Lieben.

Nach dem Tee zog Monsieur Lavalle das Päckchen mit dem Meisterstück heraus. Nervös rutschte Henri auf seinem Stuhl hin und her. Was würde Anna wohl zu seiner Interpretation ihrer Vorlage sagen? Der Stoff wurde herumgereicht, und alle Anwesenden ergingen sich in Lobeshymnen über die Raffinesse und die Perfektion, mit der Henri das Muster umgesetzt hatte, doch auch Anna erntete große Anerkennung für ihr künstlerisches Talent.

Die feinen Seidenfäden schimmerten und glänzten im Schein des Feuers und erweckten den Eindruck, als würden die Stängel und Blüten sich in einer leichten Brise sanft wiegen. Dazu die Farben, die von großer Intensität waren: das satte Rosa der Akeleiblüten, das dunkle Violett der Glockenblumen, die unterschiedlichen Grünschattierungen der Blätter.

Als Anna den Stoff in die Hand nahm, blickte sie Henri mit einem scheuen Lächeln an, ehe sie sich erhob und mit dem Stoff ans Fenster trat. Alle Augen waren auf sie gerichtet, während sie sich darüberbeugte und jeden einzelnen Zentimeter in Augenschein nahm. In diesem Moment drang ein spätnachmittäglicher Sonnenstrahl ins Zimmer und fiel direkt auf sie, ließ das Blau ihres Kleides leuchten und fing sich in den vereinzelten braunen Locken, die unter ihrer Haube hervorlugten.

Henri sprang auf, trat zu ihr. »Sagen Sie schon, Anna. Gefällt es Ihnen? Trifft meine Arbeit Ihre Erwartungen?«

Gespannt musterte er ihre Miene – und der Ausdruck auf ihrem Gesicht, den er dann zu sehen bekam, sollte

418

sich für immer in sein Gedächtnis brennen. Anna sah aus, als würde sie von innen heraus leuchten. Eigentlich hätte es keiner Worte mehr bedurft, denn alles, was er wissen wollte, las er in ihren Zügen und den vor Ergriffenheit feucht schimmernden Augen.

»Er ist wunderschön geworden«, flüsterte sie nach einer Weile. »Ich hätte nie im Leben gedacht, dass all die Details auf einen Stoff übertragen werden können. Sogar mein kleiner Käfer. Sie haben ein Kunstwerk geschaffen. Mir fehlen die Worte, auszudrücken, was ich empfinde.«

Eine einzelne Träne löste sich aus ihrem Auge und kullerte über ihre Wange.

Erinnerungen blitzten in Henri auf. Er war wieder in der Markthalle, beugte sich mit klopfendem Herzen über die Galerie und spähte hinunter zu den Blumenständen, wo Annas Stift die Formen der Blumen auf dem Skizzenblock zum Leben erweckte. Damit hatte alles angefangen … Und jetzt war sie hier, bei seiner Familie, hielt den Stoff in ihren Händen, den sie gemeinsam erschaffen hatten – jenen Stoff, der seine ganze Liebe in sich trug. Er könnte nicht glücklicher sein. Als er aufblickte, sah er rundum in erwartungsvolle Gesichter: Sie wollten, dass er etwas sagte, aber er war so überwältigt, dass er keinen Ton herausbrachte.

Schließlich durchbrach Miss Charlotte das Schweigen. »Anna, wollten Sie nicht nach der Seide für Sie-wissen-schon fragen?«

»Ja, natürlich.« Anna schien aus einer Art Trance zu erwachen. »Das hätte ich beinahe vergessen.« Sie kehrte zu ihrem Stuhl zurück und reichte Monsieur Lavalle die Seide. »Mein Onkel, Joseph Sadler, und mein Cousin

419

William möchten Ihnen einen Vorschlag unterbreiten.«
Sie schaute zu Charlotte hinüber, die ihr ermutigend zu-
nickte. »Die beiden haben einen Termin bei den Hofaus-
stattern, die mit den Vorbereitungen für die königliche
Hochzeit betraut wurden«, fuhr sie fort. »Und sie wollten wissen, ob Sie damit einverstanden wären, den Stoff
zur Begutachtung vorzulegen.«

»*Mon Dieu*«, rief Monsieur Lavalle. »Was für eine
Nachricht! Bloß haben sie den Stoff ja noch gar nicht gesehen.«

»Miss Charlotte hat eine Empfehlung ausgesprochen«,
gab Anna zurück. »Und das hat ihnen gereicht.«

»Ich bin völlig verblüfft – zugleich natürlich hocherfreut. Henri, bist du damit einverstanden, dass dein Stoff
zur Begutachtung vorgelegt wird?«

Der junge Mann wusste nicht, wie ihm geschah. Diese
Sadlers steckten wahrlich voller Überraschungen. Zuerst
holte William ihn aus dem Gefängnis, und jetzt wollte er
überdies seinen Seidenstoff haben, um damit womöglich
die neue Königin einzukleiden.

»Wie könnten wir eine solche Ehre ablehnen?«, stammelte er.

»Bitte überbringen Sie den Herren unseren herzlichs-
ten Dank. Wir fühlen uns sehr geschmeichelt«, ergriff
statt seiner Monsieur Lavalle erneut das Wort. »Henri
bringt den Stoff gleich morgen früh vorbei, und sollten
die Herren dann nach wie vor interessiert sein, besprechen wir gerne die weiteren Konditionen.«

Anna atmete erleichtert auf. In Anbetracht der fast
feindseligen Stimmung zwischen den französischen
Seidenwebern und den englischen Tuchhändlern hätte sie sich diese Diskussion schwieriger vorgestellt. Und

420

nachdem alles so weit geregelt war, regte sie an, ihrem Vater, der keinerlei Ahnung von diesem Handwerk hatte, die Webstube unterm Dach zu zeigen.

Nachdem sich alle durch die Luke geschoben hatten, war kaum noch Platz in dem kleinen Raum. Benjamin übernahm es, den Gästen zu demonstrieren, wie sich der Webstuhl mithilfe des Simpeljungen bedienen ließ und wie Annas Muster gewebt wurde. Gebannt verfolgten die Anwesenden, wie das Muster, Henri nannte es den Rapport, allmählich zum Vorschein kam.

Insbesondere für Anna war es ein bewegender Moment, die Entstehung des Dessins zu beobachten. Ihre Wangen waren gerötet, und ihre Augen schimmerten, als wäre sie erneut den Tränen nahe.

»Fühlen Sie sich nicht wohl?«, flüsterte Henri besorgt.

»Mir ging es noch nie so gut wie jetzt gerade«, gab sie leise zurück. »Es ist einfach überwältigend zu sehen, wie mein Entwurf zu einem Stoff wird. Ich würde vor Glück am liebsten weinen.«

»Meiner bescheidenen Meinung nach haben wir es hier mit jemandem zu tun, der seine Kunst wie kein anderer versteht«, erklärte der erfahrene Meister Annas Vater. »Und sobald die Gilde ihm seinen Meisterbrief aushändigt, darf Henri andere junge Männer ausbilden. Er wird mein Geschäft eines Tages übernehmen, damit ich mich für den Rest meines Lebens dem Müßiggang widmen darf. So habe ich es mir überlegt.«

Clothilde lachte. »So unproblematisch, wie es den Anschein hat, wird es bestimmt nicht abgehen, Jean.«

»Ich finde eine solche Aussicht durchaus verlockend«, warf Theodore ein. »Bedauerlicherweise gibt es für Pfarrer keinen Ruhestand. Wir müssen unsere Gemeinde führen, bis unsere letzte Stunde geschlagen hat oder man uns auf die Straße setzt.«

»In diesem Fall, verehrter Reverend, müssen Sie sich eben darauf verlassen, dass Ihre Tochter mit ihren Entwürfen eines Tages ein Vermögen verdient«, erwiderte Monsieur Lavalle vergnügt. »Und das Talent dafür hat sie, wie man sieht.«

Lachend begab man sich wieder nach unten.

Henri und Anna waren die Letzten. Bevor Anna Anstalten machte, durch die Luke zu klettern, nahm Henri ihre Hand und hielt sie auf.

»Ich kann Ihnen gar nicht genug für alles danken, was Sie für mich getan haben.«

»Ist doch selbstverständlich. Hoffentlich macht Ihnen das mit der Seide und meinem Onkel nichts aus. Es war übrigens Charlottes Idee.«

»Etwas ausmachen? Ich bin …«, er suchte nach den richtigen Worten. »Ich bin geradezu entzückt. Und fühle mich sehr geehrt.«

»Das freut mich«, sagte sie aus vollem Herzen.

»Aber eigentlich will ich etwas anderes fragen …« Er hielt inne. »Ich glaube, Sie wissen …«

Sie nickte und sah ihm ins Gesicht. Wie immer verlor er sich in der Tiefe ihrer Augen.

»Würden Sie, würdest du …?« Er hörte sein Herz in seiner Brust hämmern.

»Ja, Henri, ich würde«, sagte sie so leise, dass er ihre Stimme kaum hören konnte.

Daraufhin hob er ihr Kinn an, und ihre Lippen fanden sich so rasch und flüchtig, dass er später, als er allein war und versuchte, den Moment noch einmal aufleben zu lassen, nicht recht zu sagen vermochte, ob es überhaupt geschehen war oder ob er es sich lediglich eingebildet hatte.

»Kommst du, Anna?«, rief ihr Vater von unten.

»Glaubst du, er gibt uns seinen Segen?«, raunte Henri ihr zu, während seine Lippen, sein ganzer Körper vor Verlangen brannten.

»Du wirst ihn wohl fragen müssen«, sagte sie lächelnd und raffte ihre Röcke.

*E*pilog

Jene Momente und die unmittelbar darauf folgenden Tage haben sich so klar und deutlich in Annas Gedächtnis eingebrannt, als wäre es erst gestern gewesen. Sind wirklich seitdem vierzig Jahre vergangen?

Sie blickt von ihrer Stickarbeit auf und sieht zur anderen Seite des Kamins hinüber, wo Henri in seinem Lieblingssessel – früher der bevorzugte Platz von Jean Lavalle – döst. Beim Anblick seiner herabhängenden Jackenschöße, der geschlossenen Augen und des halb geöffneten Munds, der in seinem Schoß ruhenden Hände, die immer noch die Zeitung festhalten, breitet sich ein liebevolles Lächeln auf ihrem Gesicht aus. Inzwischen ist er ein alter Mann, sein Gesicht faltig und sein Bart ergraut ebenso wie sein einst volles dunkles Haar, das allmählich schütter wird, was selbst seine Lieblingssamtmütze nicht mehr ganz zu verbergen vermag.

Auch an Anna sind die Jahre nicht spurlos vorübergegangen. Ein Blick auf ihre faltigen Hände, die raue Haut auf ihren Armen, die Leberflecken auf den Handrücken beweist es ihr. Sie kann sich nicht daran erinnern, wann sie das letzte Mal mehr als einen flüchtigen Blick in den Spiegel geworfen hat – sie will sich nicht die Erinnerung an die hübsche junge Frau, die sie einmal war, zerstören lassen, wenngleich es frommer Selbstbetrug sein mag.

Trotz all der Jahre, die ins Land gegangen sind, hat sich im Haus kaum etwas verändert. Noch immer spiegeln sich die Flammen des Kaminfeuers in der dunklen Holzvertäfelung genauso wie an jenem Tag vor vierzig Jahren. In der Ecke tickt nach wie vor die alte Standuhr, die Monsieur Lavalle vor mehr als einem Menschenalter angeschafft hat; die Fensterläden schlagen, wenn der Wind von Osten kommt; aus dem Dachstuhl dringt das Klappern der Webstühle, und in der Luft hängt dieser typisch süßlich-nussige Geruch nach roher Seide.

Das Erdgeschoss des Hauses wird ausschließlich für geschäftliche Zwecke genutzt. Im vorderen Teil befinden sich ein Verkaufsraum und ihrer beider Arbeitszimmer, im hinteren Teil ist das Atelier untergebracht. Allerdings hat ihr ältester Sohn Jean vor Kurzem seinen Vater überredet, eine »Fabrik« anzumieten – drei große Hallen auf der anderen Seite der Brick Lane, wo jetzt die Seidenstoffe lagern und die Zwirnerinnen sitzen und die Kettfäden zetteln.

Sein Plan ist es außerdem, dort zusätzliche Webstühle aufzustellen, wo die Weber, die bislang für ihn in ihren eigenen Häusern arbeiten, künftig ihrem Tagewerk nachgehen sollen. Für die Firma werde es die Betriebskosten senken, meint er, sodass man dann leichter die gesetzlich geforderten Löhne zahlen könne. Eine für beide Seiten vorteilhafte Neuerung also. Und überdies lasse sich dadurch die Qualität der Stoffe besser kontrollieren.

Aber nicht immer war alles eitel Freude und Sonnenschein – die Vendômes mussten auch turbulente Zeiten überstehen. Infolge der veränderten Einfuhrbestimmungen, die die Importe ausländischer Seidenstoffe gestatteten, verloren viele Weber, darunter selbst einige der erfolgreichsten, ihre Arbeit und damit ihre Lebensgrundlage, sodass ihre Familien sogar Hunger litten. Deshalb sind nicht wenige fort aus London gezogen und haben ihr Glück in der Provinz gesucht, wo die Löhne niedriger sind und die Märkte weniger von Importen überschwemmt werden als in der Hauptstadt. Lavalle, Vendôme & Söhne hingegen schafften es, sich in der Krise zu behaupten, weil sie, davon war Henri stets überzeugt, die außergewöhnlichsten und schönsten Muster fertigten.

Zwar wurde Henris Seidenstoff am Ende nicht für die Hochzeitsausstattung der jungen Königin ausgewählt, doch eine ihrer Hofdamen ließ sich ein Kleid daraus schneidern und machte damit seine Entwürfe in der Gesellschaft populär. Hinzu kam, dass durch die neue Monarchin, die großes Interesse an Botanik zeigte, die Vorliebe für natürliche Designs gefördert wurde, während gerade Linien und geometrische Muster immer weniger zum Zuge kamen. William Hogarths *Analyse der Schönheit* avancierte zum Maß aller Dinge, und die geschwungene Linie wurde zum absoluten Muss nicht allein in der Mode, sondern ebenfalls bei Möbeln und jeglicher Art von dekorativen Gegenständen.

Obwohl Annas Zeichnungen nie öffentlich ausgestellt wurden, wie Thomas Gainsborough es einst prophezeit hatte, erfreuen sich ihre Entwürfe seit fast vier Jahrzehnten unter den Damen der Gesellschaft größter Beliebtheit. Henri musste über hundert Weber einstellen, um die Nachfrage überhaupt bewältigen zu können. Selbst mit den abtrünnigen amerikanischen Kolonien, die sich zu den Vereinigten Staaten von Amerika zusammengeschlossen hatten, entwickelte sich ein florierender Handel, denn genau wie in Kreisen der britischen Aristokratie schätzten die Damen des zunehmend reicher werdenden amerikanischen Geldadels die außergewöhnlichen Stoffkreationen.

Sadler & Sohn profitierte im Übrigen desgleichen vom Aufstieg der Vendômes und wurden zu Henris wichtigsten Kunden, wenngleich die Familien gesellschaftlich nur selten miteinander verkehrten. Sarahs lebenslang gehegter Wunsch nach einem Haus in Ludgate Hill, in direkter Nachbarschaft der Hinchliffes, ging endlich in Erfüllung. Inzwischen ist sie mehrfache Großmutter. Lizzie hat einen reichen Mann geheiratet, und die beiden Söhne von William sind mittlerweile ins Familiengeschäft eingestiegen.

Anna selbst hat sieben Kinder zur Welt gebracht, von denen sie vier begraben musste. Mariette Lavalle kam über ihre Schwärmerei für Henri hinweg und verliebte sich in den Sohn eines Silberschmieds, mit dem sie, glücklich verheiratet, ein paar Straßen von ihrem Elternhaus entfernt lebt. Sie und Anna sind wie Schwestern und haben sich gemeinsam um Monsieur Lavalle und Clothilde in deren letzten Lebensjahren gekümmert. Henris Mutter hatte sich, als ihr die Arbeit zu viel wurde, überreden lassen, zu ihnen in die Wood Street zu ziehen.

Als gerade ein wenig Ruhe einzukehren schien, starb Theodore völlig unerwartet während eines Gottesdienstes in seiner geliebten alten Dorfkirche. Genauso hätte er es sich gewünscht, sagten die Leute, was Anna indes kein Trost war. Das Einzige, was ihren Schmerz ein wenig linderte, war Janes Übersiedlung nach London, und bis heute ist sie dankbar, die Schwester um sich zu haben – nicht allein deshalb, weil sie ihr bei den Kindern geholfen hat und sich im Rahmen ihrer Möglichkeiten im Haushalt nützlich macht.

Der größte Teil blieb ohnehin an Anna hängen. Und manchmal fragt sie sich inzwischen, wie sie es dennoch immer geschafft hat, sich stets ein paar Stunden zu stehlen, um sich ihren Skizzen und Entwürfen zu widmen. Sie liebt die gemeinsame Arbeit mit Henri und den beiden Söhnen, genießt das stete Kommen und Gehen der Händler und Weber, die Gespräche mit ihnen über die jüngsten Entwicklungen in der Branche, über Wirtschaft und Politik.

Gelegentlich überredet sie Henri oder eines ihrer Kinder, sie in eine Ausstellung der neuen Royal Academy of Arts zu begleiten, um etwa die Arbeiten von Thomas Gainsborough zu bewundern, oder ins British Museum, wo sie das Herbarium von Sir Hans Sloane studieren und Skizzen einzelner Pflanzen anfertigen kann. Vor seinem Tod hat Georg Ehret, dem sie so viel verdankt, ihr die Botanikbücher in der Museumsbibliothek gezeigt, die zu einem steten Quell der Inspiration geworden sind. Außerdem vermachte er ihr testamentarisch zwei seiner Bilder, die ihr ganzer Stolz sind. Wann immer sie sie betrachtet, denkt sie an jene Stunden im Garten der Hinchliffes zurück, als er ihr beibrachte, die Linien, Schattierungen und Farben zu beobachten und bis ins kleinste Detail wiederzugeben. Wie tief sie doch in der Schuld dieses Mannes steht, denkt sie.

Unwillkürlich schweifen ihre Gedanken sodann zu einem anderen denkwürdigen Tag zurück – zu jenem, als sie nach London kam und praktisch alles begann. Nach anfänglichem Frust, weil sie sich den gesellschaftlichen Zwängen nicht beugen wollte, hat sie ein wundervolles, reiches Leben in dieser Stadt geführt, erfüllt von Kunst und einer eigenen künstlerischen Tätigkeit, zudem gesegnet mit einer Familie, um die man sie beneidet – sie hätte es sich nicht schöner wünschen können.

Und all das hat sie jenem Mann zu verdanken, der in diesem Moment in seinem Lieblingssessel sitzt und friedlich schlummert. Dabei ein leises Schnarchen von sich gibt, das Gewicht verlagert, kurz die Augen aufschlägt und sie anlächelt, ehe er wieder einschläft. Selbst heute noch, nach all den Jahren, berührt er mit seinem Lächeln ihr Herz, erfüllt es mit Liebe.

Natürlich wusste sie es vom ersten Moment an – gleich in jener grauenhaften Situation, als sie, fremd in London, völlig verängstigt auf der Straße umkippte und er als ihr Retter auftauchte. Und genauso behauptet Henri, auch für ihn habe es in diesem Augenblick keinen Zweifel gegeben. Dass sie allerdings wirklich am Ende zueinanderfanden, das verdanken sie – so merkwürdig es klingen mag – seinem Gefängnisaufenthalt, denn allein deshalb ist sie schließlich nach London zurückgekehrt. Wobei Miss Charlotte gewissermaßen die Glücksfee spielte.

Als sich daraufhin zwischen ihnen eine vertrauensvolle Freundschaft entwickelte, nahm Anna all ihren Mut zusammen und fragte sie nach ihrer eigenen Vergangenheit, warum sie unverheiratet geblieben war und sich dennoch ein eigenes Geschäft aufbauen konnte. Nach ein paar Gläsern Wein gab die Schneiderin schließlich ihr großes Geheimnis preis.

Sie war die vierte Tochter einer wohlhabenden, angesehenen Familie, die in finanzielle Schwierigkeiten geriet, als der Vater völlig überraschend und viel zu früh verstarb. Daher war sie gezwungen, eine Arbeit als Näherin im Haus einer reichen Familie aus dem Hochadel anzunehmen. Leider hatte der Duke eine Schwäche für junge Mädchen und warf schon bald ein Auge auf die siebzehnjährige Charlotte. Dabei blieb es nicht, und es kam, wie es kommen musste: Aus Angst, ihre Arbeit zu verlieren, gab sie irgendwann seinem Drängen nach.

Als sie sich irgendwann weigerte, dieses unerträgliche Verhältnis fortzusetzen, setzte man sie unter fadenscheinigen Begründungen vor die Tür. Leider aber waren die herzoglichen Aufmerksamkeiten nicht ohne Folgen geblieben.

Als das herauskam, konnte sie nicht länger bei ihrer ältesten Schwester, die sie zunächst bei sich aufgenommen hatte, bleiben, denn deren Ehemann, ein Dorfpfarrer, fürchtete einen Skandal, der ihn seine Laufbahn kosten könnte. Immerhin überredete ihn seine Frau, die seit sechs Jahren vergeblich auf ein Kind hoffte, das Baby als ihr eigenes auszugeben. Charlotte wurde also für die Dauer der Schwangerschaft fortgeschickt, während sich ihre Schwester stetig größer werdende Kissen unter die Kleider schob. Und so kam es, dass der kleine Peter offiziell ihr »Neffe« wurde.

»Er hat ein besseres Leben, als ich es ihm jemals hätte bieten können, und ich sehe ihn jeden Monat. Allerdings«, fügte sie wehmütig hinzu, »ist es beim Abschied jedes Mal so, als würde mir jemand ein Messer ins Herz stoßen.«

»Wolltest du denn nie heiraten und ihn zu dir holen?«

Charlotte hielt inne und schenkte sich noch ein Glas Wein ein.

»Nein, ich bin zufrieden damit, wie es ist. Ich habe sehr hart dafür gearbeitet, mein Geschäft aufzubauen, und wenn ich heiraten würde, müsste ich es vielleicht aufgeben. Und davon ganz abgesehen – wie könnte ich Peter meiner Schwester einfach wieder wegnehmen, nachdem sie ihn all die Jahre über wie einen eigenen Sohn aufgezogen hat?«

Inzwischen war Peter zu einem gut aussehenden jungen Mann herangewachsen und hatte eigene Kinder, mit denen er häufig zu Besuch kam und die eine frappierende Ähnlichkeit mit ihrer »Großtante« aufwiesen. Obwohl die böse Geschichte ein halbwegs gutes Ende gefunden hatte, war Charlotte letztlich ein Opfer des rücksichtslosen Standesdenkens geworden – und dass sie sich daraus befreit hatte, war niemand anderem als ihr selbst zu verdanken.

Hätte ihr Ähnliches passieren können?, fragt Anna sich manchmal. Nein, vermutlich nicht, denn ihr Vater hätte nie zugelassen, dass sie ausgenutzt worden wäre. Von niemandem. Auch nicht von einem Ehemann. Und folgerichtig war er auch der Einzige, der ihre Heirat mit Henri nicht für unter ihrem Stand ansah. Noch heute kann sie sich gut an Tante Sarahs entsetzte Miene erinnern, als Henri das erste Mal im Haus am Spital Square erschien.

»Mr. Henri Vendôme, Madam«, kündigte Betty ihn an.

»Kenne ich nicht. Vermutlich ein Lieferant. Sag ihm, er muss den anderen Eingang benutzen«, erwiderte Sarah.

»Nein, Tante, er ist gekommen, um mit Vater zu reden«, rief Anna und ließ ihr Buch fallen, in dem sie während der vergangenen halben Stunde vergeblich zu lesen versucht hatte. Mit wehenden Röcken rannte sie die Treppe hinunter, wo Henri nervös von einem Fuß auf den anderen trat. Er trug seine Sonntagsjacke aus blauem

Sergestoff und hatte sein Haar im Nacken zusammengebunden. Unter dem Arm hielt er ein Päckchen mit dem Seidenbrokat.

»Komm rein.« Sie winkte ihn mit einem verschwörerischen Zwinkern heran. »Vater weiß Bescheid.«

In der Tat erwartete Theodore ihn bereits auf dem Treppenabsatz und streckte ihm die Hand entgegen.

»Sir, ich bin hier, weil ich …«, begann Henri mit unsicherer Stimme.

»Lass doch die Förmlichkeiten, Junge«, dröhnte Theodore und schlug ihm auf die Schulter. »Anna hat mir schon erzählt, warum du hier bist. Natürlich habt ihr meinen Segen. Ich weiß ja, was sie für dich empfindet – deshalb könnte ich gar nicht glücklicher über euren Entschluss sein.«

In diesem Moment trat Sarah mit Lizzie im Schlepptau aus dem Salon. »Was um alles in der Welt ist hier los?«, fragte sie misstrauisch.

»Liebe Schwester, darf ich dir meinen zukünftigen Schwiegersohn vorstellen?«, sagte Theodore mit einem maliziösen Lächeln. »Henri, das sind meine Schwester, Mrs. Sarah Sadler, und ihre Tochter Elizabeth.«

Die Eröffnung versetzte der Hausherrin einen gewaltigen Schock. Gleichermaßen entsetzt wie empört, starrte sie Henri mit offenem Mund an, als hätte sie ein Gespenst gesehen, und ignorierte geflissentlich die dargebotene Hand.

»Hast du den Verstand verloren, Theodore?«, japste sie, ehe sie sich Anna zuwandte. »Habe ich dich nicht eindringlich vor der Unschicklichkeit derartiger Freundschaften gewarnt?«

Ihre Auslassungen verpufften wirkungslos.

»Komm mit«, forderte Anna ihren Auserwählten auf und zog ihn ohne einen weiteren Kommentar an Sarah und Lizzie vorbei in den Salon.

»Junger Mann, ich muss Sie bitten, den Raum zu verlassen, während die Familie die Angelegenheit bespricht«, versuchte Sarah ihre Rechte geltend zu machen, aber in diesem Moment trat ihr Mann ein.

»Hallo, hallo«, rief Joseph Sadler jovial in die Runde, musterte sodann Henri. »Und wer ist dieser junge Mann, wenn ich so unverblümt fragen darf?«

»Mein Verlobter, Onkel«, sagte Anna. »Darf ich dir Monsieur Henri Vendôme vorstellen, ich weiß nicht, ob du von ihm durch William gehört hast …«

»Es freut mich, Ihre Bekanntschaft zu machen, Sir«, ergriff Henri das Wort und streckte ihm ein Päckchen entgegen. »Ich habe die Seide mitgebracht, die Sie, wie mit Ihrem Sohn besprochen, für die königliche Hochzeit vorlegen wollen.«

»Warum sind Sie nicht in mein Büro gekommen, Junge, wenn es Geschäftliches zu besprechen gibt?«

»Er ist mein Verlobter, Onkel, darf ich dich daran erinnern. Er hat um meine Hand angehalten, und Vater hat zugestimmt. Und von dem Seidenstoff hat William dir heute Morgen beim Frühstück erzählt – auch davon, dass ich das Muster entworfen habe.«

Anna nahm Henri das Päckchen aus der Hand, trat ans Fenster, riss die Schnur auf und schlug das Papier zur Seite, sodass schimmernd und glänzend die Seide zum Vorschein kam.

»Grundgütiger«, stieß Joseph hervor. »Das ist ein ganz exquisiter Seidenstoff, junger Mann. Und ein bemerkenswertes Muster.«

Er zog sein Vergrößerungsglas aus der Seitentasche seines Rocks und hob den Stoff nahe an sein Gesicht.

»Haben Sie den selbst gewebt?«

»Ja, Sir, es ist mein Meisterstück.«

Der Tuchhändler hielt das Glas ein weiteres Mal vor sein Auge.

»Ganz ausgezeichnete Arbeit. Ich bin ein großer Bewunderer der *points rentrées*. In letzter Zeit sind sie etwas aus der Mode gekommen, doch für die feinen Linien hier sind sie absolut perfekt. Ziemlich heikle Angelegenheit, diese Linien. Ach ja, von wem stammt noch mal der Entwurf?«

»Du liebe Güte, Onkel«, platzte Anna heraus. »Hast du etwa überhaupt nicht zugehört, was William erzählt hat? Der Entwurf stammt von mir.«

Er runzelte die Stirn. »Wie denn das …«

»Das erkläre ich dir später. Jetzt sollten wir Henri Vendôme in eurem Haus willkommen heißen, den jungen Mann, den ich heiraten werde.«

Die alte Standuhr schlägt zehn Uhr und reißt sie aus ihren Tagträumen. Das Feuer ist heruntergebrannt, und sie überlegt, ob sie noch ein Scheit auflegen soll. Lieber nicht, morgen erwartet sie wieder ein anstrengender Tag. Schließlich sind sie nicht mehr die Jüngsten.

Sie legt ihre Stickarbeit beiseite, tritt zu ihrem schlafenden Mann, nimmt behutsam die Zeitung aus seinen Händen und gibt ihm einen Kuss auf die Stirn.

»Komm, Henri«, sagt sie. »Zeit, zu Bett zu gehen.«

Über die Geschichte, die mich zu diesem Buch inspirierte

Als ich die Geschichte unserer familieneigenen Seidenweberei recherchierte, die zu Beginn des 18. Jahrhunderts
in Spitalfields, East London, begründet wurde (und bis
zum heutigen Tag in Sudbury, Suffolk, existiert), stieß
ich auf ein Haus in der Wilkes Street, der späteren Wood
Street, das wie durch ein Wunder bis zum heutigen Tag
erhalten geblieben ist.

Nur wenige Meter davon entfernt, an der Ecke Wilkes/
Princelet (später Princes Street) befindet sich das Haus
der berühmtesten und einflussreichsten Seidendesigne-
rin des 18. Jahrhunderts. Anna Maria Garthwaite, deren
Motive in britischen Adelskreisen und bei reichen Ame-
rikanern großen Anklang fanden, hat in diesem Haus von
1728 bis zu ihrem Tod 1763 gelebt. Dort, mitten im Herzen der Seidenindustrie, hat sie über tausend Muster für
Damast- und Brokatstoffe entworfen, von denen zahlreiche heute im Victoria & Albert Museum ausgestellt sind.
Zu meiner großen Freude habe ich herausgefunden, dass
meine Vorfahren sie nicht nur gekannt, sondern vermutlich auch mit ihr zusammengearbeitet haben.

Diese außergewöhnliche Textilkünstlerin hob sich

besonders durch ihre naturalistischen und botanisch bemerkenswert korrekten Darstellungen hervor und wird im *Universal Dictionary of Trade and Commerce* aus dem Jahr 1751 als diejenige geführt, die »die Grundlagen der Malerei auf den Webstuhl« übertragen hat. Das Zeitalter der Aufklärung, in dem sie lebte, inspirierte Wissenschaftler und Künstler gleichermaßen dazu, die Natur zu erkunden und zu dokumentieren, und botanische Illustratoren wie etwa Georg Ehret erlangten durchaus bescheidene Berühmtheit.

In einem unvollendeten und bis heute unveröffentlichten Manuskript in der National Art Library deutete die verstorbene Natalie Rothstein, einstige Textilkuratorin des V & A, eine interessante Verbindung zwischen dem Künstler William Hogarth und den Webern von Spitalfields an: Seine berühmte, 1747 veröffentlichte Skizzenserie *Industry and Idleness* zeigt die Weber bei der Arbeit an ihren Webstühlen. Sechs Jahre später erschien sein Werk *Die Analyse der Schönheit,* in dem er die These aufstellte, die geschwungene Linie, wie sie in der Natur und bei den menschlichen Formen existiert, stelle den Inbegriff visueller Perfektion dar. Laut Rothstein liegt es durchaus im Bereich des Möglichen, dass Anna Marias Muster ihn dazu inspirierten.

Dennoch konnte bislang niemand nachweisen, wie Anna Maria, die bereits in frühen Jahren bemerkenswertes Talent an den Tag legte, die höchst komplexe und anspruchsvolle Technik des Designens von Seidenstoffen erlernte. Oder wie eine unverheiratete Frau inzwischen mittleren Alters in einer derart von Männern dominierten Branche ganz allein ein derart erfolgreiches Geschäft aufbauen und führen konnte. Genau diese

Frage hat mich auf die Idee gebracht, diesen Roman zu schreiben.

Offenbar sprach ein Großteil der Bevölkerung von Spitalfields und Bethnal Green ausschließlich Französisch – sie hatten sich hier als Flüchtlinge niedergelassen, schufen sich eine eigene Infrastruktur, bauten eine eigene Kirche, erst eine kleine hölzerne, dann eine große, die Église de l'Hôpital, stolzes Symbol für die wachsende Bedeutung der hugenottischen Gemeinde. Obwohl die Hugenotten als Protestanten in England offiziell durchaus willkommen waren, waren sie fremdenfeindlichen Angriffen ausgesetzt und wurden vielfach aus wirtschaftlichen Gründen mit großem Argwohn beäugt – kaum anders als viele Flüchtlinge heutzutage.

Trotz des konkreten historischen Hintergrunds ist dieser nicht eins zu eins in den Roman eingeflossen, sondern wurde teilweise frei variiert. So stammte Anna Maria aus Leicestershire, nicht wie Anna, die ihr in gewisser Weise nachempfunden ist, aus Suffolk, und kam erst mit vierzig nach London und nicht als junges Mädchen. Ihre Glanzzeit erlebte sie zwischen 1730 und 1740, ehe sie 1763 im für damalige Zeiten gesegneten Alter von fünfundsiebzig Jahren starb.

Was die Unruhen unter den Webern betrifft, so erstreckten sie sich über einen längeren Zeitraum – die Spitze des Eisbergs allerdings, die sogenannten Spitalfields Riots und allen voran die Umtriebe der »Tuchschlitzer«, die in der Verurteilung von John Doyle und John Valline gipfelten, fanden tatsächlich in den 1760ern statt. Etwa um die Zeit von Anna Marias Tod, sodass sie höchstwahrscheinlich eher wenig davon mitbekommen hat.

Sollten Sie also Experte für diese historische Epoche

oder für Anna Marias Leben sein, bitte ich aufrichtig um Verzeihung. Romanautoren sind nicht daran interessiert, die Geschichte zu dokumentieren, sondern holen sich lediglich bei historischen Ereignissen und/oder Persönlichkeiten Anregungen. Um dennoch zu beweisen, dass ich durchaus den Unterschied zwischen Fakten und Fiktion kenne, habe ich eine Zeittafel angefügt, in der jene Ereignisse aufgelistet sind, die mich inspiriert haben. Eine Handvoll Bücher und Webseiten, die mir geholfen haben, ein Bild von Spitalfields um diese Zeit zu zeichnen, ergänzen den Anhang.

Zeittafel

1681
Erste große Welle der Hugenottenverfolgung in Frankreich. Beginn der »Dragonnaden«, der gewaltsamen Einquartierung von Dragonern in den Häusern der Hugenotten, um diese zur Abkehr vom protestantischen Glauben zu zwingen. Anfang der Massenauswanderung.

1683
Bau eines ersten Gotteshauses in London durch zugewanderte Hugenotten. Das hölzerne Gebäude wird 1743 ersetzt durch die Église de l'Hôpital, die große französische Kirche. Daneben existieren mindestens neun kleine hugenottische Gotteshäuser in Spitalfields.

1685
Widerruf des Edikts von Nantes durch den französischen König Ludwig XIV., wodurch die Protestanten aller religiösen und bürgerlichen Rechte beraubt wurden. Bis zum Jahr 1690 flohen mehr als 200000 Hugenotten.

1688

14. März. Geburt von Anna Maria Garthwaite in Harston, nahe Grantham in Leicestershire.

1712

Hugenotten werden als »ausländische« Meister in der Webergilde aufgenommen (Worshipful Company of Weavers).

1719

Aufstände in Spitalfields, Colchester und Norwich wegen der Einfuhr von Kattun, einem Baumwollgewebe.

1722

Erste Aufzeichnung über die Tätigkeit von Benjamin und Thomas Walters als Seidenweber in Spitalfields.

1726

Anna Maria zieht von Grantham zu ihrer zweifach verwitweten Schwester Mary in York.

1728

Anna Maria und Mary siedeln in die Princes Street in Spitalfields über.

1737

Der deutsche Botaniker und Illustrator Georg Ehret lässt sich in London nieder.

1738

An Easy Introduction to Dancing veröffentlicht, eine Beschreibung der zwölf Figuren des Menuetts.

1746

Joseph Walters, Seidenweber, heiratet in der Christ Church.

1759

Thomas Gainsborough und seine Familie siedeln von Suffolk nach Bath über.

1760

König George II. stirbt am 25. Oktober, sein Enkel George III. folgt ihm mit 22 Jahren auf den Thron nach.

1761

Am 8. September heiratet George III. die deutsche Prinzessin Charlotte von Mecklenburg-Strelitz, die er erst an ihrem Hochzeitstag kennenlernt. Die Krönung findet zwei Wochen später statt.

1762

Im Mai marschieren 8000 Weber zum St.James's Palace, am nächsten Tag 50 000 nach Westminster. Im August stellen die Webergesellen das *Book of Prices* zusammen.

1763

Anna Maria Garthwaite stirbt in Spitalfields.

Tausende Weber beteiligen sich an den Protesten gegen zu niedrige Löhne, verschaffen sich gewaltsam Zutritt zum Haus eines nicht zahlungswilligen Meisters, zerstören seine Webstühle, zerschneiden seine Stoffe und hängen eine seinem Abbild entsprechende Puppe symbolisch an den Galgen. Soldaten müssen in den einzelnen Vierteln von Spitalfields für Ordnung sorgen.

1764

Die Hugenotten führen eine Kampagne gegen die Einführung von Seidenstoffen aus Frankreich an.

1765

Belagerung von Bedford House: Weber mit schwarzen Fahnen protestieren gegen den Duke of Bedford, der sich weigert, ein Dekret zu unterzeichnen, das die Einfuhr von Seidenstoffen aus Frankreich verbieten soll. Ein neues Gesetz sieht die Todesstrafe für jeden vor, der in ein Haus oder ein Geschäft eindringt und es mutwillig verwüstet.

1768

Gründung der Royal Academy – erstmals werden Frauen in der Akademie geduldet. Thomas Gainsborough gehört zu den Gründungsmitgliedern.

1769

Eine Gruppe von Webergesellen schließt sich zur sogenannten *Bold Defiance* zusammen und versammelt sich in der Dolphin Tavern in Bethnal Green (Cock Lane, heute Boundary Street), um gegen jene Meister zu protestieren, die sich nicht an die Vorgaben des *Book of Prices* halten. Im September führten die sogenannten Bow Street Runners und Soldaten eine Razzia im Dolphin durch und verhafteten vier Männer.

1769

Im Dezember werden John D'Oyle und John Valline des Angriffs auf den Weber Thomas Poor, der für den bekannten Meister Chauvet tätig ist, für schuldig befunden und in Bethnal Green gehängt. Aufrührer reißen die Galgen nieder und bauen sie vor Chauvets Haus wieder auf, werfen seine Fenster ein und verbrennen sein Mobiliar. Zwei Wochen später werden weitere mutmaßliche »Tuchschlitzer« gehängt.

1771
Weitere Weberaufstände in Spitalfields.

1772
Erste Aufzeichnungen über die Seidenweberei der Walters (Joseph I. und sein Sohn Joseph II.) in der Wilkes Street in Spitalfields.

1773
Erlass der ersten von drei Spitalfields-Verordnungen, die die Löhne der Weber festlegen.

1774
Thomas Gainsborough und seine Familie ziehen nach London.

Quellen

Nachstehend eine Auswahl der Bücher, Ausstellungen, Bibliotheken und Websites, die mir bei meiner Recherche geholfen haben:

Robin D. Gwynn, *The Huguenots of London* (Alpha Press, 1998).

Douglas Hay/Nicholas Rogers, *Eighteenth-Century English Society* (OUP, 1997).

Alfred Plummer, *The London Weavers' Company 1600–1970* (Routledge & Kegan Paul, 1972).

Roy Porter, *English Society in the Eighteenth Century* (Penguin, 1991).

Natalie Rothstein, *Silk Designs of the Eighteenth Century* (Bullfinch Press, Little Brown, 1990).

Natalie Rothstein, *The English Silk Industry 1700–1825,* unveröffentlichtes Manuskript (The National Art Library im Victoria & Albert Museum).

Amanda Vickery, *Behind Closed Doors: At Home in Georgian England* (Yale University Press, 2009).

Amanda Vickery, *The Gentleman's Daughter: Women's Lives in Georgian England* (Yale University Press, 2003).

Sir Frank Warner, *The Silk Industry of the United Kingdom* (Drane's, 1921).

Cecil Willett Cunnington, *Handbook of English Costume in the Eighteenth Century* (Faber, 1964).

The National Art Library im Victoria & Albert Museum, London

Dennis Sever's House in der 18, Folgate Street, Spitalfields; www.dennissevershouse.co.uk

Georgians Revealed, eine Ausstellung in der British Library (London, 2013) und das dazugehörige Begleitbuch mit demselben Titel

John Roques Stadtplan von London, 1764; www.locatinglondon.org

The Proceedings of the Old Bailey, 1674–1913; www.oldbaileyonline.org

Spitalfields Life, tägliche Blogs von »The Gentle Author«; www.spitalfieldslife.com

The Fashion Museum, Bath; www.fashionmuseum.co.uk

Die »Georgians«-Ausstellungen im Kensington Palace und der Buckingham-Palace-Galerie

The Huguenot Society and Library in der Gower Street; www.huguenotsociety.org.uk

The Worshipful Company of Weavers; www.weavers.org.uk

Die den einzelnen Kapiteln vorangestellten Zitate wurden zeitgenössischen Texten entnommen:

The Lady's Book of Manners: How to Be a Perfect Lady.

A Present for an Apprentice: Or, a Sure Guide to Gain Both Esteem and an Estate. With Rules for His Conduct.

Dank

An erster Stelle möchte ich meiner Agentin Caroline Hardman von der Agentur Hardman & Swainson danken, die mit Pan Macmillan den besten Verlag für meinen Roman gefunden hat. Und es ist eine Freude, mit meiner neuen Lektorin Catherine Richards zusammenarbeiten zu dürfen.

Das vorliegende Buch war mein erster Ausflug ins 18. Jahrhundert, ein Unternehmen, das mit intensiven Recherchen verbunden war. Zu diesem Zweck habe ich Unmengen gelesen, Ausstellungen und Bibliotheken besucht, wie die Liste am Ende des Buches dokumentiert. Außerdem haben mir zahlreiche Leute bei den Recherchen assistiert, so viele, dass ich hier nicht alle nennen kann.

Ewig dankbar bin ich den Anwohnern der Wilkes Street für ihren herzlichen Empfang: allen voran Sue Rowlands, die in jenem Haus wohnt, in dem meine Vorfahren gelebt und gearbeitet haben und das mir als Modell für Monsieur Lavalles Stadthaus diente, sowie ihren Nachbarn John und Sandy Critchley.

Die Stoffexpertin und Autorin Mary Schoeser hat mich mit den Arbeiten von Anna Maria Garthwaite vertraut gemacht und mich den Mitarbeitern der National Art Library des Victoria & Albert Museum vorgestellt – zu meiner großen Freude entdeckte ich dort ein unveröffentlichtes Manuskript der ehemaligen, bereits verstorbenen Kuratorin für Textilien, Natalie Rothstein.

Richard Humphries borgte mir eine Reihe kostbarer Bücher über Weberei im 18. Jahrhundert und über die Weavers' Company, und mein Bruder David Walters (ehemaliger Geschäftsführer unserer familieneigenen Seidenweberei) überprüfte die Passagen über die Webtechniken. Martin Arnaud hat meinen Französischkenntnissen auf die Sprünge geholfen und mich mit ein paar stilechten Flüchen aus dem 18. Jahrhundert versorgt. Mark Bills, Kurator am Gainsborough House in Sudbury, war jederzeit für mich zu sprechen, und mein Mann, der Künstler David Trenow, hat ein Auge auf alle Szenen gehabt, die sich mit Zeichnen und Malerei befassen. Alle Fehler gegen also ausschließlich auf mein Konto.

Mein besonderer Dank gilt wie immer meiner Familie und meinen Freunden (speziell den »Grumpies«) für ihre unerschütterliche Zuneigung und liebevolle Unterstützung.